LES SEIGNEURS DU NORD

Bernard Cornwell est né à Londres en 1944, d'un père canadien et d'une mère anglaise. Après ses études, il devient professeur puis rejoint la BBC, où il travaille pendant dix ans. Il s'installe ensuite aux États-Unis pour écrire des livres. On lui doit plusieurs séries romanesques, dont *Sharpe*, qui relate les exploits d'un officier de l'armée britannique lors des guerres napoléoniennes. Bernard Cornwell est considéré comme le maître anglais du roman historique.

Juillet 2009 -

[illegible]

Paru dans Le Livre de Poche :

LA SAGA DU ROI ARTHUR

1. Le Roi de l'hiver

2. L'Ennemi de Dieu

3. Excalibur

BERNARD CORNWELL

Les Seigneurs du Nord

TRADUIT DE L'ANGLAIS PAR PASCAL LOUBET

MICHEL LAFON

Titre original :
THE LORDS OF THE NORTH

ISBN : 978-2-253-12634-8 - 1re publication LGF

Pour Ed Breslin.

« ... Com on wanre niht scriðan sceadugenga. »

« De la nuit obscure surgit l'ombre qui marche. »

BEOWULF.

PREMIÈRE PARTIE

Le roi esclave

J'avais envie de ténèbres. En cette nuit d'été, le clair de lune qui ne cessait de glisser entre les nuages me rendait nerveux. J'avais envie de ténèbres.

J'avais apporté deux sacs de cuir jusqu'à la petite crête qui marquait la frontière nord de mon domaine. Mon domaine. Fifhaden, récompense accordée par le roi Alfred pour mes services à Ethandun où, sur la longue colline verte, nous avions anéanti une armée danoise. Cela avait été mur de boucliers contre mur de boucliers, et à la fin Alfred était redevenu roi et les Danois avaient été défaits. Le Wessex vivait et j'ose dire que j'avais souffert plus que bien d'autres. Ma femme était morte, ainsi que mon ami ; j'avais pris une lance dans la cuisse droite, et ma récompense était Fifhaden.

Cinq peaux[1]. Voilà ce que signifiait ce nom. Cinq peaux ! C'était bien peu pour faire vivre les quatre familles de serfs qui cultivaient cette terre, tondaient les moutons et pêchaient dans la Kenet. D'autres hommes avaient reçu de vastes domaines, l'église avait été récompensée en riches forêts et pâturages,

1. *N.D.T.* : ancienne unité de mesure de surface danoise valant environ 25 ha selon le *Devonshire Domesday Book*, soit la quantité de terre labourable par un bœuf en un an.

mais je n'avais eu que cinq peaux. Je détestais Alfred. Ce misérable roitelet pieux et pingre se défiait de moi parce que je n'étais point chrétien, que j'étais du Nord et que je lui avais rendu son royaume à Ethandun. Et en récompense, je n'avais eu que Fifhaden. Quel bâtard !

J'avais donc apporté les deux sacs sur la crête rasée par les moutons et jonchée d'énormes rocs gris. Je m'accroupis derrière l'un d'eux, accompagné de Hild.

C'était désormais ma femme. Elle était nonne à Cippanhamm, quand les Danes avaient pris la ville et l'avaient violée. À présent, elle était mienne. Parfois, la nuit, je l'entendais murmurer ses prières de larmes et de désespoir. Je me doutais qu'elle retournerait auprès de son dieu un jour, mais pour l'heure j'étais son sauveur.

— Pourquoi attendons-nous ? demanda-t-elle.

Je la fis taire d'un doigt sur les lèvres. Elle me dévisagea. Elle avait un visage tout en longueur, de grands yeux et des cheveux dorés sous un fichu. C'était un gâchis qu'elle ait été nonne. Mais, bien sûr, Alfred voulait qu'elle retourne en religion. Voilà pourquoi je la gardais. Pour l'agacer, ce bâtard.

J'attendais, afin d'être sûr que nul ne nous observait. C'était peu probable, car personne ne veut s'aventurer dans la nuit quand rôdent d'horribles créatures. Hild agrippait son crucifix, mais moi j'étais à l'aise dans le noir. Dès mon enfance, je m'étais habitué à aimer la nuit. J'étais un *sceadugengan*, une ombre qui marche, une créature que redoutent les autres hommes.

J'attendis longtemps puis, une fois sûr qu'il n'y avait personne, je tirai Dard-de-Guêpe, ma courte épée, et découpai un carré de terre et d'herbe que je déposai sur le côté. Puis je creusai en entassant la terre dans ma cape. La lame qui ne cessait de heurter pierres et silex serait ébréchée, mais je continuai, creusant un trou assez grand pour accueillir la dépouille d'un enfant. Nous y enfouîmes les deux sacs. C'était mon butin. Mon argent, mon or, ma richesse, et je ne voulais pas m'en encombrer. Je possédais cinq peaux, deux épées, une cotte de mailles, un bouclier, un casque, un cheval et une nonne maigrelette, mais je n'avais nul homme pour protéger mon trésor – je devais donc le cacher. Je ne gardai que quelques pièces d'argent et confiai le reste à la terre. Après l'avoir bien tassée puis replacé le carré de terre et d'herbe, j'attendis que la lune reparaisse pour vérifier que la cachette était indécelable ; alors j'en gravai l'emplacement dans ma mémoire d'après les rochers voisins. Un jour, quand j'aurai les moyens de protéger mon trésor, je reviendrai le chercher.

— Alfred a dit que tu devais rester ici, dit Hild.

— Alfred peut se pisser dans la gorge et j'espère que ce bâtard en mourra étouffé.

Il trépasserait probablement bientôt, car il était fort malade. Il n'avait que vingt-neuf ans, huit de plus que moi, mais il en paraissait cinquante et je ne lui donnais que deux ou trois ans de plus à vivre. Quand il ne se plaignait pas de ses maux de ventre, c'est qu'il courait chier ou qu'il avait de la fièvre.

— Cela veut-il dire que nous revenons au Wessex ? demanda Hild en effleurant l'herbe.

— Cela veut dire que nul ne traverse les rangs ennemis chargé de son trésor. Il est en sûreté ici, et si nous survivons nous reviendrons le prendre.

Elle ne répondit pas. Nous allâmes jeter dans la rivière la terre que j'avais recueillie dans ma cape.

Au matin, nous partîmes à cheval pour l'Est. Nous allions à Lundene, car c'est de là que partent toutes les routes. Le destin me menait. Nous étions en l'an 878, j'avais vingt et un ans et je croyais pouvoir conquérir le monde entier par mes épées. J'étais Uhtred de Bebbanburg, celui qui avait tué Ubba Lothbrokson sur la grève et qui avait fait tomber de sa selle Svein du Cheval Blanc à Ethandun. J'étais l'homme qui avait rendu à Alfred son royaume, et je le haïssais. Aussi allais-je le quitter. Mon chemin serait tracé au fil de mon épée et me ramènerait chez moi. Dans le Nord.

Lundene est la plus grande cité de l'île de Bretagne. J'ai toujours aimé ses maisons délabrées et ses ruelles fébriles, mais Hild et moi n'y restâmes que deux jours, logeant dans une taverne saxonne dans la ville nouvelle à l'ouest des remparts romains en ruine. La ville faisait alors partie de la Mercie et était garnie de Danes. Les auberges étaient remplies de marins, d'étrangers et de marchands, et c'est l'un d'eux, Thorkild, qui nous proposa de nous emmener en Northumbrie. Je lui dis m'appeler Ragnarson et, sans plus me croire que me questionner, il nous prit à son bord moyennant deux pièces d'argent et mes bras à l'une de ses rames. J'étais un Saxon, mais ayant été élevé par les Danes j'en parlais la langue et Thorkild me prit pour l'un d'eux. Mon casque, ma cotte de mailles et mes deux épées splendides lui indiquèrent que j'étais un guerrier. Il dut me prendre pour un fugitif de l'armée en déroute, mais il ne s'en souciait guère. Il avait besoin de rameurs. Certains marchands n'utilisaient que des esclaves au banc de nage ; Thorkild, les jugeant source d'ennuis, préférait employer des hommes libres.

Nous partîmes à la marée, la cale pleine de ballots

de lin, d'huile de Franquie, de peaux de castors, de dizaines de belles selles et de sacs en cuir remplis de moutarde et de cumin précieux. Dès que nous eûmes quitté la ville pour l'estuaire de la Temes, nous nous retrouvâmes en Estanglie. Cependant nous n'en vîmes pas grand-chose, car dès la première nuit un pernicieux brouillard venu de la mer s'installa pour des jours. Certains matins nous ne pouvions pas même naviguer, et même lorsque le temps s'améliorait nous nous éloigniions peu du rivage. J'avais voulu rentrer chez moi par mer, pensant que ce serait plus rapide que par route, mais nous avancions comme des limaçons dans un labyrinthe de bancs de vase, de ruisseaux et de courants traîtres. Nous jetions l'ancre chaque soir, nous dûmes même rester toute une semaine dans un marais d'Estanglie oublié des dieux parce qu'une planche de la coque se brisa et que nous ne pûmes écoper assez vite. Il fallut hisser le navire sur une grève boueuse et le réparer. Le temps que la coque soit calfatée, le temps avait changé et le soleil brillait dans un ciel sans brume ; alors nous partîmes vers le Nord, en nous arrêtant toujours chaque soir. Nous vîmes une dizaine de navires, tous plus longs et étroits que le nôtre. C'étaient des vaisseaux de guerre danes qui suivaient la même route. Sans doute étaient-ce des fugitifs de l'armée battue de Guthrum qui repartaient au Danemark, en Frise ou en quelque contrée plus facile à piller que le Wessex d'Alfred.

Thorkild était un grand homme lugubre qui devait avoir trente-cinq ans. Ses cheveux gris étaient noués en tresses qui retombaient jusqu'à sa taille, et il ne portait nul bracelet indiquant des prouesses de guerre.

— Jamais je n'ai été un combattant, m'avoua-t-il. J'ai été élevé comme marchand, je l'ai toujours été et mon fils prendra ma suite à ma mort.

— Tu habites à Eoferwic ? demandai-je.

— À Lundene. Mais j'ai un grenier à Eoferwic. C'est un bon endroit pour acheter les peaux.

— Ricsig y règne-t-il toujours ?

— Il est mort depuis deux ans. C'est un certain Egbert qui a accédé au trône.

— Il y avait un roi Egbert à Eoferwic quand j'étais enfant.

— C'est son fils, ou son petit-fils ? Peut-être son cousin ? Il est saxon, pour sûr.

— Alors, qui gouverne vraiment la Northumbrie ?

— Nous, bien sûr, dit-il, parlant des Danes. (Ils mettaient souvent un Saxon soumis sur le trône du pays qu'ils conquéraient, et Egbert, quel qu'il fût, était sans doute ainsi à leur botte, mais le véritable chef était le *jarl* Ivarr, le Dane qui possédait presque toutes les terres des environs.) C'est Ivarr Ivarrson, dit Thorkild avec fierté. Et son père était Ivar Lothbrokson.

— Je le connaissais, dis-je.

Il ne me crut probablement pas, mais c'était vrai. Ivar Lothbrokson avait été un redoutable seigneur de guerre, maigre, féroce et sanguinaire, mais c'était un ami du comte Ragnar qui m'avait élevé. Son frère était Ubba, celui que j'avais tué au bord de la mer.

— Ivarr est le vrai chef de la Northumbrie, continua Thorkild, mais pas de la vallée de la Wiire. C'est Kjartan qui la gouverne, ajouta-t-il en touchant l'amulette en forme de marteau qu'il portait à son cou. On l'appelle Kjartan le Cruel, désormais. Et son fils est pire.

— Sven... dis-je d'un ton aigre.

Je les connaissais l'un et l'autre. C'étaient mes ennemis.

— Sven le Borgne, grimaça Thorkild en portant de nouveau la main à l'amulette comme pour se protéger du maléfice des noms qu'il venait de prononcer. Et au Nord, règne Ælfric de Bebbanburg.

Je le connaissais aussi. C'était mon oncle, celui qui m'avait ravi ma terre, mais je fis semblant de ne pas le connaître.

— Ælfric ? Un autre Saxon ?

— En effet, mais sa forteresse est trop puissante pour nous, dit-il pour expliquer qu'un seigneur saxon puisse encore régner en Northumbrie. Et il ne fait rien qui nous offense.

— Il est ami des Danes ?

— Il n'en est point ennemi. Ce sont de grands seigneurs, Ivarr, Kjartan et Ælfric, alors qu'au-delà des collines de Cumbraland nul ne sait ce qui se passe. (Il parlait de la côte ouest de Northumbrie, qui borde la mer d'Irlande.) Il y avait un grand seigneur dane là-bas. Hardicnut, tel était son nom, mais j'ai ouï dire qu'il avait été tué lors d'une querelle. Et maintenant...

Telle était donc la Northumbrie, royaume de seigneurs rivaux dont aucun n'avait de raison de m'aimer, et deux d'entre eux voulaient ma mort. Pourtant c'était mon pays, et j'avais là-bas un devoir qui me faisait suivre le chemin de mon épée.

Ce devoir, c'était celui d'une dette de sang. La dette avait été contractée cinq ans plus tôt, quand Kjartan et ses hommes étaient venus au château du comte Ragnar dans la nuit. Ils l'avaient incendié, puis avaient massacré tous ceux qui essayaient de fuir les flammes. Ragnar m'avait élevé, je l'aimais comme un père, et son meurtre n'avait pas été vengé. Il avait un fils, lui aussi appelé Ragnar, qui était mon ami ; mais Ragnar le Jeune ne pouvait se venger, car il était à présent otage dans le Wessex. Aussi partais-je au nord tuer Kjartan. Ainsi que son fils, Sven le Borgne, qui avait fait prisonnière la fille de Ragnar. Thyra était-elle encore en vie ? Je l'ignorais, je savais seulement que j'avais juré de venger la mort de Ragnar l'Ancien. Parfois, alors que je tirais sur la rame de Thorkild, il me semblait que j'étais un sot de rentrer dans cette Northumbrie remplie d'ennemis, mais le destin me menait et une boule monta dans ma gorge quand nous arrivâmes en vue de la large bouche de l'Humber.

Il n'y avait là rien de plus à voir qu'un rivage bas et boueux sous la pluie, des osiers bordant des ruisseaux et de grandes plaques d'algues flottant sur l'eau grise, mais c'était la rivière qui menait en Northumbrie et je compris en cet instant que j'avais pris la bonne décision. C'était chez moi. Ce n'était pas le Wessex avec ses champs fertiles et ses collines rondes, mais ici l'air était sauvage.

— Est-ce ici que tu demeures ? demanda Hild.

— Ma terre est plus loin au nord. Ici, c'est la Mercie, dis-je en désignant la rive sud. Et là en face, la Northumbrie, qui s'étend jusqu'aux terres des barbares.

— Des barbares ?

— Les Scotes, crachai-je.

Avant l'arrivée des Danes, les Scotes étaient nos ennemis, qui ravageaient le Sud ; mais, comme nous, ils avaient été attaqués par les Norses et représentaient une moindre menace.

Nous remontâmes l'Ouse à la rame, en chantant sous les saules et les aulnes, entre les prairies et les forêts, et Thorkild, maintenant que nous étions en Northumbrie, ôta la tête de chien sculptée de sa proue pour ne pas effrayer les esprits de la terre. Et le soir, sous un ciel lavé, nous arrivâmes à Eoferwic, capitale de Northumbrie et ville où mon père avait été tué, faisant de moi un orphelin ; là, j'avais été recueilli par Ragnar l'Ancien qui m'avait inculqué l'amour des Danes.

Thorkild m'avait relevé et je ne ramais plus quand nous arrivâmes. De la proue, je contemplais la fumée qui s'élevait des toits puis, en baissant les yeux, je vis le premier cadavre flotter dans la rivière. C'était un garçon d'une dizaine d'années, vêtu seulement d'un linge à la taille. Il avait été égorgé, et ses longs cheveux flottaient comme des algues sous l'eau.

Nous en vîmes deux autres, puis nous fûmes assez près pour voir sur les remparts des hommes bien trop nombreux, armés de lances et de boucliers, et d'autres encore sur les quais, en cotte de mailles, qui nous dévisageaient avec méfiance, leurs épées tirées. Thorkild donna l'ordre de lever les rames. Le navire suivit le courant, et j'entendis des hurlements dans la ville.

Nous étions chez moi.

1

Thorkild laissa le bateau poursuivre sur une centaine de coudées, puis le fit échouer sur la rive près d'un saule. Il sauta à terre, attacha une corde au tronc. Mais, avec un regard inquiet vers les hommes en armes qui nous observaient depuis le haut de la rive, il remonta prestement à bord.

— Toi, me dit-il, va voir ce qui se passe.

— Du grabuge, répondis-je. Que veux-tu savoir de plus ?

— Ce qui est arrivé à mon grenier, dit-il. Je ne veux pas demander à ces hommes. Toi, tu le feras.

Il m'avait choisi car j'étais un guerrier, et si je mourais il n'aurait point de peine. La plupart de ses rameurs étaient capables de se battre, mais il évitait le combat autant que possible car le sang et le commerce ne sont point amis. Les hommes armés descendaient, à présent. Ils étaient six, mais ils approchaient en hésitant, car nous étions le double et tous armés de haches et de lances.

J'enfilai ma cotte de mailles, sortis le glorieux casque couronné d'un loup que j'avais pris sur un navire dane au large des Galles, ceignis Souffle-de-Serpent et Dard-de-Guêpe, mes épées, et ainsi vêtu pour la guerre je sautai gauchement à terre. Je glissai sur le talus, me cramponnai en jurant à des orties qui me piquèrent et remontai le sentier. J'étais déjà venu ici, car c'était le vaste pâturage en bordure du fleuve où mon père avait mené l'attaque sur Eoferwic. Je coiffai mon casque et criai à Thorkild de me lancer mon bouclier. Alors que je reprenais ma marche vers les six hommes qui tenaient leur épée en main, Hild sauta pour me rejoindre.

— Tu aurais dû rester à bord, lui dis-je.

— Pas sans toi. (Elle portait notre unique sac de cuir contenant quelques vêtements, un couteau et une pierre à affûter.) Qui sont-ils ?

— Nous allons le savoir, dis-je en dégainant Souffle-de-Serpent.

Les ombres étaient longues, et la fumée des cheminées rouge et or dans le crépuscule. Des freux regagnaient leur nid et j'apercevais au loin des vaches rentrant pour la traite. J'avançai vers les six hommes. Voyant ma cotte, mon bouclier et deux épées, un casque et des bracelets valant trois belles cottes, les six hommes se regroupèrent craintivement et m'attendirent. Ils avaient tous dégainé leur épée, mais deux d'entre eux portaient des crucifix. C'étaient sans doute des Saxons.

— Quand un homme revient chez lui, dis-je en angle, il ne doit pas s'attendre à être accueilli par des lames.

Deux étaient plus âgés, la trentaine, avec d'épaisses barbes et des cottes de mailles. Les quatre autres portaient une cuirasse ; ils étaient plus jeunes, dix-sept ou dix-huit ans, et leurs épées leur semblaient aussi peu familières qu'à moi un soc de charrue. Ils devaient me croire dane, car je descendais d'un navire dane, et pensaient qu'à six ils pourraient tuer un seul homme ; mais ils savaient aussi qu'un seul Dane dans toute sa splendeur guerrière pouvait en occire deux avant de rendre gorge. Ils furent donc soulagés de m'entendre parler angle. Et surpris.

— Qui es-tu ? demanda l'un des plus âgés.

Je continuai sans répondre. S'ils avaient décidé de m'attaquer, j'aurais été contraint de fuir ignominieusement ou de mourir, mais je marchais d'un pas assuré, bouclier baissé et la pointe de Souffle-de-Serpent frôlant l'herbe. Ils prirent ce refus de répondre pour de l'arrogance, alors qu'en vérité c'était de l'hésitation. J'avais pensé me faire appeler d'un autre nom que le mien, car je ne voulais pas que Kjartan ou mon traître d'oncle sachent mon retour, mais mon nom était aussi redoutable et je fus imprudemment tenté d'en user quand l'inspiration me vint.

— Je suis Steapa de Defnascir, annonçai-je. L'homme qui a envoyé Svein du Cheval Blanc à son dernier repos sous terre, me vantai-je, au cas où ce nom aurait été inconnu ici.

Mon interlocuteur recula d'un pas.

— Steapa ? Celui qui sert Alfred ?

— Lui-même.

— Seigneur... dit-il en baissant son épée.

L'un des jeunes gens toucha son crucifix et mit un genou en terre. Un troisième rengaina son épée et les autres l'imitèrent, par prudence.

— Qui es-tu ? demandai-je.

— Nous servons le roi Egbert, répondit l'autre.

— Et les morts ? demandai-je en désignant la rivière où un autre cadavre dérivait. Qui sont-ils ?

— Des Danes, seigneur.

— Vous tuez des Danes ?

— C'est la volonté de Dieu, seigneur.

— Cet homme est un Dane et aussi un ami, dis-je en désignant le navire de Thorkild. Le tueras-tu ?

— Nous connaissons Thorkild, seigneur. Et s'il vient en paix, il vivra.

— Et moi ? Que feras-tu de moi ?

— Le roi te recevra, seigneur. Il t'honorera d'avoir massacré tant de Danes.

— Ceux-là ? demandai-je, méprisant, en désignant les cadavres dans la rivière.

— Il honorera la victoire sur Guthrum, seigneur. Est-ce vrai ?

— C'est vrai. J'étais là.

Je me retournai, rengainai mon épée et fis signe à Thorkild qui détacha son navire et commença à remonter le fleuve. Je lui criai que les Saxons d'Egbert s'étaient soulevés contre les Danes, mais que ces hommes avaient promis de le laisser en paix s'il venait en ami.

— Que ferais-tu à ma place ? répondit-il.

— Je descendrais la rivière, criai-je en danois. Je trouverais des guerriers et j'attendrais de savoir ce qui se passe.

— Et toi ?

— Je reste.

Fouillant dans sa bourse, il me jeta quelque chose qui brilla dans le crépuscule et alla se perdre dans les boutons d'or qui jonchaient la prairie.

— Voilà pour ton conseil, dit-il. Et puisses-tu vivre longtemps, qui que tu sois.

Il fit péniblement faire demi-tour à son navire dans l'étroite rivière et s'éloigna. J'appris plus tard que son grenier avait été pillé, le seul Dane armé qui le gardait massacré, et sa fille violée : mon conseil valait donc bien la pièce d'argent qu'il m'avait lancée.

— Tu l'as laissé partir ? me reprocha l'un des hommes.

— Je te l'ai dit, c'était un ami, dis-je en ramassant la pièce dans l'herbe. Alors, comment sais-tu la victoire d'Alfred ?

— Un prêtre est venu et nous l'a dite, seigneur.

— Un prêtre ?

— Du Wessex, seigneur. Il a fait tout le chemin pour apporter un message du roi Alfred.

J'aurais dû me douter qu'Alfred voudrait que la nouvelle de son triomphe sur Guthrum soit connue de tous. Il avait envoyé des prêtres partout auprès des Saxons pour annoncer que Dieu et ses saints lui avaient accordé la victoire. Celui qui avait été dépêché à Egbert était arrivé la veille, et c'est là que les sottises avaient commencé.

Le prêtre à cheval, son froc rangé dans ses fontes, était allé de maison saxonne en maison saxonne dans la Mercie tenue par les Danes. Les Saxons l'avaient aidé en chemin, lui fournissant une monture à chaque étape et l'escortant devant les garnisons des Danes jusqu'à la capitale. Mais ce qui avait surtout séduit les Northumbriens, c'était un conte ridicule : le prêtre prétendait que saint Cuthbert était apparu en rêve à Alfred pour lui montrer comment obtenir la victoire, alors qu'il s'était replié durant l'hiver avec une poignée d'hommes après la défaite d'Æthelingæg. Cette histoire de miracle était taillée sur mesure pour les Saxons d'Egbert qui vénéraient le saint plus que nul autre. Saint Cuthbert était l'idole de la Northumbrie, l'homme le plus pieux qui ait jamais vécu sur ces terres, et on le priait chaque jour dans tous les foyers. L'idée que le saint patron du Nord avait aidé le Wessex à défaire les Danes avait fait perdre ses esprits à Egbert. Il était bien légitime qu'il soit heureux de la victoire d'Alfred et en veuille aux Danes de le tenir en laisse, mais il aurait dû simplement remercier le prêtre de cette nouvelle et l'enfermer dans un chenil pour qu'il ne l'ébruite pas. Il avait préféré ordonner à Wulfhere, l'archevêque de la ville, de dire une messe de grâces dans la plus grande église. Wulfhere, qui n'était point sot, se sentit brusquement fort malade et partit dans la campagne se soigner. Mais un imbécile de père Hrothweard avait pris sa place, et dans la grande église d'Eoferwic avait retenti un sermon enflammé, prétendant que saint Cuthbert était descendu des cieux pour mener les Saxons de l'Ouest à la victoire. Cette sottise avait convaincu les gens d'Eoferwic que Dieu et son saint allaient les délivrer à leur tour des Danes. Et c'est ainsi que les massacres avaient commencé.

J'appris tout cela en gagnant la ville. J'appris aussi qu'il restait seulement une centaine de guerriers danes à Eoferwic, car les autres étaient partis au nord sous la bannière du comte Ivarr pour affronter une armée de Scotes qui avait franchi la frontière. De mémoire d'homme, une telle chose n'était pas arrivée depuis longtemps ; mais les Scotes du Sud ayant un nouveau roi qui avait juré de faire d'Eoferwic sa nouvelle capitale, Ivarr était parti lui donner une bonne leçon.

Ivarr était le véritable souverain de la Northumbrie du Sud. S'il avait voulu se proclamer roi, personne ne l'en aurait empêché, mais il était commode d'avoir un Saxon soumis sur le trône pour collecter l'impôt et faire taire ses compatriotes. Pendant ce temps, Ivarr faisait ce qu'il connaissait le mieux : la guerre. C'était un Lothbrok, et dans sa famille on se targuait qu'aucun homme ne fût jamais mort dans son lit. On mourait l'épée à la main. Son père et un de ses oncles étaient morts en Irlande, et Ubba, le troisième des frères Lothbrok, était tombé sous ma lame à Cynuit. À présent, Ivarr, guerrier issu d'une famille dane éprise de combat, marchait sur les Scotes après avoir juré de ramener à Eoferwic leur roi entravé comme un esclave.

Je croyais qu'aucun Saxon sain d'esprit ne se rebellerait contre Ivarr, qui avait la réputation d'être aussi impitoyable que son père ; mais la victoire d'Alfred et le prétendu miracle de saint Cuthbert avaient enflammé les moins téméraires, encouragés par les prêches de Hrothweard. Le prêtre répétait à qui voulait entendre que Dieu, saint Cuthbert et une armée d'anges allaient venir chasser les Danes, et mon arrivée ne fit qu'attiser cette folie. « Dieu t'a envoyé », ne cessaient de répéter ceux qui m'avaient accueilli, et de crier à tout le monde que c'était moi qui avais tué Svein. Le temps que nous arrivions au palais, une petite troupe nous suivait dans les étroites rues souillées du sang des Danes.

Ce n'était pas la première fois que je venais au palais. C'était un bâtiment romain de pierre claire, dont les grosses colonnes soutenaient un toit de tuiles rapiécé de chaume noirci. Le sol, décoré de mosaïques représentant leurs dieux, était recouvert de joncs ensanglantés. La grande salle envahie par la fumée des torches empestait comme un abattoir.

Le nouveau roi Egbert était en fait le neveu de l'ancien, dont il tenait le visage chafouin et l'expression irascible. Il me parut effrayé sur son estrade au bout de la salle, et ce n'était point étonnant car cet insensé de Hrothweard avait soulevé une tempête et le roi devait savoir que les Danes d'Ivarr se vengeraient. Pourtant, ses partisans étaient enthousiastes, certains que la victoire d'Alfred n'était que le prélude à la grande défaite des Norses. On me poussa en avant en annonçant mon arrivée comme un autre signe du ciel, et le roi sembla encore plus perplexe quand une voix familière cria mon nom.

— Uhtred ! Uhtred !

C'était le père Willibald. Il semblait ravi de me voir et m'étreignit sans se soucier d'Egbert qui fronçait les sourcils.

Le père Willibald était un brave homme et un ami. Saxon de l'Ouest, il avait été chapelain de la flotte d'Alfred ; le destin avait décrété qu'il serait l'émissaire qui apporterait aux Northumbriens la bonne nouvelle de la victoire d'Ethandun.

Le silence se fit dans la salle, et Egbert tenta de donner un ordre.

— Ainsi, ton nom est...

Il se rendit compte qu'il n'en avait pas la moindre idée.

— Steapa ! s'écria l'un des hommes de mon escorte.

— Uhtred ! annonça Willibald.

— Je suis Uhtred de Bebbanburg, confirmai-je, incapable de persister dans mon mensonge.

— L'homme qui a tué Ubba Lothbrokson ! continua Willibald en essayant de lever mon bras pour montrer que j'étais un champion. Et celui qui a renversé Svein du Cheval Blanc à Ethandun !

Dans deux jours, pensai-je, *Kjartan le Cruel saura ma venue, et dans trois mon oncle Ælfric l'apprendra*. Si j'avais eu une once de sagesse, je serais reparti avec Hild vers le sud aussi vite que l'archevêque Wulfhere avait déguerpi.

— Tu étais à Ethandun ? demanda le roi.

— Si fait, seigneur.

— Que s'est-il passé ?

Willibald le leur avait raconté à tous, mais c'était la version d'un prêtre, ponctuée de prières et de miracles.

Je leur donnai ce qu'ils voulaient : une histoire de guerrier, avec des morts et des épées, entrecoupée des pieuses exclamations d'un prêtre échevelé et barbu au regard flamboyant. Je compris qu'il s'agissait du père Hrothweard, celui qui avait soulevé Eoferwic. Il était à peine plus âgé que moi, mais doté d'une voix puissante et d'une autorité naturelle que renforçait sa passion. Chacun de ses alléluias était accompagné de postillons, et à peine eus-je décrit la déroute finale des Danes qu'il se précipita pour haranguer la foule.

— Voici Uhtred ! clama-t-il en me bourrant de coups dans les côtes. Uhtred de Northumbrie, Uhtred de Bebbanburg, tueur de Danes, guerrier de Dieu, et épée du Seigneur ! Et il est venu à nous, tout comme saint Cuthbert – béni soit-il – a visité Alfred en des temps de désarroi. Ce sont des signes du Tout-Puissant !

La foule poussa des vivats, le roi se recroquevilla et Hrothweard, toujours prêt à se lancer dans un sermon enflammé l'écume aux lèvres, se mit à dépeindre le bain de sang qui attendait jusqu'au dernier des Danes de Northumbrie.

Je parvins à me dégager et j'entraînai Willibald par le cou jusque dans l'antichambre du roi.

— Vous êtes un idiot, grondai-je, un bout de cul. Un étron sans cervelle, voilà ce que vous êtes. Je devrais vous étriper et vous jeter aux porcs. (Il me regarda bouche bée.) Les Danes vont revenir et ce sera le massacre. Alors vous allez franchir l'Ouse et courir vers le sud aussi vite que vos jambes vous le permettent.

— Mais tout est vrai, plaida-t-il.

— Quoi donc ?

— Que saint Cuthbert nous a accordé la victoire !

— Bien sûr que non ! grondai-je. Alfred a tout inventé. Vous imaginez que Cuthbert est venu le voir à Æthelingæg ? Alors, pourquoi ne nous a-t-il pas confié ce rêve sur le moment ? Pourquoi a-t-il attendu après la bataille ? Simplement parce que ce n'est pas arrivé.

— Mais... gargouilla Willibald.

— Il a tout inventé parce qu'il veut que les Northumbriens considèrent le Wessex. Il veut être roi de Northumbrie, ne comprenez-vous pas ? Et pas seulement de Northumbrie. Je ne doute pas qu'il ait envoyé d'autres sots comme vous raconter aux Merciens qu'un de leurs fichus saints lui est apparu en rêve.

— Mais c'est ce qu'il a fait, coupa-t-il. Tu as raison ! expliqua-t-il en voyant mon expression perplexe. Saint Kenelm a parlé à Alfred à Æthelingæg. Il est venu à lui en rêve et lui a dit qu'il vaincrait.

— Mais non ! répondis-je, malgré mon impatience.

— Mais si ! Alfred me l'a lui-même dit ! C'est la main de Dieu, Uhtred, et c'est merveille à voir.

Je le pris par les épaules et le plaquai contre le mur.

— Vous avez le choix, mon père. Vous pouvez quitter Eoferwic avant que les Danes ne reviennent, ou pencher la tête sur le côté.

— Quoi ?

— Pencher la tête sur le côté, afin que je tape sur une oreille pour faire sortir toutes ces absurdités par l'autre.

Il refusait de se laisser convaincre. La gloire flamboyante de Dieu, allumée par le massacre d'Ethandun et alimentée par le mensonge sur saint Cuthbert rayonnait sur la Northumbrie, et ce pauvre Willibald était convaincu d'assister à l'avènement d'une grandiose époque.

Il y eut ce soir-là un pauvre banquet de harengs salés, fromage, pain dur et ale éventée. Le père Hrothweard débita un nouveau discours passionné prétendant qu'Alfred m'avait envoyé, moi, son plus grand guerrier, pour mener la défense de la ville, et que la *fyrd* des cieux descendrait protéger Eoferwic. Willibald ne cessait de brailler ses alléluias, gobant ces sottises. C'est seulement le lendemain, quand une pluie grise et un morne brouillard enveloppèrent la ville, qu'il commença à douter de l'arrivée prochaine d'anges combattants.

Les habitants quittaient la ville. On murmurait que des armées danes se rassemblaient au nord. Hrothweard continuait de piailler ses âneries, menant une procession de prêtres et de moines dans les rues en brandissant reliques et bannières ; mais quiconque avait du bon sens comprenait désormais qu'Ivarr allait probablement revenir bien avant saint Cuthbert avec son armée d'anges. Le roi Egbert me fit mander mais, comme je le considérais condamné, j'ignorai sa convocation. Egbert devrait se débrouiller seul.

Il en était de même pour moi. Je devais quitter la ville avant que la colère d'Ivarr ne fonde sur elle et, à la taverne de la Croix de l'Épée, près de la porte nord, je trouvai le moyen de fuir. C'était un Dane du nom de Bolti qui avait échappé au massacre, car il était marié à une Saxonne dont la famille l'avait protégé. Me voyant, il me demanda si j'étais Uhtred de Bebbanburg.

— C'est moi.

Il s'assit en face de moi et s'inclina respectueusement devant Hild, avant de commander de l'ale. C'était un homme rondouillard, chauve, au visage grêlé, au nez cassé et au regard apeuré. Ses deux fils, à moitié saxons, l'accompagnaient. L'un devait avoir la vingtaine, et l'autre cinq ans de moins. Ils portaient des épées mais ne semblaient guère à l'aise.

— J'ai connu Ragnar l'Ancien, me dit-il.

— Moi aussi, et je ne me souviens pas de toi.

— La dernière fois qu'il a pris la Vipère du Vent, je lui ai vendu des cordes et des arceaux.

— L'as-tu escroqué ? ironisai-je.

— Je l'aimais bien, répliqua-t-il, vexé.

— Et moi aussi, car il était devenu mon père.

— Je le sais, et je me souviens de toi. (Il se tut et considéra Hild.) Tu étais très jeune et tu étais avec une fille à cheveux noirs.

— Tu te souviens donc de moi, dis-je.

Je me tus pendant qu'on apportait l'ale. Je remarquai que Bolti, bien que dane, portait une croix. Il surprit mon regard.

— À Eoferwic, dit-il en l'effleurant, un homme doit survivre. (Il écarta son manteau et je vis l'amulette de Thor qu'il dissimulait.) On y tue les païens.

— De nombreux Danes sont-ils devenus chrétiens ? demandai-je en lui montrant la mienne.

— Quelques-uns. Veux-tu manger avec ton ale ?

— Je veux savoir pourquoi tu me parles.

Il voulait quitter la ville. Emmener sa femme saxonne, ses deux fils et deux filles, loin de la vengeance qu'il redoutait. Et il voulait qu'un guerrier l'accompagne. Il me supplia d'un regard désespéré, ignorant que je cherchais la même chose que lui.

— Où irais-tu, alors ? demandai-je.

— Pas à l'ouest. On massacre, au Cumbraland.

— On massacre toujours au Cumbraland, répliquai-je.

C'était la partie de Northumbrie qui borde la mer d'Irlande au-delà des collines : elle était constamment envahie par les Scotes de Strath Clota, les Norses d'Irlande et les Bretons des Galles. Certains Danes s'y étaient établis, mais ils n'étaient pas assez nombreux pour empêcher les ravages.

— Je voudrais aller au Danemark, continua-t-il. Mais il n'y a pas de navire de guerre.

Les seuls vaisseaux restant à Eoferwic étaient des navires marchands saxons, et celui qui oserait mettre voile serait assailli par les Danes qui devaient se rassembler dans l'Humber.

— Or donc ? demandai-je.

— Alors je veux aller au Nord et retrouver Ivarr. Je peux te payer.

— Et tu penses que je peux t'escorter sur les terres de Kjartan ?

— Je pense que je serai plus en sûreté avec le fils de Ragnar que seul, avoua-t-il, et si des hommes savent que tu m'accompagnes, ils se joindront à nous.

J'acceptai qu'il me paie et demandai seize *chelins*[1], deux juments et un étalon noir. Mon prix le fit blêmir. Un homme était passé dans la rue en proposant l'étalon à la vente et Bolti acheta la bête, car fuir Eoferwic valait bien ses quarante chelins. L'animal, formé à la guerre, ne craignait pas le bruit et obéissait à la moindre pression du genou, permettant à son cavalier de manœuvrer son épée et son bouclier. Il avait été pris à l'un des Danes massacré récemment et nul ne connaissait son nom. Je l'appelai Witnere, ce qui signifie Tourmenteur. C'était bien trouvé, car il avait pris les juments en grippe et ne cessait de vouloir les mordre.

Les juments étaient pour Willibald et Hild. J'avais enjoint au père Willibald de partir au Sud. Comme il avait peur et me supplia de le prendre avec lui, le lendemain de ma rencontre avec Bolti, nous partîmes tous

1. Chelin ou shilling selon l'orthographe médiévale française.

vers le Nord en suivant la voie romaine. Une dizaine d'hommes nous accompagnaient. Parmi eux se trouvaient trois Danes et deux Norses qui étaient parvenus à échapper au massacre déclenché par Hrothweard, le reste étant des Saxons qui voulaient fuir la vengeance d'Ivarr. Tous étaient armés, et Bolti me donna de quoi les payer. Ce n'était guère, juste assez pour acheter vivres et ale, mais leur présence décourageait les brigands sur la longue route.

J'étais tenté de gagner Synningthwait, là où Ragnar et ses hommes étaient établis, mais je savais qu'il n'y aurait personne, la plupart étant partis avec lui dans le Sud. Certains étaient morts à Ethandun, et le reste encore avec Guthrum dont l'armée battue demeurait en Mercie. Guthrum et Alfred avaient fait la paix. Le Dane avait même été baptisé, ce que Willibald qualifiait de miracle. Il y aurait donc peu de guerriers à Synningthwait et nul endroit où s'abriter des ambitions meurtrières de mon oncle ou de la haine de Kjartan. Aussi, n'ayant nul projet d'avenir et heureux de laisser le destin œuvrer à sa guise, je m'en remis à Bolti et l'escortai au Nord vers les terres de Kjartan qui s'étendaient en travers de notre route comme un nuage noir. Les traverser nous obligeait à payer un octroi fort élevé, et seuls des hommes puissants comme Ivarr, dont les forces étaient supérieures à celles de Kjartan, pouvaient traverser la Wiire sans s'en acquitter.

— Tu peux la payer, taquinai-je Bolti.

Ses deux fils menaient des chevaux de faix que je soupçonnais chargés de pièces enveloppées de linges et de peau pour étouffer leur cliquetis.

— Je ne le peux s'il exige mes filles, répondit Bolti.

Ses deux blondes jumelles de douze ou treize ans étaient bonnes à marier. Le nez retroussé, elles étaient dodues, petites, et impossibles à distinguer l'une de l'autre.

— Fait-il donc cela ? demandai-je.

— Il prend ce qui lui sied, répondit aigrement Bolti, et il aime les jeunes filles, mais je crois qu'il préférerait t'avoir, toi.

— Et pourquoi imagines-tu cela ? demandai-je, impassible.

— Je sais ce qu'on raconte. Son fils a perdu un œil à cause de toi.

— Son fils l'a perdu parce qu'il a arraché les vêtements de la fille du comte Ragnar.

— Mais il t'en veut.

— En vérité.

Nous étions alors des enfants, mais les blessures de jeunesse peuvent s'infecter et je ne doutais pas que Sven le Borgne ait envie de me crever les deux yeux pour venger la perte du sien.

Lorsque nous approchâmes Dunholm, nous prîmes vers les collines pour éviter les gens de Kjartan. C'était l'été, mais un vent frais poussa des nuages et une pluie fine qui me fit remercier ma cotte doublée de cuir. Hild avait enduit les mailles de suif frais pour la protéger de la rouille, tout comme mon casque et mes lames.

Suivis d'un autre groupe une demi-lieue derrière, nous gravîmes un sentier portant des traces fraîches de sabots. Un chemin aussi fréquenté aurait dû me donner à réfléchir. Kjartan le Cruel et Sven le Borgne vivaient de l'octroi que leur payaient les voyageurs, et quiconque ne payait pas était dépouillé, pris comme esclave ou tué. Kjartan et son fils devaient savoir que ceux qui cherchaient à les éviter empruntaient les collines, et j'aurais dû me méfier. Bolti ne craignait rien, car il me faisait tout bonnement confiance. Il me raconta comment Kjartan et son fils s'étaient enrichis avec les esclaves.

— Ils prennent tout le monde, Dane ou Saxon, et les vendent au-delà des mers. Quand on a de la chance, on peut parfois payer une rançon, mais elle est élevée. Et les prêtres, il les tue tous, ajouta-t-il en lorgnant Willibald.

— Vraiment ?

— Il hait les prêtres chrétiens. Pour lui, comme ils sont des sorciers, il les enterre à mi-corps et les laisse dévorer par ses chiens.

— Qu'a-t-il dit ? demanda Willibald en écartant sa jument avant que Witnere n'ait pu la mordre.

— Que Kjartan vous tuera s'il vous capture, mon père.

— Me tuer ?

— Et qu'il vous jettera à ses chiens.

— Oh, seigneur Dieu...

Il était malheureux, perdu, loin de chez lui et terrifié dans ce paysage nordique inconnu. Hild, en revanche, était de plus en plus heureuse. À dix-neuf ans, elle n'était que patience devant les épreuves de la vie. Née dans une riche famille saxonne de l'Ouest, non noble mais possédant assez de terre pour bien vivre, elle était la dernière de huit enfants. Son père l'avait promise à l'église, car sa mère avait failli mourir en couches et il attribuait sa survie à la bienveillance de Dieu. Aussi, à onze ans, Hild, dont le nom entier était sœur Hildegyth, avait été envoyée au couvent de Cippanhamm où elle avait vécu coupée du monde, priant et filant, filant et priant, jusqu'à l'arrivée des Danes qui l'avaient violée.

Elle gémissait toujours dans son sommeil et se rappelait son humiliation, mais elle était heureuse d'avoir quitté le Wessex et ceux qui lui répétaient constamment qu'elle devait retourner au service de Dieu. Willibald l'avait grondée pour avoir abandonné sa sainte vocation, mais je l'avais prévenu qu'une autre de ces remarques lui vaudrait un nouveau nombril encore plus large, et depuis il s'abstenait. Désormais, Hild accueillait chaque nouveau spectacle avec des yeux émerveillés d'enfant. Son visage pâle avait pris un léger hâle doré assorti à ses cheveux. C'était une femme intelligente, pas la plus fine du monde, mais pleine de sagesse rusée. J'avais assez vécu pour savoir que certaines ne valent qu'ennuis et que d'autres sont d'agréables compagnes, et Hild était des plus faciles à vivre. Peut-être parce que nous étions amis. Nous étions amants aussi, mais sans amour, et elle était rongée par la culpabilité. Elle ne s'en ouvrait que dans ses prières, mais dans la journée elle riait de nouveau et prenait du plaisir aux choses simples, même si parfois, quand elle touchait son crucifix, je savais qu'elle sentait les griffes de Dieu lui lacérer l'âme.

Nous étions donc dans les collines à cause de mon imprudence et c'est Hild qui aperçut les cavaliers. Ils étaient dix-neuf, en cuirasse sauf trois qui portaient une cotte, et ils commençaient à nous encercler par derrière. Notre chemin longeait le flanc de la colline, au bord d'un précipice où coulait un torrent. Nous pouvions fuir par la vallée, mais nous irions plus lentement que cette troupe qui se rapprochait. Ils n'avancèrent guère plus, voyant que nous étions armés et ne cherchant pas à combattre : ils voulaient juste s'assurer que nous poursuivions vers le nord.

— Ne pouvons-nous les repousser ? demanda Bolti.

— À treize contre dix-neuf ? Oui, si les treize se battent, mais ils ne voudront pas. ils sont juste bons à effrayer les brigands, dis-je en désignant les hommes qu'il avait payés. Mais ils ne sont pas assez sots pour affronter les hommes de Kjartan. Si je leur demande de se battre, ils rejoindront l'ennemi pour se partager tes filles.

— Mais...

Il se tut, car nous venions d'apercevoir ce qui nous attendait. Un marché aux esclaves se tenait dans un village de bonne taille situé dans la vallée, auprès d'un pont fait d'une énorme saillie de pierre enjambant une rivière plus large qui devait être la Wiire. Il y avait foule, et je vis que les esclaves étaient gardés par des hommes. Les cavaliers se rapprochaient un peu, mais ils ralentissaient quand nous nous arrêtions. Je contemplai le bas de la colline. Le village était trop éloigné pour que je sache si Kjartan ou Sven s'y trouvaient, mais il me parut raisonnable de penser que ces hommes venaient de Dunholm et que l'un ou l'autre de leur seigneur les menait. Bolti se répandit en jérémiades que j'ignorai.

Deux autres sentiers menaient au village depuis le sud, et je devinai que des cavaliers les surveillaient et interceptaient les voyageurs dès le début de la journée. Ils poussaient leurs proies vers le village et ceux qui ne pouvaient payer l'octroi étaient retenus captifs.

— Que vas-tu faire ? demanda Bolti, paniqué.

— Sauver ta vie.

Je demandai à l'une de ses filles de me donner l'écharpe noire qu'elle portait en ceinture. Elle la défit, me la tendit d'une main tremblante. Aidé de Hild, je l'enroulai autour de ma tête, couvrant mon nez, ma bouche et mon front.

— Que fais-tu ? piailla Bolti.

Je ne répondis pas et coiffai mon casque par-dessus.

Les clinques, pièces de métal qui couvraient les joues, étaient si bien ajustées que seuls mes yeux étaient visibles. Je vérifiai que Souffle-de-Serpent glissait bien dans son fourreau, puis je fis avancer mon cheval.

— Je suis désormais Thorkild le Lépreux, dis-je à Bolti d'une voix étouffée par l'écharpe. Toi et moi, nous allons traiter avec eux.

— Moi ? s'étrangla-t-il.

Je fis signe à tous d'avancer. La troupe qui nous avait suivis était retournée vers le Sud, sans doute en quête des prochains voyageurs qui cherchaient à éviter les hommes de Kjartan.

— Je t'ai engagé pour me protéger, se désespéra Bolti.

— Et je vais le faire. (Je fis taire son épouse qui gémissait comme à des funérailles. Puis, à une centaine de coudées du village, je m'arrêtai et ordonnai à tous de rester sur place.) Nous n'irons que toi et moi, dis-je à Bolti.

— Je crois que tu devrais t'en occuper seul.

Il acheva dans un cri : je venais d'assener une claque sur la croupe de sa bête qui bondit en avant.

— N'oublie pas, dis-je en le rattrapant. Je suis Thorkild le Lépreux. Si tu dévoiles qui je suis vraiment, je vous tuerai, toi, ta femme et tes fils, et je vendrai tes filles comme putains. Qui suis-je ?

— Thorkild, bégaya-t-il.

— Thorkild le Lépreux.

Nous venions d'arriver au village, misérable hameau de maisonnettes en pierre couronnées de terre où étaient retenues une quarantaine de personnes. Sur le côté, non loin du pont de pierre, étaient dressés une table et des bancs. Deux hommes y étaient assis avec un pichet d'ale, mais je remarquai une seule chose.

Le casque de mon père.

Il était posé sur la table. Ce casque était doté d'une visière fermée, incrustée d'argent comme la couronne. Enfant, j'avais bien souvent vu la bouche grimaçante ciselée dans le métal. Je jouais même avec, malgré les taloches que m'aurait données mon père s'il m'avait surpris. Il le portait le jour de sa mort à Eoferwic, Ragnar l'Ancien l'avait acheté à celui qui l'avait abattu, et à présent il appartenait à l'un de ceux qui avaient assassiné Ragnar.

C'était Sven le Borgne. Il se leva à notre approche et la fureur m'envahit en le voyant. Je l'avais connu enfant. C'était désormais un homme, mais je reconnus immédiatement ce visage aplati où flamboyait un œil féroce. Grand, large d'épaules, les cheveux longs et la barbe en broussaille, il arborait une longue et splendide cotte de mailles et deux épées à la ceinture, une longue et une courte.

— D'autres hôtes ! s'exclama-t-il en nous désignant les bancs. Asseyez-vous, ordonna-t-il, et faisons affaire.

— Assieds-toi avec lui, marmonnai-je à Bolti.

Il me lança un regard affolé, puis il sauta de selle et alla s'asseoir. Le compagnon de Sven était plus âgé, les cheveux noirs et le teint mat. Il portait une robe noire qui lui donnait l'air d'un moine, mais il avait au cou un marteau en argent. Devant lui était posé un plateau de bois habilement divisé en compartiments pour accueillir différentes pièces qui luisaient au soleil. Sven se rassit, se servit une chope d'ale et poussa le pichet vers Bolti.

— Et tu es ? lui demanda-t-il.

— Bolti Ericson, répondit-il.

— Bolti Ericson. Et moi je suis Sven Kjartanson, et

mon père est le seigneur de ces terres. As-tu entendu parler de Kjartan ?

— Oui, seigneur.

— Il me semble que tu tentais de ne pas payer l'octroi, Bolti, sourit Sven. Essayais-tu ?

— Non, seigneur.

— D'où viens-tu donc ?

— D'Eoferwic.

— Ah, un autre marchand d'Eoferwic, hein ? Tu es le troisième aujourd'hui ! Et que transportes-tu sur tes chevaux ?

— Rien, seigneur.

Sven se pencha en avant et laissa échapper en souriant un pet sonore.

— Pardonne-moi, Bolti, c'était le tonnerre. Rien, disais-tu ? Mais je vois quatre femmes, dont trois fort jeunes. Seraient-ce les tiennes ?

— Mon épouse et mes filles, seigneur.

— Épouses et filles, comme nous les aimons, fit Sven.

Il leva le nez vers moi et, bien que sachant que seuls mes yeux étaient visibles sous mon casque, je sentis mes poils se hérisser.

— Qui est-ce là ? demanda-t-il. (Sa curiosité devait être éveillée, car j'avais l'air d'un roi. Ma cotte, mon casque et mes épées étaient de la meilleure sorte, et mes bracelets indiquaient un rang élevé. Bolti me jeta un regard terrifié sans répondre.) J'ai demandé, répéta-t-il en haussant la voix, qui était cet homme.

— Son nom, bégaya Bolti, est Thorkild le Lépreux.

Sven grimaça involontairement et toucha son amulette. Je ne pouvais lui en vouloir : tous les hommes redoutaient la chair grise et inerte des lépreux, que l'on bannissait au loin pour qu'ils vivent comme ils pouvaient et meurent comme ils devaient.

— Que fais-tu avec un lépreux ? s'étonna-t-il.

— Je voyage vers le Nord, répondis-je pour Bolti d'une voix caverneuse.

— Et pourquoi cela ?

— Parce que je suis las du Sud.

Il perçut l'hostilité dans ma voix étouffée, mais ne s'en émut guère. Il se disait sans doute que Bolti m'avait engagé comme escorte, mais qu'il n'avait rien à craindre. Cinq hommes veillaient sur lui, tous armés d'épées et de lances, et il en avait une quarantaine d'autres dans le reste du village. Il but une gorgée d'ale.

— J'ai ouï dire qu'il y avait des troubles à Eoferwic ? demanda-t-il à Bolti.

— Des Danes ont été tués, acquiesça celui-ci, mal à l'aise.

— Ivarr ne sera point content, fit Sven en faisant mine d'être effondré.

— Où est-il ? demanda Bolti.

— Aux dernières nouvelles, dans la vallée de la Tuede, et Aed de Scotie dansait autour de lui. (Il semblait ravi de cet échange, comme si cela donnait un aspect respectable à ses propres brigandages.) Alors, reprit-il, quel est ton négoce, Bolti ?

— Le cuir, les peaux, le linge et la poterie, fit Bolti.

Il n'acheva pas, craignant d'en avoir déjà trop dit.

— Et moi, des esclaves, répondit Sven. Voici Gelgill, dit-il en indiquant son compagnon. Il nous achète nos esclaves et tu as trois jeunes femmes qui pourraient bien se révéler fort profitables pour lui comme pour moi. Que me paieras-tu pour elles ? Si c'est assez, tu pourras les garder, conclut-il avec un sourire comme si sa proposition était tout à fait raisonnable.

Bolti sembla effondré, mais il parvint à sortir de sous son manteau une bourse qu'il posa sur la table. Sven le regarda compter les pièces une à une. Il y avait trente-huit chelins d'argent.

— C'est tout ce que j'ai, seigneur, dit Bolti humblement.

— C'est tout ? J'en doute, Bolti Ericson. Et si c'est vrai, alors tu ne pourras garder que l'oreille de l'une de tes filles. Comme souvenir. Qu'en dis-tu, Gelgill ?

Ce nom était étrange. L'homme devait venir d'au-delà des mers, car les marchés d'esclaves les plus prospères étaient soit en Dyflin, soit en Frankie. Il répondit à voix basse et Sven enchaîna.

— Qu'on amène les filles, dit-il à ses hommes.

Bolti frémit et leva les yeux vers moi comme s'il pensait que j'allais intervenir, mais je laissai les deux gardes s'approcher de notre groupe.

Pendant que Sven discutait des prochaines récoltes, les gardes firent descendre de cheval Hild et les filles de Bolti. Les hommes que celui-ci avait engagés les laissèrent faire. Son épouse protesta puis s'effondra en sanglots tandis qu'on amenait les trois jeunes filles. Sven les accueillit avec une politesse exagérée et Gelgill se leva pour les examiner, les tâtant comme un maquignon. Hild frissonna quand il souleva sa robe pour lui palper les seins, mais elle l'intéressait moins que les deux plus jeunes.

— Cent chelins chacune, conclut-il avec un accent étranger. Mais celle-là, cinquante seulement.

— Mais elle est jolie, objecta Sven. Les deux petites ont l'air de porcelets.

— Elles sont jumelles et on m'en donnera bon prix. La grande est trop vieille, elle doit avoir vingt ans.

— Le pucelage est fort précieux, en conviens-tu ? demanda Sven à Bolti.

— Je te paierai cent chelins pour chacune de mes filles, trembla le marchand.

— Oh, non, dit Sven. Ça, c'est ce qu'en demande Gelgill. Il faut que je fasse aussi quelque profit. Tu peux garder les trois, Bolti, si tu me verses six cents chelins.

C'était un prix scandaleux et il l'avait fait exprès, mais Bolti ne recula pas.

— Seules ces deux-là sont miennes, gémit-il. L'autre est sa femme, expliqua-t-il en me désignant.

— La tienne ? interrogea Sven en me regardant. Tu as une épouse, lépreux ? Ton petit bout n'est donc point encore rongé ? (Il éclata de rire à sa plaisanterie, imité par ses deux gardes.) Alors, lépreux, que me paieras-tu pour ta femme ?

— Rien.

Il se gratta les fesses. Ses hommes souriaient. Ils avaient l'habitude de sortir victorieux des défis et cela leur plaisait de voir Sven détrousser des voyageurs. Il se resservit de l'ale.

— Tu as de biens jolis bracelets, lépreux. Et je pense que ce casque ne te sera guère d'usage une fois mort. Aussi, en échange de ton épouse, je prendrai bracelets et casque et te laisserai aller.

Je ne bronchai pas et, sans répondre, je serrai doucement les genoux sur les flancs de Witnere qui frémit. C'était un cheval de combat qui attendait que je le lâche, et c'est peut-être sa tension que perçut Sven. Il ne voyait que mon casque couronné d'un loup et mes yeux, et cela commençait à l'inquiéter. Il avait insolemment lancé un défi qu'il ne pouvait retirer sans perdre toute dignité, il devait donc désormais jouer pour gagner.

— Aurais-tu perdu soudain ta langue ? ricana-t-il. Egil ! Atsur ! Prenez-lui son casque ! ordonna-t-il à ses gardes.

Il devait penser qu'il ne risquait rien, avec tout un équipage face à un homme seul, et cela le convainquit que j'étais mort avant même que ses hommes aient fait un pas. L'un portait une lance et l'autre son épée, mais il avait à peine commencé à la dégainer que j'avais déjà tiré Souffle-de-Serpent et lancé Witnere. Le cheval qui mourait d'envie d'attaquer bondit tel Sleipnir, le légendaire cheval à huit pattes d'Odin. Souffle-de-Serpent s'abattit sur l'homme à l'épée comme l'éclair de Thor et fendit son casque comme du beurre, tandis que Witnere, obéissant à la pression de mes genoux, se tournait déjà vers l'homme à la lance. Il aurait dû la planter dans le poitrail ou le cou de ma bête, mais il essaya de m'atteindre. Witnere se cabra et tenta de le mordre au visage. En l'esquivant, l'homme perdit l'équilibre et s'étala dans l'herbe. J'avais déjà déchaussé mes étriers et je bondis sur Sven, gêné par le banc pour se lever, le renversant à terre et le clouant sur place, mon épée sur sa gorge.

— Egil ! cria-t-il à l'homme à la lance, qui n'osa pas bouger.

Bolti gémissait. Il s'était pissé dessus. Gelgill restait immobile, me fixant d'un visage sans expression. Hild souriait. Une douzaine des hommes de Sven me faisaient face, sans oser faire un geste devant mon épée pointée sur la gorge de leur maître. Witnere se dressait à côté de moi, lèvres retroussées, piaffant d'impatience à côté de la tête de Sven. Alors qu'il me fixait de son œil unique, rempli de haine et de terreur, je m'écartai brusquement de lui.

— À genoux ! lui ordonnai-je.

— Egil ! cria de nouveau Sven.

Egil leva sa lance.

— Il mourra si tu bouges, dis-je en touchant Sven de la pointe de mon épée.

Egil recula sagement et je frôlai de ma lame le visage de Sven, l'entaillant légèrement.

— À genoux ! répétai-je.

Alors qu'il obéissait, je lui pris ses deux épées et les posai auprès du casque de mon père sur la table.

— Tu veux tuer le marchand d'esclaves ? demandai-je à Hild en lui désignant les armes.

— Non.

— Iseult l'aurait fait, répondis-je.

Iseult avait été ma maîtresse et l'amie de Hild.

— Tu ne tueras point, répondit-elle.

C'était un commandement chrétien, et pour moi aussi ridicule que d'ordonner au soleil de reculer.

— Bolti, dis-je en danois, tue le marchand.

Je n'avais pas envie de laisser Gelgill derrière moi.

Bolti ne bougea pas. Il était trop terrifié pour m'obéir, mais, à ma grande surprise, l'une de ses filles vint prendre les épées de Sven. Gelgill voulut s'enfuir, mais il fut bloqué par la table. La fille abattit de toutes ses forces l'épée sur son crâne et il s'écroula. Les jumelles l'achevèrent sauvagement. Je n'en vis rien, car je surveillais Sven, mais j'entendis ses hurlements et le cri de surprise de Hild, et je vis les visages ébahis des autres hommes de Sven. Les deux jumelles enchaînaient coup sur coup en ahanant. Gelgill mit longtemps à mourir, aucun des hommes de Sven ne tenta de le sauver ni de voler au secours de leur maître. Tous avaient tiré leur arme, et si ne fût-ce que l'un d'eux avait eu une once de bon sens, ils auraient compris que je n'oserais pas tuer Sven, car sa vie protégeait la mienne. Si je l'avais prise, ils se seraient jetés sur moi, mais ils redoutaient le sort que leur réserverait Kjartan si son fils mourait. Ils ne bronchèrent pas quand j'appuyai ma lame sur sa gorge, lui arrachant un cri de terreur.

Gelgill avait enfin rendu l'âme. Je risquai un regard et vis les deux filles de Bolti, souriantes et ruisselantes de sang.

— Ce sont les filles de Hel ! dis-je à l'assistance. (J'étais tout heureux de ma trouvaille, car Hel est la déesse de la Mort, âpre et redoutable, qui règne sur les hommes qui ne sont pas morts au combat.) Et moi, Thorkild, j'ai déjà rempli la salle des banquets d'Odin de cadavres ! (Sentir Sven trembler sous moi et voir ses hommes retenir leur souffle me donna des ailes. Je poursuivis d'une voix sinistre :) Je suis Thorkild le Lépreux. Je suis mort il y a bien longtemps, mais Odin m'a mandé de son château pour prendre les âmes de Kjartan et de son fils.

Ils me crurent. Je les vis toucher leurs amulettes et l'un d'eux tomba à genoux. J'avais envie d'abattre Sven sur-le-champ. J'aurais peut-être dû, mais il aurait suffi d'un seul homme pour déchirer mon tissu d'absurdités. Ce dont j'avais besoin en cet instant, ce n'était pas de l'âme de Sven, mais d'un sauf-conduit, et j'allais pouvoir l'acheter.

— Je laisserai ce vermisseau aller porter la nouvelle de ma venue à son père, mais vous partirez devant lui. Tous ! Quittez le village et je le laisserai aller. Abandonnez vos captifs. (Ils me fixèrent, j'enfonçai un peu ma lame pour arracher un glapissement à Sven.) Allez !

Ils obéirent. À toutes jambes, emplis de peur. Bolti contemplait ses filles adorées avec crainte et respect. Je leur déclarai qu'elles avaient bien agi et méritaient une poignée des pièces répandues sur la table. Elles retournèrent à leur mère, serrant contre elles les pièces et leurs épées sanglantes.

— Ce sont de braves filles, dis-je à leur père, qui courut les rejoindre sans répondre.

— Je ne pouvais pas le tuer, me dit Hild, honteuse de s'être montrée poltronne.

— Peu importe.

J'attendis que les hommes de Sven aient disparu. Leurs prisonniers, surtout des jeunes garçons et filles, étaient restés, mais aucun n'osait approcher.

Je fus tenté de dire la vérité à Sven, de lui dire qu'il avait été humilié par un vieil ennemi, mais l'histoire de Thorkild le Lépreux était trop belle pour la gâcher. J'avais aussi envie de l'interroger sur Thyra, la sœur de Ragnar, mais je craignais, en trahissant mon intérêt pour elle, de compromettre ses jours si elle était encore en vie. J'attrapai donc Sven par sa tignasse et lui renversai la tête en arrière pour le fixer dans les yeux.

— Je suis venu sur la terre des hommes afin de vous tuer, toi et ton père. Je te retrouverai, Sven Kjartanson, et je te tuerai alors. Je suis Thorkild, je marche la nuit, et nul ne peut me tuer car je suis déjà mort. Porte mon salut à ton père et dis-lui que le guerrier mort a été envoyé pour le chercher et que nous ferons tous les trois voile jusqu'à Niflheim à bord du *Skidbladnir*.

Niflheim était l'abîme ignoble des morts sans honneur, et *Skidbladnir* le navire des dieux que l'on pouvait plier et dissimuler dans une bourse. Je le lâchai puis lui donnai un bon coup de pied dans les reins qui le fit s'écrouler à plat ventre. Il aurait pu s'enfuir en rampant, mais il n'osait pas bouger. C'était un chien soumis, désormais, et bien qu'ayant encore envie de l'occire, je comprenais qu'il valait mieux le laisser rapporter mon étrange histoire à son père. Kjartan apprendrait sans doute qu'Uhtred de Bebbanburg avait été vu à Eoferwic, mais il saurait aussi que le guerrier mort venait le tuer, et je voulais que ses nuits soient troublées de cauchemars.

Sven ne broncha pas quand je me baissai pour arracher la lourde bourse de sa ceinture. Après quoi, je lui pris ses sept bracelets d'argent. Hild avait découpé un morceau de la robe de Gelgill et en fit un baluchon pour porter les pièces du marchand. Je lui donnai le casque de mon père, puis je remontai en selle. Je flattai l'encolure de Witnere, qui rehaussa fièrement la tête comme s'il comprenait qu'en ce jour il s'était comporté en grand étalon.

J'allais partir quand cette étrange journée prit un tour encore plus irréel. Quelques captifs, comprenant qu'ils étaient vraiment libres, se dirigeaient vers le pont, tandis que d'autres restaient encore, désemparés ou regrettant de ne pas être partis avec les soldats. Soudain un chant religieux s'éleva, et de l'une des maisons où ils avaient été enfermés sortit une troupe de prêtres. Ils étaient sept, les plus chanceux de tous ; en effet, je devais apprendre que Kjartan le Cruel détestait tant les Chrétiens qu'il tuait tous les prêtres et moines qu'il capturait. Ces sept-là lui échappaient donc, ainsi qu'un jeune homme en loques couvert de chaînes. Il était grand, bien bâti, fort beau garçon et d'environ mon âge. Ses longs cheveux bouclés étaient d'un blond tel qu'ils paraissaient blancs comme ses cils, il avait les yeux d'un bleu de ciel et une peau hâlée par le soleil. Son visage aurait pu être taillé dans la pierre, tant ses traits étaient saillants ; mais leur dureté était adoucie par une expression chaleureuse qui laissait à penser qu'il considérait la vie comme une constante source de surprises et d'amusement. Voyant Sven se protéger des sabots de mon cheval, il quitta les prêtres et courut vers nous, ne s'arrêtant que pour ramasser l'épée du garde que j'avais tué. Il la brandit gauchement, empêtré par ses chaînes, mais il alla la pointer sur le cou de Sven.

— Non, dis-je.

— Non ? sourit-il.

Immédiatement, son visage franc et ingénu me plut.

— Je lui ai promis la vie.

— En vérité, répondit-il en danois, mais moi pas.

— Mais si tu prends sa vie, je devrai prendre la tienne.

Il réfléchit à ce marché avec un sourire amusé.

— Pourquoi ? demanda-t-il candidement.

— Parce que telle est la loi.

— Mais Sven Kjartanson ne connaît nulle loi, fit-il remarquer.

— C'est ma loi, et je veux qu'il porte un message à son père.

— Quel message ?

— Que le guerrier mort est venu le chercher.

Il inclina pensivement la tête et dut apprécier l'idée, car il passa l'épée sous son bras et dénoua maladroitement la corde qui retenait ses braies.

— Tu lui porteras aussi ce message de moi, dit-il à Sven. Le voici, ajouta-t-il en lui pissant dessus. Je te baptise, au nom de Thor, d'Odin et de Loki.

Les sept clercs, trois moines et quatre prêtres, assistèrent solennellement au baptême, mais aucun ne protesta devant le blasphème. Le jeune homme prit son temps afin de bien tremper les cheveux de Sven, puis il renoua sa corde et me gratifia d'un autre éblouissant sourire.

— Tu es le guerrier mort ?

— Je le suis.

— Cesse de geindre, dit-il à Sven. Peut-être, continua-t-il pour moi, me feras-tu alors l'honneur de me servir ?

— Te servir ? m'amusai-je.

— Je suis Guthred, dit-il comme si cela expliquait tout.

— Guthrum, je connais. Ainsi qu'un Guthwere et deux Guthlac, mais je ne connais nul Guthred.

— Je suis Guthred, fils d'Hardicnut.

Le nom ne me disait toujours rien.

— Et pourquoi devrais-je servir Guthred, fils d'Hardicnut ?

— Parce que avant ta venue j'étais un esclave, mais grâce à toi, eh bien, je suis un roi ! dit-il avec une telle emphase qu'il eut peine à achever.

— Un roi, souris-je sous mon écharpe. Mais de quoi ?

— De Northumbrie, bien sûr, répondit-il avec entrain.

— Il l'est, seigneur, il l'est, s'empressa de confirmer un prêtre.

Et c'est ainsi que le guerrier mort connut le roi esclave, que Sven le Borgne courut retrouver son père... L'étrangeté de cette ignoble Northumbrie ne faisait que commencer.

2

En mer, parfois, si l'on éloigne trop un navire de la côte, que le vent se lève et que les vagues dépassent de leurs crêtes blanches la ligne des boucliers, on n'a d'autre choix que de se laisser aller à la volonté des dieux. Il faut amener la voile avant qu'elle ne se déchire. Les rames sont inutiles : alors on les rentre, on livre le navire à lui-même en murmurant ses prières, le regard tourné vers un ciel noir, pendant que le vent hurle dans la pluie cinglante. Et l'on espère que la mer ne précipitera pas le navire sur les rochers.

C'est ce que j'éprouvais en Northumbrie. Je n'avais fui la folie de Hrothweard à Eoferwic que pour humilier Sven, qui désormais ne chercherait qu'à me tuer, s'il croyait la chose possible. Du coup, je n'osais pas rester en pleine Northumbrie, car mes ennemis y étaient bien trop nombreux. Je ne pouvais pas davantage remonter au nord vers Bebbanburg, ma terre, où mon oncle priait chaque jour pour ma mort afin de le laisser seul héritier légitime de ce qu'il avait volé, et je ne voulais pas l'exaucer trop facilement. C'est donc ainsi que le vent de haine de Kjartan et de vengeance de Sven, et les vagues hostiles de mon oncle me poussèrent à l'Ouest dans les régions sauvages du Cumbraland.

Nous suivîmes le mur romain qui traversait les

collines. Cette extraordinaire construction sépare tout le pays d'une côte à l'autre. Elle est faite de pierres et serpente dans les collines et vallées, ininterrompue, brutale et sans remords.

Nous croisâmes un berger qui n'avait jamais entendu parler des Romains ; il nous dit que le mur avait été bâti par les géants de l'ancien temps et qu'à la fin du monde les sauvages du Nord le franchiraient comme un flot apportant mort et terreur. Je songeai à sa prophétie cet après-midi-là en observant une louve qui courait sur le mur, la langue pendante. Elle nous jeta un regard, sauta du mur et s'enfuit vers le sud. De nos jours, la maçonnerie du mur s'est effritée, des fleurs poussent entre les pierres et l'herbe en recouvre le large sommet, mais il demeure étonnant. Nous bâtissons quelques églises et monastères en pierre, et j'ai vu des châteaux de même, mais je n'imagine personne construire un tel mur aujourd'hui. Et ce n'était pas que cela. Il était bordé devant d'un large fossé, et derrière d'une route pavée, ponctuée chaque demi-lieue d'une tour de guet, et deux fois par jour nous passions auprès d'une forteresse de pierre où avaient vécu les soldats romains. Les toits ont disparu depuis longtemps, les tours n'abritent plus que renards et corbeaux ; mais dans un de ces forts, nous découvrîmes un homme nu aux cheveux tombant jusqu'à la taille. Il était vieux, prétendait avoir plus de soixante-dix ans, et sa barbe grise était aussi longue que sa repoussante tignasse blanche. Il n'était que crasse et peau sur les os, mais Willibald et les sept anciens clercs prisonniers de Sven s'agenouillèrent devant lui, car c'était un ermite fameux.

— Il était évêque, me confia Willibald d'une voix pleine de respect après avoir reçu sa bénédiction. Il a renoncé aux richesses, épouse, serviteurs et honneurs pour adorer Dieu dans la solitude. C'est un très saint homme.

— Ou peut-être seulement un pauvre fou, répondis-je. À moins que sa mégère de femme ne l'ait chassé.

— C'est un enfant de Dieu, me réprouva Willibald. Et il deviendra plus tard un saint.

Hild avait sauté de cheval et me demanda d'un regard la permission d'approcher l'homme. Elle voulait sa bénédiction ; comme je m'en moquais bien, je haussai les épaules et elle s'agenouilla auprès de l'ignoble créature. Il la lorgna en se grattant l'entrejambe et fit le signe de croix sur ses deux seins, appuyant bien pour sentir sa chair sous prétexte de la bénir ; je me retins de le rouer de coups pour lui offrir un martyre digne de lui. Mais Hild, émue, pleurait tandis qu'il la tripotait en marmonnant une vague prière, et elle sembla reconnaissante. Il darda sur moi un œil noir et tendit sa main crasseuse comme s'il voulait l'aumône, mais je lui montrai mon marteau de Thor... alors il me maudit en sifflant entre ses chicots jaunâtres. Nous l'abandonnâmes à sa lande, à son ciel et à ses prières.

J'avais quitté Bolti en sécurité au nord du mur, car il entrait dans le territoire de Bebbanburg. Nous suivîmes le mur vers l'ouest, moi, Willibald, Hild, le roi Guthred et les sept clercs. J'étais parvenu à briser la chaîne du roi esclave qui montait désormais la jument de Willibald et portait aux poignets deux bracelets d'acier où pendaient quelques maillons rouillés. Il ne cessait de babiller.

— Ce que nous devons faire, me dit-il au deuxième jour, c'est lever une armée au Cumbraland puis traverser les collines pour prendre Eoferwic.

— Et ensuite ? ironisai-je.

— Partir vers le Nord ! triompha-t-il. Le Nord ! Nous

prendrons Dunholm, et puis Bebbanburg. Tu veux cela, n'est-ce pas ?

Je lui avais dit comment je m'appelais et que j'étais le seigneur légitime de Bebbanburg. Je dus lui expliquer que la forteresse n'avait jamais pu être conquise.

— Elle est difficile, alors ? répondit-il. Comme Dunholm ? Eh bien, nous verrons pour Bebbanburg. Mais bien sûr, nous devons d'abord abattre Ivarr. (À l'entendre, anéantir le plus puissant Dane de Northumbrie était une broutille.) Nous nous occuperons donc de lui. (Son visage s'éclaira soudain.) Mais peut-être m'acceptera-t-il comme roi ? Il a un fils et j'ai une sœur en âge de se marier. Nous pourrions faire alliance ?

— Sauf si ta sœur est déjà mariée, coupai-je.

— Je ne vois pas qui en voudrait, elle a une face de jument.

— Jument ou pas, elle est fille d'Hardicnut, répondis-je. Il doit bien y avoir avantage à l'épouser.

— Il y en avait sans doute avant la mort de mon père, mais maintenant ?

— Tu es roi, à présent, lui rappelai-je.

Je n'y croyais pas vraiment, mais comme il en était convaincu, je voulais lui faire plaisir.

— C'est vrai ! Quelqu'un voudra donc épouser Gisela, alors. Malgré sa laideur !

— A-t-elle vraiment l'allure d'une jument ?

— Le visage est long, grimaça-t-il, mais elle n'est point tout à fait laide. Et il serait grand temps qu'elle se marie. Elle doit avoir quinze ou seize ans ! Je pense qu'elle devrait épouser le fils d'Ivarr. Nous serons alors alliés et il nous aidera à combattre Kjartan, puis nous devrons nous assurer que les Scotes ne nous causent plus de soucis. Et bien sûr, nous devrons empêcher ces gueux de Strath Clota de nous importuner.

— Bien entendu.

— Ils ont tué mon père, vois-tu. Et fait de moi un esclave !

Hardicnut, son père, était un comte dane qui s'était établi à Cair Ligualid, capitale du Cumbraland. Il s'était proclamé roi de Northumbrie, ce qui était prétentieux, maix des choses curieuses arrivent à l'ouest des collines, et là-bas un homme peut se prétendre roi de la lune s'il le désire, car personne au-delà de ces terres n'en saura jamais rien. Hardicnut ne représentait aucune menace pour les grands seigneurs des environs d'Eoferwic, ni d'ailleurs pour quiconque, car le Cumbraland était une terre lugubre et désolée, constamment pillée par les Norses d'Irlande ou les sauvages de Strath Clota, dont le roi, Eochaid, se disait souverain de Scotie, titre que lui disputait Aed, lequel luttait contre Ivarr.

De l'insolence des Scotes, mon père disait qu'elle ne connaissait point de bornes. Avec raison, car les Scotes revendiquaient une bonne partie des terres de Bebbanburg, et jusqu'à l'arrivée des Danes, notre famille n'avait cessé de les combattre. Enfant, on m'avait appris qu'il y avait bien des tribus en Scotie, mais que les deux plus proches de Northumbrie étaient les Scotes eux-mêmes, dont Aed était désormais roi, et les sauvages de Strath Clota, qui demeuraient sur le rivage ouest et n'approchaient jamais de Bebbanburg. Ils préféraient s'en prendre au Cumbraland ; alors Hardicnut, ayant décidé de les punir, avait mené une petite armée au nord de leurs collines, où Eochaid de Strath Clota lui avait tendu une embuscade et l'avait anéanti. Guthred, qui accompagnait son père, avait été fait prisonnier et réduit en esclavage depuis deux ans.

— Pourquoi ne t'ont-ils pas tué ? demandai-je.

— Eochaid aurait dû, avoua-t-il, ravi, mais il ignorait

qui j'étais. Lorsqu'il l'a appris, il n'était plus d'humeur à tuer. Il m'a donné quelques coups et a fait de moi son esclave. Il aimait me voir vider sa tinette. J'étais esclave dans sa maison, car c'était plus humiliant.

— Pourquoi cela ?

— C'est une tâche pour les femmes, mais cela me permettait d'être auprès des filles, et cela me plaisait.

— Comment t'es-tu échappé ?

— Je n'ai pas fui. Gelgill m'a acheté. Et payé cher ! se rengorgea-t-il.

— Et il allait te vendre à Kjartan ?

— Oh non, il voulait me vendre aux prêtres de Cair Ligualid ! dit-il en indiquant les sept clercs que j'avais sauvés avec lui. Ils s'étaient accordés sur le prix, mais Gelgill voulait davantage. Alors ils sont tous allés voir Sven, qui n'a pas voulu que la vente se fasse. Il voulait que je revienne à Dunholm, et comme Gelgill ne refuse rien à Sven et son père, nous étions tous condamnés jusqu'à ton arrivée.

Son récit se tenait et, après avoir parlé avec les clercs et de nouveau questionné Guthred, j'eus le fin mot de l'histoire. Gelgill, connu des deux côtés de la frontière comme marchand d'esclaves, avait acheté Guthred à Eochaid et payé un bon prix, non parce que Guthred le valait, mais parce que les prêtres avaient engagé Gelgill pour mener la négociation.

— Deux cents pièces d'argent, huit bœufs, deux sacs de malt et une corne sertie d'argent. Tel était mon prix, se vanta le jeune homme.

— Gelgill a payé autant ? m'étonnai-je.

— Non, ce sont les prêtres. Gelgill n'a fait que négocier.

— Les prêtres ont payé pour toi ?

— Ils ont dû épuiser tout l'argent de Cumbraland, dit-il fièrement.

— Et Eochaid a accepté de te céder ?

— Pour ce prix ? Bien sûr ! Pourquoi pas ?

— Il a tué ton père. Ton devoir est de le tuer. Il le sait.

— Il m'aimait bien. (Je voulus bien le croire, car Guthred était vraiment agréable. Il affrontait chaque jour comme s'il ne pouvait lui apporter que bonheur, et en sa compagnie la vie semblait plus plaisante.) Il continuait de me faire vider sa tinette, mais il avait cessé de me frapper. Et il aimait bien me parler.

— De quoi ?

— Oh, de tout ! Des dieux, du temps, de la pêche, des bons fromages, des femmes. Et pour lui, je n'étais pas un guerrier, ce qui est assez vrai. À présent, étant roi, bien sûr, je dois devenir un guerrier, mais cela ne me plaît guère. Eochaid m'a fait jurer de ne jamais lui déclarer la guerre.

— Et tu as prêté serment ?

— Bien sûr ! Je l'aime bien. Je pillerai son château, évidemment, et je tuerai tous les hommes qu'il enverra en Cumbraland, mais ce n'est pas là faire la guerre, n'est-ce pas ?

Eochaid avait donc pris l'argent de l'église, et Gelgill amené Guthred en Northumbrie ; mais au lieu de le donner aux prêtres, il l'avait emmené à l'est, se disant qu'il gagnerait plus encore en le vendant à Kjartan. Les prêtres et moines les avaient suivis, le suppliant de leur rendre Guthred. C'est ainsi qu'ils avaient rencontré Sven. L'esclave affranchi, fils d'Hardicnut, donc héritier des terres de Cumbraland, valait une belle rançon. Sven avait l'intention de ramener Guthred à Dunholm, où il aurait sans doute tué les sept clercs. Mais j'étais arrivé avec mon déguisement, Gelgill était mort, Sven les cheveux pleins de pisse et Guthred était libre.

Je comprenais bien tout cela, mais pas pourquoi sept clercs saxons étaient venus de Cair Ligualid payer une fortune pour Guthred qui était à la fois dane et païen.

— Parce que je suis leur roi, voyons, répondit-il comme si c'était une évidence. Certes, je ne pensais pas devenir roi, après avoir été pris par Eochaid, mais si c'est ce que veut le dieu chrétien, qui suis-je pour refuser ?

— Leur dieu te réclame ?

— En vérité, car je suis l'élu. Penses-tu que je devrais me faire chrétien ?

— Non.

— Je crois que si, ne serait-ce que pour montrer ma reconnaissance. Les dieux n'aiment pas les ingrats, n'est-ce pas ?

— Ce qu'ils aiment, c'est le chaos.

Les dieux étaient heureux.

Cair Ligualid était un lugubre endroit. Les Norses l'avaient pillée et incendiée deux ans plus tôt, juste après la mort du père de Guthred, et la ville n'avait même pas été à moitié reconstruite. Ce qui en restait se dressait sur la rive sud de l'Hedene, là où se situait le premier passage sur la rivière, qui le protégeait des expéditions des Scotes. Elle n'avait guère servi contre la flotte de Vikings qui avaient remonté l'Hedene, volé tout ce qu'ils trouvaient, violé tout ce qu'ils voulaient, tué tout ce qu'ils ne voulaient pas et réduit le reste en esclavage. Ces Vikings venaient de leurs premières colonies en Irlande. Ils étaient ennemis des Saxons, des Irlandais, des Scotes et parfois même de leurs cousins, les Danes ; ils n'avaient donc pas épargné ceux qui habitaient Cair Ligualid. Nous passâmes une porte brisée dans un mur effondré pour entrer dans une ville en ruine. C'était le crépuscule, la pluie avait enfin cessé, un rayon de soleil couchant filtrait par les nuages. Me voyant nimbé de cette lueur rougeâtre, quelqu'un cria que j'étais un roi. Et j'en avais bien l'air, revêtu de ma splendeur guerrière et juché sur Witnere qui secouait la tête et piaffait.

Cair Ligualid était peuplée. Çà et là, quelques maisons avaient été rebâties, mais la plupart des habitants campaient parmi les ruines calcinées, avec leur bétail, et ils étaient bien trop nombreux pour n'être que les survivants des anciennes expéditions norses. C'était en fait le peuple de Cumbraland qui avait été amené à Cair Ligualid par leurs prêtres et leurs seigneurs, car on leur avait promis l'avènement d'un nouveau royaume. Et là, venu de l'Est, sa cotte scintillant dans le couchant, arrivait un guerrier rayonnant sur un grand cheval noir.

— Le roi ! cria encore une voix, rejointe par d'autres.

Des maisons en ruine et des abris de fortune, des gens sortaient pour me contempler. Willibald essayait de les chasser, mais ses harangues en saxon étaient couvertes par le vacarme. Je pensais que Guthred protesterait lui aussi, mais il ramena son capuchon sur sa tête pour ressembler aux autres clercs. Des gens s'agenouillaient sur notre passage et se relevaient prestement pour nous suivre. Hild riait ; je pris sa main et nous continuâmes comme roi et reine, jusqu'à un bâtiment neuf qui s'élevait sur une petite colline, une église d'où prêtres et moines sortirent pour nous accueillir.

La folie régnait à Cair Ligualid. Différente de celle qui avait provoqué le bain de sang à Eoferwic, mais folie tout de même. Des femmes pleuraient, les hommes hurlaient et les enfants nous fixaient. Des mères me tendaient leurs bébés comme si ma main avait pu les guérir.

— Tu dois les arrêter ! vint me demander Willibald en tirant sur mon étrier.

— Pourquoi ?

— Parce qu'ils se méprennent, voyons ! Guthred est le roi.

— Peut-être, souris-je à l'idée qui me venait, peut-être que je devrais être roi à sa place...

— Uhtred ! s'indigna le prêtre.

— Pourquoi pas ? Mes ancêtres l'étaient.

— C'est Guthred le roi ! protesta Willibald. L'abbé l'a nommé !

Ainsi avait commencé la folie de Cair Ligualid. La ville était un repaire de renards et d'oiseaux quand l'abbé Eadred de Lindisfarena avait traversé les collines. Lindisfarena est le monastère de Bebbanburg. Il se trouve sur la côte est de Northumbrie, alors que Cair Ligualid est situé sur sa côte ouest ; mais l'abbé, chassé de Lindisfarena par les expéditions danes, était venu à Cair Ligualid et y avait bâti la nouvelle église vers laquelle nous montions. L'abbé avait aussi vu Guthred en songe. Aujourd'hui, bien sûr, tous les Northumbriens connaissent la légende de saint Cuthbert révélant Guthred à l'abbé Eadred ; mais à l'époque, le jour de l'arrivée de Guthred à Cair Ligualid, elle semblait n'être rien qu'une absurdité de plus dans la folie générale. On criait, on m'appelait roi. Willibald se tourna vers Guthred :

— Dis-leur de cesser !

De jeunes moines armés de bâtons écartaient les gens des portes de l'église. La foule attendait depuis des jours le miracle promis par Eadred, le retour de leur roi, et j'étais arrivé de l'Est dans toute ma gloire de guerrier, comme je l'ai toujours été. Toute ma vie, j'ai suivi le chemin de l'épée. Si l'on me donnait le choix – et on le fit souvent –, je préférerais tirer ma lame que régler une querelle par les mots, car c'est ainsi qu'agit le guerrier, mais la plupart des hommes ne sont point des combattants. Ils désirent la paix plus que tout. Ils veulent surtout voir leurs enfants grandir, planter leurs graines et attendre la récolte, adorer leur dieu, aimer leur famille et vivre en paix. Pourtant, mon destin a été de naître à une époque où la violence régnait. Les Danes apparurent, et notre terre fut déchirée ; tout au long de nos côtes, les longs navires à proue recourbée venaient piller et tuer. Au Cumbraland, la plus sauvage des terres saxonnes, les Danes puis les Norses et les Scotes étaient venus, et nul ne pouvait vivre en paix. Et quand on brise les rêves des hommes, qu'on détruit leurs foyers et leurs récoltes, qu'on prend leurs fils, on engendre la folie. À la fin du monde, lorsque les dieux se battront, toute l'humanité sera saisie d'une grande démence, les rivières charrieront le sang, le ciel sera rempli de cris, et le grand arbre de vie s'écroulera dans un fracas de tonnerre... mais le temps n'est pas encore venu. À l'époque, en 878, quand j'étais jeune, il ne régnait qu'une folie légère à Cair Ligualid. C'était celle de l'espoir qu'un roi, né du rêve d'un abbé, mettrait fin aux souffrances d'un peuple.

Lorsque mon cheval approcha, l'abbé Eadred, qui attendait derrière les moines, leva les bras au ciel. C'était un grand et vieux bonhomme maigre à cheveux blancs, avec des yeux de faucon et, détail surprenant pour un prêtre, une épée à la ceinture. Lorsque j'eus ôté mon casque et qu'il vit mon visage, il continua de me prendre pour un roi et s'inclina.

— Seigneur roi, entonna-t-il alors que les moines tombaient à genoux et me contemplaient, sois le bienvenu !

— Sois le bienvenu, seigneur roi ! répétèrent les moines.

Ce fut un grand moment. N'oublions pas qu'Eadred avait choisi Guthred comme roi parce que saint Cuthbert lui avait montré en rêve le fils d'Hardicnut. Pourtant, il croyait que c'était moi le roi. Cela signifiait soit que Cuthbert lui avait montré le mauvais visage, soit qu'Eadred était un fieffé menteur. Ce miracle était décidément fort suspect. Je racontai un jour cette histoire à un prêtre qui refusa de me croire, se signa et courut dire ses prières. Toute la vie de Guthred reposait sur le fait que saint Cuthbert l'avait révélé à Eadred. La vérité, c'est que l'abbé ne le reconnut pas. Willibald, évidemment, sautillait comme un homme qui a deux guêpes dans ses braies, tentant de corriger l'erreur d'Eadred ; je dus lui donner un coup sur le crâne pour le calmer, avant de désigner Guthred qui avait relevé son capuchon.

— Voilà ton roi, dis-je à Eadred.

L'espace d'un instant, l'abbé ne me crut pas, puis la fureur se peignit sur son visage. Si les autres n'avaient pas encore saisi, lui venait de comprendre qu'il était censé reconnaître Guthred d'après son rêve. Mais il se reprit et s'inclina devant le jeune homme, qui lui rendit son salut avec sa bonne humeur habituelle. Deux moines se précipitèrent pour prendre son cheval et Guthred entra dans l'église. Nous le suivîmes comme nous pûmes. Des moines à qui j'ordonnai de garder Witnere et la jument de Hild refusèrent, car ils voulaient eux aussi entrer ; mais je les menaçai de fracasser leurs crânes tonsurés et ils obéirent.

Il faisait sombre dans l'église. Des torches brûlaient sur l'autel et dans la nef où un groupe de moines chantaient, mais elles parvenaient à peine à dissiper la pénombre. L'église était grande, bien plus que celle qu'Alfred édifiait à Wintanceaster, mais elle avait été bâtie à la hâte : quand mes yeux se furent habitués à l'obscurité, je vis que les parois étaient de troncs mal équarris, et le toit de chaume. Il y avait là une soixantaine de clercs et moitié moins de thanes, si tant est que les hommes riches de Cumbraland pouvaient prétendre à ce rang. Ils étaient là avec leur entourage ; je fus surpris de voir que certains portaient la croix et d'autres le marteau. Il y avait là Danes et Saxons mêlés et non point ennemis. Ils s'étaient réunis pour soutenir Eadred qui leur promettait un roi désigné par Dieu.

Et il y avait Gisela.

Je la remarquai presque sur-le-champ. C'était une grande fille aux cheveux noirs, avec un long visage grave. Elle portait une cape grise et une coiffe qui me la fit prendre pour une nonne, mais je vis les bracelets d'argent et la lourde broche à son cou. Ses grands yeux brillaient de larmes, mais c'était de joie qu'elle pleurait. Quand Guthred la vit, il courut à elle et ils s'étreignirent. Puis il l'attira vers moi.

— Ma sœur, Gisela, dit-il en lui tenant les mains. Je suis libre, lui expliqua-t-il, grâce au seigneur Uhtred.

— Je te remercie, me dit-elle.

Je ne répondis pas, gêné par la présence de Hild à mes côtés, mais plus encore par cette fille. Quinze, seize ans ? Mais non encore mariée, car ses cheveux noirs étaient dénoués. Que m'avait dit son frère ? Qu'elle avait une face de cheval. Mais je lui trouvai un visage fait pour embraser le ciel et hanter les rêves d'un homme. Je revois encore après toutes ces années ces grands yeux tantôt lointains et tantôt malicieux qui me perdirent quand elle les posa sur moi. Les fileuses qui tissent nos vies l'avaient envoyée, et je sus que rien ne serait plus jamais pareil.

— Tu n'es pas mariée ? demanda-t-il avec inquiétude.

Elle lui montra ses cheveux qui ne seraient attachés qu'une fois devenue épouse.

— Bien sûr que non. Et toi ?

— Non.

Son regard alla de Hild à moi, et au même instant l'abbé Eadred accourut pour entraîner Guthred et confier Gisela à sa tutrice. Elle me jeta un dernier regard que je n'ai jamais oublié, les paupières baissées, et un sourire.

— Jolie fille, dit Hild.

— Je préférerais une jolie femme.

— Tu dois te marier, me dit-elle.

— Je suis marié, lui rappelai-je.

C'était vrai : j'avais une épouse au Wessex, qui me détestait, mais Mildrith était désormais dans un couvent et je me moquais bien qu'elle se considère comme mariée à moi ou au Christ.

— Cette fille t'a plu, reprit Hild.

— Toutes me plaisent, éludai-je.

Gisela disparut dans la foule pendant que l'abbé Eadred ôtait son épée et en ceignait Guthred. Après quoi, il drapa sur les guenilles du nouveau roi une belle cape verte bordée de fourrure et posa une fine couronne de bronze sur ses cheveux blonds. Les moines continuaient de chanter tandis que l'abbé l'entraînait dans toute l'église pour le montrer à chacun en levant sa main, et sans doute nombre d'entre eux trouvèrent étrange que leur nouveau roi ait des chaînes d'esclave au poignet. Des hommes s'agenouillèrent. Guthred connaissait la plupart des Danes qui entouraient naguère son père et les salua avec bonne humeur. Il jouait bien son rôle, car il était aussi intelligent qu'avenant, mais je lui trouvai un air amusé. Je crois qu'il considérait tout cela comme une nouvelle aventure, plus agréable que de vider la tinette d'Eochaid.

Eadred prononça un sermon bienheureusement bref, bien qu'en deux langues. Il parlait mal le dane, mais suffisamment pour expliquer aux compatriotes de Guthred que Dieu et saint Cuthbert avaient choisi le nouveau roi, qu'il était venu et que la gloire les attendait. Ensuite, il entraîna Guthred vers les torches allumées au milieu de l'église. Les moines s'écartèrent, dévoilant trois coffres eux aussi entourés de petites bougies.

— Le serment royal va à présent être prononcé ! annonça Eadred.

Les chrétiens s'agenouillèrent de nouveau et quelques Danes suivirent gauchement leur exemple.

Le moment était censé être solennel, mais Guthred le gâcha un peu en se retournant.

— Uhtred ! appela-t-il. Tu dois venir !

Eadred s'offusqua, mais Guthred me voulait à ses côtés parce que les trois coffres l'inquiétaient. Ils étaient dorés, munis de grosses serrures, et toutes ces torches lui laissaient penser que quelque sorcellerie chrétienne allait être mise en œuvre.

— T'a-t-il appelé Uhtred ? me demanda Eadred d'un air soupçonneux.

— Le seigneur Uhtred commande mes troupes, répondit pompeusement Guthred. (Cela me faisait commandant de pas grand-chose, mais je restai de marbre.) Et si un serment doit être prononcé, il doit le dire avec moi.

— Uhtred... répéta Eadred.

Il connaissait le nom, bien sûr. Il venait de Lindisfarena, où régnait ma famille, et je perçus de l'aigreur dans sa voix.

— Je suis Uhtred de Bebbanburg, dis-je, assez fort pour que tous l'entendent.

Quelques moines chuchotèrent et se signèrent, d'autres posèrent sur moi un regard haineux.

— Est-ce ton compagnon ? demanda Eadred à Guthred.

— Il m'a sauvé et c'est mon ami.

Eadred se signa. Il me détestait depuis l'instant où il s'était mépris sur moi, mais là sa haine était à son comble. Il me haïssait parce que notre famille était censée protéger le monastère de Lindisfarena qui était désormais en ruines et dont lui, l'abbé, avait été exilé.

— Ælfric t'envoie ? demanda-t-il.

— Ælfric, crachai-je, est un usurpateur, un voleur, un coucou. Un jour, je répandrai ses tripes pourries et je l'enverrai nourrir l'Éventreur de Cadavres.

— Tu es donc le fils du seigneur Uhtred, comprit alors Eadred, voyant mes nombreux bracelets, ma cotte de mailles et mon amulette. Tu es le garçon élevé par les Danes.

— Je suis le garçon, dis-je, sarcastique, qui a tué Ubba Lothbrokson au bord de la mer du Sud.

— C'est mon ami, insista Guthred.

L'abbé frémit puis s'inclina pour indiquer qu'il acceptait.

— Tu jureras, gronda-t-il, de servir fidèlement le roi Guthred.

Je reculai d'un pas. Jurer est une grave affaire. Si je faisais serment de servir ce roi qui avait été esclave, je ne serais plus libre. Je serais l'homme de Guthred, prêt à lui obéir jusqu'à la mort et cette idée m'humiliait.

— Je t'en libérerai, me chuchota Guthred en dane, voyant mon hésitation.

Et je compris que, comme moi, il ne prenait pas cette cérémonie au sérieux.

— Tu le jures ? demandai-je.

— Sur ma vie, répondit-il d'un ton léger.

— Que les serments soient prononcés ! clama Eadred, voulant rétablir un peu de dignité dans cette église qui bruissait de murmures.

Il foudroya du regard la congrégation pour lui imposer silence, puis il ouvrit l'un des deux plus petits coffres. À l'intérieur se trouvait un livre à la couverture incrustée de gemmes.

— Voici le grand évangile de Lindisfarena, dit-il avec respect.

Il le souleva et le fit briller dans la lumière. Tous les moines se signèrent, puis Eadred le tendit à un prêtre aux mains tremblantes. L'abbé se baissa, fit le signe de croix et ouvrit le deuxième petit coffre. À l'intérieur se trouvait une tête décapitée aux yeux clos. Guthred ne put réprimer un grognement de dégoût et, redoutant quelque sorcellerie, me saisit le bras.

— Voici le très saint Oswald, dit Eadred d'une voix tremblante d'émotion, jadis roi de Northumbrie et désormais bienheureux parmi les élus de Dieu.

Guthred recula, mais je m'avançai vers Oswald. Il avait régné sur Bebbanburg et la Northumbrie deux cents ans plus tôt. Il était mort dans une bataille contre les Merciens qui l'avaient taillé en pièces, et je me demandai comment sa tête avait pu être sauvée du charnier. Les joues creusées et la peau noircie semblaient exemptes d'entailles. Ses longs cheveux étaient emmêlés, et son cou dissimulé par un morceau de linge jauni. Un cercle de bronze doré lui tenait lieu de couronne.

— Bien-aimé saint Oswald, dit Eadred en se signant, protège-nous, guide-nous et prie pour nous. (Les lèvres du roi étaient si racornies qu'elles découvraient trois dents jaunies. Les moines agenouillés dodelinèrent de la tête en priant avec ferveur.) Saint Oswald est un guerrier de Dieu, et à ses côtés nous ne craindrons personne !

Eadred alla ensuite ouvrir le plus gros des coffres. Tous se turent. Les chrétiens savaient évidemment qu'en révélant les reliques, Eadred convoquait les puissances célestes comme témoins des serments, tandis que les Danes païens, même s'ils ne comprenaient pas tout à fait, étaient impressionnés par la magie qu'ils sentaient s'emparer des lieux. Et ils pressentaient un plus grand prodige encore quand ils virent les moines se prostrer à plat ventre, tandis qu'Eadred priait muettement. Il resta longtemps les mains jointes, les yeux levés vers les poutres où voletaient des moineaux ; il défit enfin les deux gros loquets de bronze et souleva le couvercle du coffre.

Un cadavre gisait à l'intérieur. Il était enveloppé d'un linge, mais j'en distinguai clairement la forme. De nouveau Guthred m'avait saisi le bras, comme si je pouvais le protéger de la sorcellerie d'Eadred. Pendant ce temps, l'abbé défaisait délicatement le linge et révélait un évêque vêtu de blanc, le visage couvert d'un petit carré d'étoffe cousu d'or. Le cadavre portait au cou un scapulaire brodé, et sa mitre cabossée était tombée. Une croix d'or ornée de grenats était posée entre ses mains jointes sur sa poitrine. Un rubis brillait à l'un de ses doigts. Des moines étouffèrent un cri, comme s'ils ne pouvaient supporter la sainteté qu'exhalait le cadavre, et même Eadred s'était calmé. Il posa le front au coin du cercueil, puis il se redressa et me considéra.

— Sais-tu qui il est ? demanda-t-il.

— Non.

— Au nom du Père, du Fils et du Saint-Esprit, dit-il en ôtant le carré de linge brodé d'or pour révéler un visage jaunâtre marbré de taches noires. Voici saint Cuthbert. Il est le plus saint et bienheureux de tous. Oh, doux seigneur, voici saint Cuthbert lui-même !

Jusqu'à mes dix ans, j'avais été bercé par les légendes de Cuthbert. J'avais appris qu'il avait dressé des phoques à chanter des psaumes et que les aigles lui apportaient à manger sur une petite île au large de Bebbanburg où il s'était retiré en ermite. Il savait apaiser les orages par les prières et avait sauvé nombre de marins de la noyade. Les anges venaient lui parler. Il avait un jour sauvé une famille en ordonnant aux flammes qui dévoraient la maison de retourner en enfer, et le feu s'était miraculeusement éteint. Il pouvait entrer en plein hiver dans la mer jusqu'au cou et rester là toute la nuit à prier, et lorsqu'il en ressortait sa robe était sèche. Il avait tiré de l'eau du sol aride durant une sécheresse, et lorsque des oiseaux volaient les semences, il leur ordonnait de les rendre. C'est en tout cas ce que l'on m'avait raconté. C'était sans conteste le plus grand saint de Northumbrie, celui qui nous protégeait et auquel nous devions adresser nos prières pour qu'il les chuchote à l'oreille de Dieu. Et il était là dans sa caisse de bois d'orme dorée et ciselée, narines dilatées, bouche entrouverte et joues creuses. Ma belle-mère possédait le peigne de saint Cuthbert et se plaisait à raconter qu'elle y avait trouvé quelques cheveux du saint homme, de la couleur de l'or le plus fin ; mais ce cadavre-là avait des cheveux d'un noir de poix, longs et plats. Eadred redressa délicatement la mitre, se pencha et baisa l'anneau au rubis.

— Vous remarquerez, dit-il d'une voix rauque d'émotion, que la sainte chair n'est point corrompue et que ce miracle est un signe sûr et certain de sa sainteté. (Il caressa la main décharnée, puis se pencha de nouveau pour baiser les lèvres racornies.) Oh, très saint Cuthbert, entonna-t-il, guide-nous et mène-nous dans ta gloire au nom de Celui qui est mort pour nous et à la droite duquel tu sièges désormais dans la splendeur éternelle. Amen.

— Amen, répondirent les moines.

Les premiers s'étaient relevés pour pouvoir contempler la chair non corrompue du saint, et la plupart pleuraient devant le visage jaunâtre.

— Dans cette église, jeune homme, me dit Eadred, résident l'esprit et l'âme de la Northumbrie. Ici, dans la gloire de ces coffres, reposent nos miracles et trésors par lesquels nous demandons à Dieu de nous accorder sa protection. Tant qu'ils seront en sûreté, nous le serons aussi. (Il se releva et haussa la voix.) Autrefois, ces biens étaient sous la protection des seigneurs de Bebbanburg, mais ils faillirent ! Les païens arrivèrent, les moines furent massacrés et les hommes de Bebbanburg se terrèrent derrière leurs murailles plutôt que de chasser les envahisseurs. Mais nos ancêtres dans le Christ sauvèrent ces possessions et nous avons erré depuis, erré dans les contrées sauvages. Mais un jour nous bâtirons une grande église et ces reliques brilleront sur la Sainte Terre. La Sainte Terre où je mènerai ce peuple ! dit-il en étendant les bras sur l'assemblée. Dieu m'a envoyé une armée, s'écria-t-il, et elle triomphera, mais je ne suis pas celui qui la mènera. Dieu et saint Cuthbert m'ont fait voir en songe le roi qui nous mènera tous en terre promise. Ils m'ont montré le roi Guthred !

Il leva le bras de Guthred sous les acclamations de tous. Guthred avait l'air plus étonné que royal, et je me contentai de contempler le cadavre du saint.

Cuthbert avait été abbé et évêque de Lindisfarena ; pendant presque deux siècles, son corps avait reposé dans une crypte de l'île jusqu'à l'arrivée des Vikings. Eadred me détestait parce que ma famille n'avait pu protéger les saintes reliques, mais la force de Bebbanburg, c'était sa position sur une éminence battue par les vagues, et seul un fou aurait entraîné ses soldats se battre au-dehors. Si j'avais eu le choix entre garder Bebbanburg ou une sainte relique, j'aurais cédé sans remords tout le calendrier. Les cadavres de saints ne valent guère, mais des forteresses comme Bebbanburg sont rares.

— Voyez ! cria Eadred. Voyez le roi d'Haliwerfolkland !

Le roi de quoi ? Je crus avoir mal entendu. Haliwerfolkland, cela signifiait la Terre du peuple du saint homme. C'était ainsi qu'Eadred appelait le royaume de Guthred. Saint Cuthbert, bien entendu, était le saint homme, mais quiconque était roi de cette contrée serait un agneau parmi des loups. Ivarr, Kjartan et mon oncle étaient les loups. Ils détenaient des troupes bien entraînées, alors qu'Eadred espérait bâtir un royaume sur un songe. Moi, j'étais sûr que l'agneau entrevu en rêve finirait déchiqueté par les loups. Cependant, pour l'heure, Cair Ligualid était mon meilleur refuge en Northumbrie, car mes ennemis devraient traverser les collines pour me trouver. Et puis j'aimais bien ce genre de folie. La démence est source de changement, le changement est une occasion à saisir et toute occasion recèle ses richesses.

— À présent, dit Eadred en lâchant la main de Guthred et en se tournant vers moi, tu vas jurer fidélité à notre roi et à sa terre.

Guthred me fit un clin d'œil et je m'agenouillai docilement pour prendre sa main droite, mais Eadred la repoussa brutalement.

— Tu jureras sur le saint, siffla-t-il.

— Sur le saint ?

— Pose tes mains sur les très saintes mains de saint Cuthbert, m'ordonna-t-il, et prononce les paroles.

Je fis comme il demandait et tâtai la bague pour vérifier si le rubis était bien accroché, mais il ne cédait point.

— Je jure d'être ton homme lige, dis-je au cadavre, et de te servir fidèlement.

— Tu le jures sur ta vie ? demanda Eadred.

Je tentai en vain de desceller le rubis.

— Je le jure sur ma vie, répétai-je respectueusement.

Jamais je n'avais prêté serment aussi légèrement de ma vie. Comment pouvais-je être lié par des paroles prononcées devant un cadavre ?

— Et tu jures de servir le roi Guthred fidèlement ?

— Je le jure.

— Et d'être l'ennemi de tous ses ennemis ?

— Je le jure.

— Et de servir saint Cuthbert jusqu'à la fin de tes jours ?

— Je le jure.

— Tu peux baiser le très saint Cuthbert, dit-il. (Je me penchai pour baiser les doigts.) Non ! protesta-t-il. Les lèvres !

Je me redressai et baisai les lèvres desséchées du saint.

— Dieu soit loué, conclut Eadred.

Il fit ensuite jurer à Guthred de servir Cuthbert, et l'assemblée regarda le roi esclave s'agenouiller et baiser le cadavre. Les moines chantèrent pendant que les fidèles étaient autorisés à venir contempler la dépouille. Hild frémit en approchant le cercueil puis tomba à genoux, en larmes. Je dus la relever et l'entraîner. Willibald succomba lui aussi, mais son visage rayonnait de bonheur. Je remarquai que Gisela ne s'inclinait pas devant le saint. Elle le regarda avec curiosité, mais à l'évidence il n'était rien pour elle. J'en déduisis qu'elle était encore païenne. Elle se redressa et me regarda en souriant. Ses yeux étaient plus brillants que le rubis du saint.

C'est donc ainsi que Guthred arriva à Cair Ligualid. Sur le moment, et je le pense encore aujourd'hui, je trouvai tout cela absurde, bien qu'empreint de magie. Un guerrier mort avait prêté allégeance à un cadavre, et l'esclave était devenu roi. Les dieux s'amusaient.

Plus tard, bien plus tard, je compris que je faisais ce qu'Alfred avait toujours voulu. J'aidais les chrétiens. Deux guerres se menaient à cette époque. La plus évidente entre Saxons et Danes, mais c'était aussi celle des païens contre les chrétiens. La plupart des Danes étaient païens. Les Saxons étant chrétiens, ces deux batailles semblaient n'en faire qu'une ; mais en Northumbrie, tout se trouva fort confus, et cela grâce à l'habileté de l'abbé Eadred.

Il avait réussi à mettre fin à la guerre entre Saxons et Danes au Cumbraland en choisissant Guthred. Comme c'était un Dane, les Danes de Cumbraland étaient prêts à le suivre ; et comme il avait été proclamé roi par un abbé saxon, les Saxons étaient tout aussi disposés à le soutenir. C'est ainsi que les deux tribus rivales de Cumbraland se trouvèrent unies tandis que les Bretons, encore très nombreux au Cumbraland – et chrétiens – reçurent de leurs prêtres l'ordre d'accepter le choix d'Eadred, et y obéirent.

C'est une chose de proclamer un roi et une autre qu'il gouverne, mais Eadred avait été rusé dans ce choix. Guthred était un homme de bien, mais aussi le fils d'Hardicnut, qui s'était proclamé roi de Northumbrie. Aussi Guthred avait-il un droit légitime sur la couronne, et aucun des thanes de Cumbraland n'était assez puissant pour le contester. Ils avaient besoin d'un roi, car ils s'étaient trop longtemps chamaillés et avaient souffert des attaques des Norses d'Irlande et des incursions des sauvages de Strath Clota. En les unissant tous, Guthred pouvait désormais aligner des troupes plus puissantes devant leurs ennemis. Un seul homme aurait pu être son rival : Ulf. C'était un Dane qui possédait de la terre au sud de Cair Ligualid, plus riche que tout autre thane de Cumbraland ; mais étant vieux, infirme et sans descendance, il prêta allégeance à Guthred et son exemple convainquit les autres Danes d'accepter le choix d'Eadred. Ils vinrent s'agenouiller les uns après les autres. En les appelant par leurs noms, il les releva et les étreignit.

— Il faudrait vraiment que je devienne chrétien, me dit Guthred le lendemain de notre arrivée.

— Pourquoi ?

— Je te l'ai dit : pour prouver ma gratitude. N'es-tu pas censé m'appeler seigneur ?

— Oui, seigneur.

— Cela fait mal ?

— De t'appeler « seigneur », seigneur ?

— Non, rit-il. De devenir chrétien.

— Pourquoi cela ferait-il mal ?

— Je ne sais. Ne te cloue-t-on pas à une croix ?

— Bien sûr que non. On te lave, rien de plus.

— Je me lave bien moi-même, dit-il. Pourquoi les Saxons ne se lavent-ils point ? Pas toi, tu le fais, mais la plupart des Saxons, non. Pas autant que les Danes. Aiment-ils être sales ?

— On peut attraper froid en se lavant.

— Pas moi. Alors, c'est tout ? On te lave ?

— Cela s'appelle baptême.

— Et il faut renoncer à ses autres dieux ?

— On te le demande.

— Et n'avoir qu'une épouse ?

— Une seule. Ils sont fort sourcilleux sur ce point.

— Je crois que je devrais le faire, dit-il après réflexion. Car le dieu d'Eadred a du pouvoir. Vois cet homme mort ! C'est miracle qu'il n'ait point pourri !

Les reliques d'Eadred fascinaient les Danes. La plupart ne comprenaient pas pourquoi des moines transportaient un cadavre, la tête d'un roi mort et un livre orné de gemmes dans toute la Northumbrie ; mais ils comprenaient que ces objets étaient sacrés et cela les impressionnait. Les choses sacrées ont un pouvoir. Elles sont le chemin entre notre monde et des univers plus vastes, et même avant l'arrivée de Guthred à Cair Ligualid, certains Danes acceptaient déjà le baptême pour s'approprier un peu du pouvoir des reliques.

Je ne suis point chrétien. Aujourd'hui, il ne fait pas bon déclarer cela, car évêques et abbés ont trop d'influence, et il est plus facile de feindre la foi que de combattre la colère. J'avais été élevé en chrétien, mais à dix ans, dans la famille de Ragnar, j'avais découvert les anciens dieux saxons qui étaient aussi ceux des Danes et des Norses. Et leur culte m'a toujours paru plus sensé que m'incliner devant un dieu venu d'une contrée si lointaine que je n'ai jamais rencontré personne qui y soit allé. Thor et Odin foulaient nos collines, dormaient en nos vallées, aimaient nos femmes et buvaient l'eau de nos rivières ; cela faisait d'eux des voisins familiers. Et puis nos dieux ne sont pas obsédés par les hommes. Ils ont leurs propres querelles et histoires d'amour et semblent ne nous prêter aucune attention la plupart du temps, alors que le dieu chrétien n'a rien de mieux à faire qu'édicter des lois. Des lois, encore des lois, des interdictions et des commandements, et il a besoin de centaines de prêtres en robes noires et de moines qui s'assurent que l'on y obéit. Pour moi, c'est un dieu fort grincheux, même si ses prêtres prétendent constamment qu'il nous aime. Je n'ai jamais été assez sot pour croire que Thor, Odin ou Hoder m'aimaient, bien que j'espère parfois qu'ils m'aient jugé digne d'eux.

Mais comme Guthred voulait que le pouvoir des saintes reliques opère pour lui, au grand plaisir d'Eadred, il demanda à être baptisé. La cérémonie eut lieu en plein air, juste devant la grande église : il fut plongé dans un grand tonneau d'eau de rivière pendant que les moines agitaient les bras au ciel en disant que l'œuvre de Dieu était merveille à contempler. Guthred fut ensuite drapé d'une robe, puis Eadred le couronna une deuxième fois en plaçant sur sa tête trempée la couronne de bronze doré du défunt roi Oswald. Il lui oignit le front d'huile de morue, lui présenta une épée et un bouclier puis demanda qu'il baise l'évangile de Lindisfarena et les lèvres du cadavre de Cuthbert, que l'on avait sorti pour que toute la foule le voie. Guthred eut l'air d'apprécier toute cette cérémonie. L'abbé fut si ému qu'il prit la croix sertie de grenat du saint et la pendit au cou du nouveau roi. Elle n'y resta pas longtemps et fut rendue au cadavre dès que Guthred eut été présenté à son peuple de loqueteux dans les ruines de Cair Ligualid.

Cette nuit-là, il y eut un banquet. Il n'y avait guère à manger que du poisson fumé, un ragoût de mouton et du pain dur, mais l'ale abondait et le lendemain matin, la tête encore lourde, j'allai au premier *witangemot* de Guthred. Étant dane, évidemment, il n'était pas accoutumé à de tels conseils où chaque thane et clerc de haut rang était invité à donner son avis ; mais Eadred tenait à ce que le *witan* se réunisse et que Guthred le préside.

Le witan se tint dans l'église. Il avait commencé à pleuvoir, et chacun cherchait constamment à éviter l'eau dégouttant du toit de chaume troué. Il n'y avait point assez de sièges, nous dûmes prendre place en un grand cercle autour d'Eadred et Guthred qui trônaient près du cercueil de saint Cuthbert. Nous étions quarante-six, moitié des clercs et moitié les plus grands propriétaires terriens de Cumbraland, danes comme saxons ; mais à côté d'un witangemot de Wessex, ce conseil faisait piètre figure. Nulle grande richesse étalée. Certains Danes portaient des bracelets et quelques Saxons arboraient des broches raffinées, mais en vérité cela avait moins l'air d'un conseil d'État que d'une réunion de fermiers.

Cependant, Eadred avait des idées de grandeur. Il commença par donner des nouvelles du reste de la Northumbrie. Il en avait connaissance grâce aux rapports qu'il recevait des clercs de tout le pays, disant qu'Ivarr se trouvait encore dans la vallée de la Tuede, où il menait péniblement une guerre d'escarmouches contre le roi Aed de Scotie.

— Kjartan le Cruel est tapi dans sa forteresse, dit Eadred, et il ne veut pas combattre. Cela ne laisse qu'Egbert à Eoferwic, et il est faible.

— Et Ælfric ? intervins-je.

— Ælfric de Bebbanburg a juré de protéger saint Cuthbert, il ne fera rien qui offense le saint.

C'était peut-être vrai, mais mon oncle demanderait sans nul doute mon crâne en récompense s'il empêchait la profanation de la relique. Je n'insistai pas et me contentai d'écouter Eadred proposer de former une armée et de marcher sur Eoferwic. Cela souleva quelque étonnement. Les hommes se dévisagèrent, mais l'assurance d'Eadred était telle que personne n'osa protester. Chacun pensait qu'il lui serait demandé de préparer ses hommes pour lutter contre les Norses d'Irlande ou repousser une nouvelle agression d'Eochaid de Strath Clota ; au lieu de cela, on leur disait de partir au loin déposer le roi Egbert.

Ulf, le plus riche des Danes de Cumbraland, finit par intervenir. Il était âgé, quarante ans peut-être, et avait été blessé et estropié en maintes batailles, mais il pouvait encore apporter une cinquantaine de soldats aguerris à Guthred. Ce n'était guère, par rapport à bien des régions d'Anglie, mais c'était beaucoup en Cumbraland. Il s'étonna de devoir franchir ainsi les collines.

— Nous n'avons nul ennemi à Eoferwic, mais beaucoup d'autres qui attaqueront nos terres quand nous serons partis.

Les autres Danes approuvèrent d'un murmure.

Mais Eadred connaissait son auditoire.

— Il y a grande richesse à Eoferwic, déclara-t-il.

L'idée plut à Ulf, mais il resta prudent.

— Des richesses ?

— De l'argent. De l'or et des joyaux.

— Des femmes ? demanda quelqu'un.

— Eoferwic est un cloaque corrompu, annonça Eadred. Un repaire de démons et de femmes lascives. Cette cité du mal doit être nettoyée par une sainte armée.

La plupart des Danes acclamèrent la perspective des femmes lascives, et plus personne ne protesta à l'idée d'attaquer Eoferwic.

Une fois la cité prise, ce qu'Eadred tenait pour acquis, nous devions pousser au nord. Les hommes d'Eoferwic gonfleraient nos rangs.

— Kjartan le Cruel ne nous affrontera point, déclara-t-il, car il est couard. Il regagnera sa forteresse comme l'araignée sa toile, et nous l'y laisserons se terrer et pourrir jusqu'à ce que vienne le moment de l'abattre. Ælfric de Bebbanburg ne nous affrontera point, car il est chrétien.

— C'est un bâtard sans foi ni loi, grommelai-je, mais personne ne releva.

— Et nous vaincrons Ivarr, dit Eadred. (Je me demandai comment notre pauvre armée pourrait défaire le mur de boucliers d'Ivarr, mais Eadred ne doutait de rien.) Dieu et saint Cuthbert combattront pour nous, et nous serons les maîtres de Northumbrie. Le Tout-Puissant aura fondé l'Haliwerfolkland et nous élèverons une chapelle à saint Cuthbert, qui stupéfiera le monde entier.

Voilà donc ce que voulait vraiment Eadred, une chapelle. C'était la raison de toute cette folie, une chapelle pour un saint mort ! Voilà pourquoi Eadred avait fait de Guthred un roi et allait guerroyer dans toute la Northumbrie.

Le lendemain, les huit cavaliers noirs arrivèrent.

Nous avions trois cent cinquante-quatre hommes en âge de combattre, dont moins de vingt possédaient une cotte de mailles et une centaine une cuirasse décente. Ceux-là avaient des casques et des armes dignes de ce nom, épées ou lances, alors que les autres n'avaient que haches, herminettes, faux et houes. Eadred appelait pompeusement cela l'armée du Saint Homme... Si j'avais été le saint homme, j'aurais déguerpi au ciel et attendu meilleure proposition.

Un tiers de l'armée était dane, le reste saxon avec quelques Bretons armés d'arcs redoutables. Je les appelai donc la garde du Saint Homme et leur dis qu'ils devaient rester avec le cadavre du saint – qui allait bien entendu accompagner notre marche conquérante. Encore que nous n'allions pas partir sur-le-champ, car nous devions d'abord amasser vivres et fourrage pour nos quatre-vingt-sept chevaux.

C'est pourquoi l'arrivée des cavaliers noirs fut la bienvenue. Ils étaient huit, sur des chevaux noirs ou bruns, accompagnés de quatre montures de rechange. Quatre portaient cotte et quatre cuirasse, et tous avaient des capes et boucliers noirs. Ils venaient de l'Est, en longeant le mur romain qui menait à la rivière qu'ils avaient passée à gué, car l'ancien pont avait été détruit par les Norses.

Ils ne furent pas les seuls à nous rejoindre. D'autres arrivaient les uns après les autres. Beaucoup étaient des moines, mais certains, des guerriers des collines armés d'une hache ou d'une massue. Quelques-uns avaient armure ou cheval, mais seuls les huit cavaliers noirs étaient armés de pied en cap. C'étaient des Danes, qui annoncèrent à Guthred qu'ils appartenaient à Hergist, lequel possédait terre en un lieu appelé Heagostealdes. Hergist était vieux, déclarèrent-ils ; il ne pouvait venir en personne, mais avait envoyé ses meilleurs hommes. Leur chef se nommait Tekil et semblait un preux, à en juger par ses quatre bracelets, sa longue épée et son allure assurée. Il paraissait trente ans, comme la plupart de ses hommes, sauf un, fort jeune, qui ne portait pas de bracelets.

— Pourquoi Hergist envoie-t-il des hommes d'Heagostealdes ? demanda Guthred à Tekil.

— Nous sommes près de Dunholm, seigneur. Et Hergist souhaite que tu détruises ce nid de guêpes.

— Alors sois le bienvenu, dit Guthred en permettant aux huit hommes de s'agenouiller pour lui prêter allégeance. Tu amèneras les hommes de Tekil à mes troupes rapprochées, m'ordonna-t-il un peu plus tard.

Nous étions dans un champ au sud de Cair Ligualid, où j'entraînais ses troupes. J'avais choisi trente jeunes hommes, plus ou moins au hasard, m'assurant d'avoir moitié Danes et moitié Saxons, et j'insistai pour qu'ils composent un mur alternant un Dane et un Saxon. Je leur apprenais à se battre et priais mes dieux qu'ils n'aient jamais à le faire, car ils n'y connaissaient rien. Les Danes étaient meilleurs, car ils sont élevés à l'épée et au bouclier, mais aucun ne connaissait la discipline du mur.

— Vos boucliers doivent se toucher ! criai-je, sans quoi vous êtes morts. Vous voulez mourir ? Que vos tripes se répandent à vos pieds ? Rapprochez les boucliers. Pas ainsi, bout de cul ! Le côté droit de ton bouclier chevauche le côté gauche de celui de ton voisin. Compris ? Je ne veux pas des hommes de Tekil dans la garde, dis-je à Guthred.

— Pourquoi cela ?

— Parce que je ne les connais point.

— Tu ne connais point ceux-là non plus.

— Je les sais idiots et je sais que leurs mères auraient dû serrer les cuisses. Que fais-tu, Clapa ? criai-je à un jeune Dane dont j'avais oublié le nom, mais que tous appelaient ainsi, ce qui signifie « maladroit ». (C'était un énorme paysan, fort comme deux hommes, mais pas des plus intelligent. Il me regarda d'un œil vide approcher de leur ligne.) Que dois-tu faire, Clapa ?

— Rester auprès du roi, seigneur, dit-il d'un air perplexe.

— Bien ! (J'étais content, car c'était la première et la plus importante leçon que je leur avais inculquée. Étant la garde rapprochée du roi, ils devaient rester toujours auprès de lui, mais ce n'était pas ce que je lui demandais en cet instant.) Dans le mur de boucliers, idiot, dis-je en lui martelant le poitrail, qu'es-tu censé faire ?

— Garder mon bouclier levé, seigneur ! dit-il après réflexion.

— C'est cela, dis-je en relevant le bouclier. Ne le laisse pas traîner sur tes pieds ! Qu'est-ce qui te fait rire, Rypere ? (C'était un Saxon, aussi maigre que Clapa était robuste, et rusé comme fouine. Rypere était un surnom signifiant voleur, car c'en était un, et s'il y avait eu la moindre justice, il aurait dû être fouetté et marqué au fer, mais j'appréciais son regard rusé et je sentais qu'il ferait un tueur.) Tu sais ce que tu es ? dis-je en repoussant son bouclier contre lui. Tu es un bout de cul. Et qu'est-ce qu'un bout de cul, Clapa ?

— Un étron, seigneur.

— Si fait, un étron ! Levez vos boucliers ! Plus haut ! braillai-je. Vous voulez qu'on se rie de vous ? (Je leur désignai les autres qui s'entraînaient au combat dans la prairie. Les guerriers de Tekil étaient là, mais assis à l'ombre, indiquant ainsi qu'ils n'avaient pas besoin de s'entraîner. Je revins vers Guthred.) Tu ne peux avoir tous les meilleurs dans ta garde rapprochée.

— Pourquoi ?

— Parce que tu finiras encerclé quand tous les autres se seront enfuis. Et tu mourras. Ce n'est point plaisant.

— C'est ce qui est arrivé à mon père lors de la bataille contre Eochaid, avoua-t-il.

— C'est pourquoi tu ne dois pas prendre tous les meilleurs dans ta garde. Nous mettrons Tekil sur un flanc, Ulf et ses hommes sur l'autre.

Ulf, inspiré par la perspective d'une abondance d'argent et de femmes lascives, était désormais impatient de marcher sur Eoferwic. Il n'était pas à Cair Ligualid quand les cavaliers noirs étaient arrivés, car il était parti avec ses hommes à la recherche de provisions.

Je séparai la garde en deux groupes que je fis combattre avec leurs épées enveloppées de linge pour ne pas se blesser. Ils étaient pleins de bonne volonté, mais empotés. Je rompis leurs deux murs de boucliers en moins de temps qu'il n'en faut pour le dire. Ils finiraient bien par apprendre, sauf s'ils devaient affronter les armées d'Ivarr, alors ils mourraient. Au bout d'un moment, quand ils furent épuisés et ruisselants de sueur, je les laissai se reposer. Je remarquai que les Danes s'asseyaient entre eux, comme les Saxons, mais c'était prévisible – le moment viendrait où ils se feraient confiance. Ils pouvaient plus ou moins se parler, car j'avais remarqué que le danois et le saxon de Northumbrie se mêlaient. Parfois, il était difficile de savoir si un homme était dane ou saxon. Ils étaient souvent les deux, fils d'un Dane et d'une Saxonne, mais jamais l'inverse.

— Je devrais épouser une Saxonne, me déclara

Guthred, alors que nous étions le long d'un champ où des femmes coupaient de la paille qu'elles mêlaient à de l'avoine afin d'en nourrir nos chevaux.

— Pourquoi cela ?

— Pour montrer que l'Haliwerfolkland est pour ces deux tribus.

— La Northumbrie, répondis-je avec irritation.

— La Northumbrie ?

— Le nom est Northumbrie, et non Haliwerfolkland.

Il haussa les épaules comme si cela n'avait aucune importance.

— Je devrais tout de même épouser une Saxonne, et j'aimerais qu'elle soit jolie. Autant que Hild, peut-être. Mais Hild est trop vieille.

— Trop vieille ?

— Il me la faut de treize ou quatorze ans. Prête à enfanter. (Il enjamba une clôture et descendit vers un petit torrent qui rejoignait l'Hedene.) Il doit y avoir de jolies Saxonnes à Eoferwic...

— Mais tu la veux vierge, n'est-ce pas ?

— Probablement. Oui.

— Il en reste peut-être une ou deux à Eoferwic.

— Dommage pour Hild, dit-il distraitement.

— Comment cela ?

— Si tu n'étais pas avec elle, tu pourrais faire un mari pour Gisela.

— Hild et moi sommes amis, rien de plus.

C'était vrai. Nous avions été amants, mais depuis que Hild avait vu le corps de saint Cuthbert, elle s'était repliée dans la contemplation. Elle sentait l'appel de son dieu. Mais quand je lui avais demandé si elle voulait de nouveau revêtir l'habit de nonne, elle avait secoué la tête, disant qu'elle n'était pas prête.

— Mais je devrais sans doute marier Gisela à un roi, poursuivit Guthred sans relever. Aed de Scotie, peut-être ? Ou bien vaut-il mieux qu'elle épouse le fils d'Ivarr ? La penses-tu assez jolie pour cela ?

— Bien sûr !

— Face de cheval ! dit-il en riant de l'ancien surnom. Nous venions souvent ici attraper des épinoches, continua-t-il.

Il ôta ses bottes, les laissa sur la berge et pataugea dans l'eau. Je le suivis sur la rive. Des mouches bourdonnaient sous les aulnes. Il faisait chaud.

— Tu veux des épinoches ? demandai-je en pensant toujours à Gisela.

— Je cherche une île.

— Elle ne doit pas être bien grande.

Le torrent pouvait être traversé en deux enjambées et ne lui montait pas plus haut que les mollets.

— Elle l'était bien assez quand j'avais treize ans.

— Assez pour quoi ? demandai-je en écrasant un taon sur ma cotte.

Il faisait assez chaud pour regretter de la porter, mais j'avais appris depuis longtemps qu'un homme doit s'habituer à une lourde armure, sans quoi, au combat, il est gêné. Alors je la portais presque toujours, afin qu'elle devienne comme une seconde peau. Quand je l'enlevais, c'était comme si les dieux m'avaient donné des ailes aux talons.

— Assez grande pour moi et une Saxonne du nom d'Edith, sourit-il. Elle fut ma première. Elle était charmante.

— Elle l'est sans doute encore.

— Non, elle fut éventrée par un taureau et mourut.

Il poursuivit sa marche, dépassant des rochers envahis de fougères. Quelques pas plus loin, il poussa un cri de joie en découvrant son île, et moi je fus navré pour Edith que ce ne soit qu'un tas de pierres aiguës qui avaient dû naguère écorcher son maigre dos.

Guthred s'assit et commença à jeter des galets dans l'eau.

— Pouvons-nous gagner ? demanda-t-il.

— Nous pouvons sans doute prendre Eoferwic, dis-je. Tant qu'Ivarr n'est pas revenu.

— Et sinon ?

— En ce cas, tu es mort, seigneur.

Il se rembrunit.

— Nous pouvons négocier avec Ivarr, proposa-t-il.

— C'est ce que ferait Alfred.

— Tant mieux ! s'éclaira-t-il. Et je peux lui proposer Gisela pour son fils !

— Mais Ivarr ne négociera pas, répondis-je sans relever. Il se battra. C'est un Lothbrok. Il ne négocie point, sauf pour gagner du temps. Il croit en l'épée, au bouclier et à la mort de ses ennemis. Tu devras l'affronter et tu n'as point l'armée pour cela.

— Mais si nous prenons Eoferwic, s'anima-t-il, le peuple se joindra à nous. L'armée grandira.

— Tu appelles cela une armée ? Ivarr mène des Danes endurcis par la guerre. Quand nous les affronterons, seigneur, la plupart de nos Danes le rejoindront.

— Mais ils ont prêté serment ! s'étonna-t-il.

— Ils le rejoindront tout de même, répondis-je d'un ton lugubre.

— Que faisons-nous, alors ?

— Nous prenons Eoferwic, nous la pillons et nous revenons ici. Ivarr ne te suivra point. Peut lui chaut le Cumbraland. Règne ici et Ivarr finira par t'oublier.

— Eadred n'aimera pas cela.

— Que veut-il ?

— Sa chapelle.

— Il peut la bâtir ici.

— Non, il la veut sur la côte est, car c'est là que demeurent la plupart des gens.

Sans doute Eadred voulait-il une chapelle qui attire des milliers de pèlerins prêts à noyer son église sous leurs oboles. Il pouvait la bâtir ici, à Cair Ligualid, mais c'était un lieu éloigné et les pèlerins n'accourraient pas par milliers.

— Mais tu es le roi, dis-je, et c'est toi qui ordonnes, non Eadred.

— Certes, dit-il avec un sourire forcé en lançant pensivement un autre galet. Qu'est-ce qui fait d'Alfred un bon roi ?

— Qui dit qu'il est bon ?

— Tous. Le père Willibald dit que c'est le plus grand roi depuis Charlemagne.

— C'est parce que Willibald est un bout de cul à l'esprit confus.

— Tu n'aimes point Alfred ?

— Je hais ce bâtard.

— Mais c'est un guerrier, un faiseur de lois...

— Il n'est point guerrier ! coupai-je avec mépris. Il déteste se battre ! Il y est obligé, mais cela lui déplaît et il est bien trop malade pour tenir dans un mur de boucliers. Mais c'est un faiseur de lois, oui. Il les adore. Il pense que s'il en invente assez, il fera le paradis sur terre.

— Mais pourquoi dit-on qu'il est bon ? s'étonna Guthred.

Je contemplai un aigle qui planait dans le ciel bleu.

— Ce qu'il est, répondis-je en m'efforçant d'être honnête, c'est un homme juste. Il traite convenablement avec les gens, pour la plupart. On peut se fier à sa parole.

— C'est bien.

— Mais c'est un misérable bâtard pétri de piété, de reproches et d'inquiétudes. Voilà ce qu'il est.

— Je dois être juste et faire que les hommes m'aiment, dit Guthred.

— Ils t'aiment déjà, mais ils doivent aussi te craindre.

— Me craindre ?

L'idée ne lui plaisait pas.

— Tu es un roi.

— Je serai un bon roi, s'anima-t-il.

Au même instant, Tekil et ses hommes nous attaquèrent.

J'aurais dû m'en douter. Huit hommes bien armés ne traversent pas tout un pays pour se joindre à une armée de gueux. Ils avaient été envoyés, et non par quelque Dane du nom d'Hergild d'Heagostealdes. C'étaient des hommes de Kjartan le Cruel, qui, furieux que j'aie humilié son fils, avait dépêché des hommes chercher le guerrier mort. Il ne leur avait pas fallu bien longtemps pour découvrir que nous avions suivi le mur romain. Et maintenant que Guthred et moi nous étions éloignés par une belle journée jusqu'au fond d'un petit vallon, les huit hommes venaient d'apparaître sur la rive, l'épée au poing.

Je parvins à dégainer Souffle-de-Serpent, mais Tekil l'écarta d'un coup pendant que deux autres me frappaient, me repoussant dans le torrent. Je me battis, mais mon bras droit était bloqué. Un homme me tenait sous son genou, tandis qu'un troisième me maintenait la tête dans la rivière. J'étouffai en sentant l'eau envahir ma gorge, puis tout devint noir. Je voulus crier, n'y parvins pas, puis on me prit Souffle-de-Serpent et je perdis les sens.

Je repris mes esprits, sur l'îlot, avec Guthred, encerclé par les huit hommes qui pointaient leurs épées sur nous. Tekil écarta sa lame avec un sourire narquois et s'agenouilla près de moi.

— Uhtred Ragnarson, dit-il, je crois que tu as croisé Sven le Borgne il n'y a guère de temps. Il t'envoie son salut. (Je ne répondis pas.) Tu as *Skidbladnir* dans ta bourse, peut-être ? Et tu comptes t'échapper et retourner au Niflheim ?

Je restai coi. J'avais du mal à respirer, et je continuais à cracher de l'eau. J'aurais voulu me battre, mais une épée était pointée sur mon ventre. Tekil envoya deux hommes chercher les chevaux, mais il en restait tout de même six.

— C'est dommage, reprit-il, que nous n'ayons pu prendre ta putain. Kjartan la voulait. (Je tentai de rassembler mes forces pour me relever, mais l'homme qui me gardait enfonça un peu son épée et Tekil se contenta de rire. Il défit ma ceinture et la souleva, puis il tâta ma bourse et sourit en entendant tinter les pièces.) Nous avons une longue journée, Uhtred Ragnarson, et nous ne voulons pas que tu nous échappes. Sihtric !

Le garçon, le seul à ne pas porter de bracelets, s'approcha, l'air mal à l'aise.

— Seigneur ?

— Les entraves, dit Tekil.

Sihtric sortit d'un sac de cuir deux paires de menottes.

— Tu peux le laisser, dis-je en désignant Guthred du menton.

— Kjartan veut le connaître aussi, répondit Tekil, mais moins qu'il ne tient à vos retrouvailles. (Il sourit comme d'une plaisanterie qu'il était seul à comprendre, puis tira de sa ceinture une dague fine et pointue.) Il m'a dit de te couper les jarrets, Uhtred Ragnarson, car un homme sans jambes ne peut fuir, n'est-ce pas ? Nous allons donc te les couper et te prendre un œil. Sven a dit que je devais t'en laisser un pour qu'il puisse jouer avec, mais que je pouvais prendre l'autre pour te rendre plus obéissant, et je veux que tu le sois. Alors, quel œil veux-tu que je te prenne ? Le droit ou le gauche ?

Je ne répondis pas, et je n'ai nul scrupule à avouer que j'étais terrifié. Je tentai de nouveau de me relever, mais mes deux bras étaient cloués au sol, la pointe de la dague posée juste sous mon œil gauche.

— Dis adieu à ton œil, Uhtred Ragnarson, sourit Tekil.

Le soleil qui brillait faisait scintiller la lame et m'aveuglait. Et j'en revois encore aujourd'hui l'étincelle, des années après.

Et j'entends encore le cri.

3

C'était Clapa qui l'avait poussé. Un hurlement suraigu comme celui d'un jeune porc que l'on châtre. C'était plus un cri de terreur que de défi, et ce n'était guère étonnant car Clapa ne s'était jamais battu. Il ignorait pourquoi il hurlait quand il dévala la pente. Le reste de la garde de Guthred suivait le jeune homme, aussi gauche que véhément. Il avait oublié d'ôter le linge qui enveloppait son épée, mais il était si grand et si fort que l'arme lui servait de massue. Tekil n'avait plus que cinq hommes face aux trente jeunes gens qui se ruaient sur eux. Je sentis la lame de sa dague glisser sur ma joue quand il se releva. Je tentai de saisir son bras, mais il fut trop rapide. Clapa lui assena un coup sur le crâne et Tekil vacilla. Je vis Rypere s'apprêter à lui plonger son épée dans la gorge et m'écriai :

— Laisse-les en vie !

Deux des hommes de Tekil étaient déjà morts malgré mon ordre. L'un, déchiqueté par une dizaine d'épées, tomba en se convulsant dans le torrent qui rougit. Clapa avait lâché son épée et plaqua Tekil à mains nues sur l'îlot.

— Bravo, Clapa, le félicitai-je d'une bourrade sur l'épaule, tout en prenant les armes de Tekil.

Rypere avait achevé son adversaire. L'un de mes

hommes avait reçu un coup d'épée dans la cuisse, mais les autres étaient indemnes et attendaient en souriant au milieu du torrent comme des chiots qui réclament une récompense après avoir abattu leur premier renard.

— Vous vous êtes bien débrouillés, leur dis-je. (Et c'était vrai, car désormais nous détenions Tekil et trois de ses hommes. Sihtric, le plus jeune, se trouvait parmi eux. Il avait encore les entraves à la main, et dans ma colère je les lui arrachai et les lui abattis sur le crâne.) Je veux les deux autres, dis-je à Rypere.

— Quels autres, seigneur ?

— Il a envoyé deux hommes chercher les chevaux. Trouvez-les.

Je donnai un autre coup à Sihtric, espérant lui arracher un cri, mais il resta coi malgré le sang qui ruisselait sur sa tempe.

Guthred était encore assis sur l'îlot, l'air ébahi.

— J'ai perdu mes bottes, dit-il, semblant plus inquiet de cela que d'avoir frôlé la mort.

— Tu les as laissées en amont.

Je donnai à Tekil un coup de pied qui me fit plus mal qu'à lui à cause de sa cotte de mailles, mais j'étais furieux. J'avais été un sot et je me sentais humilié. Je ceignis mes épées, puis je m'emparai des quatre bracelets de Tekil. Il leva les yeux vers moi, devinant sans doute le sort qui l'attendait, mais il ne dit rien.

Les prisonniers furent ramenés en ville. Nous découvrîmes entre-temps que les deux hommes envoyés par Tekil avaient dû entendre le fracas de la bataille, car ils s'étaient enfuis. Il nous fallut bien trop de temps pour seller nos chevaux et nous lancer à leur poursuite et je maudis le sort, car je ne voulais pas qu'ils donnent à Kjartan des nouvelles de moi. S'ils avaient eu du bon sens, ils auraient traversé la rivière et longé le mur, mais ils avaient dû penser que ce serait risqué de traverser Cair Ligualid et plus sûr de prendre au sud-est. Ils auraient dû aussi abandonner les chevaux sans cavalier, mais à cause de leur cupidité ils laissèrent ainsi de nombreuses traces faciles à suivre malgré la sécheresse du sol. Connaissant mal la région, ils prirent trop au sud, ce qui nous permettait de leur couper la route par l'est. Le soir, nous avions plus de soixante hommes lancés à leur poursuite et nous les trouvâmes terrés dans un bosquet de charmes.

Le plus vieux en surgit épée à la main. Sachant qu'il lui restait peu de temps à vivre et bien décidé à rejoindre le banquet d'Odin plutôt que les horreurs du Niflheim, il sortit du couvert sur son cheval épuisé, avec un cri de défi. Je pressai les flancs de Witnere, mais Guthred me devança.

— Il est mien, dit-il en tirant son épée.

Son cheval s'élança, surtout parce que le mien, vexé d'avoir été retenu, lui avait mordu la croupe.

Guthred se conduisait comme un roi. Il n'avait jamais aimé le combat et avait moins d'expérience que moi, mais il devait vaincre seul, sans quoi les hommes auraient dit qu'il s'était lâchement abrité derrière mon épée. Il s'en sortit bien. Son cheval trébucha juste devant son adversaire, mais ce fut un avantage, car ainsi il esquiva involontairement son coup sauvage, tandis que son épée brisait net le poignet de l'homme. Après quoi, il n'eut plus qu'à le désarçonner puis l'achever. Guthred n'y prit point plaisir, mais il devait le faire et cette victoire fit plus tard partie de sa légende. On chanta comment Guthred de Northumbrie avait défait six ennemis au combat, alors qu'il n'y en avait qu'un et qu'il avait eu de la chance que son cheval trébuche. Mais il est bon que les rois aient de la chance. Plus tard, quand nous rentrâmes à Cair Ligualid, je lui fis présent du casque de mon père en récompense pour sa bravoure. Il en fut ravi.

Le deuxième homme était un couard qui aurait bien voulu se rendre. Il jeta son épée et s'agenouilla en tremblant, clamant qu'il se rendait, mais j'avais autre chose en tête.

— Tue-le ! ordonnai-je à Rypere, qui lui assena un coup de taille avec un sourire carnassier.

Nous prîmes les douze chevaux et laissâmes les cadavres aux bêtes après les avoir dépouillés de leurs armes et armures. Avant de partir, j'ordonnai à Clapa de les décapiter.

— Leur couper la tête, seigneur ? me demanda-t-il avec un regard bovin.

— Coupe-les, Clapa, et voici pour toi, dis-je en lui donnant deux des bracelets d'argent de Tekil.

— Ils sont pour moi, seigneur ? demanda-t-il en contemplant des merveilles qu'il voyait pour la première fois.

— Tu nous as sauvé la vie, Clapa.

— C'est Rypere qui nous a amenés, avoua-t-il. Il a dit qu'il ne fallait pas laisser le roi seul et qu'il fallait te suivre car tu étais parti.

Je donnai donc à Rypere les deux autres bracelets, puis Clapa décapita les cadavres et apprit combien il est dur de trancher un cou. Cela fait, nous rapportâmes les têtes à Cair Ligualid ; là, je fis retirer de la rivière et décapiter les deux premiers cadavres.

L'abbé Eadred voulait que l'on pende les quatre prisonniers restants, mais je le convainquis de me donner Tekil, au moins pour une nuit, puis je me le fis amener dans les ruines d'un ancien bâtiment qui devait dater des Romains. Les hauts murs étaient revêtus de pierre et percés de trois grandes fenêtres. Il n'y avait plus de toit. Le sol défoncé était dallé de petits pavés noirs et blancs qui avaient autrefois formé un motif. Je fis un feu dont les flammes illuminèrent les parois. Une faible lumière filtrait par les fenêtres lorsque les nuages dévoilaient la lune. Rypere et Clapa m'amenèrent Tekil et voulurent rester pour voir ce que je lui ferais, mais je les congédiai.

Tekil, dépouillé de son armure, ne portait plus qu'un justaucorps crasseux. Son visage était couvert de bleus et il portait à ses poignets et chevilles les entraves qu'il me destinait. Je m'assis devant le feu face à lui, il se contenta de me fixer. Il avait une bonne et solide tête, et je songeai que je l'aurais apprécié si nous avions été camarades et non ennemis. Il sembla amusé que je l'examine ainsi.

— Tu étais le guerrier mort, dit-il au bout d'un moment.

— Vraiment ?

— Je sais que le guerrier mort portait un casque couronné d'un loup d'argent et je t'ai vu coiffé de ce même casque. À moins qu'il ne te l'ait prêté ?

— Peut-être.

— Le guerrier mort a failli faire mourir de peur Kjartan et son fils, sourit-il. C'est ce que tu cherchais, n'est-ce pas ?

— C'est ce que le guerrier voulait.

— À présent, tu as coupé la tête de quatre de mes hommes et tu vas les lui faire porter, n'est-ce pas ?

— Oui.

— Parce que tu veux lui faire plus peur encore ?

— Oui.

— Mais il doit y avoir huit têtes, dit-il. Non ?

— Si.

Il grimaça, puis il s'adossa au mur et leva les yeux vers le ciel. Des chiens hurlèrent dans les ruines.

— Kjartan aime les chiens, poursuivit-il. Il en a toute une meute. De méchantes bêtes. Il les fait combattre et ne garde que les plus forts. Il les loge dans un château de Dunholm et s'en sert pour deux choses. (Il se tut et me jeta un regard interrogateur.) C'est ce que tu veux, n'est-ce pas ? Que je te parle de Dunholm, de ses faiblesses, de ses forces... que je te dise combien d'hommes l'occupent et comment briser ses murs ?

— Tout cela, et plus encore.

— Parce que tu veux lui faire payer le prix du sang ? Tu veux la vie de Kjartan en paiement de la mort du comte Ragnar ?

— Le comte Ragnar m'a élevé et je l'aimais tel un père.

— Et son fils ?

— Il est retenu en otage par Alfred.

— Alors tu accompliras le devoir d'un fils ? (Il haussa les épaules comme si ma réponse était évidente.) Tu auras du mal, et plus encore si tu dois combattre les chiens de Kjartan. Ils vivent comme des seigneurs dans leur propre demeure, et c'est sous ce sol que Kjartan a enterré son trésor. Argent et or en abondance. Un trésor qu'il ne regarde jamais, mais qui est là, enfoui dans la terre sous les chiens.

— Qui le garde ?

— C'est l'une de leurs tâches. L'autre est de tuer les gens. C'est ainsi qu'il te tuera. Il prendra d'abord tes yeux, puis tu seras déchiqueté par ses chiens. Ou bien il t'écorchera pouce par pouce. Je l'ai déjà vu faire.

— Kjartan le Cruel.

— Il n'est point nommé ainsi sans raison.

— Alors, pourquoi le sers-tu ?

— Il est généreux. Il aime quatre choses. Les chiens, les trésors, les femmes et son fils. J'aimais deux de ces choses, et il en était fort généreux.

— Et les deux que tu n'aimais point ?

— Je hais ses chiens, avoua-t-il. Et son fils est un couard.

— Sven ? m'étonnai-je. Il ne l'était point, enfant.

Tekil étira une jambe et grimaça de douleur en cognant les entraves sur ses chevilles.

— Quand Odin perdit un œil, il gagna la sagesse, mais quand Sven perdit le sien, il apprit la peur. Il est assez courageux pour combattre le faible, mais il n'aime pas affronter le fort. Son père, en revanche, n'est point un lâche.

— Je me souviens que Kjartan était brave.

— Brave, cruel et brutal, dit Tekil. Et désormais tu sais aussi qu'il possède un château rempli de chiens qui te réduiront en une loque sanglante. Et cela, Uhtred Ragnarson, est tout ce que je te dirai.

— Tu me diras davantage, dis-je en jetant une bûche dans le feu.

— Et pourquoi le ferais-je ?

— Parce que je détiens quelque chose que tu désires.

— Ma vie ?

— La manière dont tu mourras.

Il comprit et sourit faiblement.

— J'ai ouï dire que les moines veulent me pendre ?

— Si fait, parce qu'ils n'ont nulle imagination. Mais je ne les laisserai point faire.

— Que feras-tu, alors ? Tu me donneras à ces enfants que tu appelles soldats, afin qu'ils s'entraînent sur moi ?

— Si tu ne parles point, c'est ce que je ferai, car

ils ont besoin de s'entraîner. Mais je leur faciliterai la tâche. Tu n'auras point d'épée.

Sans épée, il ne pourrait aller au banquet d'Odin. La menace était suffisante pour faire parler Tekil. Kjartan, m'apprit-il, possédait trois troupes à Dunholm, soit cent cinquante guerriers ; mais il en avait d'autres dans des dépendances de sa forteresse, qui se battraient pour lui. Il pouvait donc lever quatre cents guerriers bien entraînés.

— Et ils lui sont loyaux.

— Parce qu'il est généreux ?

— Nous ne manquons jamais d'argent et de femmes. Que peut désirer de plus un guerrier ?

— Rejoindre le festin d'Odin, dis-je, et il acquiesça. D'où viennent les esclaves ?

— De marchands comme celui que tu as tué. Ou bien nous les trouvons nous-mêmes.

— Ils sont gardés à Dunholm ?

— Non, seulement les jeunes filles. Les autres vont à Gyruum. Nous y avons deux troupes. (C'était de bon sens. J'étais allé à Gyruum, où se trouvait autrefois un célèbre monastère que Ragnar l'Ancien avait détruit. C'était une petite ville au sud de la Tine, proche de la mer, ce qui facilitait l'expédition des esclaves. Il y avait un ancien fort romain sur le cap, mais il était moins facile à défendre que Dunholm – cela importait peu car, en cas de difficultés, la garnison de Gyruum aurait le temps de rejoindre la grande forteresse et de s'y réfugier en emmenant les esclaves.) Et Dunholm ne peut être prise.

— Elle ne peut ? m'étonnai-je.

— J'ai soif.

— Rypere, criai-je, je sais que tu es là ! Apporte de l'ale !

Je donnai à Tekil une chope d'ale, un quignon de pain et de la viande de chèvre froide ; tout en mangeant, il me parla de Dunholm et m'affirma qu'elle était imprenable.

— Une armée assez grande pourrait la prendre.

— On ne peut l'approcher que du nord, se moqua-t-il. Et le chemin est si étroit et escarpé que tu aurais beau avoir la plus grande armée du monde, tu ne pourrais mener que quelques hommes au pied de ses murs.

— A-t-on essayé ?

— Ivarr est venu, il est resté quatre jours à nous observer, puis il est reparti. Avant lui, le fils du comte Ragnar était venu, mais il n'est pas resté aussi longtemps. On peut peut-être affamer la ville, mais cela prendrait un an. Et combien d'hommes peut nourrir une armée de siège durant ce temps ? Dunholm est comme Bebbanburg, imprenable.

Pourtant, mon destin me menait à ces deux endroits. Je restai à réfléchir silencieusement, quand Tekil souleva ses chaînes comme pour tenter de les briser.

— Alors, dis-moi quelle sera ma mort.

— J'ai encore une question.

— Pose-la.

— Thyra Ragnarsdottir.

Surpris, il resta coi un moment, puis comprit que j'avais évidemment connu Thyra autrefois.

— La charmante Thyra, ironisa-t-il.

— Elle est en vie ?

— Elle devait être l'épouse de Sven.

— Et l'est-elle ?

Il éclata de rire.

— Elle a été menée de force à sa couche, que crois-tu ? Mais il ne la touche plus. Il la redoute. Elle est enfermée et Kjartan écoute ses rêves.

— Ses rêves ?

— Les dieux parlent par sa bouche. C'est ce que croit Kjartan.

— Et toi ?

— Pour moi, c'est une pauvre folle.

— Mais elle est en vie ?

— Si on peut appeler cela vivre.

— Folle ?

— Elle s'entaille, dit-il en mimant le geste sur son bras. Gémit, s'entaille les chairs et prononce des malédictions. Kjartan a peur d'elle.

— Et Sven ?

— Elle le terrifie. Il la préférerait morte.

— Et pourquoi ne l'est-elle point, alors ?

— Parce que les chiens refusent de la toucher, et parce que Kjartan la croit douée de prophétie. Elle lui a dit que le guerrier mort le tuerait et il la croit à moitié.

— Le guerrier mort tuera Kjartan, et demain il te tuera.

Il accepta ce destin.

— Les branches de noisetiers ?

— Oui.

— Et une épée à la main ?

— Aux deux si tu le souhaites, car le guerrier mort te tuera tout de même.

Il hocha la tête, ferma les yeux et s'appuya au mur.

— Sihtric, me dit-il, est le fils de Kjartan.

Sihtric était le garçon que nous avions capturé avec lui.

— C'est le frère de Sven ?

— Son demi-frère. Sa mère était une esclave saxonne. Kjartan l'a jetée aux chiens quand il a cru qu'elle avait tenté de l'empoisonner. Peut-être était-ce vrai, ou bien avait-il seulement mal au ventre. Quoi qu'il en soit, elle a fini sous les crocs des chiens. Il a laissé Sihtric en vie parce qu'il est mon serviteur et que j'ai intercédé. C'est un bon garçon. Tu feras bien de le laisser en vie.

— Mais il me faut huit têtes, lui rappelai-je.

— Oui, dit-il avec lassitude. C'est vrai.

Le destin est inexorable.

L'abbé Eadred voulait que les quatre hommes soient pendus. Ou noyés. Ou étranglés.

— Ils ont attaqué notre roi ! s'emporta-t-il. Et ils doivent souffrir une mort indigne, indigne !

Il répétait ce mot avec ravissement. Je me contentai de hausser les épaules en disant que j'avais promis à Tekil une mort honorable qui l'enverrait au Valhalla et non au Niflheim. Eadred fixa mon marteau de Thor et piailla qu'en Haliwerfolkland il ne pouvait y avoir merci pour des hommes qui avaient attaqué l'élu de Cuthbert.

Nous nous querellions sur la côte menant à la nouvelle église. Les quatre prisonniers, tous entravés, étaient assis par terre, gardés par les hommes de Guthred en attendant la décision royale. Eadred haranguait le roi, disant que montrer de la faiblesse minerait son autorité. Les clercs étaient d'accord avec l'abbé, ce qui n'avait rien d'étonnant, et les deux plus véhéments étaient deux moines nouvellement arrivés par les collines depuis l'est de la Northumbrie. Âgés d'une vingtaine d'années, ils se nommaient Jænberht et Ida et devaient obéissance à Eadred. Ils étaient manifestement partis dans les collines en mission pour l'abbé, et maintenant qu'ils étaient revenus à Cair Ligualid ils exigeaient que les prisonniers connaissent une mort indigne et douloureuse.

— Qu'on les brûle ! insistait Jænberht, comme les

païens brûlèrent tant de nos saints hommes ! Qu'ils rôtissent dans les flammes de l'enfer !

— Qu'on les pende ! déclarait l'abbé.

Si Eadred ne s'en rendait pas compte, moi je sentais que les Danes du Cumbraland qui avaient rejoint Guthred s'offensaient de la violence des prêtres. Aussi pris-je le roi à part.

— Penses-tu pouvoir demeurer roi sans les Danes ? demandai-je.

— Certes non.

— Mais si tu supplicies des Danes, ils en prendront ombrage. Ils penseront que tu favorises les Saxons.

Guthred parut troublé. Il devait son trône à Eadred et ne le conserverait pas si l'abbé l'abandonnait, mais il ne pourrait non plus le garder sans le soutien des Danes du Cumbraland.

— Que ferait Alfred ? demanda-t-il.

— Il prierait, et ferait prier tous ses moines et prêtres, et à la fin ferait le nécessaire pour conserver intact son royaume. Tout ce qui serait nécessaire, répétai-je posément.

Guthred hocha la tête puis, soucieux, se tourna vers Eadred.

— Dans un ou deux jours, dit-il assez fort pour que tous l'entendent, nous marcherons vers l'est. Nous traverserons les collines en emportant notre saint vers sa nouvelle demeure en terre sainte. Nous vaincrons nos ennemis, quels qu'ils soient, et nous fonderons un nouveau royaume. (Il parlait en dane, mais quelques-uns traduisirent en angle.) Et il en sera ainsi, reprit-il en haussant encore la voix, parce que mon ami l'abbé Eadred a été visité en songe par Dieu et saint Cuthbert. Et lorsque nous partirons dans les collines, ce sera avec la bénédiction de Dieu et l'aide de saint Cuthbert ; ainsi, nous fonderons un meilleur royaume, un royaume saint et protégé par la magie du christianisme. (Eadred frémit en entendant le mot magie, mais il ne protesta pas, car Guthred n'avait qu'une notion très vague encore de sa nouvelle religion, et il disait de toute façon ce qu'Eadred avait envie d'entendre.) Et nous aurons un royaume de justice ! s'exclama Guthred. Un royaume où tous auront foi en Dieu et en leur roi, mais dans lequel tous les hommes n'adoreront pas le même dieu. (Tous écoutaient à présent, et les deux jeunes moines se récrièrent devant la proposition de Guthred, qui continua derechef.) Et je ne serai point roi d'une terre où je forcerai un homme à adopter la coutume d'un autre. Et c'est la coutume de ceux-là (il désigna Tekil et ses compagnons) de mourir l'épée à la main. Alors il en sera ainsi. Et Dieu aura pitié de leurs âmes.

Il y eut un silence. Guthred se tourna vers l'abbé en baissant la voix :

— Certains, dit-il en angle, ne pensent pas que nous puissions battre les Danes au combat. Montrons-leur donc maintenant.

Eadred se raidit, puis acquiesça à contrecœur.

— Qu'il en soit fait selon ta volonté, seigneur roi, dit-il.

Et c'est ainsi qu'on alla chercher les branches de noisetier.

Les Danes connaissent les règles du combat d'homme à homme au sein d'une aire délimitée par des branches de noisetier. Seul un homme en sort vivant, et si l'un des deux sort de l'aire, il peut être tué par quiconque, car il est devenu un non-être. Guthred voulait affronter lui-même Tekil, mais je sentis qu'il se proposait seulement parce que c'était ce que l'on attendait de lui – il ne voulait pas vraiment faire face à un guerrier expérimenté. Par ailleurs, je n'étais pas d'humeur à être contrarié.

— Je les prendrai tous, dis-je.

Guthred ne discuta point.

Je suis vieux, désormais. Si vieux. Parfois, j'oublie le nombre de mes années, mais il doit s'en être écoulé quatre-vingts depuis le jour où ma mère mourut en couches en me mettant au monde. Peu d'hommes vivent si longtemps, et ceux qui combattent dans le mur de boucliers n'en vivent pas la moitié. J'en vois qui attendent ma mort, et sans doute les obligerai-je bientôt. Ils baissent la voix en ma présence de crainte de me déranger, et cela m'agace, car je n'entends ni ne vois plus bien. Je pisse sur ma couche, mes os sont raides et mes vieilles blessures me tourmentent. Chaque soir, lorsque je me couche, je m'assure que Souffle-de-Serpent ou une autre de mes épées m'accompagne pour pouvoir m'en saisir dans la nuit. Et dans l'obscurité, tandis que j'écoute la mer battre la grève et le vent frissonner dans les chaumes, je me souviens du temps où j'étais jeune, fort et leste. Et arrogant.

J'étais tout cela. J'étais Uhtred, celui qui avait tué Ubba. En 878, année où Alfred vainquit Guthrum et où Guthred accéda au trône de Northumbrie, je n'avais que vingt et un ans et mon nom était connu partout où les hommes affûtent les épées. J'étais un guerrier, et j'en étais fier. Tekil le savait. Il était brave, il avait mené maints combats ; mais quand il franchit les branches de noisetier, il sut que sa mort était venue.

Je ne dirai pas que je n'appréhendais rien. Ceux qui me voyaient sur les champs de bataille de Bretagne s'émerveillaient de ce que je n'éprouve nulle crainte, alors qu'évidemment j'avais peur. Tous nous avons peur. La peur s'insinue en nous comme une bête, referme ses serres sur nos tripes, nous affaiblit et essaie de nous faire trembler, mais elle peut être repoussée. Il faut laisser libre cours à la sauvagerie, car c'est elle qui sauve. Bien des hommes ont tenté de m'occire pour pouvoir se vanter d'avoir vaincu Uhtred ; mais jusqu'à ce jour, ma sauvagerie m'a permis de survivre. Et maintenant, je pense être trop vieux pour mourir au combat et devoir me résoudre à m'éteindre à petit feu. *Wyrd bið ful åræd.* C'est ce que nous disons, et c'est vrai : « Le destin est inexorable. »

Celui de Tekil était de mourir. Il combattit avec épée et bouclier, et je lui avais fait rendre sa cotte. Afin que nul ne dise que j'avais un avantage sur lui, je me battis sans armure ni bouclier. J'étais arrogant, et conscient que Gisela nous regardait ; en silence, je lui dédiai la mort de Tekil. Il ne me fallut guère de temps, malgré mon boitillement. J'en souffre depuis qu'une lance m'a percé la cuisse à Ethandun, mais il ne me ralentit point. Tekil se jeta sur moi, comptant m'assommer de son bouclier et me transpercer de son épée, mais je l'esquivai et continuai de tourner. C'est le secret d'un tel combat. Bouger. Danser. Dans le mur de boucliers, nul ne peut bouger, mais seulement avancer, frapper et tailler en gardant son bouclier levé. Mais entre les branches de noisetier, la souplesse est la vie : il faut forcer l'autre à réagir et le déséquilibrer. Tekil était ralenti par sa cotte, alors que je n'en avais pas ; mais, même en armure, j'étais rapide et il ne pouvait rivaliser. Il revint sur moi, je l'esquivai, puis je lui offris une mort rapide. Lorsqu'il se retourna, Souffle-de-Serpent s'abattit sur sa nuque à la limite de la cotte ; comme il ne portait pas de casque, la lame lui trancha le cou et il s'écroula. Je l'achevai promptement et il rejoignit la demeure d'Odin où un jour il m'accueillera.

L'assistance m'acclama. Je crois que les Saxons auraient préféré que les prisonniers soient brûlés, noyés ou piétinés par des chevaux, mais il y en avait assez parmi eux qui appréciaient l'art de l'épée. Gisela me souriait. Hild ne regardait pas, restée à l'écart avec le père Willibald. Tous deux passaient de longues heures à converser d'affaires chrétiennes qui n'étaient point les miennes.

Les deux prisonniers suivants étaient terrifiés. Si Tekil était leur chef, c'est qu'il était le meilleur d'entre eux, sa mort annonçait donc la leur. Ils ne résistèrent pas vraiment et, au lieu de m'attaquer, se contentèrent de se défendre. Le second fut assez habile pour esquiver plusieurs fois, mais je feintai ; il leva son bouclier, je lui tranchai la cheville et il mourut sous les vivats de la foule.

Il ne restait que Sihtric, le garçon. Les moines, qui voulaient pendre ces Danes mais prenaient maintenant un plaisir bien peu saint à les voir mourir honorablement, le poussèrent dans l'arène. Je vis alors qu'il ignorait comment tenir une épée et que le bouclier lui était un fardeau. Le tuer serait aussi facile qu'écraser un moucheron. Il le savait aussi, et il pleurait.

Il me fallait huit têtes. J'en avais sept. Je contemplai le garçon qui se détourna et, forcé de voir les traces sanglantes, tomba à genoux. La foule le hua. Les moines me criaient de l'achever. Je préférai attendre de voir ce qu'il ferait, et je le vis tenter de dompter sa peur. Il s'efforça de maîtriser ses sanglots et son souffle, ordonna à ses jambes tremblantes de le soutenir. Il souleva le bouclier, renifla et me regarda droit dans les yeux. Je désignai son épée et il la leva docilement pour pouvoir mourir comme un homme. Il portait encore au front les traces des coups de chaînes que je lui avais donnés.

— Quel était le nom de ta mère ? lui demandai-je.

Il fut incapable de répondre. Les moines continuaient de le huer. Je répétai ma question.

— Elflæd, bégaya-t-il, si bas que je l'entendis à peine.

— Elflæd, seigneur, le corrigeai-je.

— Elle s'appelait Elflæd, seigneur.

— Elle était saxonne ?

— Oui, seigneur.

— Et tenta-t-elle d'empoisonner ton père ?

Il marqua une pause et se rendit compte qu'il ne risquait rien à dire la vérité, à présent.

— Oui, seigneur.

— Comment ?

— Les baies noires, seigneur.

— L'ombre de la nuit ?

— Oui, seigneur.

— Quel âge as-tu ?

— Je l'ignore, seigneur.

Il devait avoir quatorze ans.

— Ton père t'aime-t-il ? demandai-je.

La question le laissa perplexe.

— S'il m'aime ?

— Kjartan. C'est bien ton père, n'est-ce pas ?

— Je le connais à peine, seigneur, dit-il.

Et ce devait être vrai. Kjartan avait dû faire cent bâtards à Dunholm.

— Et ta mère ?

— Je l'aimais, seigneur, dit-il, au bord des larmes.

J'avançai vers lui et son bras vacilla, mais il tenta de se reprendre.

— À genoux, mon garçon.

— Je veux mourir honorablement, me défia-t-il d'une voix tremblante.

— À genoux ! aboyai-je.

Le ton impérieux le terrifia et il se laissa tomber, comme pétrifié, alors que je m'approchais. Il frémit quand je retournai Souffle-de-Serpent, pensant que j'allais lui fracasser le crâne de son pommeau. L'incrédulité se peignit sur son visage quand il me vit lui tendre la garde.

— Saisis-t'en, lui dis-je, et prononce les paroles. (Il me regarda fixement, puis il parvint à lâcher épée et bouclier et à poser les mains sur la garde de mon épée. Je refermai mes mains sur les siennes.) Prononce les paroles, répétai-je.

— Je serai ton homme lige, seigneur, dit-il en me regardant dans les yeux, et je te servirai jusqu'à la mort.

— Et au-delà.

— Et au-delà, seigneur. Je le jure.

Jænberht et Ida protestèrent les premiers. Ils pénétrèrent dans l'aire en hurlant que le garçon devait mourir, selon la volonté de Dieu. Sihtric trembla quand je lui repris Souffle-de-Serpent et la brandis. La lame, encore ensanglantée et ébréchée, siffla vers les moines et j'en dirigeai la pointe sur le cou de Jænberht. La fureur me gagna alors, la folie de la bataille, la soif de sang, la joie de l'épée, et il me fallut bien des efforts pour ne pas laisser Souffle-de-Serpent prendre une autre vie. Elle la voulait, je la sentais trembler dans ma main.

— Sihtric est mon homme, criai-je au moine qui recula, et quiconque lui fait du mal sera mon ennemi. Et je te tuerai, moine, si tu t'en prends à lui. Je le ferai sans y réfléchir à deux fois. Quelqu'un conteste-t-il que

Sihtric est mon homme ? demandai-je en brandissant mon épée en direction de la foule.

Tous se turent. Ils sentaient dans le vent l'odeur du sang répandu, mais ce silence ne satisfit pas ma colère.

— Quelqu'un le conteste ? répétai-je, espérant que l'un me défierait. Car vous pouvez le tuer maintenant. Pendant qu'il est encore à genoux. Mais vous devrez me tuer en premier.

Jænberht me fixait. Il avait un visage sombre et étroit et des yeux rusés. Il avait la bouche tordue, peut-être à la suite d'une blessure d'enfance, qui lui donnait un air moqueur. J'avais envie d'arracher son âme pourrie de son corps malingre. Il voulait la mienne, mais il n'osa bouger. Personne n'osa, puis Guthred vint me rejoindre et tendit sa main à Sihtric.

— Sois le bienvenu, lui dit-il.

Le père Willibald, qui s'était précipité aux premiers éclats de voix, arriva à moi.

— Tu peux rengainer ton épée, seigneur, dit-il doucement.

Il avait trop peur pour s'approcher, mais il était assez brave pour me faire face et écarter ma lame.

— Le garçon vit ! lui crachai-je.

— Oui, seigneur, m'apaisa-t-il. Il vit.

Gisela posait sur moi un regard aussi étincelant que lorsqu'elle avait accueilli le retour de son frère. Hild l'observait.

Et moi, il me manquait toujours une tête coupée.

C'est à l'aube que notre armée s'ébranla pour la guerre.

Les hommes d'Ulf formaient l'avant-garde, suivis d'une horde de clercs portant les trois précieux coffres de l'abbé Eadred, et de Guthred monté sur une jument blanche. Gisela marchait à son côté et je suivais, Witnere mené par Hild. Je la priai d'échanger avec moi lorsqu'elle fut fatiguée.

Elle avait l'air d'une nonne. Elle avait tressé ses longs cheveux dorés et les avait réunis en couronne, recouvrant sa tête d'un capuchon gris. Sa cape était de la même étoffe et elle touchait régulièrement la croix de bois suspendue à son cou.

— Ils t'ont harcelée, n'est-ce pas ? demandai-je.

— Qui ?

— Les prêtres. Le père Willibald. Ils te disent de retourner au couvent.

— Dieu me harcèle, dit-elle. (Je levai la tête et elle sourit comme pour m'assurer qu'elle ne m'infligerait pas ses tourments.) J'ai prié saint Cuthbert.

— A-t-il répondu ?

— Je n'ai fait que prier, dit-elle calmement. Et c'est un commencement.

— N'aimes-tu point être libre ? demandai-je brutalement.

— Je suis une femme, dit-elle en riant. Comment puis-je l'être ? (Je ne répondis pas et elle sourit.) Je suis telle le gui. Il me faut une branche pour croître. Faute de cela, je ne suis rien.

Elle parlait sans amertume, comme si elle énonçait une évidence. Et elle avait raison. C'était une femme de bonne famille ; et si elle n'avait pas été donnée à l'église, comme la petite Æthelflæd, elle aurait été donnée à un homme. C'est le destin d'une femme. Un jour, j'en connus une qui le défia. Mais Hild était comme le bœuf qui regrette son joug quand vient le jour du banquet.

— Tu es libre, désormais, lui dis-je.

— Non. Je suis dépendante de toi. (Elle regarda Gisela qui riait d'une plaisanterie de son frère.) Et tu prends soin, Uhtred, de ne point me faire honte. (Elle voulait dire que je ne l'humiliais pas en l'abandonnant pour courtiser Gisela, et c'était vrai, mais tout juste. Voyant mon expression, elle se mit à rire.) À bien des égards, dit-elle, tu es un bon chrétien.

— Vraiment ?

— Tu t'efforces de faire le bien, n'est-ce pas ? (Elle rit devant mon air choqué.) Je veux que tu me fasses une promesse.

— Je ne puis, répondis-je prudemment.

— Promets-moi de ne point voler la tête d'Oswald pour en avoir huit.

Je ris, soulagé que la promesse ne concerne pas Gisela.

— J'y pensais, avouai-je.

— Je le sais. Mais cela n'ira point. Elle est trop vieille. Et tu ferais de la peine à Eadred.

— Où serait le mal ?

— Sept têtes suffisent, répondit-elle sans relever.

— Huit conviendraient mieux.

— Tu es cupide.

Les sept têtes étaient cousues dans un sac que Sihtric avait chargé sur l'âne qu'il menait. Des mouches bourdonnaient autour et cela empestait tant que nul ne voulait accompagner le garçon.

Nous formions une étrange armée. Sans compter les clercs, nous étions trois cent dix-huit. Avec nous marchaient au moins autant de femmes et enfants ainsi que les bandes de chiens habituelles. Il y avait une soixantaine de prêtres et moines que j'aurais volontiers échangés contre guerriers ou chevaux. Sur ces trois cents dix-huit hommes, seulement une centaine valaient la peine d'être placés dans le mur de boucliers. En vérité, nous n'étions point une armée, mais une populace.

Les moines chantaient en marchant. Je suppose que c'était en latin, car je ne comprenais pas leurs paroles. Ils avaient drapé le cercueil de saint Cuthbert d'une belle étoffe verte brodée de croix, et ce matin-là un corbeau l'avait souillée de sa fiente. Je pris d'abord cela pour un mauvais présage puis, songeant que le corbeau avait simplement exprimé le déplaisir d'Odin dont il est l'oiseau, je me réjouis du tour qu'il avait joué ; cela me valut un regard mauvais des moines Ida et Jænberht.

— Que faisons-nous, si nous découvrons en arrivant à Eoferwic qu'Ivarr est revenu ?

— Nous fuyons, bien sûr.

Cela fit rire Hild.

— Tu es heureux, n'est-ce pas ?

— Oui.

— Pourquoi ?

— Parce que je suis loin d'Alfred, dis-je, sincère.

— Alfred est un homme de bien, me gronda-t-elle.

— Certes, mais recherches-tu sa compagnie ? Brasses-tu de l'excellente ale pour lui ? Te rappelles-tu une plaisanterie pour la lui raconter ? S'assied-on auprès d'un feu pour lui poser des devinettes ? Chantons-nous avec lui ? Il ne fait que se soucier de ce que désire son dieu, promulgue des lois pour lui faire plaisir, et lorsqu'on fait pour lui quelque chose, ce n'est jamais assez, parce que son maudit dieu veut plus encore.

Elle me fit le sourire patient qu'elle réservait à mes insultes envers son dieu.

— Alfred veut ton retour.

— Il veut mon épée, pas moi.

— Retourneras-tu ?

— Non, dis-je d'un ton ferme.

Je tentai de mettre ma réponse à l'épreuve de l'avenir, mais j'ignorais ce que les fileuses de nos destins me réservaient. Avec cette troupe dépenaillée, j'espérais plus ou moins anéantir Kjartan et prendre Bebbanburg. Le bon sens me disait que c'était impossible, mais le bon sens n'aurait jamais imaginé qu'un esclave libéré puisse devenir roi à la fois de Danes et de Saxons.

— Jamais tu ne retourneras ? demanda Hild, dubitative.

— Jamais.

J'entendis les fileuses se rire de moi et je craignis que le destin ne m'ait lié à Alfred. Cela me contrariait, car cela signifiait que je n'étais pas mon propre maître. Peut-être étais-je moi aussi comme le gui, sauf que j'avais un devoir, une dette de sang à faire payer.

Nous suivîmes la voie romaine à travers les collines. Il nous fallut cinq jours à petite marche, mais nous ne pouvions aller plus vite avec les moines qui portaient le cadavre de leur saint sur leurs épaules. Chaque soir ils disaient des prières, et chaque matin des gens nous rejoignaient, tant et si bien que le dernier jour, lorsque nous traversâmes la plaine menant à Eoferwic, nous étions près de cinq cents. Ulf, qui se faisait désormais appeler comte Ulf, menait la marche sous sa bannière à tête d'aigle. Il avait fini par apprécier Guthred, et était avec moi son plus proche conseiller. Eadred aussi, bien sûr, mais il n'avait guère à dire en matière de guerre. Comme la plupart des clercs, il pensait que son dieu nous apporterait la victoire, et que son rôle d'abbé se limitait à cela. Ulf et moi, en revanche, avions beaucoup à dire. Le fond de notre pensée était que cinq cents hommes peu entraînés étaient loin de pouvoir conquérir Eoferwic s'il prenait à Egbert de la défendre.

Mais Egbert était au désespoir. L'un des saints livres des chrétiens raconte l'histoire d'un roi qui avait vu une inscription sur un mur. On me l'a racontée maintes fois, mais je me rappelle seulement qu'il était roi et que ces mots l'avaient effrayé. Je crois que c'était le dieu chrétien qui avait écrit ces mots, mais je n'en suis point sûr. Je pourrais faire mander le prêtre de mon épouse, car je l'autorise aujourd'hui à employer ce genre d'individu, et je pourrais lui demander les détails, mais ce serait seulement pour lui une occasion de plus de ramper à mes pieds et de supplier que j'augmente sa ration de poisson, ale et bûches, ce que je ne souhaite point. Peu importent les détails.

Ce fut Willibald qui me fit penser à cette histoire. Il pleura des larmes de joie quand nous entrâmes dans la ville, et quand il apprit qu'Egbert n'opposerait pas de résistance, il clama que le roi avait vu l'inscription sur le mur. Il le répéta et je n'y compris goutte sur le moment, mais maintenant je sais. Il voulait dire qu'Egbert savait qu'il avait perdu avant même d'avoir combattu.

Eoferwic attendait le retour d'Ivarr et bon nombre de ses habitants, craignant la vengeance du Dane, s'étaient enfuis. Egbert avait une garde personnelle, bien sûr, mais presque tous les hommes avaient déserté ; il n'avait plus que vingt-huit soldats, et pas un seul ne voulait mourir pour un roi qui avait une inscription sur son mur. Comme les habitants n'étaient pas d'humeur à barricader les portes ou garnir les remparts, l'armée de Guthred entra sans rencontrer de résistance. Nous fûmes accueillis à bras ouverts. Je crois que le peuple d'Eoferwic croyait que nous venions le défendre contre Ivarr plutôt que ravir la couronne d'Egbert ; mais lorsqu'ils apprirent qu'ils avaient un nouveau roi, ils en semblèrent assez heureux. Ce qui les ravissait le plus, évidemment, c'était la présence de saint Cuthbert. Eadred dressa le cercueil du saint dans l'église de l'archevêque, ouvrit le couvercle et laissa la foule s'attrouper pour voir le défunt et le prier.

Wulfhere, l'archevêque, n'était pas en ville, mais le père Hrothweard était encore là à prêcher ses folies, et il s'acoquina aussitôt avec Eadred. Sans doute avait-il lui aussi vu les mots sur le mur. Moi, je vis seulement des croix gravées sur les portes. Elles étaient censées indiquer où demeuraient les chrétiens, mais la plupart des Danes survivants en avaient mis aussi pour se protéger des pillards, et les hommes de Guthred voulaient piller. Eadred leur avait promis femmes lascives et monceaux d'argent, mais à présent l'abbé s'efforçait de protéger les chrétiens de la ville des Danes de Guthred.

Il y eut quelques troubles, mais guère. Les gens eurent le bon sens d'offrir des pièces, de l'ale et à manger plutôt que de se laisser voler. Guthred découvrit dans le palais des coffres d'argent et en distribua à son armée ; et il y avait abondance d'ale dans les tavernes, si bien que pour l'heure les hommes de Cumbraland étaient assez contents.

— Que ferait Alfred ? me demanda Guthred le premier soir.

Je commençais à m'habituer à cette question, car Guthred s'était en quelque sorte convaincu qu'Alfred était un roi méritant d'être imité. Cette fois cela concernait Egbert, que l'on avait découvert dans sa chambre. Il avait été traîné dans la grande salle où il s'était jeté aux pieds de Guthred en lui jurant fidélité. C'était un étrange spectacle que de voir un roi à genoux devant un autre, dans la vieille bâtisse romaine éclairée par des torches qui l'enfumaient, et les courtisans et serviteurs d'Egbert qui s'étaient avancés à genoux pour imiter leur souverain. Egbert paraissait vieux, malade et misérable, tandis que Guthred était un nouveau et resplendissant monarque. J'avais trouvé la cotte d'Egbert : je la donnai à Guthred, qui portait l'armure parce que cela lui donnait l'air royal. Il fut aimable avec le roi déposé, le releva et l'embrassa sur les deux joues, puis l'invita courtoisement à siéger auprès de lui.

— Tue ce vieux bâtard, dit Ulf.

— J'ai dans l'esprit d'être magnanime, répondit Guthred, royal.

— Tu as dans l'esprit d'être sot, rétorqua Ulf.

Il était d'humeur massacrante, car Eoferwic n'avait pas livré un quart du butin qu'il escomptait ; mais il s'était trouvé deux jeunes jumelles qui lui plaisaient et cela le retint de trop se plaindre.

Quand les cérémonies furent terminées et après qu'Eadred eut beuglé une interminable prière, Guthred se promena dans la ville avec moi. Je crois qu'il voulait faire étalage de sa nouvelle armure, ou bien simplement se rafraîchir en sortant de ce palais enfumé. Il but de l'ale dans chaque taverne, plaisantant avec ses hommes en angle et en danois, et il embrassa au moins cinquante filles ; puis il m'entraîna vers les remparts et nous y marchâmes sans un mot jusqu'à la partie est. Là, je m'arrêtai pour contempler la plaine et la rivière baignées par la lune.

— C'est là que mourut mon père, dis-je.

— Épée en main ?

— Oui.

— Cela est bon, dit-il, oubliant un instant qu'il était chrétien. Mais ce fut pour toi un triste jour.

— Il fut bon, car je connus le comte Ragnar. Et je n'ai jamais beaucoup aimé mon père.

— Vraiment ? s'étonna-t-il. Et pourquoi cela ?

— C'était une brute maussade. Les hommes cherchaient son approbation, c'était éreintant.

— Comme toi, alors.

— Moi ? demandai-je, surpris.

— Mon maussade Uhtred, dit-il. Tout de colère et de menace. Dis-moi donc ce que je dois faire d'Egbert.

— Ce que conseille Ulf, bien sûr.

— Ulf voudrait occire tout le monde, car ainsi il n'aurait plus de problèmes. Que ferait Alfred ?

— Peu importe ce qu'il ferait.

— Si. Dis-moi.

Il y avait chez Guthred quelque chose qui me forçait à toujours lui dire la vérité, ou presque. Je fus tenté de lui répondre qu'Alfred aurait amené le vieux roi sur la place du marché pour le faire décapiter, mais je savais que c'était faux. Alfred avait épargné son traître de cousin après Ethandun, et il avait laissé la vie à son neveu, Æthelwold, alors que celui-ci avait plus de droits à régner qu'Alfred lui-même.

— Il l'épargnerait, soupirai-je. Mais Alfred est sottement pieux.

— Non.

— Il craint la réprobation de Dieu.

— C'est là montrer du bon sens.

— Tue Egbert, seigneur, insistai-je. Si tu ne le tues pas, il tentera de récupérer son royaume. Il a des terres dans le Sud. Il peut lever une armée. Si tu le laisses vivre, il mènera ces hommes à Ivarr, qui voudra le rétablir sur le trône. Egbert est un ennemi !

— C'est un vieillard effrayé et malade, répondit patiemment Guthred.

— Alors mets un terme à ses souffrances, le pressai-je. Je le ferai pour toi. Je n'ai jamais occis de roi.

— Et cela te plairait ?

— Je tuerai celui-ci pour toi. Il a laissé des Saxons massacrer des Danes ! Il n'est pas aussi pitoyable que tu le penses.

— Je te connais, Uhtred, me dit-il gentiment, mais avec un regard réprobateur. Tu veux te vanter d'être l'homme qui a tué Ubba près de la mer et désarçonné Svein du Cheval Blanc, et aussi envoyé le roi Egbert au trépas.

— Et tué Kjartan le Cruel, ainsi qu'Ælfric, l'usurpateur de Bebbanburg.

— Je suis heureux de ne point être ton ennemi, plaisanta-t-il. L'ale est aigre, ici, grimaça-t-il.

— Elle est différemment brassée, expliquai-je. Que te conseille l'abbé Eadred ?

— Comme toi et Ulf, bien sûr.

— Pour une fois, il a raison.

— Mais Alfred ne le tuerait point.

— Alfred est roi de Wessex, il n'a point à affronter Ivarr ni un rival comme Egbert.

— Mais Alfred est un bon roi, insista Guthred.

Je donnai un coup de pied agacé dans la palissade.

— Tu es un roi ! m'emportai-je. Tu dois être sans pitié. Tu dois être redouté !

— Alfred est-il craint ?

— Oui, dis-je, me rendant compte que c'était vrai.

— Parce qu'il est sans pitié ?

— Non. Les hommes craignent de lui déplaire.

Je ne m'en étais pas rendu compte jusque-là. Alfred n'était pas sans pitié. Il avait tendance à pardonner, mais il était tout de même craint. Je crois que les gens reconnaissaient qu'il était contraint, tout comme eux subissaient son pouvoir. La contrainte d'Alfred, c'était la crainte de déplaire à son dieu. Il ne pouvait s'y soustraire. Il ne pourrait jamais être aussi bon qu'il le voulait, mais il ne cessait de s'y efforcer. Moi, j'avais accepté depuis longtemps que j'étais faillible, mais Alfred s'y refusait.

— J'aimerais que l'on craigne de me déplaire, dit timidement Guthred.

— Alors, laisse-moi tuer Egbert.

J'aurais pu épargner mes efforts pour le convaincre. Animé par son admiration pour Alfred, Guthred épargna Egbert et la suite lui donna raison. Il le fit envoyer dans un monastère au sud de la rivière et chargea les moines de l'y confiner, ce qu'ils firent. En un an, Egbert mourut d'une maladie qui ne laissa de lui que la peau sur les os, puis fut enseveli dans la grande église d'Eoferwic. Mais je n'assistai à rien de tout cela.

Nous étions au cœur de l'été, et chaque jour je redoutais de voir les hommes d'Ivarr apparaître à l'horizon. Nous apprîmes qu'en fait Ivarr bataillait contre les Scotes. Comme de telles rumeurs couraient toujours et étaient le plus souvent fausses, je n'y accordai nul crédit ; mais Guthred décida d'y croire et autorisa presque toute l'armée à retourner au Cumbraland pour les moissons. Cela ne laissait guère de troupes pour garnir Eoferwic. Sa garde rapprochée demeura, et chaque matin j'entraînais les hommes à l'épée, au bouclier et à la lance, et chaque après-midi je leur faisais réparer les remparts qui présentaient de trop nombreuses brèches. Je jugeais Guthred bien imprudent de laisser partir tant de personnes, mais il déclarait que sans cette moisson le peuple mourrait de faim et il était certain qu'ils reviendraient. Il eut de nouveau raison. Ils revinrent, menés par Ulf, qui voulut savoir à quoi l'armée serait employée.

— Nous allons marcher sur Kjartan, dit Guthred.

— Et Ælfric, rappelai-je.

— Bien sûr.

— Combien y a-t-il à piller chez Kjartan ? demanda Ulf.

— D'immenses quantités, lui dis-je, me rappelant les confidences de Tekil, mais sans parler des chiens féroces qui gardaient le trésor. Kjartan est plus riche que tu ne saurais l'imaginer.

— Il est temps d'affûter les épées, conclut-il.

— Et Ælfric est plus riche encore, ajoutai-je, sans vraiment savoir ce qu'il en était.

Cependant, j'étais convaincu que nous pourrions nous emparer de Bebbanburg. Nul ne l'avait jamais prise, mais cela ne la rendait pas pour autant invincible. Tout dépendait d'Ivarr. S'il pouvait être vaincu, Guthred deviendrait l'homme le plus puissant de Northumbrie ; étant mon ami, non seulement il m'aiderait à tuer Kjartan et à venger ainsi Ragnar l'Ancien, mais aussi à retrouver mes terres et ma forteresse auprès de la mer. Tels étaient mes rêves en cet été. Je voyais un avenir doré, si seulement je pouvais assurer la souveraineté de Guthred... J'avais oublié la malveillance des trois fileuses au pied de l'arbre du monde.

Le père Willibald voulait retourner en Wessex, et je ne pouvais lui en vouloir. Étant Saxon de l'Ouest, il n'aimait guère la Northumbrie. Je me rappelle un dîner de mamelle de vache pressée et bouillie, que je dévorai en disant que je n'avais point aussi bien mangé depuis mon enfance, alors que le pauvre Willibald n'en avait pu avaler une bouchée. Il avait la nausée et je me gaussai de cet homme du Sud qui n'avait point le cœur bien accroché. Sihtric, qui était désormais mon serviteur, lui apporta pain et fromage, et Hild et moi nous partageâmes le plat. Elle aussi était du Sud, mais moins délicate. Et c'est cette nuit-là qu'il nous déclara vouloir retourner auprès d'Alfred.

Nous n'avions guère de nouvelles du Wessex, sachant seulement qu'il était en paix. Guthrum, bien sûr, avait été défait et avait accepté le baptême avec le traité conclu avec Alfred. Il avait pris le nom chrétien d'Æthelstan, qui signifie « noble pierre », et Alfred était son parrain. Nous n'en savions pas davantage.

Guthred décida d'envoyer une ambassade à Alfred. Il choisit quatre Danes et quatre Saxons, jugeant qu'un tel groupe pourrait franchir sans peine tout territoire saxon ou dane, et désigna Willibald comme messager. Willibald rédigea la missive d'une plume qui grattait un parchemin tout neuf.

— Avec l'aide de Dieu, lui dicta Guthred, j'ai pris le royaume de Northumbrie...

— Qui est appelé Haliwerfolkland, le coupa Eadred.

Guthred s'inclina courtoisement, comme pour indiquer qu'il laissait Willibald libre d'ajouter ou non cette précision.

— ... Et je suis déterminé, poursuivit-il, par la grâce de Dieu, à gouverner ce pays dans la paix et la justice...

— Pas si vite, seigneur, supplia Willibald.

— Et à y enseigner comment brasser de la bonne ale, continua le roi.

— Et à y enseigner... répéta Willibald.

— Mais non, mon père ! N'écrivez point cela ! l'arrêta Guthred en riant.

Pauvre Willibald. La lettre était si longue qu'une autre peau d'agneau dut être étirée, grattée et préparée. Le message parlait abondamment de saint Cuthbert, qui avait amené l'armée au saint peuple d'Eoferwic, et de l'intention de Guthred de lui bâtir une chapelle. Elle précisait qu'il y avait encore des ennemis qui risquaient de contrecarrer cette ambition, mais sans insister, comme si Ivarr, Ælfric et Kjartan n'étaient qu'obstacles mineurs. Elle demandait à Alfred de nous accorder ses prières et l'assurait qu'il serait dans celles du bon peuple d'Haliwerfolkland.

— Je devrais lui envoyer un présent, dit Guthred. Qu'aimerait-il ?

— Une relique, suggérai-je ironiquement.

C'était une bonne idée, car Alfred n'aimait rien tant qu'une sainte relique. Mais il n'y avait pas grand-chose de ce genre à Eoferwic. L'église de l'archevêque recelait bien des trésors, dont l'éponge à laquelle Jésus s'était abreuvé de vin avant de mourir, ainsi que le licou de l'âne de Balaam – bien que j'ignore qui était ce Balaam et plus encore comment son âne pouvait être saint. L'église possédait une dizaine de ces choses, mais l'archevêque les avait emportées et nul ne savait vraiment où se trouvait Wulfhere. Pour moi, il avait rejoint Ivarr. Hrothweard déclara posséder une graine d'un sycomore dont parle l'évangile ; mais quand il ouvrit le coffret d'argent qui la contenait, nous ne trouvâmes que poussière. Je suggérai finalement que nous offrions deux des trois dents de saint Oswald. Eadred s'en offusqua mais finit par convenir que l'idée n'était pas si mauvaise. On alla donc chercher des tenailles pour ouvrir le coffre, puis l'un des moines arracha deux des chicots jaunis du roi, qui furent placés dans un magnifique pot d'argent dans lequel Egbert conservait des huîtres fumées.

L'ambassade partit un matin de la fin du mois d'août. Guthred prit Willibald à l'écart et lui confia pour Alfred un dernier message disant que, bien qu'il fût un Dane, il était lui aussi un chrétien, et suppliant qu'Alfred dépêche des hommes si la Northumbrie était attaquée. Pour moi, c'était comme pisser dans le vent, car le Wessex avait assez d'ennemis pour lui-même sans se soucier du destin de la Northumbrie.

Je pris moi aussi Willibald à part. J'étais navré qu'il parte, car j'aimais bien ce brave homme, mais je voyais combien il était impatient de retrouver le Wessex.

— Vous ferez quelque chose pour moi, mon père, lui dis-je.

— Si cela se peut, répondit-il prudemment.

— Saluez le roi pour moi.

Il sembla soulagé que ma demande soit moins pénible qu'il le pensait – ce qu'elle fut en définitive.

— Le roi voudra savoir quand tu retourneras, seigneur.

— En temps, répondis-je, bien que sachant que ma seule raison de revenir en Wessex serait de récupérer le trésor enfoui à Fifhaden. Je regrettais maintenant de l'avoir caché, car en vérité je ne voulais jamais revoir le Wessex. Je veux que vous trouviez le comte Ragnar, lui dis-je.

— L'otage ? s'inquiéta-t-il.

— Trouvez-le et passez-lui un message de moi.

— Si je le peux, insista-t-il.

Je le saisis par les épaules pour qu'il m'écoute et il grimaça.

— Vous le trouverez, dis-je d'un ton menaçant, et vous lui passerez ce message. Dites-lui que je vais au nord tuer Kjartan. Et que sa sœur est en vie. Dites-lui que je ferai tout pour la retrouver et la protéger. Que je le jure sur ma vie. Et aussi de venir ici dès qu'il sera libre.

Je le fis répéter et me jurer sur sa croix qu'il passerait

le message. Craignant ma colère, à contrecœur, il saisit son crucifix et jura solennellement.

Puis il partit.

Et nous avions de nouveau une armée, car les moissons étaient engrangées et le temps était venu de partir au nord.

Guthred partait au nord pour trois raisons. D'abord, il fallait anéantir Ivarr ; ensuite, la présence de Kjartan en Northumbrie était comme une plaie infectée ; enfin, Ælfric devait se soumettre à son autorité. Ivarr était le plus dangereux et nous vaincrait sans nul doute s'il amenait son armée au sud. Kjartan l'était moins, mais il devait être vaincu car la paix ne pourrait s'instaurer en Northumbrie tant qu'il vivrait. Ælfric était le moins dangereux.

— Ton oncle est roi à Bebbanburg, me dit Guthred.

— Se fait-il appeler ainsi ? m'irritai-je.

— Non, non ! Il est bien trop sensé. Mais dans les faits, c'est ce qu'il est. Les terres de Kjartan sont une barrière, n'est-ce pas ? Ainsi, la loi d'Eoferwic ne s'étend pas au-delà de Dunholm.

— Nous étions rois à Bebbanburg, autrefois, dis-je.

— Vraiment ? s'étonna-t-il, rois de Northumbrie ?

— De Bernicie. (Il n'avait jamais entendu ce nom.) C'était le nord de la Northumbrie, et tous les alentours d'Elo étaient le royaume de Deira.

— Ils se sont unis ?

— Nous avons tué leur dernier roi, mais il y a longtemps, bien avant que ne survienne cette folie chrétienne.

— Tu as donc des prétentions à être roi ici ? demanda-t-il.

Son ton soupçonneux m'étonna et je lui jetai un

regard qui le fit rougir ; mais il insista, faisant mine de ne pas se soucier de ma réponse.

— Seigneur roi, dis-je en riant, si tu me restaures à Bebbanburg, je m'agenouillerai devant toi et jurerai fidélité éternelle à toi et à tes héritiers.

— Héritiers ! répéta-t-il d'un ton enjoué. As-tu vu Osburh ?

— Je l'ai vue.

C'était la nièce d'Egbert, une jeune Saxonne qui vivait dans le palais lorsque nous avions pris Eoferwic. Elle avait quatorze ans, des cheveux de jais et un joli visage rond.

— Si je l'épouse, me demanda-t-il, Hild sera-t-elle sa dame de compagnie ?

— Demande-le-lui. (Hild nous suivait. Je pensais qu'elle partirait au Wessex avec Willibald, mais elle avait annoncé ne pas être encore prête à affronter Alfred ; ne pouvant lui en vouloir, je n'avais pas insisté.) Je pense qu'elle en serait honorée.

Cette première nuit, nous campâmes à Onhripum, où un petit monastère donna abri à Guthred, Eadred et leurs clercs. Notre armée approchait les six cents, à présent, et la moitié était montée. Nos feux éclairèrent les champs des alentours. Commandant la garde royale, je campai au plus près du monastère ; mes quarante hommes, presque tous vêtus de mailles prises à Eoferwic, dormirent devant la porte.

Je montai la garde avec Clapa et deux Saxons durant la première partie de la nuit. Sihtric m'accompagnait. Je l'appelais mon serviteur, mais il apprenait à se servir d'une épée et d'un bouclier et je jugeais qu'il ferait un bon soldat d'ici à deux ans.

— Les têtes sont bien à l'abri ? demandai-je.

— Elles empestent jusqu'ici ! protesta Clapa.

— Pas plus que toi, rétorquai-je.

— Oui, seigneur, dit Sihtric.

— Il m'en faudrait huit, dis-je en lui enserrant la gorge. Tu as le gosier bien étroit, mon garçon.

— Mais solide, seigneur.

Au même instant, la porte du monastère s'ouvrit et Gisela, drapée d'une cape noire, se glissa au-dehors.

— Tu devrais dormir, ma dame, lui dis-je.

— Je ne le puis. Je veux marcher, répondit-elle en me défiant du regard.

Je vis le feu scintiller sur ses grands yeux et sur ses dents, entre ses lèvres entrouvertes.

— Où désires-tu te promener ? demandai-je.

Elle haussa les épaules sans me quitter du regard et je songeai que Hild dormait au monastère.

— Je te confie la garde, Clapa, dis-je. Si Ivarr vient, tue-le.

— Oui, seigneur.

J'entendis les gardes ricaner quand nous partîmes. Je les fis taire d'un grognement, puis j'entraînai Gisela vers le couvert des arbres. Elle me prit la main, sans rien dire, heureuse d'être avec moi.

— N'as-tu point peur de la nuit ? demandai-je.

— Pas avec toi.

— Quand j'étais enfant, je me transformais en *sceadugengan*.

— Qu'est-ce que cela ?

Le mot saxon lui était inconnu.

— Une ombre qui marche, expliquai-je. Un être qui rôde dans le noir.

Une chouette hulula, et Gisela serra instinctivement ma main dans la sienne.

Nous nous arrêtâmes sous des bouleaux. La lumière des feux filtrait entre les feuilles. Je baissai la tête pour la regarder. Elle était grande, mais je la dépassais encore d'une tête. Elle se laissa faire puis ferma les yeux quand je frôlai son nez du bout du doigt.

— Je... commençai-je.

— Oui, dit-elle comme si elle avait su ce que je voulais dire.

— Je ne peux pas rendre Hild malheureuse, dis-je en me détournant.

— Elle m'a dit qu'elle serait bien retournée avec Willibald dans le Wessex, mais qu'elle veut voir si tu prends Dunholm. Elle dit qu'elle prie pour cela et que ce sera un signe de son dieu si tu y parviens.

— Elle a dit cela ?

— Oui, ce sera le signe qu'elle doit retourner à son couvent. Elle me l'a dit ce soir.

Je jugeai que c'était vrai. Je lui caressai le visage.

— Alors nous attendrons que Dunholm tombe.

Mais ce n'était pas ce que je voulais dire.

— Mon frère dit que je dois être une génisse de paix, dit-elle avec amertume. (Une génisse de paix était une femme mariée à une famille rivale pour faire alliance, et sans doute Guthred avait-il l'intention de lui faire épouser le fils d'Ivarr ou d'un Scote.) Mais je ne le veux point, dit-elle. J'ai jeté les bâtons de runes et je connais mon destin.

— Et quel est-il ?

— Je dois enfanter deux fils et une fille.

— Cela est bon.

— Ils et elle seront tiens, dit-elle d'un ton de défi.

J'attendis avant de répondre. La nuit me semblait soudain fragile.

— Les runes te l'ont dit ?

— Elles n'ont jamais menti, répondit-elle calmement. Quand Guthred était prisonnier, elles m'ont dit qu'il reviendrait et que mon mari l'accompagnerait. Et tu es arrivé.

— Mais Guthred veut que tu sois une génisse de paix.

— Alors tu devras m'enlever, selon l'ancienne coutume.

L'ancienne coutume dane était d'enlever sa fiancée, de mener une expédition chez ses parents et de la ravir pour la mener au mariage. Cela se fait encore parfois, mais en notre époque plus calme l'expédition suit des négociations officielles. Alors, la fiancée a le temps de préparer ses bagages avant l'arrivée des cavaliers.

— Je t'enlèverai, promis-je.

Je sus que je créais des ennuis, que Hild n'avait rien fait pour les mériter et que Guthred se sentirait trahi ; malgré cela, je relevai le menton de Gisela et lui baisai les lèvres.

C'est au moment où elle m'étreignit que s'élevèrent les cris. Je serrai Gisela contre moi et tendis l'oreille. Les cris provenaient du camp et je vis à travers les branches des gens qui couraient devant les feux vers la route.

— Des ennuis, dis-je.

Je la pris par la main et l'entraînai vers le monastère, où Clapa et ses gardes avaient dégainé leurs épées. Je la poussai vers la porte en tirant Souffle-de-Serpent.

Mais les ennuis n'étaient pas pour nous. Trois hommes, dont l'un était grièvement blessé, apportaient des nouvelles. En une heure, la petite église du monastère brillait de lumières, et prêtres et moines chantaient les louanges de Dieu, tandis que le message des trois hommes venus du Nord se répandait dans notre camp et que tous accouraient au monastère pour en avoir confirmation.

— Dieu opère des miracles ! brailla Hrothweard à la foule.

Il avait pris une échelle pour grimper sur le toit du monastère. Il faisait nuit, mais certains avaient apporté des torches à la lumière desquelles il paraissait un géant. Il leva les bras pour que la foule se taise. Il attendit, puis il baissa les yeux vers les visages levés tandis que derrière lui s'élevaient les chants solennels des moines. Dans la nuit, une chouette hulula. Hrothweard serra les poings et leva les bras comme pour toucher la voûte céleste.

— Ivarr est vaincu ! s'écria-t-il enfin. Que soient loués Dieu et tous les saints ! Le tyran Ivarr a été abattu et a perdu son armée !

Et le peuple d'Haliwerfolkland, qui craignait de devoir affronter le puissant Ivarr, s'égosilla d'allégresse parce que le plus grand obstacle à la souveraineté de Guthred sur la Northumbrie avait été balayé. Il pouvait désormais s'appeler légitimement roi, car il l'était enfin. Le roi Guthred.

4

Une bataille avait eu lieu, un horrible massacre au cours duquel une vallée avait débordé de sang, et Ivarr Ivarrson, le plus puissant Dane de Northumbrie, avait été vaincu par Aed de Scotie.

Les pertes des deux armées étaient impressionnantes. Nous en apprîmes davantage le lendemain matin quand presque soixante nouveaux survivants arrivèrent. Ils avaient voyagé en un groupe assez nombreux pour que Kjartan ne les attaque pas, et ils tremblaient encore du carnage auquel ils avaient assisté. Ivarr avait été attiré de l'autre côté d'une rivière, dans une vallée où il croyait Aed réfugié, mais c'était un piège. Les collines qui la bordaient étaient peuplées de sauvages qui avaient surgi dans la brume et la bruyère pour déchiqueter les Danes.

— Ils étaient des milliers, dit un homme.

Le mur de boucliers avait tenu, mais j'imaginais la férocité de la bataille. Mon père avait maintes fois combattu les Scotes et les décrivait comme des démons. Des démons enragés, menés par l'épée, hurlants. Les Danes d'Ivarr nous narrèrent qu'ils s'étaient reformés après le premier assaut, repoussant ces démons à la lance et à l'épée, mais que leurs hordes ne cessaient de surgir, enjambant leurs propres morts, leurs cheveux hirsutes ruisselant de sang, épées sifflantes. Ivarr avait tenté de remonter la vallée vers le Nord, sur une éminence. Cela l'obligeait à se frayer un chemin au fil de l'épée, et il avait échoué. Aed avait alors envoyé sa garde sur les meilleurs hommes d'Ivarr. Épées et boucliers s'étaient entrechoqués tandis que les Danes tombaient l'un après l'autre. Ivarr, dirent les survivants, s'était battu comme un beau diable, mais il avait reçu un coup d'épée en pleine poitrine et une lance dans la jambe. Ses hommes l'avaient évacué du mur, tempêtant, exigeant de mourir face à l'ennemi. Mais ils n'avaient pas cédé, et la nuit était tombée.

L'arrière-garde des Danes tenait encore et les survivants, ensanglantés, emmenèrent leur chef au sud vers la rivière. Ivar, son fils de seize ans, rassembla les derniers guerriers blessés. Ils chargèrent et brisèrent les lignes scotes, mais moururent par dizaines en tentant de traverser la rivière. Certains se noyèrent, alourdis par leur cotte. À l'aube, ils formèrent le mur, pensant que les Scotes traverseraient pour les achever, mais les hommes d'Aed étaient presque aussi épuisés qu'eux.

— Nous en avons occis des centaines, dit un homme.

Cela nous fut confirmé plus tard, quand on nous raconta qu'Aed était retourné dans le Nord lécher ses blessures.

Le comte Ivarr était vivant. Blessé, mais en vie. On disait qu'il se terrait dans les collines, redoutant d'être capturé par Kjartan. Guthred envoya à sa recherche une centaine d'hommes qui découvrirent que Kjartan en faisait autant. Ivarr, préférant être le prisonnier de Guthred que celui de Kjartan, se rendit aux hommes d'Ulf qui ramenèrent le comte blessé à notre camp à midi, porté sur un bouclier, car il ne pouvait chevaucher. Il était accompagné de son fils Ivar et de trente autres rescapés, certains aussi mal en point que lui ; mais lorsque Ivarr comprit qu'il devait faire face à celui qui avait usurpé le trône de Northumbrie, il tint à le recevoir debout. Il marcha. J'ignore comment il y parvint tant il devait souffrir, mais il se força à claudiquer, s'arrêtant régulièrement pour s'appuyer sur la lance qui lui servait de béquille.

Il nous défiait, irrité. Je ne l'avais jamais vu, car il avait été élevé en Irlande, mais il ressemblait tout à fait à son père, Ivar le Sans-Os, dont il avait l'apparence décharnée, le visage émacié et les yeux enfoncés, les cheveux jaunes et le regard malveillant. En un mot, il exhalait la même puissance.

Guthred attendait à l'entrée du monastère, et ses gardes formèrent une haie jusqu'à lui. Il était accompagné de ses lieutenants et de l'abbé Eadred, du père Hrothweard et de tous les autres clercs. À une dizaine de pas de lui, Ivarr s'arrêta, s'appuya sur sa lance et nous jeta un regard glacial. Il me prit pour le roi, peut-être parce que ma cotte et mon casque étaient plus beaux que les siens.

— Es-tu l'enfant qui se fait appeler roi ? demanda-t-il.

— Je suis l'enfant qui a tué Ubba Lothbrokson, répondis-je.

Ubba était l'oncle d'Ivarr. Mon insolence le fit grimacer et alluma une étrange lueur dans son regard. Il avait des yeux de serpent dans un crâne décharné. Il avait beau être blessé et privé de son pouvoir, il aurait tout donné pour pouvoir me tuer en cet instant.

— Et tu es ?

— Tu le sais, répondis-je avec mépris, car l'arrogance est tout chez le jeune guerrier.

Guthred me prit le bras pour me faire taire et s'avança.

— Seigneur Ivarr, dit-il, je suis peiné de te voir blessé.

— Tu devrais en être heureux, ricana Ivarr, et peiné seulement que je ne sois mort. Tu es Guthred ?

— J'ai peine que tu sois blessé, seigneur, et pour les hommes que tu as perdus, et je me réjouis des ennemis que tu as occis. Nous te rendons grâces. (Il recula et balaya du regard notre armée rassemblée sur la route.) Nous devons remercier Ivarr Ivarrson ! cria-t-il. Il a vaincu une menace venue du Nord ! Le roi Aed est rentré en boitant chez lui pleurer ses pertes et consoler les veuves de Scotie !

La vérité, en fait, c'était qu'Ivarr boitait et qu'Aed était victorieux, mais les paroles de Guthred soulevèrent des vivats qui étonnèrent Ivarr. Il devait s'attendre à ce que Guthred le fasse tuer, ce qu'il aurait dû faire, mais il préférait traiter Ivarr avec honneur.

— Tue ce démon, murmurai-je à Guthred.

Il me jeta un regard étonné comme si une telle idée ne lui était jamais venue à l'esprit.

— Pourquoi ?

— Tue-le, c'est tout, et aussi ce rat qui lui tient lieu de fils.

— Tuer est ton obsession, s'amusa Guthred tandis qu'Ivarr nous observait et devait deviner ce qui se disait. Sois le bienvenu, seigneur Ivarr, dit Guthred en souriant. La Northumbrie a fort besoin de grands guerriers et toi, seigneur, de repos.

Je lus dans les yeux de ce serpent la stupéfaction. Il prenait Guthred pour un sot, mais c'est à ce moment que je compris que le destin de Guthred était en or. *Wyrd bið ful aræd.* Quand j'avais sauvé Guthred des griffes de Sven et qu'il avait prétendu être roi, je l'avais pris pour un plaisantin. Et quand il avait été couronné à Cair Ligualid, j'avais continué à trouver le tour bien joué : même à Eoferwic, je n'imaginais pas qu'il durerait plus de quelques semaines, car Ivarr était le grand seigneur impitoyable de la Northumbrie, mais à présent Aed avait fait le travail à notre place. Ivarr avait perdu la plupart de ses hommes, il était blessé et il ne restait plus que trois grands seigneurs en Northumbrie. Ælfric, cramponné à sa terre volée à Bebbanburg. Kjartan, tapi comme une araignée noire dans sa forteresse au bord de la rivière. Et le roi Guthred, seigneur du Nord et unique Dane en Bretagne capable de mener Saxons ainsi que Danes.

Nous restâmes à Onhripum. Ce n'était pas prévu, mais Guthred tint à ce que nous attendions que les blessures d'Ivarr soient soignées. Les moines s'occupèrent de lui, et Guthred vint à son chevet lui apporter ale et nourriture. Hild lava et pansa les plaies des compagnons blessés d'Ivarr.

— Il leur faut à manger, me dit-elle.

Mais nous avions peu de vivres et chaque jour je devais aller de plus en plus loin pour trouver du grain ou du bétail. Je pressai Guthred de reprendre la marche vers une région où les vivres seraient plus abondantes, mais il était fasciné par Ivarr.

— Je l'aime bien ! me dit-il. Et nous ne pouvons le laisser ici.

— Nous pourrions l'y ensevelir, proposai-je.

Ivarr n'était pas avare de louanges et le jeune roi buvait jusqu'à la dernière de ses fourbes paroles.

Les moines s'acquittèrent bien de leur tâche, car Ivarr se remit rapidement. J'espérais qu'il succomberait à ses blessures, mais après trois jours il était déjà en selle. Il souffrait encore, c'était évident. La douleur devait être affreuse, mais il se forçait à marcher et à monter, tout comme il se contraignit à prêter allégeance à Guthred.

Il n'avait guère le choix. Il ne possédait plus qu'une centaine d'hommes pour la plupart blessés et il n'était plus un grand seigneur de guerre. Aussi son fils et lui s'agenouillèrent-ils devant Guthred en joignant les mains pour lui jurer fidélité. Le fils, Ivar, âgé de seize ans, maigre et redoutable, ressemblait à ses père et grand-père. Je me méfiais des deux, mais Guthred faisait la sourde oreille. Il était juste, disait-il, qu'un roi soit généreux ; en témoignant sa merci à Ivarr, il croyait se l'allier éternellement.

— C'est ce qu'aurait fait Alfred, me dit-il.

— Alfred aurait pris le fils en otage et renvoyé le père.

— Il a prêté serment.

— Il lèvera une nouvelle armée, l'avertis-je.

— Tant mieux ! dit-il avec son habituel sourire. Nous avons besoin de soldats.

— Il voudra que son fils soit roi.

— Il ne voulait pas lui-même du trône, pourquoi le voudrait-il pour son fils ? Tu vois des ennemis partout, Uhtred. Le jeune Ivar est un joli garçon, ne trouves-tu pas ?

— Il ressemble à un rat affamé.

— Il est de l'âge qui sied à Gisela ! Face de cheval et rat ! (J'eus envie de lui faire passer son sourire d'un coup de poing.) C'est une idée, ne trouves-tu pas ? Il est temps qu'elle se marie, et cela scellerait l'alliance avec Ivarr.

— Pourquoi ne pas sceller la nôtre ? demandai-je.

— Toi et moi sommes déjà amis et j'en remercie Dieu.

Nous remontâmes au Nord lorsque Ivarr fut suffisamment remis. Ivarr était certain que d'autres de ses hommes avaient survécu au carnage, et les frères Jænberht et Ida étaient partis en éclaireurs avec une escorte de cinquante hommes. Les deux moines, m'assura Guthred, connaissaient la région de la Tuede et pouvaient guider les recherches.

Guthred chevaucha avec Ivarr la plupart du temps. Il avait été flatté par le serment qu'il attribua à la magie chrétienne ; et lorsque Ivarr le quitta pour rejoindre ses hommes, Guthred manda le père Hrothweard et l'interrogea sur Cuthbert, Oswald et la Trinité. Il voulait savoir comment profiter de cette magie et fut déçu par les explications du prêtre.

— Le Fils n'est pas le Père, le Père n'est point l'Esprit, et l'Esprit n'est point le Fils, répéta patiemment Hrothweard, mais Père, Fils et Saint-Esprit ne sont qu'un, indivisible et éternel.

— Il y a trois dieux, alors ? demanda Guthred.

— Un seul ! tonna Hrothweard.

— Comprends-tu cela, Uhtred ?

— Jamais je n'ai pu, seigneur, répondis-je. Pour moi, ce ne sont qu'absurdités.

— Ce n'est point ! siffla Hrothweard. Imagine un trèfle, expliqua-t-il au roi. Trois feuilles séparées, mais une seule plante.

— C'est un mystère, seigneur, intervint Hild.

— Un mystère ?

— Dieu est mystérieux, seigneur, dit-elle sans prêter attention au regard malveillant du prêtre, et dans ce mystère nous pouvons découvrir des merveilles. Il n'est point nécessaire de le comprendre, mais seulement de s'en étonner.

— Alors, seras-tu la dame de compagnie de mon épouse ? lui demanda Guthred d'un ton enjoué.

— Épousez-la d'abord, seigneur, je déciderai alors.

Il sourit et se retourna.

— Je croyais que tu avais décidé de retourner au couvent, dis-je.

— Gisela te l'a confié ?

— Si fait.

— J'attends un signe de Dieu.

— La chute de Dunholm ?

— Peut-être. C'est un lieu néfaste. Si Guthred la prend sous la bannière de saint Cuthbert, cela montrera la puissance de Dieu. Peut-être est-ce le signe que je guette.

— Pour moi, tu as déjà reçu ce signe.

Elle éloigna sa jument de Witnere qui la lorgnait d'un œil mauvais.

— Le père Willibald voulait que je rentre en Wessex avec lui, mais j'ai refusé. Je lui ai dit que je me retirerais de nouveau du monde seulement lorsque je saurais ce qu'est ce monde. (Elle se tut.) J'aurais aimé avoir des enfants.

— Tu le peux.

— Non, ce n'est point mon destin. Tu sais que Guthred veut marier Gisela au fils d'Ivarr ? me demanda-t-elle avec un regard oblique.

Sa question me surprit.

— Je sais qu'il y songe, répondis-je prudemment.

— Ivarr a accepté, hier soir.

J'eus un pincement de cœur, que je m'efforçai de dissimuler.

— Comment le sais-tu ?

— Gisela me l'a dit. Mais il y a une dot.

— Il y a en a toujours une.

— Ivarr veut Dunholm.

Il me fallut un moment pour comprendre, puis je compris le monstrueux marché. Ivarr avait perdu la plus grande part de sa puissance quand Aed avait massacré son armée ; mais s'il recevait Dunholm et ses terres, il se renforcerait. Les hommes qui suivaient aujourd'hui Kjartan seraient dès lors les siens, et en un clin d'œil Ivarr retrouverait son pouvoir.

— Guthred a-t-il accepté ? demandai-je.

— Pas encore.

— Il ne peut être aussi sot, m'agaçai-je.

— À la sottise des hommes, s'amusa-t-elle, il n'est point de fin. Mais te souviens-tu m'avoir dit, alors que nous quittions le Wessex, que la Northumbrie était remplie d'ennemis ?

— Je me rappelle.

— Elle en contient, je crois, bien plus que tu ne le penses. Aussi resterai-je jusqu'à ce que je sois sûre que tu survives, dit-elle en me touchant le bras. Parfois, je me dis que je suis la seule amie que tu aies ici. J'attendrai que tu sois en sécurité.

Je souris et posai la main sur la garde de Souffle-de-Serpent.

— Je suis en sécurité.

— Ton arrogance rend les gens aveugles à ta bonté. dit-elle d'un ton réprobateur. Que vas-tu faire, alors ?

— Régler la dette de sang. C'est pour cela que je suis venu.

Et c'était vrai. J'allais au Nord tuer Kjartan et libérer Thyra, mais si j'y parvenais, Dunholm appartiendrait à Ivarr et Gisela à son fils. Je me sentais trahi, alors qu'il n'y avait nulle trahison, car Gisela ne m'avait jamais été promise et Guthred pouvait la marier à qui il souhaitait.

— Ou peut-être devrions-nous partir, dis-je avec amertume.

— Partir où ?

— N'importe où.

— Au Wessex ? sourit-elle.

— Non !

— Où, alors ?

Nulle part. J'avais quitté le Wessex et n'y voulais retourner que pour reprendre mon trésor lorsque j'aurais un lieu sûr où le conserver. La destinée me tenait entre ses griffes et m'avait donné des ennemis. Partout.

Nous passâmes la Wiire à gué à l'ouest de Dunholm, puis nous marchâmes jusqu'à Cuncacester, une ville située sur la voie romaine à deux lieues au nord de Dunholm. Les Romains y avaient bâti un fort dont il ne restait plus que des murets au milieu des prairies. Guthred annonça que l'armée resterait auprès de ces ruines, et je répondis qu'elle devait poursuivre au sud jusqu'à Dunholm. Nous eûmes notre première querelle, car il s'obstinait.

— Quelle est l'utilité pour une armée de rester à deux heures de marche de l'ennemi, seigneur ?

— Eadred dit que nous devons demeurer ici.

— L'abbé ? Il sait prendre une forteresse ?

— Il a vu en songe que saint Cuthbert voulait que sa chapelle soit bâtie ici, dit-il en désignant une petite colline où des moines priaient autour du cercueil.

Pour moi, cela n'avait aucun sens. L'endroit était quelconque, en dehors des restes du fort. Collines, champs, quelques fermes et une petite rivière : cela faisait un lieu plaisant, mais je ne voyais pas ce qui en faisait l'emplacement idéal pour une chapelle.

— Notre tâche, seigneur, est de prendre Dunholm. Nous ne le ferons pas en bâtissant une chapelle ici.

— Mais les songes d'Eadred ont toujours été justes, répondit sincèrement Guthred. Et le saint ne m'a jamais failli.

J'arguai et perdis. Même Ivarr était de mon avis, assurant à Guthred que nous devions nous approcher de Dunholm. Mais le rêve de l'abbé Eadred disait que nous devions camper à Cuncacester, et les moines se mirent à l'ouvrage sur-le-champ. Le sommet de la colline fut nivelé, des arbres abattus, et l'abbé planta des piquets indiquant l'emplacement des murs. Comme il voulait les fondations en pierres, il fallait chercher une carrière ou, mieux encore, un ancien bâtiment romain d'où les extraire ; mais il devrait être vaste, car l'église prévue serait plus grande que les châteaux de la plupart des rois.

Le lendemain, à la fin de l'été, nous partîmes pour Dunholm jauger la résistance de la forteresse de Kjartan.

Nous étions cent cinquante hommes. Ivarr et son fils encadraient Guthred, Ulf et moi suivions, et seuls les clercs restèrent à Cuncancester. Nous étions danes et saxons, guerriers et lanciers, et nous chevauchions sous la nouvelle bannière de Guthred qui représentait saint Cuthbert une main levée en bénédiction et l'autre tenant l'évangile serti de gemmes de Lindisfarena. Cette bannière ne m'inspirait guère. Je regrettai de ne pas avoir demandé à Hild de m'en confectionner une avec la tête de loup de Bebbanburg. Le comte Ulf avait sa bannière à tête d'aigle, Guthred la sienne, et Ivarr un étendard déchiré portant deux corbeaux, qu'il avait sauvé de sa défaite contre les Scotes. J'étais le seul à n'en pas porter.

Ulf étouffa un juron quand nous arrivâmes en vue de Dunholm, car c'était la première fois qu'il contemplait la puissance de ce haut rocher logé dans une courbe de la Wiire. Des sycomores et des charmes couvraient ses pentes abruptes, mais le sommet était déboisé et nous y vîmes une robuste palissade de bois protégeant les trois ou quatre châteaux qui y étaient juchés. L'entrée du fort était une haute porte surmontée d'un rempart où flottait un étendard triangulaire montrant un navire à proue de serpent pour rappeler que Kjartan était naguère marin, et le mur était garni de lanciers et de rangées de boucliers.

Ulf contempla la forteresse. Guthred et Ivarr le rejoignirent sans un mot, car il n'y avait rien à dire. Elle semblait imprenable. Redoutable. Un chemin étroit et abrupt y montait, et il fallait très peu d'hommes pour le tenir, car il serpentait entre les arbres et les rochers jusqu'à la porte. Nous pouvions y lancer toute l'armée, mais par endroits le chemin était si étroit que vingt hommes pouvaient nous retenir pendant que lances et rochers nous cribleraient. Guthred me jeta un regard suppliant.

— Sihtric ! appelai-je. Ce mur fait-il tout le tour du sommet ?

— Oui, seigneur... sauf... hésita-t-il.

— Sauf ?

— Sauf en un escarpement au sud. C'est là que sont déversées les ordures.

— Peut-on le gravir ?

— Non, seigneur.

— Et l'eau ? Y a-t-il un puits ?

— Deux, seigneur, à l'extérieur de la palissade. L'un

à l'ouest, peu utilisé, et l'autre à l'est. Mais il est tout en haut de la pente, parmi les arbres. Et il est protégé par une autre palissade.

Je le récompensai d'une pièce, mais ses réponses ne m'avaient guère réconforté. Je pensais que si Kjartan puisait l'eau à la rivière, nous pourrions barrer le chemin avec nos archers ; mais aucune flèche ne pouvait franchir un rideau d'arbres pour interdire l'accès au puits.

— Que devons-nous faire ? demanda Guthred.

Un peu agacé, je fus tenté de lui suggérer de consulter ses prêtres qui avaient tenu à nous faire camper en un lieu si peu commode, mais je me retins.

— Tu peux lui offrir de traiter, et s'il refuse, nous l'affamerons.

— La récolte est rentrée.

— Alors, il faudra un an. Élève un mur autour de ce roc. Piège-le. Montre-lui que nous ne partons pas. Qu'il sache que la famine le guette. Si tu bâtis ce mur, continuai-je, creusant mon idée, tu n'auras pas à laisser ton armée. Soixante hommes suffiront.

— Soixante ?

— Ils suffiraient à défendre un mur.

Le grand rocher où se dressait Dunholm avait la forme d'une poire, l'extrémité la plus étroite formant la base de la presqu'île où nous étions postés. La rivière coulait sur notre droite, contournant l'énorme roc, puis réapparaissait sur notre gauche ; à cet endroit, la distance entre les rives était de moins de trois cents pas. Il nous faudrait une semaine pour y abattre les arbres, une autre pour creuser un fossé et dresser une palissade, et une troisième pour la renforcer afin que soixante hommes suffisent à la défendre. Le sol n'était pas plat, et la palissade devait en épouser le contour. Soixante hommes ne pouvaient défendre trois cents coudées de mur, mais une grande partie de la base de la presqu'île était infranchissable en raison des falaises. En pratique, les soixante hommes n'auraient à défendre la palissade qu'en trois ou quatre endroits.

— Soixante ! cracha Ivarr, sortant de son silence. Il en faudra plus que cela. Ils devront être relevés la nuit. D'autres auront à chercher de l'eau, s'occuper du bétail et patrouiller les rives. Soixante peuvent tenir le mur, mais il en faudra deux cents de plus pour les seconder.

Il me jeta un regard méprisant. Il avait raison, bien sûr. Et si deux ou trois cents hommes étaient occupés à Dunholm, cela en faisait autant qui ne pouvaient ni garder Eoferwic et les frontières, ni travailler la terre.

— Mais un mur élevé ici pourrait vaincre Dunholm, dit Guthred.

— En vérité, convint Ivarr d'un ton peu convaincu.

— Il faut donc seulement d'autres hommes.

Je partis avec Witnere vers l'est, comme si j'explorais les environs. Je vis des guetteurs nous observer depuis les remparts.

— Il ne faudra peut-être pas un an, criai-je à Guthred. Viens voir cela.

Il me rejoignit et je le vis abattu comme jamais encore. Jusque-là, tout lui était venu facilement : le trône, Eoferwic, l'allégeance d'Ivarr... mais Dunholm était une énorme puissance qui défiait son optimisme.

— Que me montres-tu ? demanda-t-il, surpris que je l'aie attiré à l'écart.

Ayant vérifié qu'Ivarr et son fils étaient assez loin pour ne pas nous entendre, je lui désignai la rivière comme si je discutais des lieux.

— Nous pouvons prendre Dunholm, lui dis-je à mi-voix, mais cela ne servira à rien si tu la donnes en récompense à Ivarr. (Il se raidit, puis je lus sur son visage qu'il était tenté de nier une telle intention.) Ivarr est faible, continuai-je, et tant qu'il le sera, il demeurera ton ami. Renforce-le et tu en feras un ennemi.

— À quoi sert un ami faible ?

— À bien plus qu'un ennemi fort, seigneur.

— Ivarr ne veut point être roi. Pourquoi devrait-il être mon ennemi ?

— Ce qu'il veut, c'est manipuler le roi comme un chiot en laisse. Est-ce ce que tu désires ? Être le petit chien d'Ivarr ?

Il contempla l'énorme porte.

— Quelqu'un doit tenir Dunholm, dit-il faiblement.

— Donne-la-moi, alors. Je suis ton ami. En doutes-tu ?

— Non, Uhtred. (Il me toucha le coude. Ivarr nous observait de ses yeux de serpent.) Je n'ai fait nulle promesse, continua Guthred, troublé. Peux-tu prendre cette ville ? sourit-il.

— Je crois que nous pouvons en faire sortir Kjartan, seigneur.

— Comment ?

— Je mettrai ma sorcellerie à l'œuvre cette nuit, seigneur, et demain tu lui parleras. Tu lui diras que s'il demeure ici, tu l'anéantiras. Que tu commenceras par brûler ses dépendances à Gyruum. Tu jureras de le ruiner. Qu'il comprenne que s'il reste ici, rien d'autre ne l'attend que mort, feu et misère. Puis tu lui proposeras une issue. Tu le laisseras prendre la mer.

Ce n'était pas ce que je cherchais : je voulais que Kjartan le Cruel périsse de ma main, mais ma vengeance comptait moins que de le faire quitter Dunholm.

— Mets ta sorcellerie à l'œuvre, acquiesça Guthred.

— Et si tout réussit, seigneur, me promets-tu de ne point offrir Dunholm à Ivarr ?

Il hésita, puis me tendit sa main.

— Si tout réussit, mon ami, je te promets de te la donner.

— Je te remercie, seigneur.

Les guetteurs de Kjartan durent rester perplexes quand nous repartîmes à la fin de l'après-midi. Nous n'allâmes guère loin et campâmes sur une colline au nord de la forteresse, allumant des feux pour que Kjartan connaisse notre présence. Puis, dans la nuit, je retournai à Dunholm avec Sihtric. Je mis en œuvre ma sorcellerie pour effrayer Kjartan, et pour cela je devais devenir un *sceadugengan*, une ombre qui marche. Le *sceadugengan* rôde la nuit, lorsque les honnêtes gens craignent de quitter leur demeure. La nuit est l'heure où d'étranges créatures s'emparent de la terre, où règnent formes changeantes, fantômes, elfes et fauves.

Mais j'ai toujours été à l'aise la nuit. Dès l'enfance, je m'étais entraîné à être une de ces ombres que redoutent les hommes. Cette nuit-là, je montai avec Sihtric le chemin menant à la grande porte de Dunholm. Il menait nos chevaux, aussi effrayés que lui. J'avais du mal à suivre le chemin, car la lune était cachée par les nuages ; je marchais à tâtons en m'aidant de Souffle-de-Serpent comme d'une canne. Nous avancions lentement, Sihtric cramponné à ma cape. Ce fut plus facile sur la fin, car les feux de la forteresse projetaient leurs lueurs par-dessus la palissade, nous donnant ainsi des repères. Je distinguai les silhouettes de sentinelles, mais elles ne nous virent point lorsque nous atteignîmes une saillie rocheuse. Au-delà, le sol était déboisé afin que nul ne puisse poursuivre inaperçu.

— Reste ici, dis-je à Sihtric en prenant le sac de têtes que nous avions apporté.

Il devait garder les chevaux, et porter mon bouclier et mon casque.

Je déposai les têtes sur le chemin, la plus proche à moins de cinquante pas de la porte, la dernière auprès des arbres et du rocher. Je sentis les asticots grouiller sur mes mains quand je les sortis, et je dirigeai les yeux morts vers la forteresse. Nul ne me vit ni ne m'entendit. Les ténèbres m'enveloppaient et le vent soupirait. Je retrouvai Sihtric qui frissonnait. Il me donna l'écharpe noire dont je m'enveloppai le visage, puis je coiffai mon casque, pris mon bouclier et attendis.

La lumière point lentement lors des aubes nuageuses. D'abord, une lueur pâle frissonne à l'est puis, durant un moment, il ne fait ni jour ni nuit et il n'y a plus d'ombres, seulement un gris froid qui remplit le monde tandis que les chauves-souris, ces ombres qui volent, se réfugient dans leurs cachettes. Les arbres noircissent alors que le ciel pâlit à l'horizon, puis le premier rayon du soleil redonne ses couleurs au monde. Les oiseaux chantèrent. Pas autant qu'au printemps ou au début de l'été, mais j'entendis pouillots et rouges-gorges saluer le jour, et les arbres virèrent au vert sombre. C'est alors que les gardes aperçurent les têtes. Je les entendis crier, d'autres hommes accoururent aux remparts, puis la porte s'ouvrit et deux en sortirent prudemment. Elle se referma et j'entendis la barre retomber avec un bruit sourd. Ils semblaient hésiter. J'étais caché entre les arbres, Souffle-de-Serpent à la main. Je portais mon casque, clinques ouvertes, si bien que l'écharpe noire apparaissait dessous, une cape noire par-dessus ma cotte de mailles que Hild avait frottée au sable de rivière, ainsi que de hautes bottes noires. J'étais de nouveau le guerrier mort. Les deux hommes descendirent prudemment le sentier vers les têtes. Arrivés à la première, ils crièrent vers la forteresse que c'était un des hommes de Tekil, puis demanda ce qu'il fallait faire.

C'est Kjartan qui répondit. J'en étais sûr, même si je ne vis point son visage, mais il tonna :

— Débarrassez-vous-en d'un coup de pied !

Les deux hommes obéirent et les têtes roulèrent dans les herbes.

Ils s'approchèrent jusqu'à la dernière tête, c'est alors que je surgis d'entre les arbres.

Ils virent un guerrier sans visage, grand et étincelant, armé de pied en cap. Ils virent le guerrier mort immobile et silencieux à dix pas d'eux. Ils me fixèrent, puis ils poussèrent un geignement et détalèrent.

Je restai là tandis que se levait le soleil. Kjartan et ses hommes me virent dans la lumière, telle la mort sans visage dans son armure rayonnante ; puis, avant qu'ils aient l'idée d'envoyer les chiens vérifier que je n'étais pas un spectre mais fait de chair et de sang, je tournai les talons et rejoignis Sihtric dans la pénombre.

J'avais fait de mon mieux pour effrayer Kjartan. À présent, Guthred pouvait le convaincre de se rendre ; dès lors, j'osais l'espérer, le grand fort sur son rocher serait mien, et Gisela avec. J'espérais cela parce que Guthred était mon ami et que je voyais mon avenir aussi resplendissant que le sien. Je voyais la dette de sang payée, mes hommes ravager les terres de Bebbanburg pour affaiblir mon oncle, puis Ragnar revenir en Northumbrie pour combattre à mes côtés. Bref, j'avais oublié les dieux et je filais moi-même mon glorieux destin, tandis qu'au pied de l'arbre de vie les trois nornes riaient.

Trente cavaliers se rendirent à Dunholm dans la matinée. Clapa nous précéda avec une branche feuillue, montrant ainsi que nous venions en paix. Nous portions tous nos cottes, mais j'avais laissé mon casque à Sihtric. J'avais songé à me vêtir en guerrier mort, mais il avait joué son rôle et nous allions maintenant découvrir si la sorcellerie avait opéré.

Nous rejoignîmes l'endroit où j'étais à l'aube et attendîmes. Clapa agitait sa branche tandis que Guthred s'impatientait en observant la porte.

— Combien de temps nous faudra-t-il pour atteindre Gyruum demain ? demanda-t-il.

— Gyruum ?

— Je pensais y aller demain brûler les enclos des esclaves. Nous pouvons emporter des faucons et chasser.

— Si nous partons à l'aube, répondit Ivarr, nous y serons à midi.

— Le mauvais temps arrive, dis-je en contemplant les nuages noirs qui menaçaient à l'ouest.

— Ce bâtard ne veut pas nous parler, dit Ivarr en écrasant un taon sur le cou de son cheval.

— Je voudrais partir demain, dit Guthred.

— Il n'y a rien, là-bas, répondis-je.

— Il y a les enclos des esclaves de Kjartan et tu m'as dit que nous devions les détruire. En outre, j'ai dans l'idée de voir le vieux monastère, dont on me dit qu'il était fort beau.

— Alors nous irons une fois le mauvais temps passé, proposai-je.

Guthred ne répondit pas, car soudain une corne venait de sonner derrière la grande porte. Nous nous tûmes alors qu'elle s'ouvrait et qu'un groupe de cavaliers s'avançait vers nous.

Kjartan était à leur tête sur un grand cheval bringé. C'était un homme de haute taille, avec une grande barbe et de petits yeux soupçonneux, qui portait une énorme hache de guerre comme si elle pesait une plume. Son casque était orné de deux ailes de corbeau, et une cape d'un blanc sale drapait ses larges épaules. Il s'arrêta à quelques pas et resta à nous considérer sans un mot. Il semblait en colère, mais lorsqu'il rompit le silence ce fut d'une voix soumise.

— Seigneur Ivarr, dit-il, je regrette que tu n'aies point occis Aed.

— J'ai survécu, répondit plaisamment Ivarr.

— J'en suis heureux. (Il me jeta un long regard. J'étais un peu à l'écart. Il devait m'avoir reconnu, savoir que j'étais le fils adoptif de Ragnar qui avait coûté son œil à son fils ; mais il décida de m'ignorer et continua de regarder Ivarr.) Ce qu'il te fallait pour défaire Aed, dit-il, c'était un sorcier.

— Un sorcier ? s'amusa Ivarr.

— Aed redoute l'ancienne magie, dit Kjartan. Il ne combattrait jamais un homme capable de prendre des têtes par sorcellerie.

Ivarr ne répondit pas. Il se tourna vers moi, trahissant le guerrier mort et rassurant Kjartan : il n'avait pas affaire à un sorcier, mais à un vieil ennemi, et je vis le soulagement sur son visage. Il eut un petit rire méprisant, mais continua de m'ignorer.

— Qui es-tu ? demanda-t-il à Guthred.

— Je suis ton roi.

Kjartan éclata de rire, rassuré et certain de ne pas avoir affaire à de la magie.

— Nous sommes à Dunholm, jeune chiot, et nous n'avons nul roi.

— Et pourtant, je suis là, répondit Guthred sans relever l'insulte, et j'y resterai jusqu'à ce que tes os aient blanchi sous le soleil de Dunholm.

Cela amusa Kjartan.

— Tu penses pouvoir m'affamer ? Toi et tes prêtres ? Tu penses que je mourrai de faim parce que tu es là ? Écoute, jeune chiot. Il y a des poissons dans la rivière et des oiseaux dans le ciel, et Dunholm ne sera point affamé. Tu peux attendre la fin du monde et je serai toujours mieux nourri que toi. Pourquoi ne le lui as-tu point dit, seigneur Ivarr ? (Ivarr haussa les épaules, comme si les ambitions de Guthred ne le regardaient pas.) Alors, fit Kjartan en reposant sa hache sur son épaule comme s'il avait jugé qu'elle ne lui serait pas nécessaire, qu'es-tu venu me proposer, jeune chiot ?

— Tu peux emmener tes hommes à Gyruum, dit Guthred, et nous te fournirons des vaisseaux pour que tu puisses partir. Ton peuple peut t'accompagner, sauf ceux qui souhaitent rester en Northumbrie.

— Tu joues à faire le roi, enfant. Et tu es son allié ? demanda-t-il à Ivarr.

— Je le suis, répondit Ivarr d'une voix sans timbre.

— Je me plais ici, jeune chiot, dit Kjartan à Guthred. J'aime Dunholm. Je ne demande que d'être laissé en paix. Je ne veux point ton trône ni ta terre, mais je voudrais peut-être ton épouse si tu en avais une et qu'elle soit assez jolie. Aussi vais-je te proposer de me laisser en paix et j'oublierai que tu existes.

— Tu troubles ma paix.

— Je vais chier sur ta paix, jeune chiot, si tu ne décampes point ! aboya Kjartan d'un ton qui fit sursauter Guthred.

— Tu refuses donc mon offre ? demanda Guthred, sachant désormais qu'il avait perdu la partie.

Kjartan secoua la tête comme s'il découvrait que le monde est encore plus pitoyable qu'il ne le croyait.

— Tu appelles cela un roi ? demanda-t-il à Ivarr. Si tu as besoin d'un roi, trouve un homme.

— J'ai ouï dire que ce roi était assez homme pour pisser sur ton fils, intervins-je. Et que Sven était parti en rampant et en pleurant. Tu as engendré un couard, Kjartan.

— J'ai affaire avec toi, répondit-il en pointant sa hache sur moi. Aujourd'hui n'est pas le jour où je te ferai crier comme une femme. Mais il viendra.

Il cracha, tourna bride et repartit vers l'immense porte sans un mot, ses hommes à sa suite.

Guthred le suivit des yeux. Je foudroyai du regard Ivarr, qui avait délibérément trahi la sorcellerie ; je devinai alors qu'il avait appris que j'aurais Dunholm si nous la prenions et qu'il avait tout fait pour que nous échouions. Il soutint mon regard, murmura quelque chose à son fils et tous deux se mirent à rire.

— Dans deux jours, me dit Guthred, tu commenceras le mur. Je te donnerai deux cents hommes pour cela.

— Pourquoi ne pas commencer demain ?

— Parce que demain nous allons à Gyruum, voilà pourquoi. Nous allons chasser !

Je haussai les épaules. Les rois ont leurs caprices, et celui-ci voulait chasser.

Nous retournâmes à Cuncancester, où Ida et Jænberht étaient rentrés de leur quête.

— Avez-vous trouvé d'autres survivants ? demandai-je.

Jænberht me regarda comme si la question était saugrenue, mais Ida secoua précipitamment la tête.

— Nous n'avons trouvé personne, dit-il.

— Alors vous avez perdu votre temps.

Jænberht ricana, mais peut-être était-ce sa bouche tordue qui me donna cette impression, puis les deux hommes furent mandés par Guthred et j'allai retrouver Hild. Je lui demandai si les chrétiens prononçaient des malédictions ; si tel était le cas, il fallait qu'elle en prononce en abondance contre Ivarr.

— Jette-le en pâture à ton diable, dis-je.

Cette nuit-là, Guthred tenta de nous ragaillardir en donnant un banquet. Il avait pris une ferme dans la vallée et avait invité tous les hommes qui avaient assisté à l'entrevue du matin avec Kjartan ; il fut servi du mouton grillé et de la truite fraîche, de l'ale et du bon pain. Un harpiste joua après le repas, puis je racontai l'histoire d'Alfred se rendant à Cippanhamm déguisé en harpiste. Je fis rire tout le monde en racontant qu'un Dane l'avait frappé parce qu'il était un piètre musicien.

Quand Ivarr fut parti, l'abbé proposa de dire les prières du soir. Les chrétiens se réunirent d'un côté du feu, et Gisela et moi nous retrouvâmes seuls près de la porte. Elle avait une bourse de peau d'agneau à la ceinture, et pendant qu'Eadred psalmodiait, elle en sortit une poignée de bâtons de runes minces et blancs tenus par un lien de laine. Elle m'interrogea du regard ; comme je hochai la tête, elle ferma les yeux et les lâcha.

Les bâtons tombèrent comme toujours en désordre. Gisela s'agenouilla et les fixa longuement en levant parfois les yeux vers moi, soudain elle se mit à pleurer.

— Qu'y a-t-il ? demandai-je en la prenant par l'épaule.

C'est alors qu'elle poussa un hurlement en levant la tête vers le toit.

— Non ! cria-t-elle, clouant brusquement le bec d'Eadred.

Hild se précipita et la prit dans ses bras, mais Gisela

se libéra brutalement et se pencha de nouveau vers les runes.

— Non ! Non ! cria-t-elle.

— Gisela ! voulut l'apaiser son frère en s'accroupissant auprès d'elle.

Elle le gifla alors de toutes ses forces et se mit à haleter, comme manquant d'air. Guthred, la joue écarlate, ramassa les bâtons.

— C'est la sorcellerie païenne, seigneur, dit Eadred. C'est une abomination.

— Qu'on l'emmène à sa cabane, dit Guthred à Hild, qui releva Gisela, aidée de deux servantes.

— Le diable la punit pour sa sorcellerie, insista Eadred.

— Qu'a-t-elle vu ? me demanda Guthred.

— Elle ne me l'a point dit.

L'espace d'un instant, je crus voir des larmes dans ses yeux, puis il se détourna brusquement et jeta les bâtons dans le feu. Ils crépitèrent et une flamme s'éleva, puis ils ne furent plus que brindilles noircies.

— Que préfères-tu, me demanda Guthred. Faucon ou épervier ? (Je le regardai sans comprendre.) Lorsque nous chasserons demain, que préféreras-tu ?

— Le faucon.

— Eh bien, demain, tu pourras prendre Vivace, répondit-il.

— Gisela est malade, m'annonça plus tard Hild. Elle a la fièvre. Elle n'aurait pas dû manger de viande.

Le lendemain matin, j'achetai des bâtons de runes à un des hommes d'Ulf. Ceux-là étaient noirs, plus longs que les blancs de Gisela, et ils me coûtèrent fort cher. Je les apportai à sa cabane, mais l'une de ses suivantes m'annonça qu'elle avait une maladie de femme et ne pouvait me voir. Je laissai les bâtons de runes à son intention. Ils disaient l'avenir et j'aurais mieux fait, vraiment, de les interroger moi-même. Mais j'allai chasser.

C'était une chaude journée. Des nuages noirs s'amoncelaient encore à l'ouest, mais le soleil brillait avec tant d'ardeur que seuls les vingt hommes qui nous escortaient portaient une cotte de mailles. Nous ne pensions pas rencontrer d'ennemis. Guthred ouvrait la marche, suivi d'Ivarr et de son fils, et d'Ulf, ainsi que des moines Jænberht et Ida, venus dire des prières pour les moines massacrés naguère à Gyruum. Je ne leur dis point que j'avais assisté à ce carnage perpétré par Ragnar l'Ancien. Il avait eu ses raisons. Les moines avaient occis des Danes et il les en avait punis, même si aujourd'hui on raconte toujours que les moines priaient innocemment et étaient morts en martyrs immaculés. En vérité, ils avaient cruellement assassiné des femmes et des enfants. Mais que peut la vérité contre les racontars de prêtres ?

Guthred était de bonne humeur. Il ne cessait de parler, de rire de ses bons mots. Il essaya même de tirer un sourire à Ivarr. Celui-ci parlait peu, hormis pour conseiller son fils en matière de fauconnerie. Guthred m'avait donné son faucon, mais comme nous traversâmes d'abord une forêt où il ne pouvait voler, son épervier eut l'avantage et nous abattit deux freux. Guthred s'extasia. C'est seulement quand nous arrivâmes en plaine près de la rivière que mon faucon put s'élever et fondre sur un canard, mais il le manqua.

— Ce n'est point ton jour de chance, me dit Guthred.

— Nous pourrions bien tous n'en avoir aucune,

dis-je en désignant les nuages qui s'accumulaient. Un orage guette.

— Ce soir, peut-être, répondit-il, désinvolte. Mais pas avant la nuit.

Il avait confié son épervier à un serviteur et je laissai le faucon à un autre. La rivière était sur notre gauche et les bâtiments de pierre calcinées du monastère de Gyruum se dressaient devant nous au bord de la rivière, sur une éminence dominant les marais. C'était la marée basse et des nasses en osier émergeaient de l'eau.

— Gisela a la fièvre, me dit Guthred.

— C'est ce que l'on m'a dit.

— Eadred a promis de la toucher avec le linge qui couvre le visage de Cuthbert. Il dit qu'il la guérira.

— Je l'espère, répondis-je docilement.

Devant nous, Ivarr et son fils chevauchaient avec une douzaine de ses hommes. S'il lui en prenait, ils pourraient nous tuer tous les deux. Je vérifiai qu'Ulf et ses hommes nous suivaient.

— Ce n'est pas notre ennemi, s'amusa Guthred en surprenant mon regard.

— Un jour, il te faudra le tuer. C'est seulement ce jour que tu seras à l'abri, seigneur.

— Je ne le suis point en ce moment ?

— Tu as une petite armée mal entraînée, et Ivarr va de nouveau lever des hommes. Il engagera des guerriers danes et n'aura de cesse de redevenir le seigneur de Northumbrie. Il est faible maintenant, mais il ne le sera pas toujours. C'est pourquoi il veut Dunholm, car cela le renforcera.

— Je sais tout cela, dit patiemment Guthred.

— Et si tu maries Gisela au fils d'Ivarr, combien d'hommes cela t'apportera-t-il ?

— Combien pourrais-tu m'en apporter ? demanda-t-il avec un regard aigu.

Sans attendre ma réponse, il éperonna son cheval et galopa vers le monastère en ruine que les hommes de Kjartan occupaient naguère. Ils l'avaient recouvert d'un toit de chaume, avaient ménagé un âtre et une dizaine d'estrades pour dormir. Ceux qui habitaient là avaient dû gagner Dunholm avant que nous ne traversions la rivière vers le château, car les lieux n'étaient plus occupés depuis longtemps. L'âtre était froid. Au-delà de la colline, dans la large vallée entre le monastère et l'ancien fort romain sur la pointe se trouvaient les cabanes des esclaves. Elles étaient vides. Quelques hommes habitaient l'ancien fort où ils devaient allumer un fanal au cas où des envahisseurs remonteraient la rivière. Sans doute n'avait-il jamais été allumé, car aucun Dane n'aurait envahi les terres de Kjartan ; mais un petit bateau était ancré au pied de la colline, dans un repli de la Tine.

— Nous allons voir ce qu'il fait là, dit Guthred, comme s'il était agacé de la présence du navire. (Il ordonna à sa garde d'abattre les enclos et de les incendier.) Brûlez tout ! Irons-nous voir quel est ce navire ? me demanda-t-il avec un sourire.

— C'est un marchand.

C'était un navire dane, car aucun autre vaisseau ne fréquentait ces côtes, mais plus court et plus large qu'un navire de guerre.

— Alors allons lui dire qu'il n'y a plus de commerce à faire ici, du moins pas d'esclaves.

Nous nous mîmes en route, accompagnés d'une dizaine d'hommes, dont Ulf, Ivarr et son fils ainsi que Jænberht, qui exhortait Guthred à commencer la reconstruction du monastère.

— Nous devons d'abord terminer l'église de saint Cuthbert, lui répondit le roi.

— Mais la maison doit être rebâtie, insista le moine. C'est un lieu sacré. Le très saint et bienheureux Bède y vécut.

— Elle le sera, promit Guthred. (Il désigna une croix de pierre ornée de sculptures, abattue de son piédestal et à demi enfouie dans le sol.) Et cette croix s'élèvera de nouveau. Bel endroit, conclut-il en contemplant la rivière.

— Si fait, opinai-je.

— Si les moines reviennent, le monastère pourra être de nouveau prospère. Poisson, sel, moissons, bétail. Comment Alfred lève-t-il ses finances ?

— Les impôts.

— Il impose aussi l'église ?

— Il n'aime guère, mais il le fait quand les temps sont durs. Après tout, les clercs doivent payer pour être protégés.

— Il frappe sa propre monnaie ?

— Oui, seigneur.

— C'est compliqué d'être un roi, rit Guthred. Peut-être devrais-je lui rendre visite pour prendre conseil.

— Cela lui plairait.

— Alfred m'accueillerait avec bienveillance ? s'étonna-t-il.

— Certes.

— Bien que je sois un Dane ?

— Parce que tu es chrétien.

Il réfléchit à cette question, puis poussa jusqu'au marais, où deux *ceorls* posaient des nasses à anguilles. Ils s'agenouillèrent sur son passage. Guthred leur fit un sourire qu'ils ne purent voir, ayant la tête baissée.

Quatre hommes pataugeaient dans l'eau devant le navire à l'ancre.

— Dis-moi, demanda soudain Guthred, Alfred est-il différent parce qu'il est chrétien ?

— Oui.

— En quelle façon ?

— Il s'efforce d'être bon, seigneur.

— Notre religion, dit-il, oubliant un instant qu'il avait été baptisé, ne fait pas cela, n'est-ce pas ?

— Quoi donc ?

— Odin et Thor nous veulent braves et demandent que nous les respections, mais ils ne nous rendent pas bons.

— Non, convins-je.

— Le christianisme est donc différent, insista-t-il. (Les quatre hommes attendaient à quelques pas de nous.) Donne-moi ton épée, m'ordonna-t-il soudain.

— Mon épée ?

— Ces marins ne sont point armés, Uhtred, et je veux que tu ailles leur parler. Donne-moi donc ton épée.

Je ne portais que Souffle-de-Serpent.

— Je n'aime point aller sans épée, seigneur, protestai-je.

— C'est une courtoisie, Alfred, insista-t-il en tendant la main.

Je ne bronchai point. Je n'avais jamais entendu parler d'une courtoisie qui exigeait qu'un seigneur ôte son épée avant de parler à un homme du commun. Je fixai Guthred, et derrière moi j'entendis le sifflement de lames qu'on dégaine.

— Donne-moi ton épée et va voir ces hommes. Je garderai ton cheval.

Je me rappelle avoir regardé autour de moi en me

disant qu'il suffisait que j'éperonne mon cheval pour partir au galop, mais Guthred s'empara de mes rênes.

— Va les saluer pour moi, répéta-t-il.

J'aurais encore pu m'enfuir en lui arrachant les rênes, mais Ivarr et son fils me bloquaient la route. Tous deux avaient tiré leurs épées et Witnere se cabra, irrité. Je le calmai.

— Qu'as-tu fait, seigneur ? demandai-je à Guthred.

Il se tut un instant, incapable de me regarder.

— Tu m'as dit qu'Alfred ferait tout ce qui était nécessaire pour préserver son royaume, dit-il enfin. C'est ce que je fais.

— Et comment ?

Il eut l'élégance de paraître gêné.

— Ælfric de Bebbanburg amène des troupes pour prendre Dunholm, dit-il. Il vient me prêter allégeance.

— Je t'ai moi-même juré fidélité.

— Et j'ai promis de te libérer de ce serment. C'est ce que je fais à présent.

— Tu me livres donc à mon oncle ?

— Non. Il exigeait ta vie, mais j'ai refusé. Tu dois simplement partir, Uhtred. Loin. Et en échange de ton exil, je gagne un allié et de nombreux guerriers. Tu avais raison. J'ai besoin d'hommes. Ælfric de Bebbanburg peut me les fournir.

— Et pourquoi un exilé doit-il partir sans arme ? demandai-je.

— Donne-moi l'épée.

Deux hommes d'Ivarr s'approchaient à leur tour, épée au poing.

— Pourquoi dois-je aller sans épée ?

Guthred contempla le navire, puis il se retourna vers moi, se forçant à répondre :

— Tu iras sans arme, parce que ce que j'étais, tu dois l'être. C'est le prix de Dunholm.

L'espace d'un instant l'air me manqua, et je ne pus me convaincre qu'il le pensait vraiment.

— Tu me vends comme esclave ?

— Au contraire. J'ai payé pour que tu sois esclave. Pars et que Dieu t'ait en sa sainte garde, Uhtred.

En cet instant, je le haïs, bien que reconnaissant que ce manque de pitié faisait partie du rôle de roi. Je ne pouvais lui offrir que deux épées, pas davantage, mais mon oncle Ælfric pouvait lui en apporter trois cents et autant de lances, et Guthred avait fait son choix. C'était, je suppose, ce qu'il fallait, et j'avais été sot de ne pas m'en douter.

— Va, répéta-t-il durement.

Je me jurai vengeance et talonnai Witnere qui s'élança mais fut déséquilibré par le cheval d'Ivarr, et je m'affalai sur son encolure.

— Ne le tuez pas ! cria Guthred.

Le fils d'Ivarr m'assena sur le crâne un coup du plat de sa lame. Je tombai. Le temps que je me relève, Ivarr s'était emparé de Witnere et ses hommes pointaient leurs épées sur ma gorge.

Guthred n'avait pas bougé. Il se contentait de regarder, mais derrière lui, un sourire sur sa face de fouine, je vis Jænberht. Alors, je compris.

— Ce misérable a-t-il tout arrangé ? demandai-je.

— Les frères Ida et Jænberht sont de la maison de ton oncle, avoua Guthred.

Je compris alors combien j'avais été sot. Les deux moines étaient venus à Cair Ligualid, et depuis leur arrivée ils négociaient mon sort sans que je m'en rende compte.

— M’accorderas-tu une faveur, seigneur ? demandai-je en époussetant mon justaucorps.

— Si je le puis.

— Donne mon épée et mon cheval à Hild. Donne-lui tout ce qui est mien et dis-lui de les garder pour moi.

— Tu ne reviendras point, Uhtred, dit-il doucement après un silence.

— Accorde-moi cette faveur, seigneur, insistai-je.

— Je le ferai, promit-il, mais donne-moi d’abord ton épée.

Je débouclai Souffle-de-Serpent. Je songeai à la dégainer et à m’en servir, mais je serais mort en un instant. Aussi en baisai-je la garde et la tendis à Guthred. Puis j’ôtai mes bracelets, marques du guerrier, et les lui donnai.

— Confie-les à Hild.

— Je le ferai, dit-il en les prenant. (Il se tourna vers les quatre hommes qui m’attendaient.) Le comte Ulf les a trouvés, dit-il en désignant les marchands d’esclaves. Ils ignorent qui tu es et doivent seulement t’emmener. (Rester un inconnu était en quelque sorte une bénédiction. Si les marchands avaient su à quel point Ælfric m’aurait voulu, ou combien Kjartan le Cruel aurait payé pour mes yeux, je n’aurais pas vécu une semaine.) À présent, va !

— Tu aurais simplement pu me congédier, dis-je avec amertume.

— Ton oncle a un prix, et c’est celui-là. Il voulait ta mort, mais il a accepté ceci.

Je regardai derrière lui les nuages noirs qui s’amoncelaient. Ils s’étaient rapprochés et un vent froid s’était levé.

— Tu dois partir aussi, seigneur, lui dis-je. Car un orage menace.

Il ne répondit pas et je m'en allai. Le destin est inexorable. Au pied de l'arbre de vie, trois fileuses avaient décidé que le fil d'or qui faisait le bonheur de ma vie était épuisé. Je me rappelle le crissement de mes bottes sur le sable et les cris des mouettes blanches.

Je m'étais trompé sur les quatre hommes. Ils étaient armés, non d'épées ou de lances, mais de triques. Ils me laissèrent approcher sous le regard d'Ivarr et de Guthred, et je sus ce qui arriverait si je tentais de résister. J'avançai vers eux et l'un s'approcha pour me frapper au ventre, tandis qu'un autre m'assenait un coup sur la tempe. Je m'effondrai et d'autres coups se mirent à pleuvoir, puis je perdis les sens. J'avais été un seigneur de Northumbrie, un guerrier, l'homme qui avait tué Ubba Lothbrokson sur la grève et qui avait désarçonné Svein du Cheval Blanc. À présent, j'étais un esclave.

DEUXIÈME PARTIE

Le vaisseau rouge

5

Sverri Ravnson, le maître du navire, mon maître, était l'un des quatre hommes qui m'avaient accueilli en me rouant de coups. Il était un peu plus petit que moi, de dix ans plus âgé, et deux fois plus large, avec une face aplatie comme un groin de sanglier, un nez réduit en bouillie, une barbe noire semée de gris, trois dents et pas de cou. C'était l'un des hommes les plus forts que je connus jamais. Il ne parlait guère.

Négociant, il avait appelé son navire *La Marchande*. C'était un robuste vaisseau, bien construit et solidement gréé, avec des bancs pour seize rameurs, mais lorsque je rejoignis son équipage il n'en avait que onze et fut ravi de pouvoir les équilibrer avec moi. Tous étaient esclaves. Les cinq membres d'équipage n'avaient jamais touché une rame, mais ils étaient là pour relayer Sverri à la barre, nous surveiller, et jeter nos cadavres à la mer si nous mourions. Deux étaient des Norses comme Sverri, deux autres des Danes, et c'est le dernier, un Frison nommé Hakka, qui riva mes entraves. On m'ôta mes vêtements, sauf ma *chainse*[1], et on me jeta d'amples braies. Après quoi, Hakka arracha

1. Chemise.

l'étoffe sur l'épaule gauche et, de la pointe d'un couteau, me marqua d'un S. Le sang qui coula le long de mon bras fut emporté par la pluie.

— J'aurais dû te marquer au fer, dit-il, mais le feu n'est point bienvenu sur un navire.

Il prit une poignée de terre dans la cale et en frotta l'entaille. La blessure s'infecta par la suite et j'eus la fièvre, mais quand elle guérit je portais sur le bras la marque de Sverri que j'ai encore aujourd'hui.

La marque d'esclavage faillit ne jamais avoir le temps de cicatriser, car nous frôlâmes la mort la première nuit. Le vent se leva brusquement, soulevant des vagues blanches sur la rivière, et sous la pluie qui nous fouettait *La Marchande* tira sur son ancre, qui ne devait être qu'une grosse pierre au bout d'une corde. Elle frémissait et menaçait de s'échouer sur la rive.

— Aux rames ! cria Sverri en tranchant la corde. Ramez, misérables gueux !

— Ramez ! cria lui aussi Hakka, tout en nous fouettant.

— Vous voulez vivre ? beugla Sverri par-dessus le vent. Alors ramez !

Il nous dirigea vers la mer. Si nous étions restés dans la rivière, nous nous serions échoués, mais nous aurions été à l'abri car la marée était basse et en remontant elle nous aurait libérés. Mais Sverri craignait que ses cales pleines ne fussent pillées par les gens habitant les masures de Gyruum. Pour lui, mieux valait affronter la mort en mer qu'être massacré sur la berge, et il nous entraîna dans un tumulte de vagues et de ténèbres balayées par les vents. Il voulait prendre au nord à l'embouchure et s'abriter près de la côte. Ce n'était pas une mauvaise idée, mais il avait mal estimé la force de la marée. Nous avions beau ramer sous les coups de fouet, nous ne pouvions retenir le navire. Nous fûmes emportés au large et, peu après, nous dûmes cesser de ramer, boucher les écoutilles et écoper. Nous y passâmes la nuit, et je me rappelle encore l'épuisement des membres douloureux et la crainte de cette vaste mer qui nous soulevait en rugissant. Parfois, nous prenions les vagues par le bord et je pensais que nous allions chavirer. Les avirons claquaient contre la coque et l'eau me montait jusqu'aux cuisses, mais *La Marchande* se redressait et nous continuions d'écoper. Pourquoi elle ne sombra pas, je l'ignore.

L'aube nous trouva la cale remplie d'eau au milieu d'une mer agitée, mais moins dangereuse. Nulle terre n'était en vue. Mes chevilles étaient en sang à cause des entraves, mais je continuai d'écoper. Les autres esclaves, dont je ne connaissais pas encore les noms, étaient affalés sur les bancs, et l'équipage blotti sous la barre où se cramponnait Sverri, ses yeux noirs rivés sur moi. Je voulais me reposer. Je saignais, j'étais épuisé, mais je ne voulais pas montrer de faiblesse. Je soulevais baquet sur baquet, les bras en feu et le ventre retourné, mais je tenais à continuer.

Sverri finit par m'arrêter. Il descendit, me donna un coup de fouet et je m'effondrai sur un banc. Un peu plus tard, deux de ses hommes nous apportèrent du pain rassis trempé d'eau de mer et une outre d'ale aigre. Personne ne parlait. Un vent aigre faisait claquer les cordages sous la pluie cinglante et les vagues sifflaient sur la coque. Je touchai mon amulette. On me l'avait laissée, car elle était taillée dans un os de bœuf et n'avait nulle valeur. Je priai tous les dieux. Njord, pour qu'il me laisse vivre dans cette mer démontée, et les autres pour que je trouve vengeance. Comme il fallait bien que Sverri et ses hommes dorment, je songeai que je les tuerais dans leur sommeil, mais je m'endormis le premier quand le vent se calma. Un peu plus tard, on réveilla les esclaves à coups de pieds pour hisser la voile et mettre le cap à l'est.

Quatre des rameurs étaient des Saxons, trois des Norses, trois des Danes. Le dernier était au banc en face du mien ; comme il parlait peu, je mis du temps à savoir qu'il était irlandais. Les cheveux noirs, le teint mat, il était mince et musclé ; et bien qu'âgé d'un an de plus que moi seulement, il portait déjà les balafres d'un vétéran. Je remarquai que les hommes de Sverri le surveillaient particulièrement, redoutant qu'il soit source d'ennuis ; et lorsque le vent tourna au sud en fin de journée et qu'on nous ordonna de ramer, je le vis empoigner rageusement son aviron. Alors je lui demandai son nom. Hakka se précipita pour me donner un coup de nerf de bœuf en plein visage. Je saignai du nez, Hakka éclata de rire puis se fâcha et me frappa de nouveau, car je ne montrais point ma douleur.

— Ne parle pas, aboya-t-il. Tu n'es rien. Qu'est-ce que tu es ?

Comme je ne répondais pas, il me frappa encore et reposa sa question.

— Rien, grognai-je.

— Tu as parlé ! triompha-t-il en me frappant de nouveau. Tu dois te taire ! hurla-t-il en me rouant de coups.

Tout content de m'avoir contraint à transgresser les règles, il retourna à la proue en riant. Nous continuâmes de ramer en silence et nous pûmes dormir à la nuit tombée après avoir été enchaînés les uns aux autres. Ils le faisaient chaque soir, et un homme avait toujours une flèche armée à son arc au cas où nous tenterions de nous débattre.

Sverri savait comment diriger un navire d'esclaves. Les premiers jours, je cherchai vainement une occasion de me battre, jamais on ne m'ôta mes entraves. Quand nous touchions terre, on nous enfermait sous la plate-forme du gouvernail derrière des planches clouées. Nous avions le droit de parler et j'appris là un peu de la vie des autres. Les quatre Saxons avaient été vendus comme esclaves par Kjartan. C'étaient des fermiers qui maudissaient leur dieu chrétien de leur triste sort. Les Norses et les Danes étaient des voleurs condamnés à l'esclavage par leur propre peuple, et tous étaient de sinistres brutes. Je n'en appris guère sur Finan, l'Irlandais, car il était taciturne et farouche. C'était le plus petit de nous tous, mais il était fort, avec un visage taillé à la serpe et une barbe noire. Comme les Saxons, il était chrétien ; du moins portait-il au cou les restes d'une croix de bois accrochée à un lien de cuir. Parfois, il la baisait et la gardait à ses lèvres en priant muettement. Il ne parlait peut-être guère, mais il écoutait attentivement les autres parler de femmes, de nourriture et de leur ancienne vie, et je crois bien qu'ils mentaient tous. Parfois, quand les autres dormaient, Finan fredonnait une chanson triste dans sa langue.

On nous laissait sortir pour charger le fret dans la cale au centre du navire, juste au pied du mât. Quand l'équipage s'enivrait au port, il en restait toujours deux qui étaient sobres et nous gardaient. Si nous jetions l'ancre plus au large, Sverri nous laissait sur le pont, mais il nous enchaînait tous ensemble.

Mon premier voyage sur *La Marchande* nous mena de la côte balayée par les tempêtes de Northumbrie jusqu'en Frise, où nous naviguâmes dans un étrange paysage d'îles basses, de bancs de sable et de vase luisante. Nous fîmes halte dans un misérable port où quatre autres navires d'esclaves chargeaient leurs marchandises. Nous embarquâmes des peaux d'anguille, du poisson fumé et des fourrures de loutre.

De Frise, nous fîmes route vers un port de Frankie. Je l'appris, car Sverri débarqua et revint de méchante humeur.

— Si un Franc est votre ami, grogna-t-il à ses hommes, assurez-vous qu'il ne soit pas votre voisin. (Me voyant le regarder, il m'assena une gifle et m'entailla le front de sa bague d'argent et d'ambre.) Ces Francs ! Des bâtards et des pingres !

Ce soir-là, il tira les runes sur la plate-forme de gouvernail. Superstitieux comme tous les marins, il avait une bourse de cuir contenant ses bâtons de runes et je les entendis claquer sur les planches au-dessus de ma tête. Elles durent être de bon augure, car il décida que nous resterions chez ces bâtards et pingres de Francs. Au bout de trois jours, il fit affaire, car nous chargeâmes des lames d'épées, fers de lances, faux, cottes de mailles, bûches d'if et peaux de moutons. Nous remontâmes plein nord jusqu'aux terres des Danes et des Sviars, où il vendit sa marchandise. Les lames franques étaient fort prisées, les bûches d'if faisaient de bons socs de charrue, et avec l'argent gagné Sverri remplit sa cale de minerai de fer que nous rapportâmes dans le Sud.

Sverri s'y connaissait pour diriger ses esclaves et plus encore pour gagner de l'argent. Les pièces tombaient en quantité dans un gros coffre de bois logé dans la cale.

— Vous aimeriez bien mettre la main dessus, hein ? ricana-t-il un jour alors que nous remontions le long d'une côte inconnue. Misérables étrons ! Vous croyez pouvoir me duper ? Je vous tuerais avant. Je vous noierais. Je vous enfoncerais de la merde de phoque dans la gorge à vous en étouffer.

Nous le laissâmes délirer sans protester.

L'hiver arrivait. J'ignorais où nous étions – quelque part dans le Nord aux environs du Danemark. Après avoir livré notre dernier chargement, nous avions continué à vide le long d'une côte sablonneuse et désolée, puis Sverri avait dirigé le navire dans un bras de mer bordé de roseaux et l'avait échoué sur la vase. Il n'y avait là qu'une longue maison basse au toit de joncs couverts de mousse, d'où s'échappait un ruban de fumée. Des mouettes criaillaient. Une femme sortit de la maison et courut en poussant des cris de joie quand elle vit Sverri sauter du bateau. Il la prit dans ses bras et la fit tournoyer tandis que trois enfants venaient les rejoindre. Il donna à chacun une poignée d'argent et les fit sauter dans les airs.

C'était d'évidence là que Sverri comptait hiverner. Il nous fit vider le ballast de pierre de *La Marchande*, plier la voile, ôter mât et gréement ; puis nous la remontâmes sur des rondins en haut de la grève à l'abri des marées. Le navire était lourd et Sverri appela un voisin de l'autre côté du marais qui vint aider avec une paire de bœufs. Son aîné, âgé de dix ans, s'amusa à nous piquer avec l'aiguillon. Derrière la maison se trouvait une cabane pour les esclaves, faite de rondins, des murs au toit, où nous dormions entravés. Le jour, nous nettoyions le navire et grattions la coque. Nous étalâmes la voile pour la laver sous la pluie et regardâmes avidement la femme de Sverri la ravauder avec une aiguille d'os et du boyau de chat. C'était une femme ronde, courte sur pattes, avec de grosses cuisses et le visage marqué de petite vérole. Ses mains et ses bras étaient rouges et à vif. Elle était tout sauf belle, mais nous étions si privés de femmes que nous la dévorions du regard. Cela amusait Sverri. Une fois, il troussa son bliaut pour nous montrer son ample giron tout blanc et éclata de rire en voyant nos yeux écarquillés. Je pensais à Gisela et je tentais d'évoquer son visage dans mes songes.

Les hommes de Sverri nous nourrissaient de soupe d'anguille et de gruau, de pain bis et de ragoût de poisson. Quand la neige vint, ils nous donnèrent des peaux de moutons crottées de boue, et nous nous blottîmes dans la cabane en écoutant le vent siffler entre les rondins. Il était si âpre et si froid que l'un des Saxons fut pris de fièvres et mourut cinq jours plus tard. Deux des hommes de Sverri allèrent le jeter dans le bras de mer, au-delà de la glace, et son corps fut emporté par la marée. Il y avait des forêts non loin de là, et régulièrement on nous y emmenait couper du bois avec des haches. Nos entraves étaient très étroites, pour nous empêcher de faire de grands pas, et quand nous avions les haches on nous surveillait avec des lances et des arcs. Je savais que je serais tué avant d'avoir le temps de frapper l'un des gardes, mais j'étais tenté d'essayer. L'un des Danes me devança : il se retourna en hurlant et trotta gauchement mais reçut une flèche en plein ventre, et les hommes de Sverri prirent leur temps pour l'achever. Il hurlait dans la neige ensanglantée, et sa lente agonie fut une leçon pour nous. Je continuai donc de couper les arbres, de tailler les troncs et de les fendre avec un coin.

— Si seulement ces enfants s'approchaient, dit le lendemain Finan, j'étranglerais ces misérables petits gueux.

Je fus étonné, car jamais je ne l'avais entendu prononcer une phrase aussi longue.

— Mieux vaudrait les prendre en otage, suggérai-je.

— Mais ils sont trop malins pour s'approcher, reprit-il en danois avec son étrange accent. Tu étais un guerrier, toi.

— Je le suis toujours.

Assis devant la cabane sur un carré d'herbe où la neige avait fondu, nous vidions des harengs, harcelés par les mouettes. L'un des hommes de Sverri nous surveillait depuis la maison, un arc sur les genoux et une épée à la ceinture. Je me demandai comment Finan avait deviné que j'étais un guerrier, car je n'avais jamais parlé de ma vie. Pas plus que je n'avais révélé mon nom, préférant les laisser croire que je m'appelais Osbert. C'était le prénom que j'avais reçu à ma naissance, mais j'avais été rebaptisé Uhtred quand mon frère était mort, car mon père voulait que son aîné porte ce nom. Mais je ne l'utilisai jamais à bord de *La Marchande*. Uhtred était un nom fier, un nom de guerrier, et je voulais le garder secret jusqu'à ce que j'échappe à l'esclavage.

— Comment sais-tu que je suis un guerrier ? demandai-je.

— Parce que tu ne cesses d'observer ces bâtards et de songer à les tuer.

— Toi aussi.

— Finan l'Agile, c'est ainsi qu'on m'appelait, parce que j'aimais danser autour de mes ennemis. Avant de les tuer. (Il éventra un poisson et jeta les boyaux dans la neige où deux mouettes se les disputèrent.) Il fut un temps, continua-t-il d'un ton rageur, où je possédais cinq lances, six chevaux, deux épées, une cotte de belle maille et un casque resplendissant comme le feu. J'avais une femme avec des cheveux jusqu'à la taille et un sourire à rendre jaloux le soleil de midi. Et me voici vidant des harengs. Mais un jour, je reviendrai ici, je tuerai

Sverri, je trousserai sa femme, j'étranglerai ses bâtards et je prendrai son argent. Il le garde ici. Enterré.

— Tu en es sûr ?

— Que fait-il d'autre avec ? Il ne le mange point, car il ne chie point d'argent, non ? Il est donc ici.

— Et ici, c'est ?

— Le Jutland. La femme est une Dane. Nous y venons tous les hivers.

— Depuis combien de temps ?

— C'est mon troisième.

— Comment t'a-t-il capturé ?

— Il y a eu une bataille, dit-il en jetant un poisson vidé dans le panier d'osier. Contre les Norses et ils nous ont battus. J'ai été fait prisonnier et ils m'ont vendu à Sverri. Et toi ?

— Trahi par mon seigneur.

— Voilà un autre bâtard à tuer, alors. Mon seigneur m'a trahi moi aussi.

— Comment cela ?

— Il a refusé de payer ma rançon. Il voulait ma femme, vois-tu. Alors il m'a laissé emmener, et pour le remercier je prie qu'il meure, que ses femmes soient prises du trisme et son bétail de la tremblante, que ses enfants crèvent dans leurs étrons, que ses récoltes pourrissent sur pied et que ses chiens s'étouffent, dit-il en frémissant d'une colère qu'il ne pouvait contenir.

De la neige fondue remplaça les flocons, puis la glace fondit dans le bras de mer. Nous fabriquâmes de nouvelles rames avec le bois coupé l'hiver précédent, et le temps de les finir, c'était le dégel. Des brouillards gris nimbaient la terre et les premières fleurs pointaient au bord des marais. Des hérons chassaient dans l'eau basse tandis que les gelées matinales disparaissaient au soleil. Comme le printemps arrivait, nous calfatâmes *La Marchande* avec du crin, du bitume et de la mousse. Nous la nettoyâmes et nous la remîmes à l'eau après avoir rechargé le ballast, monté et gréé le mât puis fixé la voile recousue. Sverri embrassa sa femme et ses enfants, et pataugea jusqu'au navire où deux de ses hommes le hissèrent à bord tandis que nous empoignions nos avirons.

— Ramez, bâtards ! cria-t-il. Ramez.

Et nous ramâmes.

La colère vous garde en vie, mais tout juste. Parfois, quand j'étais trop malade pour tirer la rame, je m'acharnais tout de même, craignant d'être jeté par-dessus bord si je faiblissais. Je continuais, vomissant, frissonnant et suant. Qu'il pleuve, vente ou neige. Je me rappelle avoir eu une fièvre et cru mourir. Je me serais volontiers laissé aller, mais Finan me nargua à mi-voix :

— Tu es un pauvre Saxon sans forces. Tu es faible. Tu es pitoyable, vermine saxonne. (Je grommelai, mais il reprit de plus belle, si fort que Hakka l'entendit et le frappa pour le punir.) Ils veulent ta mort, pauvre bâtard. Alors prouve-leur qu'ils ont tort et rame.

Je le soutins à mon tour une autre fois. Je me rappelle l'avoir tenu dans mes bras en lui glissant du gruau entre les lèvres.

— Vis, bâtard, lui disais-je. Que ces bouts de cul n'aient jamais notre peau. Vis !

Et il vécut.

Nous prîmes au nord cet été-là, remontant une rivière qui serpentait dans un paysage de bouleaux et de mousses, si loin au nord que des plaques de neige restaient à l'ombre. Nous achetâmes des peaux de rennes dans un village et les rapportâmes à la grève, où nous les échangeâmes contre des défenses de morses et des os de baleine, que nous troquâmes ensuite contre de l'ambre et des plumes d'eider. Nous transportions malt et peaux de phoques, fourrures et viande salée, minerai de fer et peaux de moutons. Dans une crique bordée de rochers, nous passâmes deux jours à charger des ardoises pour faire des pierres à affûter, puis Sverri les échangea contre des peignes en corne de cerf, des cordages de cuir de phoque et des dizaines de lourds lingots de bronze. Nous les rapportâmes au Jutland, à Haithabu, un grand port marchand, si grand qu'il était doté d'un village d'esclaves où l'on nous parqua, gardés par des lanciers entre de hauts murs.

Finan y retrouva d'autres Irlandais et je découvris un Saxon capturé par un Dane sur la côte d'Estanglie. Le roi Guthrum, me dit-il, était revenu en Estanglie où il bâtissait des églises. Alfred était toujours en vie. Comme l'homme ne savait rien des otages danes d'Alfred et ne pouvait me dire si Ragnar avait été libéré ni me donner des nouvelles de Guthred et de la Northumbrie, je me campai au centre de l'enclos et criai :

— Y a-t-il ici quelqu'un de Northumbrie ?

On me regarda d'un œil morne, mais une femme appela de l'autre côté de la palissade qui séparait hommes et femmes, où les hommes s'agglutinaient pour les lorgner à travers les pieux.

— Tu es de Northumbrie ? demandai-je après en avoir écarté deux.

— D'Onhripum, répondit-elle.

Elle était saxonne, âgée de quinze ans et fille d'un tanneur. Son père devant de l'argent au comte Ivarr, celui-ci l'avait prise et vendue à Kjartan.

— À Kjartan ? répétai-je, croyant avoir mal entendu.

— Si fait, à Kjartan, qui m'a volée et vendue à ces misérables.

— Il est en vie ? demandai-je, étonné.

— Oui.

— Mais il était assiégé, protestai-je.

— Pas de mon temps.

— Et Sven, son fils ?

— Il m'a violée aussi.

C'est bien plus tard que j'eus le fin mot de l'histoire. Guthred et Ivarr, rejoints par mon oncle Ælfric, avaient tenté de soumettre Kjartan en l'affamant ; mais l'hiver avait été dur, leurs armées frappées par les maladies, et Kjartan avait proposé de payer un tribut aux trois chefs qui avaient accepté. Guthred avait aussi extorqué à Kjartan la promesse de ne plus attaquer le clergé. Il la tint un temps, mais l'église était trop riche. Alors Kjartan, trop cupide, avait trahi sa parole au bout d'un an, tuant et réduisant en esclavage quelques moines. Le tribut d'argent qu'il devait verser chaque année à Guthred, Ivarr et Ælfric avait été payé une fois, puis plus jamais. Rien n'avait donc changé. Kjartan avait été soumis pendant quelques mois, puis il avait jugé que ses ennemis n'étaient point de taille. La fille du tanneur ne savait rien de Gisela, n'avait jamais entendu parler d'elle, et je songeai qu'elle était peut-être morte. Le soir venu, le désespoir me gagna. Je me rappelai Hild et me demandai ce qu'il en était advenu, j'avais peur pour elle et je me souvins de la nuit où j'avais embrassé Gisela sous les hêtres puis, pensant que tous mes rêves étaient désormais vains, je pleurai.

J'avais épousé une femme en Wessex et je n'avais aucune nouvelle. À la vérité, je ne m'en souciais guère. La mort m'avait pris mon fils. Elle m'avait ravi Iseult. J'avais perdu Hild et Gisela. Voyant les larmes rouler sur mes joues, Finan se mit à pleurer lui aussi, et je compris qu'il songeait à son pays. Je tentai de rallumer ma colère, car elle seule peut faire vivre, mais elle faisait la sourde oreille. Et je ne pouvais m'empêcher de pleurer, me disant que mon destin serait de ramer jusqu'à mourir d'épuisement et d'être jeté par-dessus bord.

— Toi et moi, me dit Finan.

— Toi et moi ? demandai-je.

— Épées à la main, mon ami. Toi et moi. Il en sera ainsi un jour.

Il voulait dire que nous serions libres et jour et que nous nous vengerions.

— Tu rêves, répondis-je.

— Non ! s'emporta-t-il en rampant vers moi et en prenant ma main dans les siennes. Ne renonce point ! Nous sommes des guerriers, toi et moi, des guerriers ! (J'en avais été un. Naguère, je portais cotte de mailles et casque resplendissants, mais j'étais désormais couvert de crasse et de poux et je pleurais.) Tiens, dit-il en me glissant quelque chose dans la main. (C'était un des peignes en corne qu'il avait réussi à subtiliser durant le chargement.) Ne renonce point. (Je pris le peigne et démêlai les cheveux qui me tombaient à présent jusqu'à la taille. Le lendemain matin, Finan me les tressa et j'en fis autant avec les siens.) C'est ainsi que se coiffent les hommes de ma tribu, expliqua-t-il. Toi et moi sommes des guerriers. Et non des esclaves !

Nous étions maigres, sales et déguenillés, mais le désespoir était passé comme une tempête sur la mer et je laissai la colère me rendre ma résolution.

Le lendemain, nous chargeâmes *La Marchande* de lingots de cuivre, bronze et acier. De barils d'ale, de viande salée, de couronnes de pain dur et de tonneaux de morue salée. Sverri éclata de rire devant nos tresses.

— Vous croyez que vous trouverez femme ? se moqua-t-il. Ou vous pensez en être ?

Nous ne répondîmes pas. Il se contenta de sourire, étant de bonne humeur. Il aimait naviguer, et d'après les provisions que nous emportions il prévoyait un long voyage. Ce fut le cas. Il avait tiré plusieurs fois les runes et elles avaient dû lui dire qu'il prospérerait, car il acheta trois nouveaux esclaves, tous frisons. Il voulait avoir suffisamment de rameurs pour le voyage qui nous attendait et qui commença mal : à peine eûmes-nous quitté Haithabu que nous fûmes pris en chasse par un autre navire, un pirate, comme l'annonça Hakka d'un air sombre. Nous fîmes voile et rame au nord, mais il nous rattrapa petit à petit, car il était plus élancé et plus rapide. C'est seulement à la nuit que nous pûmes lui échapper, mais ce fut un moment pénible. Nous amenâmes la voile et les rames, afin que *La Marchande* ne fasse nul bruit, et dans l'obscurité nous entendîmes les avirons de notre poursuivant éclabousser la mer. Sverri et ses hommes étaient accroupis auprès de nous, épées tirées, prêts à nous tuer si nous faisions le moindre bruit. J'en fus tenté, et Finan aussi, mais nous dûmes nous résigner, et lorsque l'aube se leva l'étrange navire avait disparu.

De telles menaces étaient rares. Le loup ne mange pas le loup et les hommes du Nord s'attaquaient rarement entre eux, même si certains, à bout de ressources, se risquaient à s'en prendre à leurs compatriotes. Ces pirates étaient méprisés comme des hors-la-loi et des moins que rien, mais redoutés. On les traquait et on massacrait leurs équipages, mais cela n'empêchait pas certains de mener cette vie de brigandage, car la capture d'un riche navire comme le nôtre pouvait leur accorder assez de fortune pour acquérir puissance et rang et se faire accepter.

Le lendemain, nous poursuivîmes vers le nord sans toucher terre durant plusieurs nuits. Un matin, je vis une côte de menaçantes falaises noires où se fracassait la mer et je crus que nous étions arrivés au terme du voyage, mais nous n'abordâmes point. Nous continuâmes à l'ouest puis au sud, jusqu'à une île où nous jetâmes l'ancre dans une baie.

Finan crut que nous étions en Irlande, mais le peuple qui vint rejoindre *La Marchande* dans un petit esquif de peau ne parlait pas sa langue. Il y a des îles tout au nord de la Bretagne, je pense que nous étions sur l'une d'elles. Elles sont peuplées de sauvages et Sverri ne toucha pas terre. Il paya quelques pièces d'argent pour des œufs de mouette, du poisson séché et de la viande de chèvre. Le lendemain matin, nous ramâmes tout le jour vers le grand large à l'ouest. Ragnar l'Ancien m'avait parlé de ces vastes étendues d'océan, disant qu'il y avait des terres au-delà, mais que la plupart de ceux qui les avaient cherchées n'étaient jamais revenus. Ces terres grises nimbées de brouillards et battues par les tempêtes étaient habitées, disait-il, par les âmes des marins défunts. C'est pourtant là que nous allions et Sverri tenait le cap avec une mine réjouie. Je me souvins alors de la joie que l'on éprouve à diriger un bon navire dont la barre tremble sous la main.

Nous voyageâmes pendant deux semaines. C'était le chemin des baleines, et les monstres de la mer venaient nous regarder en soufflant leur écume. L'air se rafraîchissait et le ciel était constamment voilé de nuages. Les hommes de Sverri étaient inquiets. Ils nous croyaient perdus, et moi aussi je croyais que ma vie allait finir au bord du monde, là où les grands tourbillons entraînent les navires dans l'abîme. Des oiseaux de mer planaient au-dessus de nous en criant dans le vent, les baleines plongeaient sous notre navire et nous ramions à en avoir le dos brisé. La mer glaciale était grise et démontée, sans fin et couronnée d'écume, et nous n'eûmes qu'un seul jour de vent favorable pour nous reposer sous voile tandis que la mer sifflait contre la coque.

Ainsi arrivâmes-nous dans cette terre de feu que certains appellent Thulé. Des montagnes fumaient et l'on nous parla de lacs magiques d'eau brûlante, mais je n'en vis aucun. Cette terre n'était pas que de feu, mais aussi de glace. Il y en avait des montagnes, des fleuves et des falaises jusqu'au ciel. Les morues étaient de la taille d'un homme, nous mangeâmes notre content là-bas. Sverri était heureux : les hommes redoutaient d'accomplir le voyage que nous venions de faire, et il y avait réussi. Et à Thulé, sa marchandise valait trois fois plus qu'au Danemark ou en Frankie, même s'il dut en céder un peu en tribut au seigneur local. Il vendit le reste des lingots et chargea os de baleine, défenses de morses et peaux de phoques, sachant bien qu'il gagnerait encore autant en les revendant au pays. Il était de si bonne humeur qu'il nous laissa même descendre à terre et boire un aigre vin de bouleau dans une longue maison qui empestait la viande de baleine. Nous étions entravés, non seulement de menottes mais aussi de chaînes au cou, et Sverri avait engagé des habitants du pays pour nous garder. Trois de ces sentinelles étaient armées de ces longues et lourdes lances dont se servent les hommes de Thulé pour tuer les baleines, et les quatre autres de coutelas. Sverri ne risquait rien avec ces gardes à sa solde et il le savait, car pour la première fois depuis des mois il daigna nous parler. Il se vanta de la prouesse de notre voyage et loua même notre travail aux rames.

— Mais vous me détestez, tous les deux, nous dit-il, à Finan et à moi.

Je ne répondis point.

— Le vin de bouleau est bon, dit Finan. Merci.

— C'est de la pisse de morse, répondit Sverri en rotant, grisé par la boisson. Vous me détestez, reprit-il, amusé. Je vous regarde et je le sais. Les autres sont soumis, mais vous deux, vous me tueriez avant que je n'aie eu le temps d'éternuer. Je devrais vous tuer, hein ? Vous sacrifier à la mer. (Nous restâmes cois. Une bûche crépita dans le feu.) Mais vous ramez bien. J'ai libéré un esclave une fois parce que je l'aimais bien. Je lui faisais confiance. Je l'ai même laissé tenir la barre, mais il a tenté de me tuer. Savez-vous ce que j'en ai fait ? J'ai cloué son cadavre à la proue pour l'y laisser pourrir. Et j'ai retenu la leçon. Vous êtes là pour ramer. Rien de plus. Vous ramez, vous travaillez, et jusqu'à la mort.

Il s'endormit sur ces mots, tout comme nous. Le lendemain matin, sous une pluie battante, nous quittâmes à bord de *La Marchande* cette étrange terre de feu et de glace.

Il fallut bien moins de temps pour repartir à l'est, car le vent était favorable, et nous hivernâmes de nouveau au Jutland. Nous frissonnions dans la cabane des esclaves pendant que Sverri grognait en troussant sa femme chaque nuit. La neige commença à tomber, la glace bloqua l'anse... Et ce fut l'an 880. J'avais vécu vingt-trois années et je savais que mon sort serait de mourir sous mes chaînes, car Sverri était prudent, malin et sans pitié.

C'est alors qu'arriva le vaisseau rouge.

Il n'était pas vraiment rouge. La plupart des navires sont construits en chêne qui s'assombrit avec le temps, mais celui-ci était en sapin. Dans la lumière de l'aube ou du crépuscule, il semblait de la couleur du sang séché.

Il était ainsi lorsque je le vis pour la première fois. C'était le soir du jour où nous étions repartis. Le navire, long et effilé, apparut à l'horizon à l'est, avec sa voile grise barrée de cordages. Voyant la bête à sa proue, Sverri jugea que c'était un pirate et nous virâmes de bord pour gagner les eaux intérieures qu'il connaissait bien. C'étaient des hauts-fonds, le vaisseau rouge hésita à nous y suivre. Nous ramâmes dans les étroits bras de mer, effrayant les oiseaux. Le navire rouge était toujours en vue au-delà des dunes, et lorsque la nuit tomba nous fîmes demi-tour, laissant la marée nous entraîner vers la mer, tandis que les hommes de Sverri nous fouettaient pour nous forcer à ramer plus vite. Quand l'aube se leva et que les brouillards se dissipèrent, le vaisseau rouge avait disparu.

Nous allions à Haithabu chercher le premier chargement de la saison, mais en approchant du port Sverri aperçut de nouveau le vaisseau rouge, qui mit le cap sur nous. Nous étions sous le vent, ce qui facilitait notre fuite, il tenta néanmoins de nous rattraper. Il était à la rame et, avec plus de vingt bancs, bien plus rapide que *La Marchande* ; mais il ne put lutter contre le vent, et le lendemain matin nous étions de nouveau seuls en mer. Sverri continuait de jurer. Il tira les runes qui le convainquirent de renoncer à Haithabu. Alors nous partîmes vers le pays des Sviars, où nous chargeâmes des peaux de castors et de moutons.

Nous les échangeâmes contre de belles chandelles de cire roulée. Nous embarquâmes de nouveau du minerai de fer, et le printemps puis l'été passèrent sans nouvelles du vaisseau rouge. Nous l'avions oublié. Sverri jugea qu'aller à Haithabu n'était pas risqué. Nous y apportâmes une cargaison de peaux de rennes et il apprit que le vaisseau rouge, lui, ne l'avait point oublié. Il revint précipitamment à bord sans prendre d'autres chargements et je l'entendis parler à ses hommes. Le vaisseau rouge hantait les côtes à la recherche de *La Marchande*. C'était, pensait-il, un Dane rempli de guerriers.

— Qui ? demanda Hakka.

— Nul ne sait.

— Pourquoi ?

— Comment le saurais-je ? grommela-t-il.

Mais il était assez inquiet pour tirer de nouveau les runes, qui lui enjoignirent de quitter au plus vite Haithabu. Sverri s'était fait un ennemi, il ignorait qui. Alors il mena *La Marchande* en un lieu proche de son hivernage et débarqua avec des présents. Sverri avait un seigneur. Presque tous les hommes ont un seigneur qui les protège, celui-ci se nommait Hyring. Il possédait de vastes terres, et Sverri le payait d'argent chaque hiver pour qu'en retour son seigneur les protège, lui et sa famille. Mais Hyring ne pouvait guère le protéger en mer, même s'il promit de découvrir qui menait le vaisseau rouge et pourquoi il poursuivait Sverri. Entretemps, Sverri décida de partir loin et nous reprîmes la mer du Nord pour vendre nos harengs le long des côtes. Nous regagnâmes la Bretagne pour la première fois depuis ma capture. Nous abordâmes dans une rivière d'Estanglie dont je ne sus jamais le nom, et nous y chargeâmes de lourdes peaux de moutons que nous apportâmes en Frankie pour acheter une cargaison de minerai de fer. C'était un riche chargement, car le fer de Frankie est le meilleur du monde, et nous achetâmes aussi une centaine de leurs lames si prisées. Sverri, comme toujours, maudit les Francs pour leur esprit borné, mais en vérité il avait la tête aussi dure qu'eux ; même s'il payait fort cher son fer et ses lames, il savait qu'il en tirerait grand profit dans les terres du Nord.

C'est donc là que nous repartîmes. L'été finissait et les oies filaient au sud au-dessus de nous. Deux jours après, le vaisseau rouge nous attendait auprès de la côte frisonne. Cela faisait des semaines que nous ne l'avions vu et Sverri devait espérer qu'Hyring l'avait sauvé, mais il nous attendait. Cette fois, comme il avait l'avantage du vent, nous gagnâmes les eaux intérieures et les hommes de Sverri nous fouettèrent à tour de bras. Je gémissais à chaque coup, faisant mine de tirer sur ma rame de toutes mes forces ; en réalité, je retenais ma pelle pour que le vaisseau rouge nous rattrape. Je voyais nettement ses rames se soulever en cadence, et l'écume frapper sa proue. Il était plus long que *La Marchande* et bien plus rapide, mais il avait un plus grand tirant d'eau ; c'est pourquoi Sverri nous avait entraînés dans les eaux intérieures de Frise, que redoutent tous les navigateurs.

Cette côte n'est point bordée de rochers comme tant d'autres au nord. Il n'y a nulle falaise où maint bon navire peut se fracasser. Ce ne sont qu'îlots, bancs de sable ou de vase hérissés de roseaux. Lieue après lieue, ce ne sont que redoutables hauts-fonds. Des piquets d'osier indiquent les chenaux praticables dans ce dédale, mais les Frisons sont aussi des pirates. Ils se plaisent à fausser la route pour diriger un navire vers un banc de vase où la marée le retient ; puis ce peuple, qui habite des huttes de boue sur cette terre de boue, déferle comme une horde de rats pour piller et massacrer.

Mais Sverri avait déjà fait commerce dans ces parages. Comme tous les bons navigateurs, il se rappelait les bons comme les mauvais chenaux. Le vaisseau rouge nous rattrapait, mais il ne s'affola point. Je l'observais tout en ramant, et je voyais son regard aller de part et d'autre pour décider de notre chemin et pousser vivement la barre. Il cherchait les lieux les moins profonds, les bras de mer les plus étroits ; et les dieux étaient avec lui car *La Marchande* ne s'échoua jamais. Le vaisseau rouge, plus grand, et sans doute parce que son capitaine connaissait moins bien la côte, avançait plus prudemment : nous le distancions.

Il nous rattrapa de nouveau lorsque nous dûmes traverser une vaste étendue d'eau, mais Sverri trouva un chenal de l'autre côté et nous laissa enfin ralentir. Il posta Hakka à la proue pour sonder le fond. Nous avancions lentement dans un dédale de vase et d'eau, cap au nord et à l'est. En levant les yeux, je vis que Sverri avait enfin commis une erreur. Une ligne de piquets jalonnait le chenal, mais au-delà, derrière une île basse couverte d'oiseaux, d'autres piquets marquaient un chenal plus profond qui coupait le nôtre et permettrait au vaisseau rouge de nous barrer le chemin. Notre poursuivant le vit aussi. Ses rames frappèrent l'eau et il avançait à pleine vitesse pour nous dépasser, quand soudain il s'échoua dans un fracas de rames.

Sverri éclata de rire. Lui savait que les piquets marquaient un faux chenal, le vaisseau rouge était tombé dans le piège. À présent, je voyais clairement ce navire chargé d'hommes en armes et en cotte de mailles. Mais les guerriers danes étaient échoués.

— Fils de chèvres ! leur cria Sverri. Pauvre étrons ! Apprenez à mener un navire, misérables bâtards !

Nous prîmes un autre chenal, laissant le vaisseau

rouge derrière nous, tandis que Hakka continuait de sonder le fond à la proue. Ce chenal n'était pas jalonné. Nous devions donc aller fort lentement, car Sverri n'osait pas risquer l'échouage. Loin derrière nous, je voyais l'équipage de l'ennemi peiner à dégager son navire. Les guerriers avaient ôté leur cotte et pataugeaient dans l'eau pour pousser la lourde coque. À la nuit tombée, le navire se libéra et reprit la poursuite, mais nous étions loin devant et l'obscurité nous enveloppait.

Nous passâmes la nuit dans une baie frangée de roseaux. Sverri ne voulait pas débarquer. L'île voisine était habitée, des feux brillaient dans la nuit. Comme c'étaient les seuls alentour, Sverri craignait qu'ils n'attirent nos poursuivants. Alors, dès les premières lueurs de l'aube, il nous réveilla à coups de pied et nous repartîmes vers le nord dans un chenal jalonné de piquets qui semblait serpenter jusqu'à la mer. Hakka continuait de sonder, et le passage était si peu profond que nos rames heurtaient constamment le fond ; mais nous avancions tout de même, quand soudain Hakka cria que le vaisseau rouge était derrière nous.

Nous le vîmes progresser tant bien que mal le long de la côte sud de l'île, cherchant un chenal pour gagner l'anse où nous avions jeté l'ancre. Nous continuions vers le nord quand soudain, dans un raclement, *La Marchande* s'immobilisa dans le sable.

— En arrière ! cria Sverri.

Nous obéîmes, mais nous étions échoués. Le vaisseau rouge était perdu dans la faible lumière baignée de brouillards qui nimbait les îles. C'était la marée basse. Sverri fixa le chenal, priant mais en vain qu'elle remonte rapidement pour nous dégager.

— À terre ! cria-t-il. Poussez !

Nous essayâmes. Du moins les autres, car Finan et moi faisions seulement semblant... mais *La Marchande* était coincée. Depuis la plate-forme, Sverri vit les villageois qui arrivaient entre les roseaux et, plus inquiétant, le vaisseau rouge traverser la large baie. La mort approchait.

— Videz la cale ! cria-t-il.

C'était une décision difficile, mais cela valait mieux que de mourir. Alors nous jetâmes tous les lingots pardessus bord. Finan et moi ne pouvions plus faire semblant, car Sverri nous frappait de son bâton. C'est ainsi que nous réduisîmes à néant les profits de toute une année de commerce. Même les lames furent jetées, et pendant ce temps le vaisseau rouge s'approchait toujours. Il n'était plus qu'à quelques encablures quand les derniers lingots furent jetés et que *La Marchande* se souleva légèrement. La marée qui montait à présent commença à engloutir la cargaison.

— Ramez ! cria Sverri.

Les villageois nous observaient. Ils n'osaient pas approcher, craignant les hommes en armes sur le vaisseau rouge. Nos rames raclaient le fond et nous luttions contre la marée, mais Sverri était prêt à risquer un nouvel échouage pour s'échapper. Les dieux étaient avec lui, car nous atteignîmes l'embouchure du chenal. Soudain, nous fûmes de nouveau en mer et Sverri fit hisser la voile. Le vaisseau rouge semblait s'être échoué, sa coque plus profonde bloquée par les tas de lingots. Il lui fallut longtemps pour se libérer, et nous étions déjà loin, dissimulés par le rideau de pluie qui s'abattait sur nous.

Sverri baisa son amulette. Il avait perdu une fortune, mais il était riche et pouvait se le permettre. Pourtant, il devait préserver sa fortune. Il savait que le vaisseau rouge le poursuivait et n'aurait de cesse de nous trouver. Aussi, quand la nuit tomba, il fit amener la voile et nous mit aux rames.

Nous mîmes cap au nord. Le vaisseau rouge nous suivait toujours, loin derrière. Sverri mit à l'ouest, et deux de ses hommes nous rejoignirent aux bancs de nage pour que nous puissions disparaître à l'horizon avant que notre poursuivant n'ait vu que nous avions changé de cap. C'était épuisant. Chaque coup de rame me brûlait les muscles, je crus que j'allais m'évanouir de fatigue. La nuit mit fin au supplice. Sverri, ne voyant plus les vagues, nous laissa remonter les rames ; nous nous allongeâmes, à bout de forces, tandis que le navire était ballotté par les flots.

L'aube nous trouva seuls. Comme le vent soufflait du sud, nous n'avions pas à ramer ; une fois la voile hissée, il nous porta sur l'eau grise. Je jetai un coup d'œil derrière nous, cherchant vainement le vaisseau rouge. Mais il n'y avait que des vagues et des nuages. Sverri, appuyé à la barre, chanta pour fêter sa victoire sur le mystérieux ennemi. J'en aurais pleuré. J'ignorais qui menait ce navire, mais tout ennemi de Sverri était mon ami. Hélas, nous lui avions échappé.

Et c'est ainsi que nous retournâmes en Bretagne. Sverri n'en avait pas d'abord l'intention, et il n'avait plus rien à y vendre. L'argent qu'il cachait à bord pouvait servir à acheter des marchandises, mais il était nécessaire pour notre survie. Certes, Sverri avait échappé au vaisseau rouge ; mais s'il rentrait chez lui, il savait qu'il le trouverait dans les parages du Jutland et il cherchait un lieu sûr pour hiverner. Il fallait donc trouver un seigneur qui l'abriterait une fois *La Marchande* hissée à terre, nettoyée, réparée et calfatée, et ce seigneur demanderait de l'argent. Nous surprîmes des bribes de conversation et comprîmes que Sverri avait décidé d'acheter une dernière cargaison, d'aller la vendre au Danemark et de trouver un port où s'abriter avant de rentrer chez lui par voie de terre pour prendre de l'argent et financer l'année prochaine.

Je ne reconnus pas la côte : ce n'était pas l'Estanglie, car j'y vis des collines et des falaises.

— Il n'y a rien à acheter ici, se plaignit Sverri.

— Des peaux de moutons ? suggéra Hakka.

— À quel prix en cette saison ? s'irrita Sverri. Nous n'aurons que celles qu'ils n'ont pu vendre au printemps, et toutes crottées. Je préférerais encore charrier du charbon.

Nous nous abritâmes pour la nuit dans un estuaire. Des cavaliers en armes s'approchèrent pour nous observer, mais ils ne montèrent pas sur les petites barques tirées sur la rive pour venir nous voir, laissant entendre que si nous ne bougions pas ils nous laisseraient en paix. Au crépuscule, un autre navire vint jeter l'ancre non loin de nous ; son capitaine, un Dane, vint échanger des nouvelles avec Sverri. Nous n'entendîmes rien et les vîmes seulement boire de l'ale et converser. L'homme repartit avant que la nuit tombe. Sverri sembla heureux de cette conversation, car au matin il le héla pour le remercier puis nous ordonna de lever l'ancre et de reprendre nos rames. Il n'y avait point de vent, la mer était d'huile, et nous longeâmes la côte vers le nord. À terre, je vis de la fumée s'élever des villages et je songeai que ma liberté se trouvait là.

J'en rêvais, mais je me disais qu'elle ne viendrait jamais. Je me voyais mourir à la rame, comme tant d'autres sous le fouet de Sverri. Des onze esclaves qui se trouvaient à bord quand j'avais été pris, il n'en restait que quatre dont Finan. Nous étions désormais quatorze, car Sverri avait remplacé les morts et, depuis que le vaisseau rouge était venu hanter ses jours, il avait acheté d'autres esclaves. Certains capitaines embauchaient des hommes libres, les jugeant de meilleure volonté ; mais ceux-là demandaient une part des bénéfices et Sverri n'était pas homme à partager.

En fin de matinée, lorsque nous arrivâmes à l'embouchure d'une rivière, je levai les yeux et j'aperçus sur la rive sud un haut fanal que l'on allumait pour prévenir la population de l'arrivée d'envahisseurs. Il ressemblait à des centaines d'autres, mais je le reconnus : il se dressait sur les ruines du fort romain où j'avais été réduit en esclavage. Nous étions revenus à la Tine.

— Des esclaves ! nous annonça Sverri. Voilà ce que nous allons acheter. Des esclaves comme vous, bâtards. Mais ce seront des femmes et des enfants, des Scotes. Quelqu'un ici parle leur misérable langue ?

Personne ne répondit. Il n'était guère nécessaire de connaître cette langue, car Sverri avait des fouets qui parlaient d'eux-mêmes.

Il n'aimait point prendre des esclaves comme cargaison, car il fallait les nourrir et les surveiller ; mais l'autre marchand lui avait parlé de femmes et d'enfants nouvellement capturés lors des continuelles expéditions frontalières entre Northumbrie et Scotie, et ces esclaves promettaient un beau profit. S'ils étaient jolis, ils se vendraient un bon prix sur les marchés du Jutland. Or Sverri avait besoin d'argent. Nous remontâmes donc la Tine à la marée. Nous allions à Gyruum. Sverri attendit que l'eau ait atteint son plus haut niveau pour échouer *La Marchande*. Il le faisait rarement, mais il voulait que nous nettoyions la coque avant de repartir au Danemark. Une fois à terre, je vis que les enclos d'esclaves avaient été rebâtis et que le monastère en ruine avait un toit de chaume neuf. Tout était redevenu comme avant.

Sverri nous fit porter des colliers d'esclaves qui nous enchaînaient les uns aux autres et nous empêchaient de nous enfuir ; puis, pendant qu'il traversait le marais pour rejoindre le monastère, nous raclâmes la coque avec des pierres. Finan chantait en irlandais, et me faisait parfois un petit sourire.

— Arrache un peu du calfatage, Osbert.

— Pour nous faire couler ?

— Oui, mais Sverri sombrera avec nous.

— Laissons-le vivre pour pouvoir le tuer.

— Et c'est ce que nous ferons.

— Tu ne perds jamais espoir, hein ?

— Je l'ai rêvé, dit-il. Trois fois depuis la venue du vaisseau rouge.

— Mais il a disparu.

— Nous le tuerons. Je te le promets. Et je danserai sur ses tripes, oh oui !

La marée descendit dans l'après-midi. *La Marchande* se retrouva donc échouée haut sur la rive et ne pourrait être remise à l'eau que longtemps après la nuit tombée. Sverri n'était jamais tranquille quand son navire était à terre. Je compris donc qu'il voudrait charger sa marchandise ce jour même et remettre le bateau à l'eau avec la marée de la nuit. L'ancre était prête, afin que nous puissions la pousser et nous amarrer au milieu de la rivière pour partir dès le lever du jour.

Sverri acheta trente-trois esclaves. Les plus jeunes avaient cinq ou six ans, les plus âgés dix-sept ou dix-huit, tous femmes et enfants. Nous avions fini de nettoyer la coque et attendions, accroupis sur la grève, quand ils arrivèrent. Nous lorgnâmes les femmes avec les yeux avides d'hommes que l'on en a privés.

Comme elles pleuraient, il n'était guère facile de juger de leur joliesse. Elles sanglotaient parce qu'on les avait enlevées à leur terre, qu'elles craignaient la mer et avaient peur de nous. Une dizaine d'hommes en armes les suivaient à cheval. Je n'en reconnus aucun. Sverri examina les dents des enfants et troussa les robes des femmes pour jauger leur giron.

— La rouquine donnera un bon prix, dit l'un des gardes.

— Comme tous les autres.

— Je l'ai troussée hier soir, reprit l'homme. Peut-être porte-t-elle mon enfant. Te voilà avec deux esclaves pour le prix d'un, chanceux que tu es.

Les esclaves étaient déjà entravés et Sverri avait été contraint de payer leurs menottes et leurs chaînes, tout comme la nourriture et l'ale nécessaires pour les garder en vie jusqu'au Jutland. Nous dûmes aller chercher ces provisions au monastère. Sverri nous emmena par le marais jusqu'à la croix de pierre abattue où six hommes à cheval attendaient avec un chariot. Il contenait des barils d'ale, des tonneaux de harengs salés et d'anguilles fumées ainsi qu'un sac de pommes. Sverri en mordit une, fit une grimace et la cracha.

— Rongée par les vers, se plaignit-il en nous jetant les restes.

Je parvins à l'attraper au vol avant les autres, la rompis en deux et donnai l'autre moitié à Finan.

— Ils se battent pour une pomme gâtée, ricana Sverri en jetant une bourse de pièces sur le chariot. Agenouillez-vous, bâtards, aboya-t-il alors qu'un septième homme arrivait.

Nous obéîmes.

— Il faut éprouver ces pièces, dit le nouvel arrivant.

Je reconnus la voix. C'était Sven le Borgne.

Il me regarda. Je baissai la tête et mordis dans ma pomme.

— Des deniers de Frankie, annonça fièrement Sverri en en tendant une poignée à Sven.

Sven ne les prit pas et continua de me regarder.

— Qui est-ce ? demanda-t-il.

— Osbert, fit Sverri en choisissant d'autres pièces. Voici des écus d'Alfred, dit-il en les lui tendant.

— Osbert ? répéta Sven sans me quitter du regard.

Je ne ressemblais point à Uhtred de Bebbanburg. Mon visage était balafré, j'avais le nez cassé, des cheveux hirsutes, une barbe en broussaille et la peau couleur de bois sombre. Mais Sven continuait de me dévisager.

— Viens ici, Osbert, dit-il.

Je ne pus aller bien loin, car ma chaîne me retenait ; mais j'avançai un peu vers lui et m'agenouillai, car j'étais un esclave et lui un seigneur.

— Regarde-moi ! aboya-t-il.

J'obéis, fixant son œil unique. Je vis qu'il était vêtu de belle maille et d'une fine cape et montait un beau cheval. Je feignis un tic et bavai comme si j'étais à demi fou, tout en souriant comme si j'étais ravi de le voir et en dodelinant de la tête. Me prenant sans doute pour un dément, il me congédia d'un geste et prit l'argent de Sverri. Ils pinaillèrent mais finirent par tomber d'accord, et on nous donna l'ordre de rapporter barils et tonneaux au navire.

— Que faisais-tu ? me demanda Sverri en me frappant.

— Ce que je faisais, mon maître ?

— Qu'avais-tu à t'agiter et baver comme un idiot ?

— Je crois que je suis malade, mon maître.

— Connaissais-tu cet homme ?

— Non, seigneur.

Sverri restait dubitatif, mais il ne put rien apprendre de plus et me laissa en paix tandis que nous chargions les marchandises sur *La Marchande* encore à demi échouée. Mais comme je ne tremblais plus ni ne bavais, il devina qu'il y avait anguille sous roche et revint me frapper quand il eut compris.

— Tu viens d'ici, n'est-ce pas ?

— Comment, seigneur ?

Il me frappa de nouveau sous les yeux des autres. Seul Finan éprouvait de la compassion, mais il ne pouvait rien faire.

— Tu viens d'ici, reprit Sverri. Comment aurais-je pu l'oublier ? C'est ici qu'on t'a livré à moi. Qu'est Sven le Borgne, pour toi ?

— Rien, répondis-je. Je ne l'avais jamais vu.

— Petit étron menteur !

Comme tout marchand, il flairait le profit et me fit détacher des autres en s'assurant cependant que j'étais toujours entravé ; puis il prit ma chaîne avec l'intention de me ramener au monastère, mais nous n'eûmes pas à aller bien loin, car Sven aussi avait réfléchi de son côté. Mon visage hantait ses rêves, et dans le visage agité de tics de l'idiot Osbert il avait revu ses cauchemars. Il revenait vers nous au galop, accompagné de ses six cavaliers.

— À genoux ! m'ordonna Sverri.

J'obéis.

Sven arrêta son cheval.

— Regarde-moi ! ordonna-t-il.

Je levai la tête, un filet de bave dans la barbe. Je repris mon tic, mais Sverri me frappa brutalement.

— Qui est-il ? demanda Sven.

— Il m'a dit s'appeler Osbert, seigneur.

— Il te l'a dit ?

— On me l'a livré ici, seigneur, et il m'a dit s'appeler ainsi.

Sven sourit. Il sauta de selle et marcha vers moi, puis il me releva le menton et me dévisagea.

— C'est ici que tu l'as eu ? demanda-t-il.

— Le roi Guthred me l'a livré, seigneur.

Sven comprit alors, et sur son visage borgne se peignit un curieux mélange de haine et de triomphe. Il me donna un tel coup sur la tête que je m'effondrai.

— Uhtred ! clama-t-il. Tu es Uhtred !

— Seigneur ! protesta Sverri en me protégeant, non parce qu'il m'aimait bien mais parce que je représentais une possibilité inattendue de profit.

— Il est à moi ! dit Sven en tirant lentement son épée de son fourreau.

— Il est à moi. Il sera à vous si vous l'achetez, répondit humblement mais fermement Sverri.

— Si je le prends, corrigea Sven. Je te tuerai, Sverri, toi et tous tes hommes. Ta vie : voilà le prix de cet homme.

Sverri comprit qu'il était sans défense. Il s'inclina, lâcha ma chaîne et recula. J'en saisis l'extrémité et en cinglai Sven, qui esquiva, puis je me mis à courir. Les entraves me ralentissaient, je n'eus d'autre choix que de me jeter dans la rivière. Je pataugeai dans les vaguelettes et me retournai, prêt à me servir de la chaîne. Je crus ma dernière heure venue en voyant arriver les cavaliers de Sven et je reculai dans l'eau. Mieux valait me noyer que de souffrir le supplice qu'il me réservait.

Mais les cavaliers pilèrent net. Sven les dépassa, puis il s'arrêta à son tour. J'avais de l'eau jusqu'à mi-corps et j'étais prêt à me laisser tomber dans les flots noirs, quand je le vis reculer. Puis il courut vers son cheval, l'air affolé. Je me retournai pour voir ce qui l'avait effrayé ainsi.

Et là, venant de la mer, poussé par ses deux rangées de rames sur la marée montante, je vis le vaisseau rouge.

6

Le vaisseau rouge était tout proche et avançait vite. À la proue se dressait une tête de dragon aux dents noires, et il était rempli d'hommes en cotte et en armes. Il arrivait dans un vacarme de rames frappant l'eau et de clameurs guerrières, l'écume jaillissant sur sa proue rouge. Je dus m'écarter pour l'éviter, car il ne ralentissait point. Dans un dernier sursaut des rames, la quille racla le fond et la proue s'abattit sur le rivage dans un fracas de roseaux brisés. Une rame me heurta, qui me fit tomber à la renverse. Je parvins à me relever en titubant, et je vis en sauter une douzaine d'hommes armés de lances, haches, épées et boucliers. Les autres abandonnèrent leurs rames et les rejoignirent. Ce n'était pas un navire marchand, mais un vaisseau viking assoiffé de sang.

Sven prit ses jambes à son cou. Il enfourcha son cheval et détala dans le marais tandis que ses six hommes, bien plus braves, se précipitaient sur les Vikings ; mais leurs bêtes furent abattues à coups de haches, et les cavaliers désarçonnés massacrés sur le sable. Je restai bouche bée au milieu de la rivière, en croyant à peine mes yeux. Sverri était tombé à genoux, les bras écartés pour montrer qu'il n'était pas armé.

Le capitaine du vaisseau rouge, resplendissant avec

son casque couronné d'ailes d'aigle, entraîna ses hommes par le marais en direction du monastère. Il laissa une demi-douzaine d'hommes sur la grève, dont un gaillard immense armé d'une énorme hache ensanglantée. Celui-ci ôta son casque et me sourit en disant quelque chose que je n'entendis pas. Je le regardais, incrédule.

C'était Steapa.

Steapa Snotor. On le surnommait ainsi, Steapa le Rusé, car il n'était pas des plus futés ; mais c'était un grand guerrier qui, de mon ennemi juré, était devenu mon ami. Il continuait de me sourire depuis la berge. Moi, je ne comprenais pas comment un Saxon pouvait se trouver à bord d'un navire viking. Je me mis alors à pleurer, parce que j'étais libre et que la face balafrée et menaçante de Steapa était la plus belle chose que je voyais depuis ma capture.

Je sortis de l'eau et l'étreignis.

— Ils t'ont fait cela ? demanda-t-il en désignant mes entraves.

— Je les porte depuis plus de deux ans.

— Écarte les jambes, seigneur.

— Seigneur ? répéta Sverri, qui ne comprenait que ce mot en saxon. (Il se leva et s'avança vers nous en hésitant.) Est-ce ainsi qu'il t'a appelé ? Seigneur ? (Je le foudroyai du regard et il retomba à genoux.) Qui es-tu ? demanda-t-il, effrayé.

— Tu veux que je le tue ? gronda Steapa.

— Pas encore.

— Je t'ai gardé en vie, plaida Sverri. Je t'ai nourri.

— Tais-toi ! lui dis-je.

Il obéit.

— Écarte les jambes, seigneur, répéta Steapa. Tends cette chaîne.

— Prends bien garde, dis-je en m'exécutant.

— Prends bien garde, toi ! répliqua-t-il en riant.

Il leva sa hache et l'abattit de toutes ses forces. La lame frôla mon ventre et brisa la chaîne. Je chancelai sous la violence du coup.

— Tu peux à nouveau marcher, seigneur.

Traînant les bouts de chaîne à mes chevilles, je m'approchai des cadavres et choisis deux épées.

— Libère cet homme, dis-je à Steapa en lui désignant Finan.

Steapa trancha ses chaînes, Finan courut vers moi en souriant. Nous nous toisâmes, les yeux brillants de larmes de joie, puis je lui donnai une épée. Il la considéra un moment, incrédule, puis il s'en empara et hurla comme un loup vers le ciel qui s'assombrissait, avant de se jeter à mon cou, en larmes.

— Tu es libre, lui dis-je.

— Je suis de nouveau un guerrier, dit-il. Je suis Finan l'Agile !

— Et je suis Uhtred, dis-je, utilisant ce nom pour la première fois depuis ma capture. Je suis Uhtred, répétai-je en haussant la voix, et je suis le seigneur de Bebbanburg. (La colère montait en moi, je me tournai vers Sverri.) Je suis le seigneur Uhtred, lui dis-je, celui qui a tué Ubba Lothbrokson au bord de la mer et envoyé Sven du Cheval Blanc rejoindre Odin. Je suis Uhtred, répétai-je en lui relevant la tête de la pointe de mon épée, et tu m'appelleras « seigneur ».

— Oui, seigneur.

— Et il est Finan d'Irlande et tu l'appelleras « seigneur ».

— Seigneur, répéta Sverri sans oser croiser le regard de Finan.

J'avais envie de le tuer, mais, pensant qu'il pourrait

être encore utile, je me contentai de prendre le couteau de Steapa et d'arracher la tunique de Sverri pour dénuder son bras. Il tremblait, pensant que j'allais l'égorger. Je traçai de la pointe de la lame la lettre « S » puis frottai la blessure avec du sable.

— Alors, esclave, repris-je en tapant ma cheville du bout du couteau. Comment ôtes-tu ces rivets ?

— Il me faut des outils de forge, seigneur.

— Si tu veux rester en vie, Sverri, prie pour que nous en trouvions.

Il y en avait dans le monastère en ruine, car c'est là que Kjartan entravait ses esclaves. Steapa envoya deux hommes chercher le nécessaire, et Finan s'amusa à réduire en bouillie Hakka, car je ne voulais point le laisser tuer Sverri. Les esclaves scotes regardèrent, abasourdis, le sang tourbillonner dans l'eau. Finan dansa de joie et entonna l'un de ses chants sauvages, puis il alla tuer le reste de l'équipage de Sverri.

— Pourquoi es-tu là ? demandai-je à Steapa.

— On m'a envoyé, seigneur, répondit-il fièrement.

— Et qui cela ?

— Le roi, bien sûr.

— Guthred ?

— Guthred ? répéta-t-il, perplexe. Non, le roi Alfred, bien sûr.

— C'est Alfred qui t'a envoyé ? demandai-je, ébahi.

— Si fait.

— Mais ce sont des Danes, dis-je en désignant l'équipage qui l'accompagnait.

— Certains, oui, mais la plupart sont des Saxons de l'Ouest.

— Alfred a envoyé des Danes ?

— Ils sont une douzaine, seigneur, et seulement

parce qu'ils l'accompagnent. (Il désigna le capitaine au casque ailé qui revenait vers la grève.) C'est l'otage, expliqua-t-il, et Alfred m'a envoyé pour le surveiller.

L'otage ? Je me rappelai alors qui avait pour emblème les ailes d'aigle : je titubai vers le capitaine, empêtré dans mes chaînes. Il ôta son casque à mon approche, mais je vis à peine son visage tant mes yeux étaient embués de larmes. Je parvins à crier son nom.

— Ragnar !

Il éclata de rire, m'étreignit et me fit tourbillonner, puis il me repoussa.

— Tu empestes, dit-il. Tu es le bâtard le plus laid, puant et chevelu qui soit. Je devrais te jeter aux crabes, mais eux-mêmes ne voudraient point de toi.

— Alfred t'a envoyé ?

— Oui, mais je ne serais point venu si j'avais su que tu étais devenu une telle fiente puante, dit-il avec un grand sourire qui me rappela son père, tout de puissance et de bonne humeur. C'est bon de te voir, Uhtred Ragnarson.

Les hommes de Ragnar avaient fait fuir les soldats de Sven, qui s'était échappé à cheval pour regagner Dunholm. Nous incendiâmes les enclos, libérâmes les esclaves et à la nuit, à la lumière des feux, on m'ôta mes entraves. Durant les jours suivants, je continuai de marcher en levant les pieds ridiculement haut, tant j'avais été habitué au poids de mes chaînes.

Je me lavai. L'esclave scote rousse me coupa les cheveux en présence de Finan.

— Elle se nomme Ethne, me dit-il.

Il parlait sa langue, ou du moins se comprenaient-ils ; mais je devinai, aux regards qu'ils échangeaient, que la différence de langue n'était pas un obstacle pour eux. Ethne avait retrouvé parmi les cadavres les deux hommes qui l'avaient violée ; elle avait emprunté l'épée de Finan pour les mutiler, et l'Irlandais avait admiré ce geste. Une fois mes cheveux et ma barbe taillés, je revêtis une chainse de cuir, des braies et des chausses. Puis nous allâmes dîner dans l'église du monastère en ruine, et Ragnar me dit le fin mot de l'histoire.

— Nous vous avons suivis durant tout l'été.

— Nous t'avons vu.

— On ne pouvait nous manquer, avec notre coque ! N'est-il pas hideux, ce navire ? Je déteste les planches de pin. Il s'appelle *Feu de Dragon*, mais je le surnomme *Souffle de Vermine*. Il m'a fallu un mois pour l'apprêter à la mer. Il appartenait à un homme tué à Ethandun et pourrissait sur la Temes quand Alfred nous l'a donné.

— Pourquoi a-t-il fait cela ?

— Parce que, dit-il, tu lui as gagné son trône à Ethandun, sourit-il. Alfred exagérait, j'en suis sûr. J'imagine que tu es passé par hasard sur le champ de bataille, que tu as fait beaucoup de bruit et que cela aura suffi pour impressionner Alfred.

— J'en ai assez fait, mais je pensais qu'Alfred n'avait rien remarqué.

— Si, mais il ne l'a pas fait seulement pour toi. Il a aussi gagné un couvent.

— Quoi ?

— Un couvent. Dieu sait pourquoi il en voulait un. Moi, je l'aurais bien échangé contre un bordel, mais il a eu l'air fort content de son affaire.

Ainsi commença l'histoire. C'est seulement plus tard que j'en appris tous les tenants, mais je la conterai ici. Tout avait commencé avec Hild.

Guthred tint la promesse qu'il m'avait faite et la traita honorablement. Il lui donna mon épée et mon casque, lui laissa conserver ma cotte de mailles et mes bracelets, puis lui demanda d'être la dame de compagnie de sa nouvelle épouse, la reine Osburh, nièce saxonne du roi détrôné d'Eoferwic. Mais Hild se sentait responsable de la trahison dont j'avais été victime. Elle décida qu'elle avait offensé son dieu en résistant à son appel et supplia Guthred de la laisser retourner en Wessex rejoindre son ordre. Il voulait qu'elle demeure en Northumbrie, mais elle plaida que Dieu et saint Cuthbert exigeaient cela d'elle – et Guthred était toujours sensible à la mention de Cuthbert. Aussi l'autorisa-t-il à accompagner des messagers qu'il dépêchait à Alfred. C'est ainsi que Hild retourna au Wessex et trouva Steapa, qui avait toujours eu de l'affection pour elle.

— Elle m'a emmené à Fifhaden, me conta Steapa la nuit de l'incendie du monastère.

— Pourquoi Fifhaden ?

— Pour déterrer ton trésor, expliqua-t-il. Elle m'a montré où il se trouvait et je l'ai déterré. Ensuite, nous l'avons porté à Alfred et nous l'avons répandu à ses pieds. Il est resté bouche bée.

Ce trésor avait été l'arme de Hild. Elle raconta à Alfred l'histoire de Guthred et sa trahison. Puis elle promit au roi que s'il dépêchait des hommes me trouver, elle userait de tout cet or et argent répandu sur les dalles de son château pour bâtir une demeure pour Dieu, qu'elle se repentirait de ses péchés et vivrait le restant de ses jours comme fiancée du Christ. Elle avait accepté de porter les entraves de l'église pour me libérer de mes chaînes.

— Elle est redevenue nonne ? demandai-je.

— Elle a dit qu'elle le voulait. Tout comme Dieu et Alfred. Et il a accepté.

— Alfred t'a libéré ? demandai-je à Ragnar.

— J'espère qu'il le fera quand je te ramènerai, répondit-il. Je suis encore otage, mais il a dit que je pouvais partir à ta recherche si je promettais de lui revenir. Et nous serons tous bientôt libérés. Guthrum ne cause point de troubles, il se fait désormais appeler le roi Æthelstan.

— Il est en Estanglie ?

— Si fait, confirma-t-il. Et il construit églises et monastères.

— Il est donc vraiment devenu un chrétien ?

— Le pauvre est aussi pieux qu'Alfred, dit Ragnar d'un ton lugubre. Il a toujours été un sot crédule. Mais Alfred m'a mandé et dit que je pouvais aller à ta recherche. Il m'a laissé prendre les hommes qui me servaient en exil et le reste a été recruté par Steapa. Ils sont saxons, certes, mais ils savent ramer.

— Steapa m'a dit qu'il était là pour te surveiller.

— Steapa ! appela Ragnar par-dessus le feu allumé dans la nef de l'église en ruine. Petit étron de bouc, as-tu prétendu que tu étais là pour me surveiller ?

— Mais je le suis, seigneur.

— Tu es une petite fiente. Mais tu te bats bien. Et moi, je dois te ramener à Alfred, me dit-il en souriant.

— Thyra est à Dunholm et Kjartan vit toujours, dis-je en fixant le feu.

— J'irai à Dunholm quand Alfred me libérera ; mais avant je dois te ramener en Wessex. J'ai prêté serment. J'ai juré que je ne romprais point la paix en Northumbrie et viendrais seulement t'y chercher. Et Alfred a retenu Brida, bien sûr.

Brida était sa femme.

— Vraiment ?

— Comme garantie pour moi, sans doute. Mais il la

libérera, et je rassemblerai de l'argent pour réunir mes hommes et effacer Dunholm de la face de la terre.

— Tu n'as nul argent ?

— Point assez.

Je lui parlai alors de la demeure de Sverri au Jutland et du trésor qu'il y gardait, du moins le supposais-je. Ragnar y pensa tandis que je songeais à Alfred.

Alfred ne m'aimait point. Jamais il ne m'avait aimé. Parfois il m'avait haï, mais je lui avais rendu service. Un grand service, et il avait été moins que généreux pour m'en récompenser. Cinq peaux pour moi qui lui avais donné un royaume. Pourtant, je lui devais ma liberté et je ne comprenais point pourquoi il avait agi ainsi. Certes, Hild lui avait offert un couvent, et cela il le voulait. De plus, il était heureux de son repentir, et d'une certaine façon cela expliquait son geste. Il m'avait sauvé de l'esclavage, je jugeai qu'il était finalement généreux. Mais je savais aussi qu'il y aurait un prix à payer. Alfred voudrait davantage que l'âme de Hild et un couvent. Il me voudrait, moi.

— J'espérais ne jamais servir à nouveau le Wessex, dis-je.

— Eh bien tu le reverras, car j'ai juré de t'y ramener. Nous ne pouvons pas rester ici.

— Certes non.

— Kjartan aura dépêché cent hommes d'ici à demain.

— Deux cents.

— Nous devons partir. Il y a vraiment un trésor au Jutland ?

— Un grand trésor, renchérit Finan.

— Nous le pensons enfoui dans une hutte de roseaux, ajoutai-je, et gardé par une femme et trois enfants.

Ragnar contempla les étincelles qui crépitaient parmi les cabanes.

— Je ne puis aller au Jutland, dit-il à mi-voix. J'ai juré que je te ramènerais sitôt que je t'aurais trouvé.

— Quelqu'un d'autre peut y aller, proposai-je. Tu as deux navires, à présent. Et Sverri révélera sa cachette s'il a suffisamment peur.

Le lendemain matin, Ragnar ordonna donc à ses douze Danes de prendre *La Marchande*. Il en confia le commandement à Rollo, son meilleur barreur. Finan, qui portait désormais une cotte de mailles et une longue épée, supplia qu'on le laisse aller, ainsi que la Scote Ethne. Sverri fut enchaîné à l'un des bancs de nage et, alors qu'ils quittaient le rivage, je vis Finan le frapper du fouet qui avait lacéré nos épaules pendant tant de mois.

Le navire parti, nous fîmes traverser la rivière aux esclaves scotes et les libérâmes sur la rive nord. Comme ils étaient effrayés et ne savaient que faire, nous leur donnâmes une poignée de pièces prises dans le coffre de Sverri et leur conseillâmes de marcher en gardant toujours la mer sur leur droite. Avec un peu de chance, ils atteindraient leur contrée. Ils risquaient d'être pris par la garnison de Bebbanburg et de nouveau vendus comme esclaves, mais nous n'y pouvions rien. Nous les laissâmes, remîmes le vaisseau rouge à flot et prîmes la mer.

Derrière nous, sur la colline de Gyruum qui fumait encore, apparurent des cavaliers en armes. Ils s'alignèrent sur la crête et une colonne descendit au galop jusqu'au marais, mais ils arrivèrent trop tard. La marée nous entraînait vers le large. Voyant les hommes de Kjartan, je sus que je les reverrais un jour. Puis le

Dragon de Feu vira de bord, je levai la tête vers le ciel et je pleurai. Des larmes de joie sans mélange.

Il nous fallut trois semaines pour parvenir à Lundene, où nous payâmes un octroi aux Danes qui gardaient la rivière, puis deux jours jusqu'à Readingum, où nous échouâmes le *Dragon de Feu* et achetâmes des chevaux avec l'argent de Sverri. C'était l'automne, les faucons étaient revenus des cieux où ils s'envolent pendant les mois d'été, et les feuilles des chênes devenaient couleur de bronze.

Nous partîmes pour Wintanceaster, car on nous avait dit qu'Alfred y tenait cour. Mais lorsque nous arrivâmes, il était parti pour l'un de ses domaines. Alors que le soleil se couchait sur les échafaudages de la grande église que faisait bâtir Alfred, je laissai Ragnar à la taverne des Deux Grues et me rendis à pied au nord de la ville. Je dus demander mon chemin pour atteindre une longue ruelle boueuse entre la muraille et un mur de bois, où était ménagée une petite porte marquée d'une croix. Deux cochons y avaient élu domicile et des mendiants étaient accroupis dans la fange. Ils étaient en loques, certains avaient perdu bras ou jambe, d'autres avaient des ulcères, et une aveugle tenait un enfant apeuré dans ses bras. Tous s'écartèrent à mon approche.

Je frappai et attendis. Un petit judas s'ouvrit et j'expliquai les raisons de ma venue, puis il se referma et j'attendis encore. L'enfant pleurait et l'aveugle me tendait sa sébile. Deux femmes chargées de fagots passèrent, suivies d'un homme menant une vache. Il inclina la tête devant moi, car j'avais de nouveau l'allure d'un seigneur. Je portais une cuirasse et une épée, mais ce n'était point Souffle-de-Serpent. Ma cape noire était retenue par une lourde broche d'argent et d'ambre prise sur l'un des hommes de Sverri ; c'était mon seul bijou, car je n'avais plus de bracelets.

La porte s'ouvrit et une petite femme me fit signe d'entrer. Je me baissai pour la suivre par une cour, m'arrêtant seulement pour essuyer la boue de mes bottes avant d'entrer dans une église. Elle s'effaça, s'inclina en direction de l'autel en murmurant une prière, puis elle me désigna une autre porte donnant dans une pièce nue aux murs de torchis, meublée seulement de deux escabeaux. Je m'assis et elle ouvrit un volet pour laisser les derniers rayons du soleil pénétrer dans la pièce. Une souris détala sur le sol, la petite femme me laissa seul.

J'attendis encore. Un freux croassa sur le toit. Dehors, j'entendis le bruit régulier du lait qui gicle dans le seau de traite. Une autre vache, mamelle pleine, attendait patiemment juste devant le volet ouvert. La porte se rouvrit et trois nonnes entrèrent. Deux se placèrent contre le mur opposé, tandis que la troisième me regardait en pleurant silencieusement.

— Hild... dis-je en me levant pour l'étreindre.

Elle leva la main pour me retenir de la toucher. Elle continuait de pleurer, mais elle souriait à présent, puis elle se cacha le visage dans les mains et resta ainsi pendant un long moment.

— Dieu m'a pardonné, dit-elle finalement entre ses doigts.

— J'en suis heureux.

Elle renifla, baissa les mains et me fit signe de me rasseoir. Elle prit place en face de moi, et pendant un temps nous nous dévisageâmes. Je songeai qu'elle m'avait manqué, non comme maîtresse mais comme amie. J'avais envie de la prendre dans mes bras. Peut-être le sentit-elle, car elle se redressa et prit un ton solennel.

— Je suis désormais l'abbesse Hildegyth.

— J'avais oublié que ton vrai nom était Hildegyth.

— Et il plaît à mon cœur de te voir, dit-elle du même ton guindé. (Elle portait, comme ses deux compagnes plus âgées, une robe grise et une ceinture de corde de chanvre, et un lourd capuchon dissimulait sa chevelure. Elle porta la main à la croix de bois qui pendait à son cou.) J'ai prié pour toi.

— On dirait que tes prières ont été exaucées, dis-je gauchement.

— Et j'ai volé tout ton argent, ajouta-t-elle avec un soupçon de malice.

— Je te l'ai donné volontiers.

Elle me raconta qu'elle avait bâti le couvent avec l'argent du trésor et qu'il abritait désormais seize sœurs et huit laïques.

— Nos existences sont vouées au Christ et à saint Hedda. Sais-tu qui était Hedda ?

— Je n'ai jamais entendu parler d'elle, avouai-je.

Les deux autres nonnes, qui me regardaient jusque-là d'un air sévère, se mirent à glousser. Hild sourit.

— C'était un homme, expliqua-t-elle gentiment. Un Northumbrien qui fut le premier évêque de Wintanceaster. On se le rappelle comme un homme fort saint et bon, et je l'ai choisi parce que tu es de Northumbrie et que c'est ta générosité involontaire qui nous a permis de bâtir cette maison dans la ville où saint Hedda prêcha. Nous avons fait vœu de le prier chaque jour jusqu'à ton retour, et maintenant nous le prierons chaque jour pour le remercier de nous avoir exaucées.

Je ne sus que répondre. Je me souviens avoir pensé qu'elle forçait sa voix, comme pour se convaincre elle-même autant que moi qu'elle était heureuse, mais je me trompais. Sa voix était tendue parce que ma présence lui rappelait des souvenirs peu agréables, et plus tard j'appris qu'elle était vraiment heureuse. Elle se rendait utile. Elle s'était réconciliée avec son dieu. Après sa mort, on se la rappela comme une sainte. Il y a peu de temps, un évêque me parla de la très sainte et bienheureuse sainte Hildegyth, qui avait été un exemple de charité chrétienne et de chasteté, et je fus méchamment tenté de lui répondre que j'avais autrefois troussé sa sainte parmi les boutons d'or, mais je m'en retins. Il avait certainement raison pour sa charité. Hild me conta que le couvent de saint Hedda n'était point seulement bâti pour prier pour moi, son bienfaiteur, mais pour soigner les malades.

— Nous sommes occupées tout le jour et toute la nuit. Je ne doute point qu'il y ait maints pauvres qui attendent devant notre porte en cet instant.

— Il y en a, confirmai-je.

— Ces pauvres sont notre raison d'être et nous sommes leurs servantes. À présent, narre-moi ce que j'ai prié pour entendre, sourit-elle. Raconte-moi tout.

Je le fis mais ne lui dis pas tout ce qui était arrivé, passant sur les souffrances de l'esclavage, disant seulement que j'étais enchaîné et ne pouvais m'enfuir. Je lui parlai de nos voyages, des lieux étranges et des peuples que j'avais vus. Du pays de glace et de feu, des grandes baleines fendant l'immense océan, de la longue rivière serpentant entre les bouleaux et la neige... Je conclus en déclarant que j'étais heureux d'être à nouveau un homme libre et de le lui devoir à elle.

Hild se tut. Le lait giclait toujours dans le seau. Un moineau se percha sur le rebord de la fenêtre, lissa ses plumes et s'envola. Elle m'avait dévisagé pendant tout ce temps comme pour éprouver la vérité de mes paroles.

— Était-ce pénible ? demanda-t-elle enfin.

— Oui, répondis-je après une hésitation.

— Mais tu es de nouveau le seigneur Uhtred, et j'ai ici tes biens. (Elle fit signe à l'une des deux nonnes qui sortit.) J'ai tout conservé pour toi, s'anima-t-elle.

— Tout ?

— Sauf ton cheval, regretta-t-elle. Je n'ai pu l'emmener.

— Witnere.

— Je crains qu'il n'ait été volé.

— Vraiment ?

— Le seigneur Ivarr l'a pris.

Je ne répondis point, car la nonne était revenue avec un encombrant fardeau. Elle déposa à mes pieds ma cotte de mailles, mon casque, mes bracelets, Souffle-de-Serpent et Dard-de-Guêpe. Des larmes me vinrent aux yeux quand je me baissai pour toucher la poignée de mon épée.

— Ta cotte de mailles était abîmée, nous l'avons fait réparer par l'un des armuriers du roi, expliqua Hild.

— Je t'en remercie.

— J'ai prié pour que tu ne cherches point vengeance sur le roi Guthred.

— Il m'a réduit à l'esclavage, répondis-je durement.

Je ne pouvais ôter ma main de l'épée. J'avais connu tant de moments de désespoir ces deux dernières années, où je pensais ne jamais plus toucher la moindre épée... Et pourtant, Souffle-de-Serpent était là, et je refermai ma main sur sa poignée.

— Guthred a agi au mieux pour son royaume, dit-elle d'un ton sévère. Et c'est un chrétien.

— Il a fait de moi un esclave.

— Et tu dois lui pardonner, insista-t-elle, comme j'ai pardonné à ceux qui m'ont fait du tort et comme Dieu m'a pardonné. J'étais une pécheresse, une grande pécheresse, mais Dieu m'a sauvée et baignée de sa grâce pour m'en pardonner. Jure-moi donc que tu épargneras Guthred.

— Je ne ferai nul serment, grondai-je.

— Tu n'es point un homme mauvais. Je le sais. Tu fus plus bon pour moi que je ne le méritai jamais. Sois bon avec Guthred. C'est un homme de bien.

— Je m'en souviendrai quand je le reverrai, éludai-je.

— Et souviens-toi qu'il a regretté ce qu'il a fait et qu'il a agi seulement parce qu'il pensait que cela préserverait son royaume. N'oublie point qu'il a donné à cette maison argent et repentance. Nous avions grand besoin d'argent, car les pauvres et les malades abondent, mais l'aumône est rare.

Je lui souris. Puis je me relevai, défis l'épée prise à l'un des hommes de Sven à Gyruum et la broche qui retenait ma cape.

— Tu les pourras vendre, dis-je en les laissant tomber à terre.

Puis je revêtis ma cotte et ceignis mes deux épées avant de ramasser mon casque couronné du loup. La cuirasse me parut immensément lourde, car cela faisait longtemps que je n'avais porté de maille. Elle était aussi trop grande, car j'avais maigri à force de tirer ma rame. Je mis les bracelets, puis la regardai.

— Je te fait un serment, abbesse Hildegyth. (Elle leva les yeux et vit l'ancien Uhtred, le resplendissant seigneur et guerrier.) Je soutiendrai ta maison, et tu auras toujours de moi argent et protection.

Elle sourit, puis sortit de sa bourse une petite croix d'argent.

— Voici le présent que je te fais, dit-elle, et je prie pour que tu la vénères comme moi et retiennes sa leçon. Notre Seigneur est mort en croix pour tout le mal que nous commettons et je ne doute pas, seigneur Uhtred, qu'Il a souffert aussi pour tes péchés.

Nos doigts se frôlèrent quand je pris la croix en la regardant dans les yeux, et elle retira bien vite sa main. Elle rougit et me regarda par-dessous ses paupières baissées. L'espace d'un instant, je revis la Hild de jadis, belle et fragile, mais elle se ressaisit.

— Tu peux désormais aller à Gisela, dit-elle.

Je n'avais pas parlé d'elle et fis semblant de ne guère m'en soucier.

— Elle sera mariée depuis, dis-je avec désinvolture, si encore elle vit.

— Elle vivait quand j'ai quitté la Northumbrie il y a dix-huit mois. Elle refusait de parler à son frère pour ce qu'il t'avait fait. J'ai passé des heures à la réconforter, tant elle était pleine de larmes et de colère. Cette fille, elle est forte.

— Et mariable, dis-je durement.

— Elle a juré de t'attendre, dit-elle doucement.

Je posai la main sur le pommeau de mon épée. J'étais plein d'espoir et dévoré par l'inquiétude. Gisela. Je savais que la réalité ne serait pas à la hauteur des rêves fiévreux d'un esclave, mais je ne pouvais la chasser de mon esprit.

— Et peut-être t'attend-elle vraiment, reprit Hild en reculant. À présent, dit-elle avec brusquerie, nous avons des prières à dire, des gens à nourrir et des corps à soigner.

Ainsi fus-je congédié. Je ressortis par la petite porte

dans la ruelle. Les mendiants entrèrent, me laissant seul, adossé à la paroi de bois, les larmes aux yeux. Les passants s'écartaient craintivement, car j'étais revêtu de ma tenue de guerrier avec mes deux épées.

Gisela... Peut-être m'attendait-elle, mais j'en doutais, car elle était bien trop précieuse comme génisse de paix, mais je retournerais dans le Nord dès que possible. J'irais pour Gisela. Je serrai dans ma main calleuse la petite croix d'argent qui s'enfonça dans ma chair. Puis je dégainai Souffle-de-Serpent et vis que Hild en avait entretenu la lame. Elle luisait sous la couche de suif qui la protégeait de la rouille. Je la levai et baisai la longue lame.

— Tu as des hommes à occire et une vengeance à assouvir, dis-je.

Et il en était ainsi.

Le lendemain, je trouvai un forgeron. Il me dit être trop occupé et ne pouvoir travailler pour moi avant quelques jours. Je lui répondis qu'il devrait le faire céans, faute de quoi il ne travaillerait plus jamais, et nous finîmes par nous accorder.

Souffle-de-Serpent est une arme splendide. Elle a été forgée par Ealdwulf le Forgeron en Northumbrie, et sa lame est magique, souple et résistante. J'avais voulu que la poignée d'acier soit ornée d'argent ou de bronze doré, mais Eadwulf avait refusé.

— Ce n'est qu'un outil qui doit te rendre la tâche plus facile, avait-il dit.

De part et d'autre de la soie, elle était pourvue de quillons de frêne que le temps avait polis. C'était dangereux, car dans la bataille ils étaient glissants, surtout à cause du sang. Je demandai donc au forgeron de fixer de nouveaux quillons qui donnent une bonne prise, et d'enchâsser dans le pommeau la petite croix d'argent offerte par Hild.

— Je le ferai, seigneur.

— Ce jour.

— Je m'y efforcerai, seigneur, dit-il faiblement.

— Tu y parviendras et ton travail sera bien fait.

Je tirai Souffle-de-Serpent dont la lame brilla dans la pénombre à la lueur de la forge et je vis le motif que faisait l'acier. La lame avait été forgée en battant trois tiges de fer doux et quatre d'acier, enroulées les unes sur les autres. Après avoir été chauffées et battues maintes fois, les sept tiges n'avaient plus formé qu'une unique lame féroce et luisante sur laquelle transparaissaient encore les volutes des tiges enroulées. Ainsi avait-elle reçu son nom, car ces traces ressemblaient à l'haleine d'un dragon.

— C'est une belle lame, seigneur, nota le forgeron.

— C'est la lame qui a occis Ubba au bord de la mer, dis-je en caressant l'acier.

— Oui, seigneur, dit-il, terrifié.

— Et tu feras le travail ce jour, insistai-je en posant épée et fourreau sur son établi.

J'ajoutai la croix de Hild et une pièce d'argent. Je n'étais plus fortuné, mais je n'étais point démuni. Avec l'aide de Souffle-de-Serpent et de Dard-de-Guêpe, je serais de nouveau riche.

C'était une belle journée d'automne. Le soleil brillait, et sous ses rayons le bois encore frais de l'église d'Alfred luisait comme de l'or. Ragnar et moi attendions le roi, assis sur l'herbe fauchée de la cour, tandis qu'un moine apportait une pile de parchemins au scriptorium royal.

— Tout est écrit, ici, remarqua Ragnar. Tout. Sais-tu lire ?

— Je sais lire et écrire.

— Est-ce utile ? demanda-t-il, impressionné.

— À moi, cela ne l'a jamais été, admis-je.

— Alors pourquoi le faire ? s'étonna mon ami.

— Leur religion est écrite, expliquai-je. La nôtre, non.

— Une religion écrite ?

— Ils ont un livre où tout est écrit.

— Pourquoi ont-ils besoin qu'elle soit écrite ?

— Je l'ignore. C'est ainsi. Et bien sûr, ils écrivent les lois. Alfred adore en faire de nouvelles, et toutes doivent être consignées dans des livres.

— Si un homme ne peut se rappeler les lois, c'est qu'il en a de trop nombreuses.

Des cris d'enfants nous interrompirent. Plus précisément, le piaillement offensé d'un petit garçon et le rire moqueur d'une fillette, qui apparut un instant plus tard. Elle avait une dizaine d'années, des cheveux d'or brillants comme le soleil, et elle portait un cheval de bois qui appartenait clairement au garçonnet. Elle courait en le brandissant comme un trophée, mince et espiègle, tandis que le garçon, de six ou sept ans, était plus robuste et avait l'air véritablement malheureux. Il ne risquait point de la rattraper, car elle était trop vive, mais en me voyant elle s'arrêta et ouvrit de grands yeux. Le garçonnet la rejoignit, mais il fut si impressionné en nous voyant qu'il ne tenta point de reprendre son bien. Une nourrice, rouge et pantelante, apparut à son tour en les appelant :

— Édouard ! Æthelflæd !

— C'est toi ! dit la fillette avec un air ravi.

— C'est moi, dis-je en me levant, car elle était la fille d'un roi et Édouard l'*ætheling*, le prince qui règnerait sur le Wessex quand son père Alfred mourrait.

— Où étais-tu ? demanda-t-elle comme si je n'avais été absent qu'une semaine.

— Au pays des géants, répondis-je, et en une contrée où le feu coule comme l'eau, où les montagnes sont de glace et où les sœurs sont toujours gentilles avec leurs petits frères.

— Toujours ? sourit-elle.

— Je veux mon cheval ! réclama Édouard en tentant vainement de le lui prendre.

— N'use jamais de la force pour faire céder une fille, quand tu peux user de la ruse, lui dit Ragnar.

— La ruse ?

— Le cheval a-t-il faim ? demanda Ragnar à Æthelflæd.

— Non.

Elle savait qu'il plaisantait et voulait voir si elle gagnerait à ce jeu.

— Mais imagine que j'use de magie et que je lui fasse manger de l'herbe ?

— Tu ne le peux.

— Comment le sais-tu ? Je suis allé en des terres où les chevaux de bois paissent chaque matin, et chaque soir l'herbe pousse jusqu'au ciel pour que le lendemain les chevaux de bois la dévorent toute.

— Non, ce n'est pas vrai, sourit-elle.

— Et si je prononce les paroles magiques, continua Ragnar, ton cheval mangera de l'herbe.

— C'est mon cheval, corrigea Édouard.

— Les paroles magiques ? demanda Æthelflæd, intéressée.

— Il faut que tu poses le cheval dans l'herbe.

Elle m'interrogea du regard, mais je haussai les épaules et elle se tourna vers Ragnar, qui avait l'air fort grave. Elle décida qu'elle avait envie de voir ce prodige et posa donc précautionneusement le cheval dans l'herbe.

— Et maintenant ?

— Il te faut fermer les yeux, tourner trois fois sur toi-même très vite et crier très fort « Havacar ».

— Havacar ?

— Prends garde ! la prévint-il, l'air fort alarmé. On ne prononce pas les paroles magiques imprudemment.

Elle ferma donc les yeux, tourna sur elle-même par trois fois, et pendant ce temps Ragnar fit signe à Edouard qu'il pouvait prendre le cheval et courir vers la nourrice. Le temps qu'Æthelflæd, étourdie, ait crié le mot magique, le cheval avait disparu.

— Tu as triché ! accusa-t-elle Ragnar.

— Mais tu as appris une leçon, dis-je en m'accroupissant auprès d'elle comme pour lui dire un secret. Ne fais jamais confiance à un Dane, lui chuchotai-je.

Cela la fit sourire. Elle avait appris à me connaître durant le long hiver humide où sa famille était réfugiée dans les marais du Sumorsæte.

— Qu'est-il arrivé ? dit-elle en touchant mon nez.

— Un homme me l'a brisé.

C'était Hakka, qui m'avait frappé à bord de *La Marchande* parce qu'il croyait que je lambinais à la rame.

— Qu'est-il arrivé à l'homme qui l'a brisé ?

— Il est mort.

— Tant mieux. Je vais me marier.

— Vraiment ?

— À Æthelred de Mercie, annonça-t-elle fièrement.

Elle se rembrunit en voyant ma grimace.

— Mon cousin ? demandai-je.

— Est-il ton cousin ?

— Oui.

— Je vais être son épouse et demeurer en Mercie. Y es-tu déjà allé ?

— Oui.

— Est-ce joli ?

— Tu aimeras.

J'en doutais, si elle épousait mon prétentieux morveux de cousin, mais je ne pouvais guère le lui dire.

— Æthelred met-il les doigts dans son nez ?

— Je ne crois pas.

— Édouard le fait, et il mange ses crottes. C'est sale.

Elle se pencha, déposa un baiser sur mon nez cassé et courut retrouver sa nourrice.

— Jolie fille, dit Ragnar.

— C'est la gâcher que donner sa main à mon cousin.

— Pourquoi ?

— C'est un petit étron outrecuidant. (Il avait amené une poignée d'hommes à Ethandun, mais cela avait suffi à le faire entrer dans les bonnes grâces d'Alfred.) C'est parce qu'il sera ealdorman de Mercie à la mort de son père ; avec la fille d'Alfred pour épouse, cela unira la Mercie au Wessex.

— Il y a trop de Danes en Mercie, dit Ragnar. Les Saxons n'y règneront plus jamais.

— Alfred ne gâcherait pas sa fille pour la Mercie s'il ne pensait pouvoir y gagner quelque chose.

— Pour gagner quoi que ce soit, il faut être brave. On ne peut écrire et gagner, on doit prendre des risques. Et Alfred est trop prudent.

— Tu le penses vraiment ?

— Bien sûr.

— Pas toujours.

Je n'achevai pas, me demandant si je devais lui

confier le fond de ma pensée. Mon hésitation éveilla sa curiosité. Je cachais quelque chose.

— Et ? demanda-t-il.

J'hésitai, puis je jugeai qu'une vieille histoire ne pouvait nuire à personne.

— Te rappelles-tu cette nuit d'hiver à Cippanhamm, quand Guthrum était là, que vous pensiez tous que le Wessex était tombé et que nous avons bu ensemble dans l'église ?

— Bien sûr que je m'en souviens.

C'était l'hiver où Guthrum avait envahi le Wessex, et apparemment gagné la guerre car l'armée saxonne était dispersée. Quelques thanes avaient fui à l'étranger, beaucoup avaient fait la paix avec Guthrum, tandis qu'Alfred se terrait dans les marais du Sumorsæte. Pourtant, Alfred, bien que défait, n'était pas brisé ; il avait tenu à se déguiser en harpiste pour se rendre secrètement à Cippanhamm espionner les Danes. Cela avait failli se terminer en catastrophe, car Alfred n'était point de l'étoffe des espions. Je l'avais sauvé ce soir-là, lorsque j'avais découvert Ragnar dans l'église royale.

— Te rappelles-tu, continuai-je, que j'avais avec moi un serviteur qui est resté assis au fond de l'église, son capuchon rabattu sur sa tête, et que je lui ai ordonné de se taire ?

— Oui, je m'en souviens... dit Ragnar après réflexion.

— Ce n'était point un serviteur, mais Alfred.

Il me dévisagea, comprenant que je lui avais menti en cette nuit lointaine et que s'il avait seulement su que le serviteur à capuchon était Alfred, il aurait pu gagner le Wessex à lui seul. L'espace d'un instant, je regrettai mon aveu, craignant qu'il ne m'en veuille, mais il éclata de rire.

— C'était Alfred ? Vraiment ?

— Il est venu vous espionner et je suis allé le sauver.

— Alfred, dans le camp de Guthrum ?

— Tu vois, il prend des risques.

— Pourquoi ne m'as-tu rien dit cette nuit-là ?

— Parce que je lui avais donné ma parole.

— Nous t'aurions rendu plus riche que le plus riche des rois. Tu aurais reçu vaisseaux, hommes, chevaux, argent et femmes, tout ce que tu voulais. Il suffisait que tu parles.

— Je lui avais donné ma parole, répétai-je, me rappelant que j'avais failli trahir le roi. (Cette nuit-là, en quelques mots, j'aurais pu faire en sorte qu'aucun Saxon ne règne plus jamais sur l'Anglie. J'aurais pu faire du Wessex un royaume dane. Et tout cela en trahissant un homme que je n'aimais guère pour le livrer à un autre que j'aimais comme un frère. Et pourtant je m'étais tu. J'avais prêté serment et l'honneur nous force à prendre des chemins que nous ne choisissons point.) *Wyrd bið ful aræd*, conclus-je.

Le destin est inexorable. Il nous tient comme un harnais. Je pensais avoir échappé au Wessex et à Alfred. Et pourtant j'étais là, dans son palais. Il rentra l'après-midi dans un fracas de sabots et un tumulte de serviteurs, moines et prêtres. Deux hommes portèrent la litière du roi dans sa chambre tandis qu'un moine poussait une brouette remplie de documents dont Alfred avait d'évidence eu besoin durant cette unique journée d'absence. Un prêtre passa avec une nappe d'autel et un crucifix, et deux autres chargés des reliques qui accompagnaient partout Alfred. Vint ensuite un groupe de gardes du corps royaux, seuls autorisés à porter une arme en présence du roi, puis d'autres prêtres en grande conversation entourant Alfred lui-même. Il n'avait point changé. Il avait toujours l'air d'un clerc, maigre, pâle et studieux, avec une simple cape de laine noire, sans la moindre couronne. Il tenait la main d'Æthelflæd, et je remarquai qu'elle avait de nouveau le cheval de son frère et trépignait. Il finit par céder, car il aimait beaucoup ses enfants. Alors, elle l'entraîna vers la cour où Ragnar et moi nous étions levés pour l'accueillir.

Nous nous agenouillâmes et je gardai la tête baissée.

— Uhtred a le nez cassé, dit la fillette à son père, et celui qui le lui a cassé est mort.

Une main royale me redressa la tête, je regardai ce visage pâle et étroit aux yeux rusés. Il semblait fatigué. Sans doute était-il encore affligé de ce flux du ventre qui faisait de sa vie une souffrance perpétuelle. Il me considéra avec son austérité habituelle, mais parvint à sourire un peu.

— Je pensais ne jamais te revoir, seigneur Uhtred.

— Je te dois ma gratitude, seigneur.

— Relevez-vous. Je te libérerai bientôt, seigneur Ragnar.

— Je te remercie, seigneur.

— Mais d'ici à une semaine, nous aurons une fête ici. Nous devrons nous réjouir de l'achèvement de notre nouvelle église et donner officiellement la main de cette jeune damoiselle au seigneur Æthelred. J'ai mandé le witan, et je vous prie de rester tous les deux jusqu'à la fin de ses délibérations.

— Oui, seigneur.

En vérité, je n'avais qu'une envie, retourner en Northumbrie ; mais, étant recevable à Alfred, je pouvais attendre une ou deux semaines.

— Ensuite, continua-t-il, je pourrais avoir des affaires... (il marqua une pause, comme s'il redoutait de trop en dire)... des affaires dans lesquelles tu pourrais m'être de grand service.

— Oui, seigneur.

Il hocha la tête et nous laissa.

Nous attendîmes donc. La ville, dans la perspective de la fête, se remplit de monde. Tous les hommes qui avaient mené l'armée d'Alfred à Ethandun étaient là, et m'accueillirent avec plaisir. Wiglaf de Sumorsæte, Harald de Defnascir, Osric de Wiltunscir et Arnulf de Suth Seaxa étaient venus à Wintanceaster. C'étaient les hommes puissants du royaume, à présent, les grands seigneurs, ceux qui avaient soutenu leur roi quand il semblait voué à la défaite. Mais Alfred n'avait pas puni ceux qui avaient fui le Wessex. Wilfrith était encore ealdorman d'Hamptonscir, alors qu'il avait gagné la Franquie lors de l'attaque de Guthrum, et Alfred le traitait avec une courtoisie exagérée. Mais quelque chose séparait encore ceux qui étaient restés pour combattre et ceux qui avaient fui.

La ville se remplit aussi de bateleurs. Il y avait les habituels jongleurs et échassiers, bardes et musiciens, mais le plus apprécié était Offa, un austère Mercien accompagné d'une troupe de chiens savants. Ce n'étaient que des terriers, de l'espèce que l'on emploie pour chasser les rats, mais Offa savait les faire danser, marcher sur les pattes arrière et sauter au travers de cerceaux. L'un d'eux chevauchait même un poney, les rênes dans sa gueule, et les autres suivaient avec de petits seaux de cuir pour recueillir les pièces des spectateurs. À ma surprise, Offa fut convié au palais. Cela m'étonna, Alfred n'étant point épris de frivolités. Pour lui, un agréable moment consistait à parler théologie, mais il ordonna que les chiens soient amenés au palais et je pense que c'était dans l'intention d'amuser ses enfants. Ragnar et moi assistâmes à leurs tours, et c'est là que me retrouva le père Beocca.

Le pauvre Beocca. Il était en larmes de me voir en vie. Ses cheveux, naguère rouquins, étaient désormais grisonnants. Il avait plus de quarante ans, il était vieux, et son œil louche était laiteux. Il boitait et avait une main infirme, toutes afflictions qui lui valaient les moqueries des hommes, bien que jamais en ma présence. Il me connaissait depuis mon enfance, car il avait été le prêtre de mon père et mon premier précepteur. Il balançait envers moi entre l'adoration et la colère, mais il fut toujours mon ami. C'était aussi un bon prêtre, un homme habile et l'un des chapelains d'Alfred, et il était heureux d'être au service du roi.

— Tu es vivant, dit-il, fou de joie, les larmes aux yeux, en m'étreignant gauchement.

— Je suis un homme que l'on ne tue point aisément, mon père.

— Certes, certes, mais tu étais un enfant débile.

— Moi ?

— Le plus faible de la portée, disait toujours ton père. Puis tu as commencé à forcir.

— Je n'ai point cessé, n'est-ce pas ?

— N'est-ce pas prodigieux ? s'exclama-t-il en voyant deux chiens marcher sur leurs pattes de derrière. J'aime les chiens, et tu devrais parler à Offa.

— Pourquoi ?

— Il était à Bebbanburg cet été. Il m'a dit que ton oncle avait reconstruit le château, plus grand encore. Et Gytha, dit-il en se signant, cette pauvre et bonne Gytha est morte.

Gytha était ma marâtre. Après la mort de mon père à Eoferwic, elle avait épousé mon oncle ; elle était donc complice de l'usurpation de Bebbanburg. Je ne répondis rien, mais après le spectacle j'allai trouver Offa et ses deux servantes qui remballaient les cerceaux et attachaient les chiens.

Offa était un homme étrange. Aussi grand que moi, lugubre, l'air de tout savoir et, plus étrange encore, c'était un prêtre chrétien. Il se nommait en fait le père Offa.

— Mais l'église m'ennuyait, me confia-t-il à la taverne des Deux Grues où je lui payai un pichet d'ale, et mon épouse plus encore.

— Alors tu es parti ?

— Je me suis esquivé. Si Dieu m'avait donné des ailes, je me serais envolé.

Cela faisait douze ans qu'il voyageait, arpentant les terres saxonnes et danes de Bretagne, bienvenu partout car il apportait le rire par ses tours, bien que sa conversation fût sinistre. Mais Beocca avait raison. Offa était allé en Northumbrie, et il y avait à l'évidence fort bien tout observé de son œil aiguisé. Si aiguisé que je compris pourquoi Alfred avait convié ses chiens au palais. Offa était à coup sûr l'un des espions qui apportaient à la cour des nouvelles de la Bretagne.

— Alors, dis-moi ce qui se trame en Northumbrie, l'invitai-je.

Il grimaça et fixa le plafond. Aux Deux Grues, la coutume voulait que les hommes creusent une encoche dans les poutres chaque fois qu'ils louaient les services des putains de la taverne. Offa semblait compter les encoches, ce qui aurait pu prendre toute une vie, puis il me regarda d'un œil noir.

— Les nouvelles, seigneur, sont comme l'ale, la terre

ou le service des putains. Elles se vendent et s'achètent. (Il attendit que je pose une pièce, bâilla, et j'en déposai une seconde.) Par où veux-tu que je commence ?

— Le Nord.

La Scotie était calme, déclara-t-il. Le roi Aed avait une fistule qui le distrayait de la guerre, même s'il y avait bien sûr de fréquentes expéditions pour voler le bétail en Northumbrie, où mon oncle Ælfric l'Usurpateur se faisait appeler seigneur de Bernicie.

— Il veut être roi de Bernicie ?

— Il veut être laissé en paix. Il n'offense personne, amasse de l'argent, reconnaît Guthred comme roi et tient son épée affûtée. Il n'est point sot. Il accueille sur ses terres les Danes, car ils le protègent des Scotes, mais il n'autorise à Bebbanburg même que ceux en qui il a confiance. Il veut que la forteresse demeure sûre.

— Mais il veut être roi ? insistai-je.

— Je sais ce qu'il fait, ironisa Offa, mais ce qu'il veut est entre Ælfric et son dieu.

— Son fils vit-il ?

— Il en a deux, désormais, jeunes, mais son épouse est morte.

— J'ai ouï dire.

— Son aîné aimait mes chiens et voulait que son père me les achète. J'ai refusé.

Il n'avait guère plus de nouvelles de Bebbanburg, hormis que le château avait été agrandi et, plus contrariant, que la muraille et la porte avaient été reconstruites et renforcées. Je lui demandai s'il était bienvenu à Dunholm, il se signa en me jetant un regard aigu.

— Personne ne se rend à Dunholm de son plein gré. Ton oncle m'a octroyé une escorte pour traverser les terres de Kjartan et je lui en sais gré.

— Kjartan prospère donc ? demandai-je avec amertume.

— Tel un arbre verdoyant. (Puis, voyant mon expression perplexe.) Il prospère, vole, viole, massacre et se terre à Dunholm. Mais son influence s'étend bien plus loin. Il a de la fortune et en use pour acheter des amitiés. Si un Dane se plaint de Guthred, tu peux être sûr qu'il a reçu de l'argent de Kjartan.

— Je croyais que Kjartan avait accepté de payer un tribut à Guthred ?

— Il le fit une année. Depuis lors, le bon roi Guthred a appris à s'en passer.

— Le « bon roi Guthred » ?

— C'est ainsi qu'il est connu à Eoferwic, mais seulement pour les chrétiens. Les Danes le tiennent pour un sot et un naïf.

— Parce qu'il est chrétien ?

— L'est-il ? Il le prétend et va à la messe, mais je le soupçonne de croire encore aux anciens dieux. Non, les Danes ne l'aiment point parce qu'il favorise les chrétiens. Il a tenté de lever un impôt sur les Danes au nom de l'église. Ce n'était pas une fine idée.

— Combien de temps a donc le bon roi Guthred ?

— Pour la prophétie je demande davantage.

— Et Ivarr ? répondis-je sans relever.

— Quoi ?

— Reconnaît-il Guthred comme roi ?

— Il l'a fait, avança prudemment Offa. Mais le comte Ivarr est de nouveau l'homme le plus puissant de Northumbrie. Il a accepté de l'argent de Kjartan, dit-on, et en a usé pour lever des hommes.

— Pour quoi faire ?

— À ton avis ?

— Mettre un homme à lui sur le trône ?

— Cela semblerait probable, mais Guthred a lui aussi une armée.

— Saxonne ?

— Chrétienne. Saxonne pour la plupart.

— La guerre civile couve donc ?

— En Northumbrie, la guerre civile couve toujours.

— Et Ivarr gagnera, car il est sans scrupules, dis-je.

— Il a plus de prudence que jadis. Aed la lui a enseignée il y a trois ans. Mais son heure venue, oui, il attaquera. Quand il sera certain de vaincre.

— Guthred doit donc tuer Ivarr et Kjartan.

— Ce que les rois doivent faire, seigneur, dépasse mon humble compétence. J'enseigne aux chiens à danser, et non aux hommes à gouverner. Désires-tu des nouvelles de Mercie ?

— J'aimerais connaître celles de la sœur de Guthred.

— Celle-ci ! sourit Offa. Elle est nonne.

— Gisela ! m'exclamai-je. Nonne ? Elle est devenue chrétienne ?

— J'en doute, mais vivre dans un couvent la protège.

— De qui ?

— Kjartan. Il voulait sa main pour son fils.

— Mais Kjartan déteste Guthred, m'étonnai-je.

— Quand bien même, il a décidé que la sœur de Guthred ferait une épouse convenable pour son borgne de fils. Je pense qu'il veut que Sven soit un jour roi d'Eoferwic, et épouser la sœur de Guthred l'y aiderait. Quoi qu'il en soit, il a envoyé des émissaires à Eoferwic offrir à Guthred argent, paix et promesse de ne plus maltraiter les chrétiens. Guthred s'est presque laissé tenter.

— Comment a-t-il pu ?

— Un homme acculé a besoin d'alliés. Guthred a certes besoin d'argent, et possède l'esprit fatal de l'homme qui croit toujours que les autres sont bons. Sa sœur n'est point aussi charitable et n'a rien voulu entendre. Elle a fui au couvent.

— Quand ?

— L'an passé. Kjartan a pris ce refus comme une insulte de plus, et menacé d'envoyer ses hommes violer toutes les nonnes.

— Elle est encore au couvent ?

— Elle y était quand j'ai quitté Eoferwic. Elle y est à l'abri du mariage, n'est-ce pas ? Peut-être n'aime-t-elle point les hommes. Comme bien des nonnes. Mais je doute que son frère l'y laisse encore bien longtemps. Elle est bien trop utile comme génisse de paix.

— Pour épouser le fils de Kjartan ?

— Cela ne sera point, dit-il en se resservant de l'ale. Le père Hrothweard, tu le connais ?

— Un méchant homme, répondis-je, me rappelant l'émeute qu'il avait provoquée à Eoferwic contre les Danes.

— Hrothweard est un être fort déplaisant, convint Offa avec un enthousiasme qui ne lui était guère habituel. C'est lui qui a proposé l'impôt sur les Danes. Et aussi que la sœur de Guthred devienne la nouvelle épouse de ton oncle, idée qui a probablement dû séduire Guthred. Ælfric a besoin d'une épouse, et s'il était disposé à envoyer ses hommes au Sud cela accroîtrait grandement la puissance de Guthred.

— Et Bebbanburg serait dégarnie.

— Soixante hommes peuvent tenir la forteresse jusqu'au Jugement dernier. Guthred a besoin d'une plus grande armée, et deux cents hommes de Bebbanburg seraient un don du ciel... cela vaut bien une sœur. Note bien qu'Ivarr ferait tout pour empêcher ce mariage. Il ne veut point que les Saxons du nord de la Northumbrie s'allient aux chrétiens d'Eoferwic. Aussi, seigneur, conclut-il en repoussant son banc comme si l'entretien était terminé, la Bretagne est en paix, sauf la Northumbrie, où Guthred est en péril.

— Nul trouble en Mercie ?

— Rien d'inhabituel.

— En Estanglie ?

— Ni là non plus... dit-il après une hésitation. (Sachant que la pause était destinée à me faire mordre à l'hameçon, j'attendis. Offa me lorgnant d'un air innocent, je soupirai, tirai une autre pièce de ma bourse et la posai sur la table. Il la fit sonner pour s'assurer qu'elle était de bon argent.) Le roi Æthelstan, l'ancien Guthrum, négocie avec Alfred. Alfred croit que je l'ignore, mais je le sais. Ensemble, ils vont se répartir l'Anglie.

— Eux ? Se la répartir ? Et de quel droit ?

— Les Danes recevront la Northumbrie, l'Estanglie et le nord-est de Mercie. Le Wessex en recevra le sud-ouest.

— Alfred n'acceptera point.

— Il acceptera.

— Il veut toute l'Anglie.

— Il veut que le Wessex soit sûr.

— Il acceptera de renoncer à la moitié de l'Anglie ? demandai-je, incrédule.

— Vois les choses ainsi, seigneur, sourit Offa. En Wessex il ne se trouve nul Dane, mais là où règnent les Danes il se trouve de nombreux Saxons. Si les Danes acceptent de ne point attaquer Alfred, il pourra se sentir en sécurité. Mais comment les Danes auront-ils une telle assurance ? Même si Alfred accepte de ne point les attaquer, il restera sur leurs terres des milliers de Saxons qui pourraient se soulever à tout moment, surtout s'ils recevaient l'encouragement du Wessex. Le roi Æthelstan conclura ce traité avec Alfred, mais celui-ci ne vaudra même pas le parchemin sur lequel il sera écrit.

— Tu veux dire qu'Alfred rompra ce traité ?

— Pas ouvertement. Mais il encouragera la révolte saxonne, soutiendra les chrétiens, fomentera des troubles, tout en disant ses prières et en jurant amitié éternelle à l'ennemi. Tous, vous tenez Alfred pour un pieux lettré, mais son ambition embrasse toutes les terres d'ici à la Scotie. Vous le voyez prier, moi je le vois qui rêve. Il enverra des missionnaires aux Danes et vous n'y verrez rien de plus, mais chaque fois qu'un Saxon occira un Dane ce sera Alfred qui lui aura fourni sa lame.

— Non, pas Alfred. Son dieu lui interdit la traîtrise.

— Que sais-tu du dieu d'Alfred ? me demanda-t-il, méprisant. Il ferma les yeux et entonna : « Le Seigneur notre Dieu nous livra notre ennemi, et nous le frappâmes, lui, ses fils et sa tribu. Nous prîmes toutes ses villes et anéantîmes hommes, femmes et enfants jusqu'au dernier. » (Il les rouvrit.) Tels sont les actes du dieu d'Alfred, seigneur Uhtred. Tu veux que je te récite d'autres parties des Saintes Écritures ? « Le Seigneur ton Dieu te livrera tous tes ennemis et tu les humilieras et les écraseras. » Alfred croit aux promesses de Dieu et rêve d'une terre libérée des païens, une terre où l'ennemi sera totalement anéanti et où seuls vivront de bons chrétiens. S'il y a un homme à redouter sur l'île de Bretagne, seigneur Uhtred, c'est le roi Alfred. (Il se leva.) Je dois m'assurer que ces sottes auront nourri mes chiens.

Je le regardai partir en me disant que c'était un homme habile qui avait mal compris qui était Alfred.

Et c'était évidemment là ce qu'Alfred souhaitait que je croie.

7

Le witan, conseil royal constitué des puissants du royaume, se rassembla pour la consécration de la nouvelle église d'Alfred et pour fêter les fiançailles d'Æthelflæd et de mon cousin. N'ayant rien à faire de ces discussions, Ragnar et moi allâmes boire dans les tavernes. Brida avait été autorisée à nous rejoindre, et Ragnar en était d'autant plus heureux. Cette Saxonne d'Estanglie avait autrefois été ma maîtresse quand nous étions enfants. Ragnar et elle ne s'étaient jamais officiellement mariés, mais elle était à la fois son amie, sa maîtresse, conseillère et sorcière. Il était blond et elle brune, il mangeait comme un porc et elle chipotait, il était tapageur et elle sage, mais ensemble ils connaissaient le bonheur. Je passai des heures à parler de Gisela tandis que Brida écoutait patiemment.

— Penses-tu vraiment qu'elle t'a attendu ?

— Je l'espère, dis-je en touchant mon amulette.

— La pauvre, sourit-elle. Tu es donc amoureux ?

— Oui.

— Une fois encore.

Nous étions aux Deux Grues, la veille des fiançailles officielles. C'est là que nous trouva le père Beocca, les mains souillées d'encre.

— Vous avez de nouveau écrit, l'accusai-je.

— Nous dressons les listes des *fyrds* des comtés, expliqua-t-il. Chaque homme de douze à soixante ans doit prêter désormais allégeance au roi. Je dresse les listes, mais je suis à court d'encre.

— Pas étonnant, dis-je, vous en êtes couvert.

— On m'en prépare une jarre et cela prendra du temps, dit-il sans relever. J'ai pensé que vous voudriez visiter la nouvelle église.

— C'est mon rêve le plus cher, rétorquai-je.

Il insista pour nous emmener. L'église était, en vérité, d'une grande splendeur, plus grande que tout château. Elle s'élevait fort haut, son toit était soutenu par d'énormes poutres de chêne sculptées de rois et de saints. Les sculptures étaient peintes, et les couronnes des rois et nimbes et ailes des anges brillaient, dorées à la feuille par des artisans que Beocca déclara venus de Frankie. Le sol était dallé de toutes parts, il n'y avait donc pas de paillasses de roseaux où auraient pissé les chiens. Alfred avait édicté une loi interdisant qu'ils y pénètrent ; mais comme ils y entraient quand même, un gardien armé d'un fouet avait été nommé pour les chasser. Cependant, l'homme ayant perdu une jambe à la bataille d'Ethandun, il se déplaçait difficilement et les chiens n'avaient nul mal à l'éviter. La partie inférieure des murs était en pierre taillée, mais le haut et le toit étaient en bois. Ils étaient percés de hautes fenêtres en corne grattée pour garantir contre la pluie. La moindre parcelle des murs était couverte de panneaux de cuir portant des peintures du Paradis et de l'Enfer. Le Ciel était rempli de Saxons, alors que l'Enfer était apparemment réservé aux Danes ; mais je remarquai, avec surprise, deux prêtres engloutis dans les flammes du diable.

— Ce sont de mauvais prêtres, expliqua gravement Beocca. Mais il y en a peu.

— Et il y en a de bons, lui dis-je pour lui faire plaisir. À ce sujet, avez-vous des nouvelles du père Pyrlig ?

Pyrlig était un Breton qui avait combattu à mes côtés à Ethandun et que j'aimais beaucoup. Il parlait dane et avait été envoyé auprès de Guthrum en Estanglie.

— Il accomplit l'œuvre du Seigneur, s'enthousiasma Beocca. Il dit que les Danes se font baptiser en grand nombre ! Je crois vraiment que nous assistons à la conversion des païens.

— Je n'en serai point, dit Ragnar.

— Le Christ viendra à toi un jour, seigneur Ragnar, et tu seras étonné par sa grâce.

Ragnar ne répondit pas. Je vis cependant qu'il était aussi impressionné que moi par l'église d'Alfred. Le tombeau de saint Swithiun était enclos d'une grille d'argent, devant le grand autel couvert d'un linge rouge aussi grand qu'une voile. Dessus se dressaient une douzaine de beaux cierges de cire dans des bougeoirs d'argent, flanquant une énorme croix d'argent incrustée d'or dont Ragnar observa qu'elle valait bien un mois de voyage pour s'en emparer. De part et d'autre se trouvaient des reliquaires, des coffrets et des fiasques d'argent et d'or, tous incrustés de gemmes. L'une comportait de petites fenêtres de cristal, afin de laisser voir les reliques. Il y avait l'anneau de pied de Marie-Madeleine et ce qui restait de la plume de la colombe que Noé avait lâchée depuis son arche. Il y avait aussi la cuiller de corne de saint Kenelm, une fiole de poussière du tombeau de saint Hedda et un sabot de l'âne que Jésus avait chevauché jusqu'à Jérusalem. Le linge avec lequel Marie-Madeleine avait lavé les pieds de Jésus était enfermé dans un grand coffre doré, et à côté, minuscule auprès de tant d'or, les deux dents de saint Oswald, présent de Guthred. Elles étaient encore dans leur pot à huîtres en argent, qui paraissait bien misérable auprès des autres. Beocca nous montra tous ces trésors sacrés, mais il était particulièrement fier d'un morceau d'os exposé derrière un éclat de cristal laiteux.

— J'ai trouvé celui-ci, et il est tout à fait extraordinaire ! (Il souleva le couvercle de la boîte et en sortit l'os, qui ressemblait à un reste de mauvais ragoût.) C'est l'*æstel* de saint Cedd ! dit-il d'un ton empreint de respect, en se signant et en le considérant de son œil valide comme s'il venait de tomber du ciel.

— Le quoi ?

— L'æstel.

— Qu'est-ce qu'un æstel ? demanda Ragnar.

Il parlait mieux l'angle, après ses années de captivité, mais ignorait encore certains mots.

— Un æstel est un outil pour suivre les lignes dans un livre.

— Pourquoi ne point user de son doigt ? s'étonna Ragnar.

— Cela pourrait étaler l'encre. Un æstel est propre.

— Et celui-là appartenait vraiment à saint Cedd ? demandai-je, faisant mine d'être fasciné.

— Si fait, si fait, s'enthousiasma Beocca. C'est l'æstel même de saint Cedd. Je l'ai découvert ! Dans une petite église de Dornwaraceaster dont le prêtre était un ignorant. Il se trouvait dans une boîte de corne portant le nom de saint Cedd, et ce prêtre ne savait même pas lire ! Un prêtre illettré ! Je l'ai donc confisqué.

— Vous voulez dire que vous l'avez volé ?

— Je l'ai pris pour le mettre en lieu sûr, s'offensa-t-il.

— Et quand vous serez un saint, quelqu'un mettra l'une de vos puantes chausses dans une cassette d'or et on l'adorera.

— Tu me taquines, Uhtred.

En le voyant rougir, je compris que j'avais mis le doigt sur son ambition secrète. Il voulait être déclaré saint, et pourquoi pas ? C'était un brave homme, bien meilleur que beaucoup d'autres que j'ai connus et qui sont aujourd'hui révérés comme tels.

Brida et moi rendîmes visite à Hild dans l'après-midi et donnâmes à son couvent trente chelins, presque tout l'argent que je possédais ; mais Ragnar était convaincu que la fortune de Sverri lui reviendrait du Jutland et il voulait la partager avec moi. Confiant dans cette perspective, j'offris cet argent à Hild, qui fut ravie de voir sa croix d'argent sur la garde de Souffle-de-Serpent.

— Tu dois user de ton épée avec sagesse, désormais, me dit-elle gravement.

— J'en use toujours ainsi.

— Tu as appelé la puissance de Dieu sur ta lame et tu ne dois rien commettre de mal.

Je doutais d'obéir jamais à cette consigne, mais c'était agréable de voir Hild. Alfred lui avait offert un peu de la poussière du tombeau de saint Hedda et elle m'apprit que, mélangée à du caillé, cela faisait une médecine miraculeuse qui avait guéri au moins une douzaine des malades du couvent.

— Si jamais tu es malade, me dit-elle, tu devras venir ici afin que je t'en oigne.

Je revis Hild le lendemain quand nous fûmes tous mandés pour assister à la consécration de l'église et aux fiançailles d'Æthelflæd. Hild, accompagnée des autres nonnes de Wintanceaster, était dans la foule, alors que

Ragnar, Brida et moi, étant arrivés en retard, dûmes rester tout au fond de l'église. J'étais plus grand que la plupart, mais je ne vis que fort peu de la cérémonie interminable. Deux évêques dirent des prières, des prêtres firent des aspersions d'eau bénite et un chœur de moines chanta. Puis l'archevêque de Contwaraburg prêcha un long sermon qui, bizarrement, ne disait rien de la nouvelle église ni des fiançailles mais fustigeait le clergé de Wessex qui portait des tuniques courtes au lieu de longs frocs. Cette pratique bestiale, tonna le prélat, avait offensé le Saint Père à Rome et devait cesser sous peine d'excommunication. Auprès de nous, un prêtre ainsi vêtu s'accroupit pour avoir l'air d'un nain en longue robe. Les moines chantèrent de nouveau, puis mon cousin, rouquin et outrecuidant, s'avança en se pavanant vers l'autel, tandis qu'Æthelflæd y était amenée par son père. L'archevêque marmonna, on les aspergea d'eau bénite, puis les nouveaux fiancés furent présentés à l'assemblée qui les acclama docilement.

Æthelflæd fut rapidement emmenée pendant que les hommes félicitaient Æthelred. Il avait vingt ans, onze de plus qu'Æthelflæd. Ce petit rouquin suffisant était tout imbu de lui-même, fier d'être le fils de son père, grand ealdorman de la Mercie du Sud. Cette région était la moins infestée de Danes, et un jour Æthelred deviendrait le chef des Saxons de la libre Mercie. En un mot, c'est parce qu'il pouvait offrir une grande partie de la Mercie au Wessex que la fille d'Alfred lui avait été promise. Il descendit la nef en saluant les seigneurs de Wessex et fut surpris en m'apercevant.

— J'ai ouï dire que tu avais été capturé dans le Nord, dit-il.

— Je l'ai été.

— Et te voici. Tu es l'homme qu'il me faut. (Il sourit, convaincu que je l'aimais bien, ce en quoi il se trompait lourdement. Mais Æthelred croyait que tout le monde l'enviait et voulait être son ami.) Le roi, me dit-il, m'a honoré du commandement de sa garde personnelle.

— Vraiment ? m'étonnai-je.

— Du moins jusqu'à ce que je succède à mon père.

— Ton père se porte bien, j'espère ? demandai-je, sarcastique.

— Il est mal, fit Æthelred, apparemment ravi de cela. Dieu sait donc combien de temps je commanderai la garde du roi. Mais tu me seras de grand usage si tu acceptes de servir dans ces troupes.

— Je préférerais encore pelleter du purin, répondis-je. Tu te souviens de Brida ? Tu tentas de la violer, il y a dix ans.

Il s'empourpra et se hâta de déguerpir. Brida éclata de rire puis s'inclina, car Ælswith, l'épouse d'Alfred, passait devant nous. La reine nous ignora, car elle ne nous avait jamais aimés, mais Eanflæd nous sourit. C'était la dame de compagnie d'Ælswith, et je lui envoyai un baiser du bout des doigts.

— Elle était putain de taverne, soufflai-je à Brida, et la voici maîtresse de la maison du roi.

— Grand bien lui fasse, dit Brida.

— Alfred sait-il qu'elle était putain ?

— Il fait semblant de l'ignorer.

Alfred arriva le dernier. Il avait l'air mal en point, mais cela n'avait rien d'inhabituel. Il s'inclina légèrement vers moi, mais il ne dit rien. Beocca se précipita alors que nous attendions la fin de la cohue.

— Tu dois aller voir le roi après sexte, me dit-il. Et toi aussi, seigneur Ragnar. Je vous ferai mander.

— Nous serons aux Deux Grues, répondis-je.

— Je ne comprends point pourquoi vous aimez cette taverne.

— Parce que c'est un bordel, bien sûr. Et si vous y allez, mon père, n'oubliez point de marquer d'une encoche l'une des poutres pour montrer que vous avez troussé l'une de ces dames. Je vous recommande Ethel. Elle n'a qu'une main, mais c'est miracle ce qu'elle sait faire avec.

— Oh, Seigneur Dieu, Uhtred ! Ton esprit est un véritable cloaque. Si je me marie jamais, et je prie le Ciel pour connaître ce grand bonheur, c'est pur que je connaîtrai ma promise.

— Je le souhaite moi aussi, mon père, dis-je, sincère.

Pauvre Beocca. Il était si laid. Il rêvait de se marier, mais il n'avait jamais trouvé d'épouse et cela ne risquait point d'arriver. Maintes femmes voulaient l'épouser, malgré ses disgrâces, car il était après tout un clerc de haut rang fort apprécié du roi, mais Beocca attendait que l'amour le frappe comme la foudre. Il était voué à lorgner les belles femmes, à rêver et à prier. Peut-être que son paradis le récompenserait d'une magnifique épouse, mais d'après ce que je savais du paradis des chrétiens cette sorte de plaisirs n'y était point offerte.

Beocca vint nous chercher aux Deux Grues dans l'après-midi. Je remarquai son coup d'œil aux poutres et son air choqué en voyant les nombreuses encoches, mais il resta coi et nous emmena au palais, où nous laissâmes nos épées à l'entrée. Ragnar reçut ordre d'attendre dans la cour pendant que Beocca me menait dans l'étude d'Alfred : la petite pièce, qui faisait partie du bâtiment romain, était le cœur du palais de Wintanceaster. Y étant déjà venu, je ne m'étonnai point du mobilier chiche et des piles de parchemins qui s'y entassaient. Les murs étant de pierre chaulée, elle était lumineuse, mais Alfred y faisait brûler une vingtaine de cierges dans un coin. Chacun était marqué de profondes encoches séparées d'un pouce. Ils n'étaient pas là pour éclairer, car le soleil d'automne se déversait par la grande fenêtre, et je m'abstins de poser la question. Sans doute y avait-il un cierge pour chaque saint qu'il avait prié ces derniers jours, et chacune des encoches correspondait à un péché qui devait disparaître dans les flammes. Alfred avait une conscience fort aiguë des péchés, surtout des miens.

Il était revêtu d'une robe brune qui lui donnait l'air d'un moine. Ses mains étaient aussi tachées d'encre que celles de Beocca. Il était pâle, l'air souffreteux. J'avais ouï dire que ses maux de ventre l'avaient repris, et de temps à autre il frémissait sous la douleur. Mais il m'accueillit avec une certaine chaleur.

— Seigneur Uhtred. Je t'espère en bonne santé ?

— Je le suis, seigneur, dis-je en m'agenouillant. Et j'espère qu'il en est de même pour vous.

— Dieu m'afflige. Il y a raison à cela, je dois donc m'en réjouir. Relève-toi, je te prie. Le comte Ragnar est-il avec toi ?

— Il attend dehors, seigneur.

— Très bien.

J'occupais le seul espace libre de la petite pièce. Les mystérieux cierges prenaient beaucoup de place, et Beocca se tenait contre le mur, à côté de Steapa, qui en prenait encore plus. Je fus surpris de le voir là. Alfred favorisait les hommes intelligents, et Steapa ne l'était guère. Né esclave, il était devenu guerrier, mais en vérité il n'était bon à guère plus qu'à engloutir de l'ale et massacrer les ennemis du roi, tâches qu'il accomplissait avec une brutale efficacité. Il attendait, à côté de l'écritoire du toi, sans trop savoir pourquoi on l'avait mandé.

Je pensais qu'Alfred m'interrogerait sur mes épreuves, car il aimait qu'on lui parle de lieux lointains et de peuples étranges. Mais il n'en dit pas un mot et me questionna sur Guthred. Je lui répondis que je l'aimais bien, ce qui le surprit.

— Tu l'aimes bien, malgré ce qu'il t'a infligé ?

— Il n'avait guère le choix, seigneur. Je lui avais dit qu'un roi devait être sans scrupules pour défendre son royaume.

— Quand bien même... répondit Alfred, dubitatif.

— Si nous, hommes du commun, espérions la gratitude des rois, seigneur, dis-je gravement, nous serions toujours déçus.

Il me regarda avec sévérité, puis il éclata d'un rire rare chez lui.

— Tu m'as manqué, Uhtred. Tu es le seul à te montrer impertinent avec moi.

— Il ne l'a point fait exprès, seigneur, s'inquiéta Beocca.

— Bien sûr que si, dit Alfred en repoussant des parchemins pour s'asseoir sur le rebord de la fenêtre. Que penses-tu de mes cierges ? me demanda-t-il.

— J'en pense, seigneur, qu'ils seraient plus efficaces la nuit.

— J'essaie de fabriquer une horloge, dit-il.

— Une horloge ?

— Afin de marquer le passage des heures.

— Regardez le soleil, seigneur. Et la nuit, les étoiles.

— Nous ne savons pas tous voir au travers des nuages, plaisanta-t-il. Chaque marque représente une heure. Je m'efforce actuellement de trouver quelles marques sont les plus justes. Si je trouve un cierge qui brûle les vingt-quatre divisions entre midi et midi, je saurai toujours l'heure, n'est-ce pas ?

— Si fait, seigneur.

— Notre temps doit être convenablement occupé, et pour cela nous devons savoir combien il nous en reste.

— Si fait, seigneur, répondis-je sans chercher à dissimuler mon ennui.

Alfred soupira, puis il tira de la pile un parchemin marqué d'un énorme sceau de cire d'un vert sale.

— Ceci est un message du roi Guthred. Il me demande mon conseil et j'ai dans l'idée de lui répondre. Pour cela, j'envoie une ambassade à Eoferwic. Le père Beocca a accepté de parler en mon nom.

— C'est un privilège, seigneur, remercia Beocca, un grand privilège que vous m'octroyez.

— Et le père Beocca, continua Alfred, apportera au roi Guthred de précieux présents qui doivent être protégés, donc escortés de guerriers. J'ai pensé que tu assurerais cette protection, seigneur Uhtred, ainsi que Steapa.

— Oui, seigneur, répondis-je avec plus d'enthousiasme, car je rêvais de voir Gisela, qui se trouvait à Eoferwic.

— Mais tu dois comprendre que c'est le père Beocca qui commandera. Il est mon ambassadeur et tu suivras ses ordres.

— Si fait, seigneur, dis-je.

En vérité, je n'avais pas besoin de suivre les instructions d'Alfred. Comme j'avais justement envie d'aller là où il me demandait, je me gardai de lui rappeler que j'étais délié de mon serment et que je n'étais pas un Saxon de l'Ouest.

Il n'eut pas besoin que je le lui rappelle.

— Tous trois, vous reviendrez avant la Noël pour me rendre compte de votre ambassade. Et si tu ne jures point, précisa-t-il à mon intention, que tu es mon homme lige et que tu reviendras, je ne te laisserai point partir.

— Désirez-vous que je prête serment ?

— J'y tiens, seigneur Uhtred.

J'hésitai. Je n'avais point envie d'être de nouveau son homme lige, mais je sentis que cette prétendue ambassade dissimulait bien plus que de simples conseils. Si Alfred avait envie d'en donner à Guthred, pourquoi ne pas lui écrire ? Ou envoyer une demi-douzaine de prêtres lui rebattre les oreilles ? Mais c'était Steapa et moi qu'Alfred envoyait, nous qui n'étions bons qu'à une chose : la bataille. Et Beocca, sans conteste un brave homme, n'était guère impressionnant comme ambassadeur. Alfred voulait que Steapa et moi allions dans le Nord, que des violences soient commises. C'était encourageant, j'hésitai néanmoins et cela l'agaça.

— Dois-je te rappeler, demanda-t-il sèchement, que je me suis donné grande peine pour te libérer de l'esclavage ?

— Pourquoi l'avez-vous fait, seigneur ?

Beocca s'irrita que je n'aie pas immédiatement cédé au désir du roi et Alfred eut l'air offensé, mais il jugea que ma question méritait réponse. Il intima le silence à Beocca, tripota un instant le sceau de la lettre de Guthred :

— L'abbesse Hildegyth m'en a convaincu, dit-il enfin. (J'attendis. Alfred vit que je ne me contenterais pas de cette explication. Il haussa les épaules.) Et il m'a paru, acheva-t-il avec gêne, que je te devais davantage pour les services que tu m'as rendus à Æthelingæg.

Ce n'était pas vraiment une excuse, mais il reconnaissait que cinq peaux de terre étaient fort peu cher payer pour un royaume. Je m'inclinai.

— Je vous remercie, seigneur, dis-je, et je vous prêterai serment. (Je ne voulais point lui donner ma parole, mais quel choix avais-je ? C'est ainsi que se décident nos vies. Pendant des années, j'avais oscillé entre mon amour des Danes et la fidélité aux Saxons et là, à la lueur des cierges, je cédai mes services à un roi que je n'aimais point.) Mais j'aimerais savoir, seigneur, pourquoi Guthred a besoin de conseils ?

— Parce que Ivarr Ivarson le harcèle, car il aimerait avoir sur le trône de Northumbrie un homme plus complaisant.

— Ou s'y asseoir lui-même ?

— Ivarr, je crois, ne veut pas des lourdes responsabilités de la royauté. Il veut le pouvoir, l'argent, des guerriers, mais qu'il incombe à un autre de faire respecter la loi et lever les impôts sur les Saxons. Et il choisit pour cela un Saxon. (C'était logique, car c'est ainsi que les Danes gouvernaient ceux qu'ils conquéraient.) Et Ivarr ne veut plus de Guthred.

— Pourquoi, seigneur ?

— Parce que le roi Guthred tente d'imposer sa loi sur les Danes comme sur les Saxons.

Je me rappelai que Guthred espérait se montrer un roi juste.

— Est-ce mal ? demandai-je.

— C'est folie, quand il décrète que chaque homme, païen ou chrétien, doit payer la dîme à l'église.

Offa avait parlé de cet impôt, qui était en vérité une sottise. La dîme était le dixième de tout ce qu'un homme cultivait, élevait ou fabriquait, et les Danes païens n'accepteraient jamais de s'en acquitter.

— Je pensais que vous l'approuveriez, seigneur, dis-je avec malice.

— J'approuve la dîme, bien sûr, répondit Alfred avec lassitude, mais elle doit pour moi être payée de bon gré.

— *Hilarem datorem diligit Deus*, renchérit Beocca. Comme il est dit dans notre évangile.

— « Dieu approuve celui qui donne dans la joie », traduisit Alfred. Mais quand une terre est mi-païenne mi-chrétienne, on n'encourage pas l'unité en offensant la moitié la plus puissante. Guthred doit être un Dane pour les Danes et un chrétien pour les chrétiens. Tel est mon conseil pour lui.

— Si les Danes se rebellent, Guthred a-t-il le pouvoir de les vaincre ?

— Il possède une fyrd saxonne, et quelques Danes chrétiens, mais trop peu, hélas. J'estime qu'il peut lever six cents lances, mais moins de la moitié seront fiables au combat.

— Et Ivarr ?

— Près d'un millier. Et si Kjartan s'allie à lui, il en aura bien plus.

— Kjartan ne quitte point Dunholm.

— Il n'en a point besoin, dit Alfred. Il lui suffit de dépêcher deux cents hommes à Ivarr. Et j'ai ouï dire qu'il haïssait particulièrement Guthred.

— Parce que Guthred a pissé sur son fils.

— Comment ? s'étonna le roi.

— Il lui a pissé sur les cheveux. Devant moi.

— Seigneur Dieu... soupira Alfred, jugeant manifestement que, passé la rivière Humber, les hommes étaient des barbares.

— Ce que doit donc faire Guthred, c'est anéantir Ivarr et Kjartan ? demandai-je.

— C'est l'affaire de Guthred.

— Il doit faire la paix avec eux, intervint Beocca.

— La paix est ce qu'il faut toujours désirer, dit Alfred sans grande conviction.

— Si nous dépêchons des émissaires aux Danes de Northumbrie, seigneur, nous devons obtenir la paix.

Je me rappelai que Offa, le montreur de chiens, m'avait parlé de marier Gisela à mon oncle.

— Guthred pourrait convaincre mon oncle de le soutenir, avançai-je.

— Et approuverais-tu cela, seigneur Uhtred ? me demanda le roi.

— Ælfric est un usurpateur. Il a juré de me reconnaître héritier de Bebbanburg et n'a pas tenu sa parole. Non, seigneur, je ne l'approuverais point.

Alfred contempla ses cierges qui fondaient et souillaient de suie le mur chaulé.

— Celui-ci, déclara-t-il, brûle trop vite. (Il se mouilla les doigts, moucha la mèche et le cierge rejoignit dans une corbeille ceux qui ne convenaient point.) Il est fort désirable, continua-t-il en examinant ses cierges, qu'un roi chrétien règne sur la Northumbrie. Il est même souhaitable que ce soit Guthred. C'est un Dane, et si nous devons gagner les Danes à la connaissance et à l'amour du Christ, nous avons besoin de rois danes et chrétiens. Ce dont nous nous passerons, c'est de Kjartan et Ivarr faisant la guerre aux chrétiens. Ils anéantiraient l'église, s'ils le pouvaient.

— Kjartan, certes, observai-je.

— Et je doute que ton oncle soit assez puissant pour défaire Kjartan et Ivarr, même s'il était disposé à s'allier à Guthred. Non, continua-t-il pensivement, la seule solution est que Guthred fasse la paix avec les païens. Tel est le conseil que je lui fais porter, dit-il pour Beocca.

— Sage conseil, seigneur, dit Beocca, ravi. Dieu soit loué.

— Et puisque nous parlons de païens, me demanda Alfred, que fera le comte Ragnar si je le libère ?

— Il ne combattra point pour Ivarr, répondis-je d'un ton ferme.

— Peux-tu en être sûr ?

— Ragnar hait Kjartan. Et si Kjartan s'allie à Ivarr, Ragnar les haïra tous les deux. Oui, seigneur, je puis en être sûr.

— Donc, si je le libère et l'autorise à aller dans le Nord avec toi, il ne se retournera pas contre Guthred ?

— Il combattra Kjartan... mais ce qu'il pensera de Guthred, je l'ignore.

— S'il s'oppose à Kjartan, fit Alfred après un moment de réflexion, cela suffira. Votre ambassade, mon père, continua-t-il pour Beocca, doit prêcher la paix à Guthred. Vous lui conseillerez d'être un Dane parmi les Danes et un chrétien parmi les Saxons.

— Bien, seigneur, dit Beocca, manifestement perplexe.

Alfred parlait de paix, mais il envoyait des guerriers, car il savait qu'il n'y aurait nulle paix tant que Kjartan et Ivarr vivraient. Il n'osait se prononcer ainsi publiquement, sans quoi les Danes du Nord accuseraient le Wessex de s'ingérer dans les affaires de Northumbrie. Ils lui en voudraient, et cela renforcerait la cause d'Ivarr. Or, Alfred voulait Guthred sur le trône de

Northumbrie, car il était chrétien et qu'une Northumbrie chrétienne avait plus de chances de bien accueillir une armée saxonne – si elle venait. Beocca devait donc prêcher la paix et la conciliation, tandis que Steapa, Ragnar et moi porterions des épées. Nous étions ses chiens de guerre, et Alfred savait fort bien que Beocca n'aurait aucun pouvoir sur nous.

Alfred rêvait, en vérité, et ses rêves embrassaient toute l'île de Bretagne.

Et j'étais de nouveau son homme lige. Cela ne me convenait guère, mais il m'envoyait dans le Nord, vers Gisela. Comme cela m'agréait, je m'agenouillai devant lui, plaçai mes mains sur les siennes, lui donnai ma parole et perdis ma liberté. Ragnar fut mandé à son tour et, une fois agenouillé, reçut sa liberté.

Le lendemain, nous partîmes tous pour le Nord.

Gisela était déjà mariée.

Je l'appris de Wulfhere, l'archevêque d'Eoferwic, bien placé pour le savoir car il avait présidé à la cérémonie dans sa grande église. J'étais arrivé cinq jours trop tard. Quand j'appris la nouvelle, j'éprouvai le même désespoir qu'à Haithabu.

Gisela était mariée.

C'était l'automne quand nous parvînmes en Northumbrie. Des faucons pèlerins sillonnaient les airs, fondant sur les coqs de bruyère ou les mouettes réfugiées dans les sillons détrempés. L'automne avait été agréable, mais la pluie était arrivée alors que nous traversions la Mercie. Nous étions dix. Ragnar et Brida, Steapa et moi, et le père Beocca accompagné de trois serviteurs tirant les chevaux de faix chargés de nos armures, vêtements et présents. Ragnar menait deux hommes qui avaient partagé son exil. Nous montions tous de bons chevaux donnés par Alfred ; nous aurions dû mener bon train, mais Beocca nous ralentissait. Il détestait monter à cheval et souffrait malgré sa selle rembourrée. Il avait passé le voyage à répéter le discours qu'il prononcerait devant Guthred, à tel point que nous n'en pouvions plus de l'entendre. Nous n'avions rencontré nul trouble en Mercie, car la présence de Ragnar nous assurait bon accueil dans les châteaux des Danes. Il y avait encore en Mercie un roi saxon, nommé Ceolwulf, mais nous n'allâmes point le voir : il était clair que le véritable pouvoir était aux mains des grands seigneurs danes. Nous passâmes en Northumbrie sous une pluie battante qui nous suivit jusqu'à Eoferwic.

C'est là que j'appris que Gisela était mariée. Non seulement mariée, mais partie d'Eoferwic avec son frère.

— J'ai consacré cette union, nous dit Wulfhere tout en enfournant de grandes cuillerées de soupe d'orge. La pauvre sotte a pleuré toute la cérémonie et n'a point voulu communier, mais cela ne change rien. Elle est mariée.

J'étais horrifié. Cinq jours. Le destin est inexorable.

— Je la croyais partie au couvent, dis-je, comme si cela changeait quelque chose.

— Elle y vécut, mais mettre un chat à l'écurie n'en fait point un cheval, comme on dit. Elle se terrait ! C'était gâcher un ventre fait pour enfanter ! Elle a été gâtée, voilà tout. Autorisée à vivre dans un couvent où elle n'a jamais dit une prière. Elle avait bien besoin de tâter du fouet, celle-là. Une bonne correction, voilà ce que je lui aurais donné. Mais Guthred l'a sortie du couvent et l'a mariée.

— À qui ? demanda Beocca.

— Au seigneur Ælfric, bien sûr.

— Ælfric est venu à Eoferwic ? m'étonnai-je, sachant que mon oncle répugnait autant à quitter Bebbanburg que Kjartan, Dunholm.

— Il n'est point venu. Il a dépêché vingt hommes pour le représenter. C'était un mariage par procuration, tout à fait légal.

— En vérité, opina Beocca.

— Où est-elle ? demandai-je.

— Partie au Nord, comme tous les autres. Son frère l'a emmenée à Bebbanburg. L'abbé Eadred les accompagne, et il a emporté le cadavre de saint Cuthbert, bien sûr. Et cet affreux Hrothweard est parti aussi. Je ne le supporte point. C'est cet idiot qui a convaincu Guthred d'imposer la dîme aux Danes. J'ai dit au roi que c'était folie, mais Hrothweard prétendant être inspiré par saint Cuthbert, j'ai parlé en pure perte. À présent, les Danes doivent rassembler leurs forces et la guerre menace sûrement.

— La guerre ? Guthred a déclaré la guerre aux Danes ?

Cela semblait improbable.

— Bien sûr que non ! mais ils doivent l'empêcher... fit Wulfhere en s'essuyant la barbe avec sa manche.

— L'empêcher de quoi ? demanda Ragnar.

— D'atteindre Bebbanburg, bien sûr ! Le jour où Guthred livrera sa sœur et saint Cuthbert à Bebbanburg, Ælfric lui accordera deux cents lances. Les Danes ne le toléreront point ! Ils se sont plus ou moins accommodés de Guthred, mais seulement parce qu'il est trop faible pour les contraindre. S'il obtient des hommes aguerris d'Ælfric, les Danes l'écraseront comme un pou. Je pense qu'Ivarr rassemble déjà ses troupes pour mettre fin à ces sottises.

— Ils ont emmené le très saint Cuthbert avec eux ? demanda Beocca.

— Vous êtes un curieux ambassadeur, observa Wulfhere.

— Curieux ?

— Vous ne voyez donc rien ? Alfred doit être à court d'hommes s'il envoie un laideron tel que vous. Il y avait à Bebbanburg un prêtre qui louchait. Il y a longtemps, du temps de l'ancien seigneur Uhtred.

— C'était moi, s'empressa de déclarer Beocca.

— Ne soyez pas stupide, bien sûr que ce n'était pas vous. Celui dont je parle était jeune et rouquin. Emporte toutes les chaises, imbécile ! cria-t-il à son serviteur. Les six. Et apporte-moi d'autre pain.

Wulfhere avait pour projet de fuir avant qu'éclate la guerre entre Guthred et les Danes, et sa cour était remplie de chariots, bœufs et chevaux, car les trésors de sa grande église devaient être emballés pour être emportés en sûreté.

— Le roi Guthred a pris saint Cuthbert parce que c'est le prix demandé par Ælfric. Il veut un cadavre et un ventre. J'espère qu'il se rappellera lequel il doit trousser.

Je me rendis compte que mon oncle asseyait son pouvoir. Guthred était faible, mais il possédait la précieuse dépouille de Cuthbert. Si Ælfric pouvait s'en emparer, il deviendrait le gardien de tous les chrétiens de Northumbrie. Il s'enrichirait de plus des dons des pèlerins.

— Il est en train de rebâtir la Bernicie. Il se fera appeler roi avant longtemps.

Wulfhere me regarda comme si j'étais moins crétin qu'il l'imaginait.

— Tu as raison, dit-il, et ses deux cents lanciers resteront avec Guthred pendant un mois, pas plus. Ensuite, ils rentreront et les Danes ne feront qu'une bouchée de Guthred. Je l'ai prévenu ! Je lui ai dit qu'un saint valait bien plus que deux cents lances, mais il est désespéré. Et si vous le voulez voir, partez au Nord. (Il nous avait reçus parce que nous étions les ambassadeurs d'Alfred, mais il ne nous avait offert ni gîte ni couvert et était pressé de nous mettre dehors le plus aimablement possible.) Allez dans le Nord, et vous trouverez peut-être ce sot en vie.

Nous retournâmes à la taverne où Steapa et Brida nous attendaient et je maudis les trois fileuses qui m'avaient fait miroiter Gisela avant de me la ravir. Elle était partie depuis quatre jours, soit plus qu'assez pour atteindre Bebbanburg, et la tentative désespérée d'alliance de son frère avait dû soulever les Danes. Je ne craignais pas leur colère, cela dit. Je ne pensais qu'à Gisela.

— Nous devons aller dans le Nord, dit Beocca, et trouver le roi.

— Vous mettez le pied dans Bebbanburg, lui dis-je, et Ælfric vous tuera.

Beocca, en fuyant la forteresse, avait emporté tous les parchemins prouvant que j'en étais le légitime seigneur, et pour cela Ælfric lui en voulait.

— Il ne tuera point un prêtre, protesta Beocca, s'il tient à son âme. Et je suis ambassadeur. Il ne peut tuer un ambassadeur !

— Tant qu'il est en sûreté dans Bebbanburg, intervint Ragnar, il peut faire ce qui lui chante.

— Peut-être que Guthred n'a pas atteint Bebbanburg, dit Steapa. (Je fus si surpris qu'il ait ouvert la bouche que je ne lui prêtai pas vraiment attention. Personne d'autre non plus, d'ailleurs.) S'ils ne veulent pas que la fille soit mariée, continua-t-il, ils l'arrêteront.

— Ils ? demanda Ragnar.

— Les Danes, seigneur.

— Et Guthred voyage lentement, ajouta Brida.

— Vraiment ? demandai-je.

— Tu as dit qu'il avait emporté la dépouille de Cuthbert.

L'espoir s'éveilla en moi. Steapa et Brida avaient raison. Guthred voulait peut-être atteindre Bebbanburg, mais il ne pouvait voyager bien vite avec un tel bagage. Et les Danes allaient tenter de l'arrêter.

— Il pourrait bien être mort à l'heure qu'il est, dis-je.

— Il n'y a qu'un moyen de le savoir, dit Ragnar.

Nous nous mîmes en route le lendemain à l'aube, par la voie romaine, et nous chevauchâmes au plus vite. Jusque-là nous avions ménagé les chevaux d'Alfred, mais à présent nous les éperonnions, même si Beocca continuait de nous ralentir. Vers la fin de la matinée, la pluie recommença à tomber. Doucement, puis assez violente pour rendre le sol dangereux. Le vent se leva contre nous. Au loin, le tonnerre grondait. Nous étions éclaboussés de boue, glacés et trempés. Les arbres s'agitaient et perdaient leurs dernières feuilles dans la bise. C'était une journée à rester auprès d'un feu.

Nous trouvâmes les premiers corps le long de la voie. Deux hommes dépouillés de leurs vêtements, leurs blessures lavées par la pluie. L'un avait une faux brisée. Nous en trouvâmes trois autres un quart de lieue plus loin, avec des croix au cou indiquant qu'ils étaient saxons. Beocca se signa devant eux. Alors que la foudre illuminait les collines, Ragnar tendit le bras et je vis un village dans la pluie : quelques maisons basses, une église et un château derrière une palissade de bois.

Une vingtaine de chevaux y étaient attachés et, alors que nous surgissions de l'orage, une douzaine d'hommes en armes surgirent, enfourchèrent leurs montures et galopèrent vers nous. Ils ralentirent en voyant nos bracelets.

— Êtes-vous danes ? leur cria Ragnar.

— Nous le sommes ! dirent-ils en baissant leurs armes et en tournant bride pour nous escorter. Avez-vous vu des Saxons ? demanda l'un d'eux.

— Seulement des morts.

Nous abritâmes les chevaux dans l'une des maisons. La famille saxonne qui y habitait se recroquevilla en nous voyant. La femme gémit et nous supplia.

— Ma fille est malade, dit-elle.

Elle frissonnait, allongée dans un coin. Elle avait l'air moins malade que terrifiée.

— Quel âge a-t-elle ? demandai-je.

— Onze années, seigneur, je crois, répondit la mère.

— Elle a été violée ?

— Par quatre hommes, seigneur.

— Elle est en sécurité, à présent.

Je lui donnai quelques pièces pour la dédommager, laissai les serviteurs d'Alfred et de Ragnar garder les chevaux, puis je rejoignis les Danes dans le grand château où ronronnait un feu. Ils s'écartèrent pour nous laisser de la place autour de l'âtre, un peu perplexes que nous voyagions avec un prêtre chrétien. Ils dévisagèrent Beocca, mais Ragnar était si clairement un Dane que personne ne dit rien. Ses bracelets comme les miens indiquaient que nous étions de haut rang. Leur chef dut être impressionné, car il s'inclina à demi devant Ragnar.

— Je suis Hakon d'Onhripum, dit-il.

— Ragnar Ragnarson, dit Ragnar avant de nous présenter. Et voici ma femme, Brida.

Hakon avait entendu parler de Ragnar ; ce n'était guère étonnant, car ce nom était fameux dans les collines de l'ouest d'Onhripum.

— Tu étais otage au Wessex, seigneur ?

— Je ne le suis plus, éluda Ragnar.

— Bienvenue, seigneur.

On nous apporta de l'ale, du pain, du fromage et des pommes.

— Les morts que nous avons vus sur la route, demanda Ragnar, était-ce votre œuvre ?

— Des Saxons, seigneur. Nous devons les empêcher de se rassembler.

— Tu n'y as pas manqué avec ceux-là, observa Ragnar, ce qui fit sourire Hakon. Sur les ordres de qui ?

— Du comte Ivarr, seigneur. Il nous a mandés. Et si nous trouvons des Saxons en armes, nous les devons tuer.

— C'est un Saxon et il est armé, fit malicieusement Ragnar en désignant Steapa.

Les Danes considérèrent l'énorme et menaçant Steapa.

— Il est avec toi, seigneur, dit Hakon.

— Alors, pourquoi Ivarr vous a-t-il mandés ? demanda Ragnar.

C'est ainsi que nous apprîmes le fin mot de l'histoire, ou du moins ce qu'en savait Hakon. Guthred avait pris cette route vers le Nord, mais Kjartan avait envoyé des hommes lui barrer le chemin.

— Guthred n'a pas plus de cent cinquante lanciers, dit Hakon, et Kjartan lui en a opposé plus de deux cents. Il n'a pas tenté de combattre.

— Où est-il, alors ?

— Il a fui, seigneur.

— Où ?

— Sans doute vers l'ouest, seigneur, vers le Cumbraland.

— Kjartan ne l'a point suivi ?

— Kjartan, seigneur, ne s'éloigne jamais guère de Dunholm. Il craint qu'Ælfric de Bebbanburg n'attaque son château s'il s'en éloigne.

— Et où avez-vous été mandés ? interrogea Ragnar.

— Nous devons retrouver le seigneur Ivarr à Thresk.

— Thresk ? répéta Ragnar, intrigué. (C'était un village au bord d'un lac, à quelques lieues à l'est. Guthred, apparemment, était parti à l'est et Ivarr levait son armée à l'opposé. Ragnar comprit alors.) Ivarr va attaquer Eoferwic ?

— Si l'on prend sa cité, où ira Guthred ? acquiesça Hakon.

— À Bebbanburg ? suggérai-je.

— Des cavaliers suivent Guthred, dit Hakon. Et s'il tente de partir vers le Nord, Kjartan se remettra en marche. (Il toucha son épée.) Nous anéantirons pour de bon les Saxons, seigneur. Ivarr sera heureux de ton retour.

— Ma famille, répondit durement Ragnar, ne combat point aux côtés de Kjartan.

— Pas même pour piller ? demanda Hakon. J'ai ouï dire qu'Eoferwic était riche.

— Elle a déjà été pillée, dis-je. Que veux-tu qu'il y reste ?

— Assez, répondit platement Hakon.

Je songeai qu'Ivarr avait conçu une habile stratégie. Pendant que Guthred, accompagné de trop peu de lanciers et encombré par des prêtres, des moines et un saint mort, errait dans le mauvais temps, ses ennemis allaient s'emparer de son palais et de sa cité ainsi que de la garnison constituant l'essentiel de ses forces. Pendant ce temps, Kjartan empêchait Guthred d'atteindre le refuge de Bebbanburg.

— À qui est ce château ? s'enquit Ragnar.

— Il appartenait à un Saxon, seigneur.

— Appartenait ?

— Il a tiré son épée, expliqua Hakon. Il est donc mort, avec ses gens. Sauf deux filles, qui sont dans l'étable, si tu les désires.

D'autres Danes arrivèrent à la tombée de la nuit. Ils allaient tous à Thresk et le château faisait un bon abri contre la tempête. Il y avait de l'ale, et les hommes s'enivrèrent joyeusement car Guthred avait commis une grave erreur. Il était parti vers le Nord avec trop peu d'hommes, croyant que les Danes ne broncheraient point ; à présent, ces Danes avaient la promesse d'une guerre facile et de fructueux pillages.

Nous nous installâmes sur l'une des plates-formes pour dormir.

— Nous devons aller à Synningthwait, dit Ragnar.

— À l'aube, opinai-je.

— Pourquoi là-bas ? demanda Beocca.

— Parce que c'est là que se trouvent mes hommes, dit Ragnar, et que c'est ce dont nous avons besoin : des hommes.

— C'est Guthred que nous devons trouver, insista Beocca.

— Il nous faut des hommes pour cela, dis-je. Et des épées.

La Northumbrie sombrait dans le chaos, la meilleure manière d'y survivre était de s'entourer d'épées et de lances.

Trois Danes ivres nous avaient regardés parler et ils étaient intrigués, peut-être offensés, qu'un prêtre chrétien participe à notre conversation. Ils vinrent nous demander qui était Beocca et pourquoi nous l'avions avec nous.

— Pour le cas où nous aurions faim, répondîmes-nous.

La répartie les satisfit, et la plaisanterie répétée aux autres fit rire tout le monde.

La tempête se calma dans la nuit. À l'aube, ne tombaient plus qu'une fine bruine et des gouttes par le toit. Nous revêtîmes nos cottes de mailles et nos casques et, pendant qu'Hakon et les Danes partaient vers Thresk, nous gagnâmes les collines à l'ouest.

Je pensais à Gisela, perdue quelque part dans ces terres et victime des manœuvres désespérées de son frère. Guthred avait dû croire que l'année était trop avancée pour que les armées se réunissent et qu'il pourrait passer discrètement devant Dunholm pour gagner Bebbanburg sans que les Danes ne s'opposent à lui. À présent, il était sur le point de tout perdre.

— Si nous le trouvons, demanda Beocca en chemin, pourrons-nous le ramener à Alfred ?

— Et pourquoi cela ? demandai-je.

— Pour le garder en vie. S'il est chrétien, il sera bienvenu en Wessex.

— Alfred veut qu'il soit roi ici.

— Il est trop tard, répondit Beocca d'un ton lugubre.

— Non point, dis-je.

Beocca me regarda comme si j'étais fou et je l'étais peut-être... mais dans ce chaos qui enténébrait la Northumbrie, il restait une chose à laquelle Ivarr n'avait pas songé. Il devait penser qu'il avait déjà gagné. Ses armées se rassemblaient et Kjartan poussait Guthred au centre du pays, là où nulle armée ne pouvait survivre longtemps sous la pluie et le vent glacés. Mais Ivarr avait oublié Ragnar, parti depuis si longtemps, qui détenait dans les collines une portion de terre où vivaient des hommes qui lui étaient fidèles.

J'eus la gorge nouée quand nous entrâmes dans la vallée, car c'était près de Synningthwait que j'avais vécu mon enfance, élevé par le père de Ragnar. Là, j'avais appris à me battre, là j'avais été aimé, là j'avais connu le bonheur, et vu Kjartan réduire en cendres le château de Ragnar et massacrer ses occupants. J'y revenais pour la première fois depuis cette nuit funeste.

Les hommes de Ragnar habitaient un village dans les collines voisines, mais la première personne que je vis fut Ethne, l'esclave scote que nous avions libérée à Gyruum. Elle portait deux seaux d'eau et ne me reconnut pas quand je l'appelai. Puis elle lâcha ses seaux et courut vers les maisons en criant, et Finan surgit sur le seuil. Il poussa un cri de joie, d'autres sortirent, et bientôt une foule nous acclama, car Ragnar était revenu parmi les siens.

— Tu veux savoir comment Sverri est mort ? demanda Finan en courant près de mon cheval.

— Lentement ?

— Et bruyamment. Et nous avons pris son argent.

— Beaucoup ?

— Plus que tu ne peux en rêver ! Et nous avons brûlé sa maison, et laissé sa femme et ses enfants en pleurs.

— Tu les as épargnés ?

— Ethne avait de la peine pour eux, dit-il, gêné. Mais le tuer, lui, a été un plaisir. Alors, nous partons en guerre ?

— En effet.

— Nous allons combattre ce bâtard de Guthred ?

— C'est ce que tu veux ?

— Il a envoyé un prêtre annoncer que nous devions payer l'impôt de l'église ! Nous l'avons chassé.

— Je te croyais chrétien.

— Je le suis, se défendit-il, mais que je sois damné avant de donner à un prêtre un dixième de mes biens.

Les hommes de Synningthwait s'attendaient à combattre pour Ivarr. Ils étaient danes et voyaient la guerre imminente comme un conflit entre Danes et Saxons enrichis, mais aucun ne se montrait enthousiaste car Ivarr n'était point aimé. Ses émissaires avaient atteint Synningthwait cinq jours auparavant, et Rollo, qui commandait en l'absence de Ragnar, avait délibérément tergiversé. À présent, la décision revenait à Ragnar. Ce soir-là, devant le château où brûlait un grand feu, il invita ses hommes à dire le fond de leur pensée. Il aurait pu leur donner des ordres, mais il n'avait pas vu la plupart depuis trois ans et voulait connaître leur sentiment.

— Je les laisserai parler, m'annonça-t-il, puis je leur dirai ce que nous ferons.

— Et que ferons-nous ?

— Je l'ignore encore, sourit-il.

Rollo parla le premier. Il n'avait rien contre Guthred, déclara-t-il, mais il se demandait s'il était le meilleur roi pour la Northumbrie.

— Une terre a besoin d'un roi qui soit juste, généreux et fort. Guthred n'est ni juste ni fort. Il favorise les chrétiens.

Un murmure d'approbation s'éleva dans l'assemblée.

Beocca, assis à côté de moi, en comprit assez pour s'inquiéter.

— Alfred soutient Guthred ! siffla-t-il.

— Taisez-vous.

— Guthred, continua Rollo, a exigé que nous payions un impôt aux prêtres chrétiens.

— L'avez-vous fait ? demanda Ragnar.

— Non.

— Si Guthred n'est point roi, demanda Ragnar, qui devrait l'être ? (Personne ne répondit.) Ivarr ? (Un frémissement parcourut la foule. Personne n'aimait Ivarr, mais nul ne parla.) Et le comte Ulf ?

— Trop vieux, à présent, dit Rollo. Et puis il est retourné à Cair Ligualid et entend y rester.

— Y a-t-il un Saxon qui nous laisserait en paix, nous autres Danes ? demanda Ragnar. (Tous se turent.) Un autre Dane, alors ?

— Ce doit être Guthred ! cria Beocca.

Rollo avança d'un pas pour appuyer ses paroles.

— Nous te suivrions, seigneur, dit-il à Ragnar, car tu es juste, généreux et fort.

Des acclamations s'élevèrent.

— C'est une trahison, protesta Beocca.

— Taisez-vous, lui dis-je.

— Mais Alfred nous a dit...

— Alfred n'est point là, mais nous oui. Alors taisez-vous.

Ragnar contempla les flammes. C'était un homme de belle allure, résolu et jovial, mais il semblait troublé. Il se tourna vers moi.

— Tu pourrais être roi, me dit-il.

— Je le pourrais.

— Nous devons soutenir Guthred ! glapit Beocca.

— Finan, dis-je, à côté de moi se trouve un prêtre louchard et infirme. S'il parle encore, égorge-le.

— Uhtred ! piailla Beocca.

— Je lui autorise ce dernier mot, mais la prochaine fois qu'il parle, envoie-le rejoindre ses aïeux.

Finan sourit et tira son épée. Beocca se tut.

— Tu pourrais être roi, reprit Ragnar tandis que Brida me fixait de ses yeux noirs.

— Mes ancêtres l'étaient et leur sang est en moi. C'est le sang d'Odin.

Mon père, bien que chrétien, avait toujours été fier que notre famille descende d'Odin.

— Et tu ferais un bon roi, reprit Ragnar. Il vaut mieux qu'un Saxon règne, et tu es un Saxon qui aime les Danes. Tu pourrais être le roi Uhtred de Northumbrie, et pourquoi pas ?

Brida continuait de m'observer. Je savais qu'elle se rappelait la nuit où le père de Ragnar était mort et où Kjartan et sa horde hurlante avaient massacré toute la famille.

— Alors ? demanda Ragnar.

Je fus tenté, je l'avoue. En leur temps les miens avaient été rois de Bernicie, et à présent le trône de Northumbrie était vacant. Avec Ragnar à mes côtés, je pouvais compter sur le soutien dane et sur l'obéissance des Saxons. Ivarr résisterait, bien sûr, tout comme Kjartan et mon oncle, mais ce n'était pas nouveau et j'étais certain d'être un meilleur soldat que Guthred.

Pourtant, je savais que ce n'était point mon destin d'être roi. J'en ai connu de nombreux et leurs vies ne sont pas qu'argent, banquets et femmes. Alfred semblait épuisé par ses devoirs, en partie à cause de sa débilité, en partie à cause de son dévouement à sa tâche. Pourtant, il avait raison de s'y consacrer si entièrement. Un roi doit régner, maintenir l'équilibre entre les grands thanes de son royaume, repousser les rivaux, garder ses coffres pleins, entretenir routes, forteresses et armées. Je pensai à tout cela sous le regard de Ragnar et de Brida tandis que Beocca retenait son souffle, et je sus que je ne voulais pas de cette charge. Je voulais l'argent, les banquets et les femmes, mais pour cela je n'avais nul besoin d'un trône.

— Ce n'est point mon destin, répondis-je.

— Peut-être ne le connais-tu pas, objecta Ragnar.

— Mon destin, répondis-je, est d'être le seigneur de Bebbanburg. Je le sais. Et je sais que la Northumbrie ne peut être gouvernée depuis Bebbanburg. Mais c'est peut-être ton destin à toi.

— Mon père, son père et le sien avant lui étaient tous des Vikings. Nous voguions là où nous pouvions prendre des richesses. Nous avons connu la fortune. Nous avions le rire, l'ale, l'argent et la bataille. Si je devais être roi, je devrais protéger tout ce que je possède. Au lieu d'être un Viking, je serais un berger. Je veux être libre. J'ai trop longtemps été otage et je veux la liberté. Je veux mes voiles dans le vent et mes épées dans le soleil, sans être accablé par des devoirs. (Il avait pensé comme moi, mais il s'était exprimé avec plus d'éloquence. Il sourit soudain, comme soulagé d'un fardeau.) Je veux être plus riche qu'aucun roi, déclara-t-il à ses hommes, et que vous le soyez aussi.

— Alors qui sera roi ? demanda Rollo.

— Guthred.

— Dieu soit loué... soupira Beocca.

Les hommes de Ragnar ne furent guère heureux de ce choix. Rollo parla en leur nom.

— Guthred favorise les chrétiens. Il est plus saxon

que dane. Il veut nous faire tous adorer son dieu cloué sur une croix.

— Il fera ce qu'on lui dit, répondis-je d'un ton ferme. Et la première chose que nous lui dirons, c'est que nul Dane ne paie la dîme. Il sera roi comme l'était Egbert, obéissant aux vœux des Danes. Ce qui importe, continuai-je sans prêter attention aux protestations de Beocca, c'est quel Dane lui donne les ordres. Ivarr ? Kjartan ? Ou Ragnar ?

— Ragnar ! s'écrièrent-ils tous.

— Et mon vœu, dit celui-ci en s'approchant du feu, c'est de voir la défaite de Kjartan. Si Ivarr bat Guthred, Kjartan se renforcera et il est mon ennemi. Il est notre ennemi. Il y a une dette de sang entre sa famille et la mienne, et je souhaite la faire payer maintenant. Nous marcherons pour secourir Guthred. Mais si Guthred ne nous aide point à prendre Dunholm, je jure devant tous que je le tuerai, lui et tous les siens, et que je prendrai son trône. Mais je préfère marcher sur le cadavre de Kjartan qu'être le roi de tous les Danes et même celui de toute la terre. Ma querelle n'est pas avec Guthred. Ni avec les Saxons. Ni même avec les chrétiens. Elle est avec Kjartan le Cruel.

— Et à Dunholm, renchéris-je, il se trouve un trésor d'argent digne des dieux.

— Nous trouverons donc Guthred, annonça Ragnar, et nous combattrons pour lui !

La foule, qui un instant plus tôt voulait que Ragnar les mène contre Guthred, accueillit la nouvelle sous les acclamations. Ils étaient soixante-dix guerriers. Bien peu, donc mais parmi les meilleurs de Northumbrie, et ils martelèrent leurs boucliers de leurs épées en criant son nom.

— Vous pouvez parler, à présent, dis-je à Beocca.

Mais il n'avait plus rien à dire.

Le lendemain, sous un ciel clair, nous partîmes en quête de Guthred.

Et de Gisela.

TROISIÈME PARTIE

L'ombre qui marche

8

Nous étions soixante-seize guerriers, dont Steapa et moi, tous à cheval et armés de pied en cap. Une quarantaine de serviteurs à cheval portaient les boucliers et menaient nos destriers de rechange. Naguère, Ragnar et moi pouvions lever deux cents guerriers, mais bon nombre étaient morts à Ethandun, et d'autres avaient trouvé de nouveaux seigneurs durant les longs mois de sa captivité. Cependant soixante-seize était déjà un bon nombre.

— Et ce sont des hommes redoutables, m'annonça-t-il fièrement. (Il chevauchait sous sa bannière à l'aile d'aigle. C'était une véritable aile clouée au sommet d'une longue lance, et son casque était orné de deux autres.) J'ai rêvé de partir ainsi à la guerre, durant tout le temps que j'étais otage. Il n'y a rien de meilleur dans la vie, Uhtred, rien !

— Les femmes ?

— Les femmes et la guerre ! s'écria-t-il.

Son étalon dressa les oreilles et piaffa comme s'il partageait la joie de son cavalier. Nous ouvrions la marche, mais une dizaine d'hommes nous précédaient en éclaireurs. Ils étaient chargés de parler aux bergers, d'écouter les rumeurs et de flairer le vent, puis de tout rapporter à Ragnar. Ils étaient comme des chiens de chasse lancés sur la piste de Guthred, que nous pensions trouver à l'ouest vers le Cumbraland, mais à mesure que passait la matinée les éclaireurs virèrent à l'est. Nous avancions lentement, ce qui agaçait Beocca. Pourtant, avant de galoper, nous devions savoir dans quelle direction. Enfin, les éclaireurs, certains que la piste allait vers l'est, éperonnèrent leurs montures et nous les suivîmes dans les collines.

— Guthred tente de retourner à Eoferwic, devina Ragnar.

— Il est trop tard pour cela.

— Ou bien il panique et ne sait plus ce qu'il fait.

— C'est plus probable.

Brida et une vingtaine de femmes nous accompagnaient. Elle avait noué ses cheveux et portait une cuirasse, une longue épée et une cape noire retenue par une belle broche d'argent et de jais. Avec le temps, elle était devenue une femme élégante. Sa prestance offensait Beocca, car il l'avait connue enfant. Élevée en chrétienne, elle avait renoncé à sa foi et Beocca en était irrité, mais je crois que c'était sa beauté qui le troublait le plus.

— C'est une sorcière, siffla-t-il.

— Si c'est vrai, dis-je, c'est une bonne chose de l'avoir à nos côtés.

— Dieu nous punira.

— Ce n'est pas la terre de ton dieu, ici. C'est celle de Thor.

Il se signa pour se protéger de mes funestes paroles.

— Et qu'as-tu fait la nuit dernière ? demanda-t-il, indigné. Comment as-tu pu ne serait-ce que penser être roi ici ?

— Je descends de rois. Contrairement à vous, mon père, qui êtes issu de porchers.

Il ne releva pas.

— Le roi est l'oint du Seigneur, insista-t-il. Il est choisi par Dieu et l'assemblée des saints, saint Cuthbert a conduit la Northumbrie à Guthred, comment as-tu pu imaginer pouvoir le remplacer ?

— Nous pouvons tourner bride et retourner, dans ce cas.

— Retourner ? Mais pourquoi ?

— Parce que s'il est l'élu de Cuthbert, le saint n'a qu'à le défendre. Guthred n'a nul besoin de nous. Il peut aller à la bataille avec son cadavre de saint. Peut-être l'a-t-il déjà fait. Y avez-vous songé ?

— Songé à quoi ?

— Que Guthred puisse être déjà vaincu, voire mort. Ou courbé sous les chaînes de Kjartan.

— Dieu nous en préserve, dit-il en se signant.

— Ce n'est point arrivé, le rassurai-je.

— Comment le sais-tu ?

— Parce que nous aurions croisé ses fugitifs, avançai-je.

Rien ne permettait de le dire. Peut-être Guthred se battrait-il en cet instant même, mais je le croyais en vie et plus très loin. Je ne saurais dire pourquoi, car c'était une intuition aussi difficile à déchiffrer que le message d'un dieu dans la chute d'une plume, mais j'avais appris à me fier à mes intuitions.

Et j'avais raison, car en fin de matinée l'un des éclaireurs revint au galop pour annoncer à Ragnar qu'une vaste troupe d'hommes et de chevaux se trouvait dans la vallée de la Swale.

— Ils sont à Cetreht, seigneur.

— De notre côté de la rivière ?

— Si fait. Dans l'ancien fort. Pris au piège. Il y a une autre troupe armée devant.

Il ne s'était pas assez approché pour voir des bannières, mais deux autres étaient allés y voir de plus près.

Nous redoublâmes d'ardeur. Alors que les nuages filaient dans le ciel et qu'à midi une courte averse tombait, les deux éclaireurs revinrent.

— Guthred est dans le fort, annoncèrent-ils.

— Et qui l'assiège ?

— Les hommes de Kjartan, seigneur. Ils ne sont qu'une soixantaine, dit-il avec un grand sourire, sachant qu'il allait y avoir un combat.

— Kjartan ou Sven est avec eux ?

— Non, seigneur. Ils ont à leur tête un homme du nom de Rolf.

— Lui as-tu parlé ?

— J'ai parlé avec lui et bu de son ale, seigneur. Ils surveillent Guthred afin qu'il ne s'échappe. Ils attendent l'arrivée d'Ivarr.

— Ivarr ? Pas Kjartan ?

— Kjartan demeure à Dunholm, seigneur, c'est ce que l'on m'a dit, et qu'Ivarr viendra du Nord une fois Eoferwic garnie.

— Il y a soixante hommes de Kjartan dans la vallée, cria Ragnar à ses guerriers, portant instinctivement la main à Brise-Cœur, l'épée à laquelle il avait donné le nom de celle de son père pour ne pas oublier son devoir de venger sa mort. Soixante hommes à occire ! (Il demanda son bouclier et se tourna vers les éclaireurs.) Pour qui vous ont-ils pris ?

— Nous avons prétendu servir Hakon, seigneur. Nous avons dit le chercher.

— C'est fort bien pensé, dit Ragnar en leur donnant

des pièces d'argent. Combien d'hommes Guthred a-t-il avec lui ?

— Une centaine au moins selon Rolf, seigneur.

— Une centaine ? Et il n'a point tenté de chasser soixante adversaires ?

— Non, seigneur.

— Quel roi ! observa Ragnar avec mépris.

— S'il combat, dis-je, à la fin de la journée il lui en restera moins de cinquante.

— Que fait-il, alors ? demanda Ragnar.

— Il prie, sans doute.

Guthred, comme nous l'apprîmes plus tard, avait paniqué. Empêché de rejoindre Bebbanburg, il avait pris à l'ouest vers le Cumbraland, pensant qu'en cette contrée familière il trouverait des alliés ; mais le temps l'avait ralenti et il était talonné par des cavaliers ennemis. Craignant une embuscade dans les collines, il avait changé d'avis et décidé de rentrer à Eoferwic, mais il n'avait pu aller plus loin que le fort romain qui gardait autrefois le passage de la Swale à Cetreht. Il était à bout. Certains de ses lanciers avaient déserté, jugeant que seule la mort les attendait s'ils restaient avec lui. Guthred avait donc envoyé des messagers mander secours aux thanes chrétiens de Northumbrie, mais nous avions déjà croisé leurs cadavres et savions qu'aucune aide ne viendrait. À présent, il était pris au piège, et les soixante hommes le retiendraient à Cetreht en attendant qu'Ivarr vienne porter le coup de grâce.

— Si Guthred prie, observa sévèrement Beocca, ses prières sont entendues.

— Vous voulez dire que c'est le dieu chrétien qui nous a envoyés ?

— Qui d'autre l'aurait fait ? s'indigna-t-il. Quand

nous verrons Guthred, tu me laisseras parler le premier.

— Vous pensez que l'heure est aux cérémonies ?

— Je suis un ambassadeur, n'oublie point ! protestat-il. Tu n'as aucune notion de la dignité ! La nuit dernière, Uhtred, quand tu as dit à ce sauvage irlandais de m'égorger, qu'avais-tu à l'esprit ?

— De vous faire garder le silence, mon père.

— Je dirai à Alfred ton insolence. Tu peux en être certain.

Il continua de geindre, mais je n'écoutais plus car nous étions arrivés en vue de Cetreht et de la Swale. Le fort romain était à petite distance de la rive sud, les anciens murs de terre formaient un large carré autour d'un village où se dressait une église. Au-delà du fort se trouvait le pont de pierre qui faisait passer la voie romaine allant d'Eoferwic vers le nord. Une moitié d'arche était encore debout.

Alors que nous approchions, je vis que le fort était rempli de gens et de chevaux. Une bannière flottait au pignon de l'église, probablement celle de Guthred, représentant saint Cuthbert. Au nord de la rivière, quelques cavaliers coupaient la fuite de Guthred, tandis que les soixante hommes de Rolf attendaient dans les champs au sud, comme des chiens acculant un renard.

Ragnar avait vérifié son cheval et ses hommes s'apprêtaient au combat, enfilant leurs boucliers et faisant glisser leurs épées dans leurs fourreaux en attendant les ordres. Je contemplai la vallée. Le fort était un refuge sans espoir. Ses murs s'étaient à demi effondrés dans le fossé et il n'y avait nulle palissade, si bien qu'on pouvait enjamber les remparts sans peine. Les soixante cavaliers, s'ils l'avaient voulu, auraient pu entrer dans le village, mais ils préféraient tourner autour en criant des insultes. Les hommes de Guthred les observaient depuis le fort. D'autres étaient attroupés autour de l'église. Ils nous avaient vus sur la colline et devaient penser que nous étions de nouveaux ennemis, car ils se précipitèrent sur les restes du rempart sud. Gisela se trouvait-elle avec eux ? Je me rappelais sa tête penchée et ses cheveux cachant ses yeux, et inconsciemment je fis avancer mon cheval de quelques pas. J'avais passé deux années d'enfer à la rame de Sverri, mais j'étais arrivé au moment dont j'avais rêvé durant tout ce temps, et je n'attendis pas Ragnar. J'éperonnai mon cheval et descendis seul dans la vallée de la Swale.

Bien entendu, Beocca me suivit, braillant qu'en tant qu'ambassadeur d'Alfred il devait arriver le premier en présence de Guthred mais je l'ignorai, et à mi-chemin de la pente il tomba de selle. Il poussa un cri déchirant, je le laissai clopiner dans l'herbe et essayer de récupérer sa jument.

Le soleil de cette fin d'automne inondait la terre encore humide de pluie. J'avais un bouclier à la bosse polie, ma cotte, mon casque et mes bracelets brillaient, et je resplendissais comme un seigneur de guerre. Je me retournai et vis que Ragnar m'avait emboîté le pas, prenant à l'est pour couper la retraite aux hommes de Kjartan, dont c'était la seule issue.

Arrivé au pied de la colline, je galopai sur la plaine vers la voie romaine. Je passai un cimetière chrétien hérissé de petites croix de bois, où s'en dressait une plus grande destinée à montrer aux ressuscités la direction de Jérusalem le jour où, selon les chrétiens, les morts sortiraient de leurs sépulcres. La route menait droit à l'entrée sud du fort, où me guettaient des hommes de

Guthred. Ceux de Kjartan se précipitèrent vers moi, mais ils ne semblaient pas inquiets. Avec raison : j'avais l'air d'un Dane, j'étais seul et ils étaient nombreux, et mon épée se trouvait encore dans son fourreau.

— Lequel de vous est Rolf ? criai-je.

— Moi, dit un homme à barbe noire en poussant son cheval vers moi. Qui es-tu ?

— Ta mort, Rolf.

Je tirai Souffle-de-Serpent, éperonnai ma monture qui s'élança au galop. Rolf n'avait pas encore dégainé son arme quand je passai près de lui et, d'un seul coup de lame, coupai sa tête qui alla rouler sous les sabots de mon cheval. Je riais, car la joie de la bataille arrivait en moi. Trois hommes étaient devant, aucun n'avait tiré son épée. Ils me fixaient, hagards, tout comme ils fixaient le cadavre de Rolf tressautant sur sa selle. Je chargeai celui du milieu, lui assenai un coup de mon épée, écartai les autres et me retrouvai devant le fort.

Une cinquantaine d'hommes attendaient à l'entrée. Seuls quelques-uns étaient à cheval, mais tous étaient armés. Je vis Guthred, ses cheveux blonds brillant au soleil, et à ses côtés, Gisela. Durant ces longs mois d'esclavage, j'avais vainement essayé de me rappeler son visage, et soudain sa large bouche et ses yeux étincelants m'apparurent, familiers. Elle portait une robe de lin blanc ceinte d'une chaîne d'argent, et un bonnet de lin couvrait ses cheveux, noués car elle était mariée. Elle tenait le bras de son frère qui contemplait, interdit, ce qui venait d'arriver devant son refuge.

— Avez-vous oublié comment vous battre ? leur criai-je. (J'ignorai Guthred et Gisela, bien que j'aie ôté mon casque pour qu'elle me reconnaisse. Je savais qu'elle me regardait, car je sentais ses grands yeux noirs étonnés – et j'espérais qu'elle était heureuse de me voir.) Ils doivent tous mourir ! criai-je en pointant mon épée sur les hommes de Kjartan. Tous, jusqu'au dernier ! Allez sur eux !

À cet instant Ragnar frappa, et ce fut la clameur des boucliers et des épées entrechoqués, mêlée aux cris des hommes et aux hennissements des chevaux. Les hommes de Kjartan se dispersaient et certains, cherchant désespérément à fuir, galopaient vers l'ouest.

— Rypere ! Clapa ! criai-je. Je veux qu'on les arrête !

Ils me regardèrent, ébahis, comme si j'étais un fantôme, et d'une certaine manière c'était un peu le cas. J'étais heureux que Clapa soit encore avec Guthred, car il était dane et cela prouvait que Guthred pouvait encore avoir des fidèles parmi eux.

— Clapa ! Espèce de bout de cul ! hurlai-je. Arrête de lambiner ! Trouve un cheval et bats-toi !

— Oui, seigneur !

Je m'avançai jusqu'à Guthred. Derrière moi, on se battait. Les hommes de Guthred, sortant de leur torpeur, se précipitaient pour se joindre au carnage, mais Guthred ne regardait rien d'autre que moi. Derrière lui se massaient des prêtres et il était accompagné de Gisela, mais je vis seulement le regard effrayé de Guthred.

— Tu te souviens de moi ? demandai-je, glacial. (Il ne sut que répondre.) Tu ferais bien, dis-je, de donner l'exemple royal et de tuer quelques hommes sur-le-champ. As-tu un cheval ? (Il hocha la tête.) Alors va le prendre et bats-toi, dis-je sèchement.

Il acquiesça et recula mais, bien que son serviteur lui eût apporté sa monture, il ne bougea pas. Je vis les yeux étincelants de Gisela, et ce fut mon tour de rester le bec cloué. Un prêtre la prit par l'épaule pour l'éloigner de la bataille, mais je brandis ma lame sanglante et il s'immobilisa. Je regardai de nouveau Gisela et le souffle me manqua, le monde s'était arrêté. Un souffle de vent souleva une mèche de cheveux sous son bonnet. Elle la repoussa et sourit.

— Uhtred, dit-elle comme si elle prononçait ce nom pour la première fois.

— Gisela, parvins-je à répondre.

— Je savais que tu reviendrais.

— Je pensais que tu irais au combat, dis-je à Guthred, qui détala comme un chien battu. As-tu un cheval, Gisela ?

— Non

— Toi ! criai-je à un garçon qui me regardait, ébahi. Va me chercher ce cheval !

Je lui montrai la monture de l'homme que j'avais blessé au visage et que les hommes de Guthred avaient achevé. Le garçon amena l'étalon et Gisela se hissa en selle, encombrée par ses jupes. Elle enfila les étriers et tendit la main pour me caresser la joue.

— Tu as maigri.

— Toi aussi.

— Je n'ai point été heureuse depuis l'instant que tu es parti. (Elle retira sa main, arracha le bonnet et dénoua ses cheveux qui retombèrent sur ses épaules comme ceux d'une femme libre.) Je ne suis point mariée selon les règles.

— Pas encore, dis-je, le cœur empli de joie, incapable de détacher mon regard du sien.

J'étais de nouveau avec elle, et les mois d'esclavage s'envolèrent comme s'ils n'avaient jamais existé.

— As-tu tué assez d'hommes à ton goût ? demanda-t-elle malicieusement.

— Non.

Et c'est ainsi que nous nous élançâmes vers le massacre.

On ne peut tuer chaque homme d'une armée ennemie. Rarement. Quand les bardes chantent une bataille, ils prétendent toujours qu'aucun ennemi ne réchappe, sauf si le barde lui-même y participa et en fut le seul rescapé. C'est fort étrange. Les bardes vivent toujours alors que tous les autres meurent, mais que savent-ils de la guerre ?

Je n'en ai jamais vu aucun dans un mur de boucliers. Pourtant, devant Cetreht, nous avons dû occire plus de cinquante des hommes de Kjartan. Puis ce fut le chaos, car les soldats de Guthred ne pouvaient distinguer les partisans de Kjartan des hommes de Ragnar. Ainsi certains des ennemis s'échappèrent lorsque nous séparâmes les combattants. Finan, attaqué par deux des gardes de Guthred, les abattit tous les deux et s'apprêtait à en occire un troisième quand je le rejoignis.

— Il est des nôtres ! lui criai-je.

— Il a l'air d'un rat, répondit Finan.

— Il se nomme Sihtric et m'a naguère juré fidélité.

— Il a tout de même l'air d'un rat.

— Es-tu des nôtres ? criai-je à Sihtric, ou as-tu rejoint les troupes de ton père ?

— Seigneur, seigneur, je suis toujours ton homme, répondit-il en accourant vers moi.

— Tu n'as point prêté serment à Guthred ?

— Il ne me l'a jamais demandé, seigneur.

— Mais tu le servis ? Tu n'es point retourné à Dunholm ?

— Non, seigneur, j'ai toujours servi le roi.

— Si fait, confirma Gisela.

Je passai Souffle-de-Serpent à Gisela et tendis la main à Sihtric.

— Tu es toujours mon homme ?

— Bien sûr, seigneur, dit-il en étreignant ma main, incrédule.

— Tu n'es guère utile, si tu ne peux battre un maigrichon d'Irlandais comme lui.

— Il est vif, seigneur.

— Alors apprends-lui tes tours, dis-je à Finan en tapotant la joue de Sihtric. Heureux de te revoir, mon garçon.

Ragnar avait fait deux prisonniers et le jeune homme reconnut le plus grand.

— Il se nomme Hogga, me dit-il.

— Il est déjà mort, répondis-je.

Je savais que Ragnar ne laisserait la vie à aucun des hommes de Kjartan tant que Kjartan lui-même vivrait. C'était une dette de sang. C'était la haine. Ainsi Ragnar commençait-il à venger la mort de son père, mais pour l'heure Hogga et son compagnon pensaient qu'ils auraient la vie sauve. Volubiles, ils expliquaient que Kjartan avait près de deux cents hommes à Dunholm, qu'il en avait envoyé bon nombre à Ivarr et que les autres avaient suivi Rolf jusqu'à Cetreht.

— Pourquoi Kjartan n'a-t-il point amené tous ses hommes ici ? demanda Ragnar.

— Il refuse de quitter Dunholm, seigneur, au cas où Ælfric de Bebbanburg attaquerait en son absence.

— Ælfric l'en a-t-il menacé ? demandai-je.

— Je l'ignore, seigneur.

Ce n'était guère de mon oncle de risquer une attaque sur Dunholm, mais peut-être emmènerait-il des hommes sauver Guthred s'il savait où il se trouvait. Il voulait la dépouille du saint et Gisela, mais je ne le voyais guère prendre de risques pour cela. Et certainement pas mettre Bebbanburg en danger, pas plus que Kjartan ne mettrait Dunholm en péril.

— Et Thyra Ragnarsdottir ? demanda Ragnar. Vit-elle ?

— Oui, seigneur.

— Vit-elle heureuse ?

Ils hésitèrent, puis Hogga grimaça.

— Elle est folle, seigneur. Tout à fait folle.

Ragnar fixa les deux hommes qui frémirent sous son regard, puis il leva les yeux vers le ciel où planait une buse.

— Dis-moi, reprit-il d'un ton détaché, depuis combien de temps sers-tu Kjartan ?

— Huit années, seigneur, dit Hogga.

— Sept, seigneur, dit l'autre.

— Vous le serviez donc déjà avant qu'il ne fortifie Dunholm ? demanda-t-il du même ton amène.

— Oui, seigneur.

— Et vous le serviez, reprit durement Ragnar, lorsqu'il emmena des hommes à Synningthwait, brûla le château de mon père et ravit ma sœur pour en faire la putain de son fils. Lorsqu'il tua mon père et ma mère.

Les deux hommes restèrent cois. Le plus petit tremblait. Hogga cherchait du regard une issue, mais il était entouré de Danes armés et il frémit quand Ragnar dégaina Brise-Cœur.

— Non, seigneur, dit-il.

— Si, répondit Ragnar avec une grimace de fureur en abaissant son épée.

Il dut sauter de selle pour les achever. Il les tua, puis il déchiqueta leurs cadavres. Je le regardai faire puis me tournai vers Gisela. Elle restait impassible puis, consciente que je l'observais, elle leva vers moi un regard triomphant, comme si elle savait que je m'attendais à la voir horrifiée par ce spectacle.

— Ils le méritaient ? demanda-t-elle.

— Ils le méritaient.

— Tant mieux.

Je remarquai que son frère n'avait pas regardé. Mal à l'aise devant moi – je ne pouvais lui en vouloir – et sans doute terrifié par Ragnar, sanglant comme un boucher, il était retourné au village, nous laissant avec les cadavres. Le père Beocca avait réussi à trouver quelques-uns de ses prêtres et revint vers nous après avoir conversé avec eux.

— Il est convenu que nous nous présentions au roi dans l'église, dit-il. (Puis, remarquant soudain les deux têtes coupées et les cadavres déchiquetés.) Seigneur Dieu, qui a fait cela ?

— Ragnar.

— À l'église, dit-il en se signant. Et efforce-toi d'essuyer tout ce sang sur ta cotte, Uhtred, nous sommes une ambassade !

Je me retournai et vis une poignée de fugitifs traverser les collines vers l'ouest. Ils allaient sans doute passer la rivière en amont et rejoindre les cavaliers sur l'autre rive. Ceux-là préviendraient Kjartan à Dunholm que des ennemis étaient arrivés. En entendant parler de la bannière à l'aile d'aigle, il saurait que Ragnar était revenu du Wessex.

Et peut-être que sur son piton rocheux, derrière ses hauts murs, il aurait peur.

Je me rendis à l'église à cheval avec Gisela. Beocca nous suivait à pied, mais il marchait lentement malgré ses efforts.

— Attendez-moi ! criait-il. Attendez-moi !

Je n'attendis point. J'éperonnai ma monture et le laissai à la traîne.

Il faisait sombre dans l'église, seulement éclairée par une petite imposte au-dessus de la porte et quelques torches sur l'autel, une simple table couverte d'un linge noir et posée sur des tréteaux. Le cercueil de saint Cuthbert ainsi que les deux autres coffres de reliques étaient posés devant, et Guthred était assis sur un tabouret de traite, accompagné de deux hommes et d'une femme. C'étaient l'abbé Eadred et le père Hrothweard. La femme était jeune, avec un joli visage joufflu, et enceinte. J'appris plus tard que c'était Osburh, la reine saxonne de Guthred. Elle interrogea du regard son époux qui restait coi. Une vingtaine de guerriers attendaient d'un côté, et encore plus de prêtres et de moines de l'autre. Ils étaient en train de se disputer, mais mon arrivée les fit taire.

Gisela me tenait le bras. Nous remontâmes la travée jusqu'à Guthred, qui semblait incapable de me regarder ou de me parler. Il ouvrit la bouche, mais aucun son n'en sortit. Puis il regarda derrière moi, comme si quelqu'un de moins menaçant allait arriver.

— Je vais épouser ta sœur, lui dis-je.

Il en resta bouche bée. Un moine s'avança comme pour protester ; il fut retenu par un autre et je vis que les dieux avaient été tout particulièrement bienveillants avec moi en ce jour, car c'étaient Ida et Jaenberht, les moines qui avaient négocié mon esclavage.

— La dame Gisela, dit un homme de l'autre côté de l'église, est déjà mariée.

C'était un vieil homme trapu et grisonnant, vêtu d'une courte tunique brune, une chaîne d'argent au cou. Il leva la tête d'un air de défi quand je m'approchai.

— Tu es Aidan, dis-je. (Cela faisait quatorze ans que

j'avais quitté Bebbanburg, mais je le reconnaissais. C'était l'un des gardes de mon père, chargé d'écarter les importuns de la grande salle, mais la chaîne d'argent indiquait qu'il avait aujourd'hui un plus haut rang. Je la soulevai du bout du doigt.) Et qu'es-tu, maintenant, Aidan ? demandai-je.

— Intendant du seigneur de Bebbanburg, grommela-t-il.

Il ne me reconnaissait pas. Comment l'aurait-il pu ? j'avais neuf ans lorsque j'avais quitté Bebbanburg.

— Ce qui fait de toi mon intendant, alors, répondis-je.

— Ton intendant ?

Il comprit alors qui j'étais et recula vers deux jeunes guerriers, involontairement car il n'était point couard. C'était un bon soldat en son temps, mais me revoir l'avait troublé. Il se reprit cependant et m'affronta.

— La dame Gisela, répéta-t-il, est déjà mariée.

— Es-tu mariée ? demandai-je à Gisela.

— Non.

— Elle ne l'est point, déclarai-je à Aidan.

Guthred se racla la gorge mais resta silencieux alors que Ragnar et ses hommes entraient.

— La dame est mariée, dit une voix parmi les clercs. (Je vis que c'était le frère Jaenberht.) Elle est mariée au seigneur Ælfric.

— Elle est mariée à Ælfric ? demandai-je, faisant mine de l'apprendre à l'instant. À cette fiente de pou chiée par une putain ?

Aidan donna un coup de coude à l'un des guerriers qui tira son épée. L'autre en fit autant. Je leur souris et dégainai très lentement Souffle-de-Serpent.

— Nous sommes dans la demeure de Dieu ! protesta Eadred. Rengainez vos épées !

Les deux jeunes hommes hésitèrent mais, comme je n'avais pas bronché, ils gardèrent leurs épées tirées, sans pour autant oser m'attaquer. Ils connaissaient ma réputation, et par ailleurs Souffle-de-Serpent était encore ruisselante de sang.

— Uhtred ! appela Beocca en débouchant brusquement dans l'église.

Je me retournai.

— C'est mon affaire, mon père, et vous m'y laisserez. Vous vous rappelez Aidan ? (Beocca parut perplexe, puis il reconnut l'homme au service de mon père lorsqu'il était son prêtre.) Aidan voudrait que ces deux garçons me tuent, mais avant qu'ils lui fassent ce plaisir, explique-moi, Aidan, comment Gisela peut être mariée à un homme qu'elle n'a jamais vu ?

Aidan chercha du regard l'aide de Guthred, qui ne bougea pas.

— Je représentais le seigneur Ælfric, dit-il. Aux yeux de l'église, elle est donc mariée.

— L'as-tu aussi troussée ? demandai-je.

Un murmure scandalisé parcourut les prêtres.

— Certes non, protesta Aidan.

— Si personne ne l'a chevauchée, elle n'est point mariée. Une jument n'est débourrée qu'une fois sellée et montée. As-tu été montée ? demandai-je à Gisela.

— Pas encore.

— Elle est mariée, insista Aidan.

— Tu as pris la place de mon oncle à l'autel et tu appelles cela un mariage ?

— C'en est un, dit Beocca.

— Alors, si je te tue, continuai-je sans relever, elle sera donc veuve ?

Aidan poussa l'un des guerriers vers moi et, sottement, l'homme se laissa faire. Il me suffit d'un seul coup de Souffle-de-Serpent pour le désarmer puis en poser la pointe sur son ventre.

— Tu veux que je répande tes tripes sur le sol ? demandai-je aimablement. Je suis Uhtred, seigneur de Bebbanburg, celui qui a occis Ubba Lothbrokson auprès de la mer, déclarai-je d'une voix forte en le repoussant de mon épée. J'ai occis plus d'hommes que je n'en puis compter, mais que cela ne te retienne pas de m'affronter. Tu veux pouvoir te vanter de m'avoir tué ? Cette morve de crapaud, Ælfric, sera ravi si tu y parviens. Il t'en récompensera. Allez, essaie. (L'homme recula en vacillant et son compagnon en fit autant. Ce n'était guère surprenant, car Steapa et Ragnar m'avaient rejoint, et derrière nous attendait une bande de guerriers danes revêtus de maille et armés d'épées et de haches.) Tu peux retourner en rampant chez mon oncle, dis-je à Aidan. Et lui annoncer qu'il a perdu sa promise.

— Uhtred ! parvint enfin à prononcer Guthred.

Sans lui prêter attention, je m'approchai avec Gisela des moines et des prêtres. Je lui confiai Souffle-de-Serpent et m'arrêtai devant Jænberht.

— Tu penses que Gisela est mariée ? demandai-je.

— Elle l'est, me défia-t-il. Le prix de l'épouse a été versé, et l'union consacrée.

— Le prix de l'épouse ? demandai-je à Gisela. Combien t'ont-ils payée ?

— Nous les avons payés, répondit-elle. Mille chelins et le bras de saint Oswald.

— Le bras de saint Oswald ! m'esclaffai-je presque.

— L'abbé Eadred l'a trouvé, s'amusa-t-elle.

— Il l'a déterré dans quelque fosse commune, oui, répondis-je.

— Tout a été fait, s'offusqua Jænberht, selon les

lois de l'homme et de la Sainte Église. La femme est mariée.

Son expression prétentieuse m'irrita tant que je le saisis par sa tonsure. Il tenta de résister, mais il était faible et je lui secouai la tête avant de l'abaisser de toutes mes forces sur mon genou levé, puis je le soulevai et considérai son visage ensanglanté.

— Elle est mariée ?

— Elle est mariée, gargouilla-t-il.

Je recommençai et cette fois je sentis ses dents se briser sur ma cotte de mailles.

— Elle est mariée ?

Comme il restait coi, je recommençai. J'entendis son nez se briser.

— Je t'ai posé une question, dis-je.

— Elle est mariée, répondit-il.

Il tremblait de colère et de douleur, et les prêtres protestaient, mais j'étais éperdu de fureur. Cet homme était le moine de mon oncle, celui qui avait négocié avec Guthred pour faire de moi un esclave. Il avait conspiré contre moi, tenté de m'anéantir, et ma colère n'avait plus de bornes, nourrie des humiliations que j'avais subies sur *La Marchande* de Sverri. Je tirai de nouveau sa tête vers moi, mais au lieu de lui donner un coup de genou je dégainai Dard-de-Guêpe, ma courte épée, et lui tranchai la gorge. D'un seul coup. Le geste dura l'espace d'un éclair et j'eus le temps de voir ses yeux s'agrandir d'incrédulité. J'avoue que moi aussi j'eus peine à croire que j'agissais ainsi. Je le fis néanmoins. Je lui tranchai la gorge et le sang gicla sur ma cotte de mailles. Jænberht s'effondra en tremblant sur les roseaux trempés.

Les clercs poussèrent des piaillements de femmes. Ils étaient restés ébahis en me voyant frapper le moine, mais aucun n'imaginait que j'irais jusque-là. J'en étais moi-même surpris, mais je n'éprouvais aucun regret et pour moi ce n'était point un meurtre. C'était une vengeance et j'y prenais un plaisir exquis. J'avais mis dans ce coup d'épée chaque instant passé à la rame de Sverri et chaque coup que j'y avais reçu. Je baissai les yeux sur le cadavre de Jænberht qui se convulsait encore, puis je toisai son compagnon, le frère Ida.

— Gisela est-elle mariée ? demandai-je.

— Selon la loi de l'église... commença-t-il avant de se raviser en voyant mon épée. Elle n'est point mariée, seigneur, se hâta-t-il de répondre, tant que l'union n'est point consommée.

— Es-tu mariée ? demandai-je à Gisela.

— Bien sûr que non.

Je me baissai pour essuyer ma lame sur le froc de Jænberht. Il était mort et ses yeux montraient encore sa surprise. Un prêtre plus brave que les autres vint s'agenouiller auprès de lui pour prier, mais les autres étaient comme agneaux devant un loup. Beocca ouvrait et fermait muettement la bouche. Je rengainai Dard-de-Guêpe et repris Souffle-de-Serpent des mains de Gisela, puis nous nous tournâmes vers son frère. Il contemplait le cadavre du moine gisant dans une flaque de sang et devait penser qu'il allait subir le même sort, car il porta la main à son épée.

— Voici le comte Ragnar, dis-je en levant mon épée vers mon ami. Il est venu se battre pour toi. Tu ne mérites point son secours. S'il ne tenait qu'à moi, tu retournerais porter tes chaînes d'esclave pour vider la tinette du roi Eochaid.

— Il est l'oint du Seigneur ! protesta Hrothweard. Montre-lui du respect.

— Toi non plus, je ne t'ai jamais aimé, menaçai-je en levant Dard-de-Guêpe.

Beocca, consterné par mon comportement, m'écarta et s'inclina devant Guthred. Il était pâle. Cela n'avait rien de surprenant, car il venait de voir égorger un moine ; mais même cela ne pouvait l'empêcher d'accomplir son glorieux devoir d'ambassadeur du Wessex.

— Je t'apporte le salut d'Alfred de Wessex, qui...

— Plus tard, mon père, coupai-je.

— Je t'apporte le salut chrétien de...

Il poussa un cri, car je venais de le tirer en arrière. Les autres clercs crurent sans doute que j'allais le tuer, car certains se couvrirent les yeux.

— Plus tard, mon père, dis-je en le lâchant. Alors, que feras-tu, à présent ? demandai-je à Guthred.

— Que vais-je faire ?

— Oui. Nous avons chassé ceux qui t'assiégeaient, tu es donc libre. Que vas-tu donc faire ?

— Ce que nous allons faire, commença Hrothweard, c'est te châtier !

Il tendit vers moi un bras accusateur et, gagné par la colère, se mit à hurler que j'étais un assassin, un païen et un pécheur, que Dieu se vengerait sur Guthred si je demeurais impuni. La reine Osburh prit un air terrifié en le voyant brailler ainsi.

— Le seul espoir de l'Haliwerfolkland, radota-t-il, est notre alliance avec Ælfric de Bebbanburg. Qu'on envoie dame Gisela au seigneur Ælfric et qu'on tue ce païen !

Gisela serra ma main dans la sienne. Je ne répondis rien.

L'abbé Eadred, qui avait désormais l'air aussi vieux que la dépouille de saint Cuthbert, tenta de ramener le calme dans l'église. Il leva les bras pour demander le silence, puis il remercia Ragnar d'avoir tué les hommes de Kjartan.

— Ce que nous devons faire, à présent, seigneur roi, dit-il à Guthred, c'est emporter le saint jusqu'à Bebbanburg.

— Nous devons châtier le meurtrier ! intervint Hrothweard.

— Rien n'est plus précieux pour notre terre que le corps du très saint Cuthbert, poursuivit Eadred sans lui prêter attention. Nous partirons demain vers le nord pour nous réfugier à Bebbanburg.

Aidan demanda la permission de parler. Il était venu dans le Sud, déclara-t-il, en toute bonne foi et en prenant des risques, et je les avais insultés, lui, son maître et la paix de Northumbrie. Mais il passerait sur ces insultes si Guthred amenait saint Cuthbert et Gisela à Bebbanburg.

— Là-bas seulement le saint sera à l'abri, conclut-il.

— Il doit mourir, persista Hrothweard en brandissant vers moi un crucifix de bois.

— Si nous allons au nord, dit Guthred, inquiet, Kjartan se mettra en travers de notre chemin.

Eadred avait un argument :

— Si le comte Ragnar accepte de nous accompagner, seigneur, nous aurons la vie sauve. L'église rétribuera le comte Ragnar pour ses services.

— Mais aucun de nous ne sera en sûreté, si un meurtrier reste en vie ! hurla Hrothweard en brandissant son crucifix de plus belle. C'est un assassin ! Et le frère Jænberht est un martyr !

Moines et prêtres se joignirent à ses clameurs. Guthred ne put les faire taire qu'en leur rappelant que le père Beocca était là en ambassadeur.

Pauvre Beocca. Lui qui avait répété pendant des

jours, choisissant ses termes et éprouvant plusieurs versions à haute voix. À présent, il prononçait son discours au nom d'Alfred. Je doute que Guthred en entendit un seul mot, car il se contentait de nous regarder, Gisela et moi, tandis que Hrothweard continuait de lui siffler ses paroles venimeuses à l'oreille. Mais Beocca continua de radoter, louant Guthred et la reine Osburh, déclarant qu'ils étaient une lumière divine dans le Nord et rebattant les oreilles de toute l'assistance. Quelques-uns des guerriers de Guthred se moquèrent en faisant des grimaces et en louchant, jusqu'à ce que Steapa, lassé de leur cruauté, vienne au côté de Beocca et pose la main sur le pommeau de son épée. C'était un brave garçon, mais il avait l'air d'une brute implacable. Pour commencer, il était immense et son visage figé n'était capable d'exprimer qu'une haine féroce. Un simple regard de lui suffit à faire taire tous les moqueurs.

Beocca, évidemment, crut que c'était son éloquence qui les avait pétrifiés. Il termina son discours en s'inclinant profondément devant Guthred puis lui offrit les présents d'Alfred. Il y avait un livre que le roi prétendait avoir traduit du latin en anglais, et c'était peut-être vrai. Il était rempli d'homélies chrétiennes, déclara Beocca en tendant le lourd volume incrusté de gemmes. Guthred retourna le livre sous toutes les coutures, finit par réussir à défaire le fermoir, l'ouvrit à l'envers et déclara que c'était le présent le plus précieux qu'il ait jamais reçu. Il déclara la même chose pour le deuxième, une épée de lame franque à la poignée d'argent et au pommeau fait d'un morceau de cristal limpide. Ce dernier présent était indubitablement le plus précieux, car c'était un reliquaire d'or fin incrusté de grenats, contenant des poils de la barbe de saint Augustin de Contwaraburg. Même l'abbé Eadred, gardien de la plus sainte dépouille de Northumbrie, fut impressionné et se pencha pour toucher l'objet.

— Par ces présents, le roi entend délivrer un message, dit Beocca.

— Qu'il soit bref, murmurai-je.

Gisela serra ma main dans la sienne.

— Le livre représente le savoir, expliqua Beocca, sans lequel un royaume n'est qu'une coquille vide d'ignorance barbare. L'épée est l'instrument par lequel nous défendons le savoir et protégeons le royaume terrestre de Dieu, et son cristal représente l'œil intérieur qui nous permet de connaître la volonté de notre Sauveur. Et les poils de la barbe de saint Augustin, seigneur roi, nous rappellent que sans Dieu nous ne sommes rien, et que sans la Sainte Église, nous sommes comme balle de son dans le vent. Alfred de Wessex te souhaite une longue et riche vie, un règne divinement éclairé et un royaume sûr.

Guthred le remercia et conclut en demandant plaintivement si Alfred de Wessex enverrait de l'aide à la Northumbrie.

— De l'aide ? répéta Beocca, ne sachant trop que répondre.

— Il me faut des lances, précisa Guthred, tandis que je me demandais comment il comptait tenir le temps que des armées saxonnes le rejoignent.

— Il m'a envoyé, répondis-je.

— Meurtrier ! cracha Hrothweard qui décidément ne renonçait point.

— Il m'a envoyé, répétai-je. (Je lâchai la main de Gisela puis rejoignis Beocca et Steapa au milieu de la nef. Beocca tenta de me faire taire, mais Guthred voulait m'entendre.) Il y a plus de deux ans, rappelai-je à Guthred, Ælfric est devenu ton allié et ma liberté a été le prix de cette alliance. Il a promis de détruire Dunholm, mais j'apprends que Dunholm est toujours debout et que Kjartan vit encore. Voilà pour la promesse d'Ælfric. Et pourtant, tu serais prêt à avoir de nouveau foi en lui ? Tu penses qu'en lui donnant ta sœur et un cadavre de saint, il combattra pour toi ?

— Assassin ! siffla Hrothweard.

— Bebbanburg n'est qu'à deux jours de marche. Pour t'y rendre, il te faut l'aide du comte Ragnar. Mais il est mon ami et non le tien. Il ne m'a jamais trahi.

Guthred tressaillit en entendant ce mot.

— Nous n'avons nul besoin des Danes païens, siffla Hrothweard à Guthred. Nous devons nous recommander à Dieu, seigneur roi, ici dans le Jourdain, et grâce au Seigneur nous traverserons sans péril les terres de Kjartan !

— Le Jourdain ? interrogea Ragnar. Où est-ce ?

Il me semblait que le Jourdain coulait dans la terre sainte des chrétiens, mais apparemment il se trouvait ici en Northumbrie.

— La Swale ! beugla Hrothweard comme s'il s'adressait à une foule. C'est là que saint Paulinus baptisa Edwin, premier roi chrétien de notre terre. Des milliers y furent baptisés. C'est notre fleuve sacré ! Notre Jourdain ! Si nous y plongeons nos épées et nos lances, Dieu les bénira et nous ne pourrons être vaincus !

— Sans le comte Ragnar, répliquai-je avec mépris, Kjartan vous réduira en pièces. Et Ragnar, répétai-je à Guthred, est mon ami et non le tien.

Guthred prit la main de son épouse et rassembla tout son courage pour me regarder dans les yeux.

— Que ferais-tu, seigneur Uhtred ?

Mes ennemis, et ils étaient nombreux dans cette

église, remarquèrent qu'il m'appelait seigneur Uhtred. Il y eut un murmure révolté. Je m'avançai.

— C'est facile, seigneur.

Je ne savais jusque-là que dire, mais tout me vint soudain. Les trois fileuses me jouaient un tour, ou bien je venais de recevoir une destinée aussi glorieuse que celle de Guthred, car tout me sembla soudain aisé.

— Facile ? répéta Guthred.

— Ivarr est parti à Eoferwic, seigneur, et Kjartan a envoyé des hommes t'empêcher d'atteindre Bebbanburg. Ils tentent de t'obliger à rester un fugitif. Ils prendront ta forteresse et ton palais, anéantiront tes soutiens saxons. Et quand tu n'auras plus nul lieu où te cacher, ils te prendront et te tueront.

— Alors que devons-nous faire ? geignit-il.

— Nous réfugier dans une forteresse, seigneur.

— Où ?

— À Dunholm, bien sûr.

Il me dévisagea. Tout le monde se taisait. Même les clercs, qui jusque-là voulaient ma mort. Et moi je pensais à Alfred qui, lors de ce terrible hiver où le Wessex semblait perdu, n'avait pas pensé à seulement survivre, mais à remporter la victoire.

— Si nous partons à l'aube et marchons vite, dans deux jours nous prendrons Dunholm, repris-je.

— Tu le peux ?

— Non, seigneur, nous le pouvons.

Cependant, je n'avais pas la moindre idée de la façon de m'y prendre. Tout ce que je savais, c'est que nous étions peu et l'ennemi nombreux, que pour l'heure Guthred était une souris entre les pattes de l'ennemi, et qu'il était temps de réagir. Et comme Kjartan avait envoyé beaucoup d'hommes garder les accès à Bebbanburg, Dunholm était plus affaiblie que jamais.

— Nous le pouvons, renchérit Ragnar en me rejoignant.

— Alors nous le ferons, dit Guthred.

Et c'est ainsi que tout fut décidé. Les prêtres n'étaient point contents que je demeure impuni, encore moins quand Guthred balaya leurs doléances et me demanda de l'accompagner dans la petite maison où il avait établi ses quartiers. Gisela vint avec nous et nous observa à l'écart. Un petit feu brûlait. Cet après-midi-là, c'était le premier froid qui annonçait l'hiver.

Guthred était gêné de se retrouver avec moi.

— Je suis désolé, dit-il faiblement.

— Tu es un misérable, répondis-je.

— Uhtred... commença-t-il, incapable d'achever.

— Tu es une fiente de fouine. Un bout de cul.

— Je suis un roi, dit-il, tentant de reprendre sa dignité.

— Alors tu es une royale fiente de fouine. Un bout de cul sur un trône.

— Je...

— Mais tu as agi comme il fallait.

— Vraiment ? demanda-t-il, ragaillardi.

— Mais cela n'a servi à rien, n'est-ce pas ? Tu devais me sacrifier pour obtenir l'alliance d'Ælfric. Tu devais écraser Kjartan comme une vermine, mais il est encore là, et Ælfric se fait appeler seigneur de Bernicie, tandis que tu dois affronter la révolte des Danes. Et c'est pour cela que j'ai ramé en esclave pendant deux ans ? (Il ne dit rien. Je débouclai ma ceinture et ôtai ma cotte de mailles. Guthred resta perplexe en me voyant écarter le col de ma tunique pour dévoiler l'épaule gauche portant la marque d'esclavage gravée par Hakka.) Tu sais ce que c'est ? Non ? C'est la marque de l'esclave, seigneur roi. En portes-tu une ?

— Non.

— Je la porte pour toi. Je l'ai prise afin que tu puisses être roi ici, mais tu n'es qu'un fugitif encombré de prêtres. Je t'avais conseillé de tuer Ivarr il y a longtemps.

— J'aurais dû, admit-il.

— Et tu as laissé ce misérable déchet de Hrothweard imposer une dîme aux Danes ?

— C'était pour la chapelle. Hrothweard avait fait un rêve où saint Cuthbert lui avait parlé.

— Il est bien bavard pour un mort, ce Cuthbert, hein ? Pourquoi ne te rappelles-tu pas que c'est toi qui règnes sur cette terre et non saint Cuthbert ?

— La magie chrétienne m'a toujours favorisé, dit-il, accablé.

— Pas du tout, répondis-je, méprisant. Kjartan est encore en vie, Ivarr aussi, et les Danes se sont révoltés. Oublie la magie chrétienne. Tu m'as moi, désormais, ainsi que le comte Ragnar. C'est le meilleur homme de ton royaume. Prends soin de lui.

— Je prendrai soin de toi, je le promets, dit-il.

— Oui, car je vais épouser ta sœur.

— Elle a toujours dit que tu reviendrais, acquiesça-t-il avec un faible sourire.

— Et tu me croyais mort ?

— J'espérais que non. (Il se redressa en souriant.) Me croiras-tu si je te dis que tu m'as manqué ?

— Oui, seigneur, car à moi aussi tu as manqué.

— Vraiment ? demanda-t-il, plein d'espoir.

— Oui, seigneur.

Assez étrangement, c'était vrai. Je pensais que je le haïrais lorsque je le reverrais, mais j'avais oublié combien il était charmeur. Je l'aimais bien encore. Nous nous étreignîmes. Il prit son casque et se dirigea vers la tenture qui tenait lieu de porte.

— Je vous laisse à tous deux ma maison pour la nuit.

Et il sortit.

Gisela. Aujourd'hui, dans ma vieillesse, il m'arrive de voir une fille qui me rappelle Gisela et j'en ai la gorge nouée. Que je voie une fille aux cheveux noirs, à la taille bien prise, au pas vif et gracieux et à l'allure volontaire, et je crois revoir Gisela. Et souvent, car je suis devenu un vieil imbécile gâteux et sentimental, les larmes me viennent aux yeux.

— J'ai déjà une épouse, lui dis-je cette nuit-là.

— Tu es marié ?

— Elle se nomme Mildrith et je l'ai épousée il y a longtemps sur l'ordre d'Alfred. Elle me hait et elle est entrée au couvent.

— Toutes tes femmes font ainsi. Mildrith, Hild, moi.

— C'est vrai, m'amusai-je en m'en rendant compte pour la première fois.

— C'est Hild qui m'a dit d'aller au couvent si j'étais menacée, expliqua Gisela. Car j'y serais à l'abri. Aussi, quand Kjartan a voulu que j'épouse son fils, j'y suis allée.

— Guthred n'aurait jamais donné ta main à Sven.

— Il y a pensé. Il avait besoin d'argent et de soutien, et j'étais tout ce qu'il possédait.

— La génisse de paix.

— C'est ce que j'étais.

— Tu as aimé être au couvent ?

— J'ai détesté toutes ces années de ton absence. Vas-tu tuer Kjartan ?

— Oui.

— Comment ?

— Je ne sais. Peut-être est-ce Ragnar qui le tuera. Il a plus de raisons que moi.

— Quand j'ai refusé la main de Sven, Kjartan a dit qu'il me capturerait et me laisserait violer par ses hommes. Qu'il me clouerait au sol et me livrerait à eux, et ensuite à ses chiens. Mildrith et toi avez des enfants ?

— Oui. Un fils. Il est mort.

— Le mien ne mourra point. Mes fils seront des guerriers et ma fille enfantera des guerriers.

Je souris et lui caressai l'échine. Elle frémit. Nous étions recouverts de trois capes et ses cheveux étaient trempés car le toit fuyait. Les roseaux qui couvraient le sol étaient pourris et humides sous moi, mais nous étions heureux.

— Es-tu devenue chrétienne au couvent ?

— Bien sûr que non, s'offusqua-t-elle.

— Elles n'ont pas protesté ?

— Je leur ai donné de l'argent. Je ne crois pas qu'aucun Dane soit vraiment chrétien.

— Pas même ton frère ?

— Nous avons bien des dieux et le dieu des chrétiens n'est qu'un parmi d'autres. Je suis sûre que c'est ainsi que pense Guthred. Comment se nomme le dieu chrétien ? Une nonne me l'a dit, mais j'ai oublié.

— Jehovah.

— Voilà. Odin, Thor et Jehovah. A-t-il une épouse ?

— Non.

— Pauvre Jehovah !

Pauvre Jehovah, pensai-je. Et j'y pensais encore quand, sous la pluie persistante qui cinglait les vestiges de la voie romaine et lessivait les champs, nous traversâmes la Swale et partîmes dans le Nord pour prendre la forteresse que nul ne pouvait prendre. Nous partions nous emparer de Dunholm.

9

Cela avait semblé simple quand je l'avais proposé. Nous devions nous rendre à Dunholm, attaquer par surprise, et ainsi offrir à Guthred un refuge sûr et à Ragnar sa vengeance. Mais Hrothweard était déterminé à nous contrer, et avant le départ il y eut une nouvelle querelle :

— Qu'adviendra-t-il, demanda Hrothweard à Guthred, du très saint Cuthbert ? Si tu t'en vas, qui le gardera ?

Hrothweard était animé d'une passion sans doute nourrie de sa colère. J'ai connu d'autres hommes tels que lui, capables de se mettre en fureur pour une infime insulte à l'unique chose qui leur était chère. Pour Hrothweard, c'était l'église, et quiconque n'était point chrétien en était l'ennemi. Guthred continuait de considérer le christianisme comme une forme supérieure de sorcellerie, et en Hrothweard il pensait avoir trouvé un homme capable d'opérer cette magie. Certes, Hrothweard avait l'air d'un sorcier, avec sa tignasse et sa barbe hirsutes, ses yeux flamboyants et sa voix plus tonitruante que nulle autre. Il n'était point marié, se consacrant à sa chère religion, et on disait qu'il deviendrait archevêque d'Eoferwic à la mort de Wulfhere.

Guthred n'avait nulle passion. Il était raisonnable,

affable le plus souvent, désireux que son entourage soit heureux, et Hrothweard le menait à la baguette. À Eoferwic, où la plupart étaient chrétiens, Hrothweard avait le pouvoir de soulever les foules. Et Guthred, pour prévenir les émeutes, cédait au prêtre. Hrothweard avait aussi appris à menacer le roi du courroux de saint Cuthbert, et il avait usé de cette arme la veille de notre départ pour Dunholm. Notre seule chance de nous emparer de la forteresse était la surprise, il fallait donc aller vite ; cela exigeait que la dépouille de Cuthbert, la tête d'Oswald et le précieux évangile soient laissés à Cetreht avec les clercs et les femmes. Le père Hrothweard proclamait que notre premier devoir était de protéger saint Cuthbert.

— Si le saint tombe entre les mains des païens, braillat-il à Guthred, il sera profané ! (Il avait évidemment raison : saint Cuthbert serait dépouillé de sa croix pectorale et de sa précieuse bague, puis jeté aux cochons, tandis que le précieux évangile de Lindisfarena verrait sa couverture arrachée et ses pages finir comme allume-feu ou torche-cul.) Ton premier devoir est de protéger le saint ! beugla Hrothweard.

— Notre premier devoir, rétorquai-je, est de protéger le roi.

Les prêtres, bien entendu, soutenaient Hrothweard. Lorsque je fus intervenu, il s'en prit à moi. J'étais un meurtrier, un païen et un pécheur. Seul Beocca tenta de calmer le prêtre, mais il battit en retraite sous les hurlements. Les clercs déclarèrent que Guthred serait maudit de Dieu s'il abandonnait Cuthbert. Mais Ragnar mit fin à ces sottises.

— Cachez le saint, répéta-t-il par trois fois avant qu'on ne l'entende.

— Comment cela ? demanda Eadred.

— Où donc ? interrogea Hrothweard, méprisant.

— Il y a un cimetière ici. Enterrez-le. Qui irait chercher un cadavre dans un cimetière ? (Les clercs le regardèrent bouche bée. Eadred voulut protester, mais l'idée était si sensée qu'il se ravisa.) Ensuite, continua Ragnar, partez dans les collines et attendez-nous.

Hrothweard se récria, mais Guthred suivit l'avis de Ragnar. Il chargea dix guerriers de rester pour protéger les prêtres, et quand nous partîmes au matin ils creusaient une fosse où seraient dissimulés le saint et les autres reliques. Les hommes de Bebbanburg restèrent eux aussi, sur mon insistance. Aidan voulait nous accompagner, mais je ne lui faisais point confiance. Comme il aurait pu me compromettre en s'enfuyant auprès de Kjartan, nous gardâmes ses chevaux, le forçant à demeurer avec les prêtres. Osburh resta elle aussi. L'abbé Eadred voyait en elle un otage, gage du retour de Guthred ; et si celui-ci fit bien des difficultés, je vis qu'il ne regrettait guère de la quitter. Osburh était une femme inquiète, aussi sujette aux larmes que mon épouse Mildrith et, tout comme elle, elle adorait les prêtres. Hrothweard était son confesseur, et sans doute devait-elle répéter au lit ses conseils à Guthred. Il l'assura que nul Dane ne viendrait rôder autour de Cetreht après notre départ. Il y avait toujours le risque que nous les trouvions à notre retour massacrés ou capturés, mais nous hâter était notre seul espoir de prendre Dunholm.

Mais quel espoir ? Dunholm était une place forte où un homme pouvait vieillir en sûreté et défier ses ennemis. Nous étions moins de deux cents, accompagnés d'une vingtaine de femmes qui avaient tenu à venir. Gisela était de celles-là et, comme les autres, portait braies et bliaut de cuir. Le père Beocca vint lui aussi. Je lui déclarai qu'il n'allait pas assez vite et que nous ne l'attendrions pas, mais il refusa de rester à Cetreht.

— En tant qu'ambassadeur, annonça-t-il pompeusement, ma place est auprès de Guthred.

— Votre place est avec les autres prêtres.

— Je viendrai, s'entêta-t-il.

Il nous fit attacher ses jambes aux sangles de la selle pour ne point tomber et supporta ainsi notre vive allure. Il souffrait le martyre mais ne se plaignit point. Je crois qu'en réalité il voulait voir l'empoignade. C'était peut-être un infirme louchard aux doigts tachés d'encre, mais il avait le cœur d'un guerrier.

Nous quittâmes Cetreht à l'aube dans une brume mêlée de bruine et les derniers cavaliers de Kjartan, qui étaient revenus sur la rive nord, nous emboîtèrent le pas. Ils étaient dix-huit, nous les laissâmes nous suivre, et pour les désorienter nous quittâmes la voie romaine menant droit à Dunholm pour prendre un sentier qui montait dans les collines. Le soleil perça les nuages avant midi, mais il était bas dans le ciel. C'était l'époque de l'année où les hommes réduisent leurs troupeaux. Le bétail était abattu, tout comme les cochons, engraissés aux glands, et la viande salée dans des barils ou séchée au feu de bois. Les tanneries empestaient et les moutons descendaient des hauts pâturages pour regagner leurs enclos aux villages, tandis que dans les forêts on coupait le bois pour l'hiver.

Les quelques villages que nous traversâmes étaient vides. On avait dû prévenir les habitants que des cavaliers arrivaient. Ils se cachaient dans les bois en attendant que nous soyons passés, priant que nous ne pillions rien. Nous continuâmes de monter dans les collines, et je fus certain que les cavaliers qui nous suivaient avaient envoyé des messages à Kjartan pour le prévenir que nous obliquions à l'ouest pour contourner Dunholm. Il fallait que Kjartan croie que Guthred faisait une tentative désespérée pour atteindre Bebbanburg. J'espérais qu'ainsi leurré il dégarnirait sa forteresse en envoyant des hommes garder les gués de la Wiire.

Nous passâmes la nuit dans les collines. Il plut de nouveau. Nous nous abritâmes dans un bois et les femmes dormirent dans une cabane de bergers, les autres autour des feux. Je savais que les éclaireurs de Kjartan nous observaient depuis l'autre côté de la vallée, mais j'espérais qu'ils étaient désormais convaincus que nous allions à l'ouest. La pluie sifflait sur les braises pendant que Ragnar, Guthred et moi demandions à Sihtric des indications sur le lieu où il avait grandi. Je ne pense pas avoir appris grand-chose. Il m'avait déjà dit tout ce qu'il savait depuis longtemps et j'y avais souvent pensé à bord du navire de Sverri ; je l'écoutai néanmoins expliquer de nouveau que la palissade était brisée à l'extrémité sud, où le rocher était trop escarpé pour être escaladé. L'eau provenait d'un puits situé à l'est.

— Le puits est en dehors de la palissade, un peu au-dessous.

— Mais il est protégé par un mur.

— Oui, seigneur.

— La pente est raide ? demanda Ragnar.

— Fort raide, seigneur. Un garçon y est un jour tombé et il est resté idiot après s'être cogné le crâne sur un arbre. Et il y a un autre puits à l'ouest qui n'est guère utilisé, car l'eau est trouble.

— Il a donc vivres et eau, se lamenta Guthred.

— Nous ne pouvons l'assiéger, nous ne sommes pas assez nombreux. Le puits de l'est, Sihtric, se trouve parmi les arbres. Combien y en a-t-il ?

— Ils sont nombreux, seigneur. Des sycomores et des charmes.

— Il y a donc une porte dans la palissade pour y accéder ?

— Oui, seigneur.

— La rivière peut-elle être passée ?

— Non, seigneur. (Il expliqua que le courant était rapide à cet endroit. La Wiire était peu profonde, mais traîtresse, avec des trous d'eau, des tourbillons et des nasses à poissons.) On la peut traverser de jour avec prudence, seigneur, mais pas la nuit.

Je tentai de me rappeler ce que j'avais vu quand, déguisé en guerrier mort, je m'étais approché de la forteresse. Le versant était accidenté, semé d'arbres et de rocs, mais même la nuit on pouvait descendre cette pente jusqu'à la rivière. Je me rappelai aussi une saillie rocheuse qui empêchait de voir la rivière depuis la forteresse, et j'espérai qu'elle était moins abrupte que dans mon souvenir.

— Nous devons atteindre Dunholm demain soir, juste avant la nuit, dis-je. Et attaquer à l'aube.

— Si nous arrivons avant la nuit, fit remarquer Ragnar, ils nous verront et nous attendront.

— Nous ne pouvons y parvenir plus tard, car nous ne trouverons jamais le chemin. Et je veux qu'ils nous attendent.

— Vraiment ? s'étonna Guthred.

— S'ils voient des hommes au nord, ils garniront les remparts. Toute la garnison sera à la porte. Mais ce n'est pas là que nous attaquerons. Tu as peur du noir, n'est-ce pas ? demandai-je à Steapa.

— Oui, seigneur, avoua-t-il à contrecœur.

— Mais demain soir tu me feras confiance pour te guider dans l'obscurité ?

— Je te ferai confiance, seigneur.

— Toi et dix hommes, dis-je.

Je pensais savoir comment nous pourrions nous emparer de l'imprenable Dunholm. Il faudrait que le destin soit de notre côté, mais je croyais, assis devant le feu, que les trois fileuses avaient commencé à tisser un nouveau fil d'or dans ma destinée. Et j'avais toujours pensé que le destin de Guthred était glorieux.

— Une douzaine d'hommes seulement ? demanda Ragnar.

— Une douzaine de *sceadugengan*, dis-je.

Car ce seraient des ombres qui marchent qui prendraient Dunholm. Le moment était arrivé que viennent à notre aide les créatures étranges qui hantent la nuit, les fantômes et les spectres des ténèbres.

Et une fois Dunholm prise, si toutefois cela était possible, il resterait encore à tuer Ivarr.

Nous savions que Kjartan ferait garder les gués en amont de la Wiire. Il devait aussi savoir que plus nous nous éloignerions à l'ouest, plus la traversée serait facile, et j'espérais que cela le convaincrait d'envoyer ses soldats très loin en amont. S'il avait l'intention de se battre et de nous arrêter, il était obligé de dépêcher ses hommes maintenant, avant que nous n'arrivions à la Wiire. Et pour lui faire croire que nous nous enfoncions dans les collines, nous ne prîmes pas directement vers la rivière le lendemain matin, mais au nord-ouest vers les landes. Ragnar et moi vîmes du haut d'une crête six des éclaireurs quitter la troupe et se hâter vers l'est.

— Ils sont allés lui dire où nous nous dirigeons, dit Ragnar.

— Alors il est temps d'aller ailleurs, répondis-je.

— Bientôt, mais pas encore.

Le cheval de Sihtric avait perdu un fer et nous attendîmes qu'il en ait sellé un autre, puis nous continuâmes au nord-ouest pendant une heure. Nous allions lentement, suivant un sentier de bergers descendant dans une vallée couverte d'une dense forêt. Une fois là, nous envoyâmes Guthred et la plupart des cavaliers poursuivre le sentier vers l'ouest, tandis qu'une vingtaine d'entre nous attendaient dans les arbres. Les éclaireurs de Kjartan, voyant Guthred et sa troupe monter dans les landes, les suivirent. Les autres étant retournés porter le message à Dunholm, ils n'étaient plus que neuf, avec des chevaux légers, parfaits pour nous échapper si nous les attaquions, mais ils pénétrèrent imprudemment dans la forêt. Ils étaient à mi-chemin quand ils virent Ragnar. Ragnar était devant eux, je leur coupais la retraite, Steapa se tenait sur leur gauche, et Rollo à droite. Comprenant qu'ils étaient encerclés, ils me chargèrent, mais nos chevaux plus lourds les bloquèrent. Deux des éclaireurs périrent sur-le-champ, l'un éventré par Souffle-de-Serpent ; les sept autres tentèrent de se disperser, mais ronces et branches les ralentissaient et nous les prenions en tenaille. Steapa sauta de selle pour poursuivre le dernier dans les taillis. Je vis sa hache s'élever et retomber, puis j'entendis un cri interminable. Steapa éternua, la hache retomba de nouveau et ce fut le silence.

— As-tu pris froid ? lui demandai-je.

— Non, seigneur, dit-il en sortant du taillis, traînant le corps derrière lui. Sa puanteur m'est montée au nez.

Désormais, Kjartan était aveugle. Il l'ignorait encore, mais il avait perdu ses éclaireurs ; et à peine les neuf hommes abattus, nous sonnâmes du cor pour rappeler Guthred. En l'attendant, nous dépouillâmes les cadavres et prîmes chevaux, bracelets, armes, quelques pièces, du pain humide et deux fiasques d'ale de bouleau. L'un d'eux portait une belle cotte de mailles, si fine qu'elle devait être de Frankie, mais l'homme était maigre et elle n'alla à aucun de nous. Ce fut finalement Gisela qui la prit.

— Tu n'as nul besoin de cela, lui dit son frère.

Elle l'ignora. Elle semblait étonnée qu'une cotte si fine puise tant peser ; mais elle l'enfila, ceignit une épée, rejeta ses cheveux en arrière et revêtit sa cape noire.

— Alors ? le défia-t-elle.

— Tu m'effraies, lui dit-il avec un sourire.

— Tant mieux, répondit-elle, remontant difficilement en selle à cause du poids de la cotte.

— Elle te sied, lui dis-je.

C'était vrai. Elle avait l'air d'une Walkyrie, ces vierges guerrières, filles d'Odin, qui parcouraient le ciel dans leur armure étincelante.

Nous prîmes à l'est en pressant l'allure. Nous nous frayâmes un chemin parmi les arbres, évitant les branches, et descendîmes la colline en suivant un torrent gonflé par les pluies. Au début de l'après-midi, nous étions proches de Dunholm, sans doute à trois lieues. Sihtric nous guidait désormais, car il connaissait un endroit où nous pouvions passer la rivière. La Wiire, nous dit-il, tournait au sud après Dunholm, s'élargissait en traversant les pâturages, et il y avait des gués dans ces vallées. Il connaissait bien la région, car les parents de sa mère y vivaient, et enfant il avait souvent mené les troupeaux. Mieux encore, ces gués se trouvaient sur le flanc est de Dunholm, celui que Kjartan ne garderait point. Il restait le risque que la pluie, qui avait repris dans l'après-midi, gonfle la Wiire et rende les gués impraticables.

Mais au moins la pluie nous dissimula-t-elle pendant que nous quittions les collines et entrions dans la vallée. Nous étions à présent très proches de Dunholm qui se dressait au nord, mais cachés par une éminence boisée, au pied de laquelle étaient blotties quelques maisons.

— Hocchale, m'annonça Sihtric. C'est là qu'est née ma mère.

— Tes grands-parents y vivent encore ?

— Kjartan les a fait tuer quand il a jeté ma mère aux chiens, seigneur.

— Combien en a-t-il ?

— Une cinquantaine quand j'étais là, seigneur. Énormes, et n'obéissant qu'à Kjartan et ses louvetiers. Et à la dame Thyra.

— Ils lui obéissaient ? m'étonnai-je.

— Mon père voulut un jour la punir et lâcha les chiens sur elle. Je ne crois pas qu'il voulait qu'ils la dévorent, seulement l'effrayer, mais elle a chanté pour eux.

— Chanté pour eux ? répéta Ragnar.

Il avait à peine parlé de Thyra au cours des dernières semaines – comme s'il se sentait coupable de l'avoir laissée si longtemps captive de Kjartan. Je savais qu'il avait essayé de la retrouver, au début ; il avait même interrogé Kjartan, un jour qu'un autre Dane avait arrangé une trêve entre eux, mais Kjartan avait nié sa présence à Dunholm. Après cela, Ragnar avait rejoint la Grande Armée qui avait envahi le Wessex et il était devenu otage. Et pendant tout ce temps, Thyra était prisonnière de Kjartan.

— Elle a chanté pour eux, confirma Sihtric, et ils se sont couchés. Mon père était furieux. (Ragnar fronça les sourcils, se demandant s'il devait croire cette histoire.) On la dit sorcière, seigneur, expliqua humblement Sihtric.

— Thyra n'est point sorcière, s'emporta Ragnar. Elle n'a jamais voulu que se marier et avoir des enfants.

— Mais elle a charmé les chiens, insista Sihtric, et ils se sont couchés.

— Ils ne le feront point en nous voyant, dis-je. Kjartan les lâchera sur nous dès qu'il nous apercevra.

— En vérité, seigneur, répondit Sihtric avec inquiétude.

— Il nous faudra donc chanter, plaisantai-je.

Nous suivîmes un sentier boueux longeant un fossé et parvînmes à la Wiire qui était en crue. Le gué était impraticable et la pluie redoublait. Une haute colline s'élevait sur la rive d'en face, et les nuages étaient assez bas pour frôler les arbres du sommet.

— Nous ne passerons jamais ici, dit Ragnar.

Toujours attaché à sa selle et trempé jusqu'aux os, le père Beocca frissonnait. Les cavaliers contemplaient la rivière qui menaçait de déborder, mais Steapa, chevauchant un énorme étalon noir, poussa un grognement et fit descendre son cheval jusqu'à l'eau. L'animal se cabra dans le puissant courant, et Steapa le força à avancer. L'eau bouillonnait à hauteur de ses étriers. Il se retourna et me fit signe de le rejoindre.

Son idée était que les plus grands chevaux fassent un barrage contre le courant. J'allai me placer à côté de Steapa, puis d'autres nous suivirent, formant une muraille qui traversait la Wiire, large à cet endroit d'une quarantaine de coudées. Nous avions seulement besoin de la barrer au milieu, là où le courant était le plus fort, et quand nous eûmes placé ainsi une centaine d'hommes retenant leurs chevaux, Ragnar fit traverser les autres grâce à cette digue improvisée. Le pauvre

Beocca était terrifié, mais Gisela s'empara de ses rênes et éperonna sa jument dans l'eau. Je n'osai regarder. Si sa bête était emportée, la lourde cotte l'entraînerait au fond, mais Beocca et elle atteignirent sains et saufs l'autre rive, et deux par deux, tous suivirent. Une femme et un guerrier furent emportés, mais ils parvinrent à reprendre pied un peu plus loin. Dès que les plus petits chevaux eurent traversé, nous défîmes notre digue et traversâmes à notre tour.

Il faisait déjà sombre. Nous n'étions qu'en milieu d'après-midi, mais les nuages étaient épais. C'était une affreuse journée humide et noire, et nous devions désormais gravir la pente escarpée entre les arbres ruisselants. Par endroits, elle était si abrupte que nous dûmes démonter et mener nos chevaux à pied. Une fois au sommet, nous obliquâmes au nord et je pus voir Dunholm entre les nuages. La forteresse se dressait comme une tache sombre sur son rocher. Au-dessus s'élevaient les fumées des feux de garnison. Mais nous étions dans les arbres et nos cottes de mailles étaient souillées de boue. Même s'ils nous apercevaient, les guetteurs ne pourraient nous prendre pour des ennemis. Pour eux, aux dernières nouvelles, Guthred et ses troupes désespérées chevauchaient vers l'ouest, cherchant un gué sur la Wiire, alors que nous étions maintenant à l'est de la forteresse.

Sihtric continuait de nous guider. Nous descendîmes la colline, invisibles depuis la forteresse, puis nous entrâmes dans une vallée où coulait un torrent. Nous le traversâmes sans peine, remontâmes, passant devant de misérables masures d'où nous lorgnaient de pauvres gens effrayés. C'étaient les esclaves de Kjartan, m'apprit Sihtric, chargés d'élever les porcs, couper le bois et travailler la terre.

Nos chevaux fatiguaient. Ils avaient dû forcer sur un sol mou, chargés d'hommes en maille et de boucliers, mais notre voyage arrivait presque à son terme. Peu importait maintenant que la garnison nous voie, car nous étions sur la colline où se dressait Dunholm. Nul ne pouvait désormais quitter Dunholm sans nous affronter. Si Kjartan avait envoyé des hommes à l'ouest à notre recherche, il ne pouvait en revanche plus envoyer de messager les rappeler, car nous gardions à présent l'unique route menant à son repaire.

C'est ainsi que nous parvînmes à l'endroit où la crête s'abaissait légèrement et où la route tournait au sud avant de monter vers l'énorme porte. Nous nous arrêtâmes et nos chevaux se dispersèrent un peu plus haut. Pour les hommes de Dunholm, nous devions avoir l'air d'une sombre armée. Nous étions couverts de boue, hommes et bêtes, mais ils pouvaient voir nos lances, épées et boucliers. Ils devaient dès lors savoir que nous étions des ennemis, que nous avions coupé leur unique route, et devaient se gausser de nous. Nous étions si peu nombreux, et leur forteresse si haute et si bien protégée. La pluie continuait de tomber et les nuages lourds s'amoncelaient, quand un éclair les déchira dans un roulement de tonnerre.

Nous mîmes nos chevaux au piquet dans un champ détrempé. Nous nous efforçâmes de les nettoyer, puis nous allumâmes quelques feux à l'abri d'une haie de prunelliers. Le premier mit une éternité à prendre. Nos hommes portaient du petit bois sec dans des sacs de cuir, mais à peine était-il sorti qu'il devenait humide. Finalement, deux hommes dressèrent une tente avec leurs capes puis j'entendis le cliquetis de l'acier sur le silex et vis la première fumée. Ils protégèrent ce petit feu comme s'il était d'or, enfin les flammes jaillirent et nous pûmes y ajouter le bois humide. Les bûches sifflaient et craquaient, mais les flammes nous apportèrent un peu de chaleur et les feux confirmèrent à Kjartan que ses ennemis étaient toujours là. À mon avis, il ne devait pas penser Guthred assez courageux pour mener une telle attaque ; mais comme il devait savoir que Ragnar était rentré du Wessex et moi revenu d'entre les morts, j'espérai qu'en cette longue nuit de pluie et de tonnerre il sentirait la peur le gagner.

Et pendant qu'il frissonnerait ainsi, les *sceadugengan* se glisseraient dans les ténèbres.

Alors que la nuit tombait, je contemplais le chemin que je devais prendre dans l'obscurité. J'allais devoir descendre jusqu'à la rivière puis vers le sud le long de l'eau. Mais juste sous le mur de la forteresse, là où la rivière disparaissait derrière le rocher de Dunholm, un énorme roc barrait la route. Il était immense, plus grand encore que la nouvelle église d'Alfred à Wintanceaster. Si je ne pouvais le contourner, je serais contraint de grimper sur son sommet plat, à moins d'un jet de lance des remparts de Kjartan. Je mis une main en visière contre la pluie, scrutai l'endroit et décidai qu'il devait y avoir un passage entre le roc et la rivière.

— Peut-on le faire ? demanda Ragnar.

— Il le faut, répondis-je.

Pour m'accompagner, je choisis Steapa et dix autres hommes. Guthred et Ragnar voulurent venir, mais je refusai. Ragnar était nécessaire pour mener l'assaut sur la grande porte, tandis que Guthred n'était tout bonnement point assez aguerri. Par ailleurs, c'était pour lui que nous nous lancions dans cette bataille. Alors, le laisser mort sur les pentes de Dunholm aurait rendu toute l'affaire absurde.

— Vous rappelez-vous, demandai-je à Beocca en le prenant à part, lorsque mon père m'a confié à vous durant l'assaut d'Eoferwic ?

— Bien sûr que oui, s'indigna-t-il. Et tu n'as point obéi, n'est-ce pas ? Tu ne cessais de vouloir rejoindre la bataille, et c'est ta faute si tu as été capturé. (À l'époque, j'avais dix ans et je mourais d'envie de voir une bataille.) Si tu ne t'étais point enfui, tu n'aurais jamais été pris par les Danes. Tu serais un chrétien, aujourd'hui. Je m'en veux. J'aurais dû attacher tes rênes aux miennes.

— Dans ce cas, vous auriez vous aussi été capturé, mais je veux que vous fassiez de même pour Guthred demain. Restez auprès de lui et ne le laissez pas risquer sa vie.

— C'est un roi, s'alarma le prêtre. Un homme adulte. Je ne puis lui dire ce qu'il doit faire.

— Dites-lui qu'Alfred veut qu'il vive.

— Alfred le veut peut-être, dit-il d'un ton lugubre, mais qu'on mette une épée dans la main d'un homme et il perd l'esprit. J'en ai été témoin !

— Alors dites-lui que vous avez vu en rêve saint Cuthbert qui exige qu'il ne se mêle point de se battre.

— Il ne me croira point !

— Mais si, lui promis-je.

— J'essaierai. Et toi, Uhtred, réussiras-tu ?

— Je l'ignore, répondis-je en toute franchise.

— Je prierai pour toi.

— Je vous en remercie, mon père.

De mon côté, je prierais tous les dieux possibles. Un de plus ne pouvait faire de mal. Je jugeai qu'en dernier recours le destin trancherait. Les fileuses savaient déjà ce que nous avions projeté et ce qu'il en résulterait. Je ne pouvais qu'espérer qu'elles ne préparent point leurs ciseaux pour trancher le fil de ma vie. Peut-être que plus que le reste, c'était la folie de mon idée qui lui donnerait des ailes et la couronnerait de succès. Depuis mon retour, il planait en Northumbrie un air de démence. Il y avait d'abord eu ce massacre insensé à Eoferwic, la sainte folie à Cair Ligualid, et maintenant cette attaque désespérée.

J'avais choisi Steapa parce qu'il valait quatre hommes. Je pris Sihtric parce qu'il connaissait les lieux. Je pris Finan parce que l'Irlandais avait en son âme une folie qui deviendrait sauvagerie dans la bataille. Je pris Clapa parce qu'il était fort et sans peur, et Rypere parce qu'il était rusé et souple. Les six autres étaient des hommes de Ragnar, tous forts, jeunes et aguerris. Je leur énonçai mon plan, m'assurai qu'ils s'enveloppaient tous d'une cape noire de la tête aux pieds ; puis nous nous enduisîmes visages, mains et casques d'un mélange de boue et de cendre.

— Pas de boucliers, leur dis-je. (C'était une décision difficile, car ils sont fort utiles au combat, mais lourds, et s'ils heurtaient pierres ou arbres, le fracas nous trahirait.) Je marcherai en tête et nous irons lentement, très lentement. Nous avons toute la nuit.

Nous nous liâmes les uns aux autres avec des rênes de cuir. Je savais combien il était facile de se perdre dans le noir, et cette nuit-là était d'encre. La lune était cachée par d'épais nuages d'où tombait une pluie incessante, mais nous avions trois choses pour nous guider. La première était la pente en elle-même. Tant que j'en gardais le versant sur ma droite, je savais que nous étions sur le flanc est de Dunholm. La deuxième était la rumeur de la rivière, et la troisième les feux de Dunholm. Comme Kjartan craignait un assaut dans la nuit, il faisait jeter du haut des remparts des bûches enflammées. Pour les produire il entretenait dans sa cour un grand feu dont la lueur découpait le haut des murailles et illuminait les nuages bas. Elle n'éclairait point la pente, mais au-delà des ténèbres c'était un fanal rougeâtre qui nous guidait.

À ma ceinture pendaient Souffle-de-Serpent et Dard-de-Guêpe, et comme les autres je portais une lance dont la lame était enveloppée d'un linge afin de ne rien refléter. Les lances nous servaient de bâtons de marche sur le sol inégal. Nous ne partîmes qu'une fois la nuit pleine, car je n'osais risquer qu'une sentinelle à l'œil aiguisé nous voie avancer vers la rivière. Mais même dans le noir, ce fut assez facile au début, car nos propres feux nous montraient le chemin. Nous nous éloignâmes de la forteresse, afin que personne aux remparts ne nous voie quitter le camp, puis nous descendîmes vers la rivière et obliquâmes au sud. À présent, nous avancions au bas de la pente, où les arbres avaient été abattus, et je progressais à tâtons entre les souches. Le sol était envahi d'épaisses ronces et de branches mortes. Elles craquaient quand nous marchions dessus, mais la pluie et la rivière couvraient le bruit. De temps en temps, nous nous figions lorsqu'un éclair déchirait le ciel, et en voyant au-dessus de nous les remparts hérissés de lances je songeai combien les sentinelles devaient souffrir sous la pluie glaciale. Le tonnerre suivait presque aussitôt, grondant au-dessus de nous comme si Thor frappait de son marteau un bouclier géant. Les dieux nous regardaient. Je le savais. C'est ce que font les dieux depuis leur demeure céleste. Ils nous observent et nous récompensent pour notre audace ou nous punissent pour notre insolence. Je touchai mon amulette pour signaler à Thor que nous avions besoin de son aide, l'éclair qui jaillit des nuages fut pour moi le signe qu'il m'approuvait.

La pente était de plus en plus abrupte. La pluie ruisselait sur le sol qui n'était par endroits qu'une épaisse boue. Nous tombions fréquemment. Les souches étaient plus rares, remplacées par des rochers si humides et glissants que nous devions parfois marcher à quatre pattes. Nous n'y voyions plus goutte, car une saillie dissimulait la lueur des remparts, et nous progressâmes en étouffant des jurons dans ces ténèbres glaçantes. La rivière était toute proche, et je craignais à tout instant de glisser et de tomber dans les eaux bouillonnantes.

Le bout de ma lance toucha alors de la pierre et je compris que nous avions atteint l'immense rocher qui, dans le noir, se dressait comme une monstrueuse falaise. Comme il m'avait semblé voir un chemin au bord de l'eau, j'explorai lentement les parages, mais je ne pus le trouver. Le rocher saillait au-dessus de l'eau et nous n'avions d'autre choix que de remonter la pente, puis passer par-dessus. Les cordes de cuir qui nous reliaient ne cessant de s'accrocher, il nous fallut une éternité pour atteindre un endroit où la lueur de Dunholm nous montra le chemin.

À la faveur d'un éclair, je vis que le sommet du rocher formait un dôme de pierre incliné comme un toit d'environ quinze coudées de largeur. L'extrémité est s'élevait vers les remparts, et l'autre finissait sur un à-pic au-dessus de la rivière. Le centre du sommet du rocher, où nous devions passer, n'était qu'à une vingtaine de coudées du mur de Kjartan où était postée une sentinelle dont je vis scintiller la lance. Nous nous plaquâmes contre le roc et je fis détacher mes hommes, puis nouer tous les rênes en une seule corde. J'allais passer le premier en laissant filer la corde, et chacun me suivrait à son tour.

— Un seul à la fois, dis-je. Et attendez que je tire sur la corde par trois fois. Ce sera le signal. Rampez sur le ventre. (Si un éclair jaillissait, un homme allongé couvert d'une cape trempée de boue serait moins visible que s'il était accroupi.) Rypere viendra en dernier et apportera la corde.

Il me sembla qu'il me fallut toute la nuit pour traverser cette courte distance. Je rampai à l'aveuglette et dus tâtonner de ma lance pour trouver où me glisser de l'autre côté. Ensuite, je tirai sur la corde et attendis la venue du suivant. Nous aidâmes chacun à se dissimuler et je priais qu'aucun éclair ne survienne, quand, au moment où Steapa était au milieu du trajet, un énorme éclair déchira le ciel et nous éclaira comme des vermisseaux pris au piège du feu des dieux. J'eus le temps de voir Steapa qui tremblait, puis le tonnerre gronda et la pluie redoubla.

— Steapa ! appelai-je. Hâte-toi !

Mais il était si ébranlé qu'il restait pétrifié, je dus ramper sur le rocher et lui prendre la main pour le ramener. Ce faisant, j'oubliai combien d'hommes m'avaient déjà rejoint. C'est seulement quand je crus le dernier arrivé que je me rendis compte que Rypere se trouvait encore de l'autre côté. Il arriva rapidement en tirant la corde avec lui, puis nous dénouâmes les rênes et nous attachâmes de nouveau. Nous étions trempés et gelés, mais le destin était avec nous et nul ne bronchait sur les remparts.

Nous descendîmes la pente en glissant, cherchant le bord de la rivière. La colline était beaucoup plus escarpée ici, mais les sycomores et les charmes étaient nombreux et nous facilitèrent la tâche. Nous prîmes au sud, les remparts sur notre droite et la rivière sur la gauche. Il y avait plus de rochers, moins gros que celui qui nous avait bloqués, mais tous difficiles à franchir et cela nous prit énormément de temps. Soudain, alors que nous contournions l'un d'eux, Clapa lâcha sa lance, qui cogna bruyamment la pierre et heurta un arbre.

Il ne semblait pas possible que le bruit ait pu être entendu depuis les remparts. La pluie crépitait dans les arbres et le vent sifflait, mais quelqu'un dans le fort dut s'alarmer, car brusquement une bûche enflammée fut jetée par-dessus la muraille dans les branches trempées. Elle atterrit à une vingtaine de coudées au nord de notre troupe. Par chance, nous étions immobiles. Nous n'étions que des ombres parmi les ombres des arbres. La pluie éteignit rapidement les flammes et je fis signe à mes hommes de s'accroupir. Je pensais que d'autres bûches allaient suivre. Je ne m'étais pas trompé : cette fois, ce fut un ballot de paille mouillé d'huile, aux flammes bien plus vives. Il tomba lui aussi au mauvais endroit, mais sa lumière nous atteignit et je priai Surtur, le dieu du Feu, de l'éteindre au plus vite. Nous restâmes immobiles, juste au-dessus de la rivière, et j'entendis alors ce que je redoutais.

Des chiens.

Kjartan ou l'une des sentinelles avait lâché les chiens par la petite porte donnant sur le puits. J'entendis les louvetiers qui les guidaient, et les chiens japper. Je le savais, il n'y avait aucune issue. Il était impossible de rebrousser chemin avant que les fauves nous atteignent. J'ôtai le linge de ma lance, me disant qu'au moins je pourrais en embrocher un avant que les autres ne nous déchiquettent. À cet instant, un éclair déchira les nuages et le tonnerre retentit comme la fin du monde, résonnant comme un roulement de tambour dans la vallée.

Les chiens détestent le tonnerre, ce fut donc un présent que nous fit Thor. Il gronda de nouveau et j'entendis les chiens gémir. La pluie redoubla encore, cinglant la pente comme autant de flèches et couvrant les geignements des chiens.

— Ils ne pourront nous trouver, me cria Finan.

— Vraiment ?

— Pas avec cette pluie.

Les louvetiers appelèrent de nouveau leurs chiens que j'entendis descendre la pente à contrecœur. Ils étaient terrifiés par le tonnerre, éblouis par les éclairs et désorientés par la pluie. Ils n'avaient aucune envie de traquer une proie. L'un d'eux passa non loin et il me sembla voir luire ses yeux, puis il rebroussa chemin sous la pluie battante. Les louvetiers ne les appelaient plus. Comme aucun des chiens n'avait aboyé, ils devaient penser que nulle proie n'avait été trouvée ; mais nous attendîmes encore, courbés sous cette affreuse pluie, jusqu'à ce que je juge que les chiens étaient rentrés.

À présent, nous devions trouver le puits et ce fut le plus difficile. Nous refîmes la corde, Finan en garda un bout tandis que je grimpais. Je tâtonnai entre les arbres, glissant dans la boue, prenant constamment les troncs pour les pieux d'une palissade. La corde se prenait dans les branches, et par deux fois je dus rebrousser chemin et reprendre ma quête plus loin. J'étais près de désespérer quand je trébuchai et me retins à un tronc couvert de lichen. Une écharde s'enfonça dans ma main. Je m'appuyai contre le tronc et découvris que c'était une partie de la palissade du puits. Je tirai sur la corde, afin que les autres me rejoignent.

Nous attendîmes encore. Le tonnerre s'éloignait et la pluie diminua un peu. Nous étions accroupis, frissonnants, et je craignis que Kjartan, avec cette pluie, n'ait nul besoin d'envoyer quiconque au puits et se contente de l'eau recueillie dans des barils. Pourtant, partout, dans le monde entier, il me semble, on envoie chercher l'eau à l'aube. Il la faut pour la cuisine, pour se raser, se laver et brasser la bière. Et durant les heures douloureuses passées à la rame de Sverri, je m'étais souvent rappelé Sihtric me disant que les puits de Dunholm étaient au-delà des palissades, ce qui obligeait Kjartan à ouvrir les portes chaque matin. Et s'il en ouvrait une, nous entrerions dans la forteresse imprenable. Tel était mon projet, le seul que j'avais. S'il échouait, nous étions morts.

— Combien de femmes viennent chercher l'eau ? lui demandai-je.

— Dix, seigneur, je crois.

Je scrutai la palissade, jugeai qu'il y avait vingt coudées jusqu'au mur. C'était peu, mais la pente était abrupte.

— Il y a des gardes à la porte ? demandai-je.

Je connaissais la réponse, mais dans la nuit et avec la perspective de la bataille, cela me faisait du bien de parler.

— Il n'y en avait que deux ou trois quand je vivais là, seigneur.

Et ces gardes seraient ensommeillés, espérai-je, après cette nuit agitée. Ils ouvriraient la porte, laisseraient sortir les femmes, puis ils s'appuieraient à la muraille en rêvassant à d'autres femmes. Pourtant, il suffisait qu'un seul d'entre eux soit alerte pour tout faire échouer. Je savais que le rempart n'était pas pourvu d'une plateforme pour le combat, mais il y avait de petites saillies où un homme pouvait faire le guet. Je me rongeai les sangs, pensant à tout ce qui pouvait mal tourner. À côté de moi, Clapa ronflait ; je fus ébahi qu'il puisse dormir alors qu'il était trempé et glacé. Je le réveillai d'un coup de coude.

L'aube semblait ne jamais devoir se lever, et le temps qu'elle vienne, nous serions si trempés et gelés que nous pourrions à peine bouger. Enfin, de l'autre côté de la rivière, le ciel commença à s'éclaircir sur les hauteurs. Nous nous blottîmes les uns contre les autres pour que la palissade du puits nous dissimule à la vue des sentinelles. Un coq chanta dans la forteresse. La pluie continuait de tomber, et au-dessous de nous le rivière bouillonnait sur les rochers. À présent, plus bas sur la pente, les arbres commençaient à apparaître, bien qu'encore plongés dans la pénombre. Un blaireau passa devant nous et décampa. Une longue tache rouge se répandit dans les nuages, puis le jour se leva, un jour maussade et noyé de pluie. Ragnar devait être en train de préparer son mur de boucliers en alignant ses hommes sur le sentier pour attirer l'attention des défenseurs. Si les femmes sortaient chercher de l'eau, pensai-je, ce serait bientôt. Je descendis un peu le long de la pente pour parler à mes hommes.

— Quand nous nous mettrons en route, soufflai-je, hâtez-vous ! Courez à la porte, tuez le garde, puis regroupez-vous avec moi. Une fois à l'intérieur, nous irons lentement. En marchant, comme si nous étions des habitants des lieux.

À douze, nous ne pouvions espérer attaquer tous les hommes de Kjartan. Pour remporter une victoire, nous devions user de la ruse. Sihtric m'avait dit que derrière la porte s'élevaient des bâtiments. Nous nous dissimulerions parmi ces maisons, puis nous marcherions tranquillement vers le mur nord. Nous portions tous casques, cottes et cuirasses, et si la garnison surveillait l'approche de Ragnar, on ne nous remarquerait point. Et si l'on nous remarquait, on nous prendrait peut-être pour des renforts. Une fois arrivé au rempart, je voulais m'emparer d'une partie de la plate-forme de combat. Si nous l'atteignions et que nous tuions ceux qui la gardaient, nous pourrions tenir une partie de mur suffisante pour que Ragnar nous rejoigne. Ses hommes les plus agiles escaladeraient la palissade en enfonçant des haches dans les pieux et en grimpant dessus, et Rypere avait la corde de cuir pour les y aider. À mesure que nos renforts arriveraient, nous pourrions gagner le reste du mur jusqu'à la porte et l'ouvrir pour laisser entrer le reste des hommes de Ragnar.

Tout cela m'avait paru une bonne idée quand je l'avais exposée à Ragnar et à Guthred, mais en cette aube glacée mon plan me paraissait désespéré. Je touchai mon amulette.

— Priez vos dieux, dis-je, afin que nul ne nous voie et que nous atteignions ce mur.

Je n'aurais pas dû dire cela. J'aurais dû me montrer confiant, mais je venais de révéler mes craintes, et ce n'était plus le moment de prier qui que ce soit. Notre destin était déjà dans les mains des dieux, et c'étaient eux qui décideraient de nous aider ou de nous nuire selon leur bon vouloir. Je me souvins de Ravn l'aveugle, le grand-père de Ragnar, qui me disait que les dieux aimaient la bravoure et l'audace autant qu'ils détestaient la couardise et l'hésitation. « Nous sommes ici pour les amuser, disait Ravn. C'est tout. Et si nous le faisons bien, nous festoierons avec eux jusqu'à la fin des temps. » Ravn était un guerrier avant de perdre la vue, puis il était devenu un scalde, ces diseurs de poèmes qui célébraient bataille et courage. Et si nous réussissions, pensai-je, nous aurions de quoi inspirer une douzaine d'entre eux.

Il y eut du bruit au-dessus de nous. Je fis signe à tous de rester coi. Puis j'entendis des voix de femmes et le bruit de seaux s'entrechoquant. Les voix se rapprochèrent. J'entendis une femme se plaindre, mais je ne compris point ses paroles, puis une autre lui répondit, plus distincte.

— Ils ne peuvent point entrer, c'est tout.

Elles parlaient angle, et elles devaient être des esclaves ou les épouses des hommes de Kjartan. J'entendis un seau plonger dans le puits. Je fis signe à mes hommes de ne pas bouger. Il faudrait du temps pour remplir les seaux, et plus il en faudrait, mieux ce serait, car pendant ce temps les gardes s'assoupiraient. Je contemplai la rangée de visages crottés, cherchant la moindre hésitation qui offenserait les dieux, et je me rendis soudain compte que nous n'étions pas douze, mais treize. Comme le treizième gardait la tête baissée et que je ne pouvais voir son visage, je lui donnai un petit coup de ma lance qui la lui fit lever.

C'était Gisela.

Elle arborait une expression de défi suppliant et je fus horrifié. Il n'est pas de nombre plus néfaste que le treize. Autrefois, au Valhalla, avait été donné un festin pour douze dieux ; mais Loki, le dieu tricheur, était venu sans être convié et avait joué ses tours malfaisants, convainquant Hod l'Aveugle de jeter un brin de gui sur son frère Baldur. Baldur était le dieu préféré, plein de bonté, mais il pouvait être tué par le gui. C'est ainsi qu'il mourut, et cela amusa fort Loki ; depuis ce jour, treize est un chiffre funeste. Treize oiseaux dans le ciel sont un présage de désastre, treize pierres dans un chaudron empoisonnent toute nourriture qui y est cuite, et treize convives à un festin sont une invitation à la mort. Treize lances contre une forteresse ne pouvaient signifier que défaite. Même les chrétiens savent que le chiffre treize apporte le mauvais sort. Le père Beocca me l'avait dit, car il y avait treize hommes au dernier repas du Christ, et le treizième était Judas. Je contemplai donc Gisela, horrifié, et, pour lui montrer ce qu'elle avait fait, je posai ma lance et levai dix doigts, puis deux, puis je la désignai et en levai un de plus. Elle secoua la tête comme pour nier ce que j'avançais, mais je lui fis signe qu'elle devrait demeurer. Nous entrerions à douze à Dunholm, et non à treize.

— Si le bébé ne tète point, disait la femme de l'autre côté de la palissade, frotte-lui les lèvres au jus de primevère. Cela ne faillit jamais.

— Et tes tétons aussi, renchérit une autre.

— Et frotte son dos d'un mélange de suie et de miel, dit une troisième.

— Encore deux seaux, dit la première voix, et nous pourrons rentrer.

Le moment était venu. Je fis de nouveau signe à Gisela, puis je repris ma lance et dégainai Souffle-de-Serpent. J'en baisai la lame et me levai. Cela me parut étrange de me dresser et de bouger à nouveau, en plein jour. Je me sentais comme nu sous les remparts et je m'attendais à entendre le cri d'une sentinelle, mais nul ne broncha. Devant, guère loin, je voyais la porte où ne se trouvait aucun garde. Sihtric était à ma gauche. Le chemin était semé de pierres glissantes. J'entendis une femme étouffer un cri, mais personne ne donna l'alerte. Je passai la porte, vis un homme à main droite, et lui tranchai la gorge d'un coup d'épée. Le sang gicla, brillant dans l'aube grise. L'homme s'effondra contre la palissade. Un deuxième garde, à quelques pas de là, avait vu la scène. Il portait un long tablier de forgeron et une hache de bûcheron qu'il semblait incapable de lever. Ébahi, il ne bougea pas quand Finan s'approcha de lui. Il écarquilla les yeux puis comprit le danger et tourna les talons pour s'enfuir, mais Finan le fit trébucher de sa lance et le cloua au sol d'un coup d'épée dans l'échine. Je levai la main pour intimer le silence à tous. Nous attendîmes. Personne ne criait. La pluie dégouttait du chaume des toits. Je comptai mes hommes. Nous étions dix, puis Steapa entra à son tour et referma la porte. Nous étions douze, et non treize.

— Les femmes resteront au puits, me chuchota Steapa.

— Tu es sûr ?

— Elles y resteront, grommela-t-il.

Je lui avais demandé de leur parler, et sans doute sa stature seule avait-elle suffi à les dissuader de donner l'alerte.

— Et Gisela ?

— Elle y restera aussi.

Ainsi entrâmes-nous dans Dunholm. Nous étions arrivés dans un coin sombre de la forteresse, auprès de deux gros tas de fumier à côté d'un long bâtiment bas.

— Des écuries, me signala Sihtric.

La pluie continuait de tomber. Je me glissai jusqu'au bout des écuries et ne vis rien que d'autres palissades, de grands tas de bois de chauffage et des toits de chaume couverts de mousse. Une femme passa entre deux cabanes en poussant une chèvre.

J'essuyai Souffle-de-Serpent sur la cape de l'homme que j'avais abattu, puis je donnai ma lance à Clapa et pris le bouclier du mort.

— Rengainez vos épées, dis-je. (Si nous marchions épée au poing dans les ruelles, nous risquions d'attirer l'attention. Nous devions donner l'apparence d'hommes qui viennent de se réveiller et se rendent à contrecœur à leur poste.) Quel chemin ? demandai-je à Sihtric.

Il nous mena le long de la palissade. Après les écuries, je vis deux grands bâtiments qui se dressaient devant les remparts nord.

— Le château de Kjartan, chuchota Sihtric en me désignant celui de droite.

— Parle naturellement, ordonnai-je.

Le bâtiment était le seul d'où s'échappait de la fumée. Il s'étendait d'est en ouest, un pignon appuyé contre les remparts, ce qui nous obligeait à pénétrer dans le centre de la forteresse pour le contourner. Nous croisions maintenant des gens, mais nul ne nous trouva suspects. Nous n'étions que des hommes en armes et ces gens se hâtaient sous la pluie, plus pressés de gagner la chaleur et un abri que de se soucier d'une douzaine de guerriers crottés. Un frêne se dressait devant le château de Kjartan et l'unique sentinelle était accroupie sous ses branches dénudées pour tenter, en vain, de s'abriter du vent et de la pluie. J'entendis des cris. Ils étaient étouffés, mais, à mesure que nous approchions du passage entre les bâtiments, je vis des hommes sur les remparts. Ils regardaient vers le nord en brandissant leurs lances. Ragnar approchait donc. Il était visible malgré le faible jour, car ses hommes portaient des torches. Il leur en avait donné l'ordre, afin que les défenseurs soient suffisamment distraits pour ne pas surveiller leurs arrières. Le feu et l'acier marchaient dans Dunholm, mais les gardes se gaussaient des hommes de Ragnar qui glissaient sur le sentier boueux, car ils savaient leurs murailles hautes et leurs attaquants peu nombreux. Cependant les *sceadugengan* étaient déjà derrière eux sans qu'ils ne nous aient aperçus, et mes craintes commencèrent à se dissiper. Je touchai mon amulette et remerciai silencieusement Thor.

Nous étions à quelques pas du frêne du château de Kjartan. L'arbre symbolisait Yggdrasil, l'Arbre de Vie où se tissent les destins, mais celui-ci était chétif, peinant à croître dans le maigre sol de Dunholm. La sentinelle nous jeta un coup d'œil, ne remarqua rien et se retourna pour regarder vers la porte. Des hommes se rassemblaient sur ce rempart, tandis que d'autres se dressaient sur les plates-formes de combat de part et d'autre de l'entrée. Un gros groupe de cavaliers attendaient derrière la porte, sans doute prêt à poursuivre les attaquants vaincus quand ils seraient repoussés. Je tentai de compter les défenseurs mais, comme ils étaient trop nombreux, je regardai à main droite et vis une solide échelle menant à la plate-forme ouest. C'était là que nous devions aller. La gravir, nous emparer du mur ouest, puis laisser Ragnar entrer pour qu'il venge son père, libère Thyra et étonne toute la Northumbrie.

Je souris, soudain transporté à l'idée de me trouver à l'intérieur de Dunholm. Je pensai à Hild et l'imaginai priant dans son humble chapelle avec les mendiants massés devant son couvent. Alfred devait être en train d'étudier, s'usant les yeux à lire des manuscrits à la faible lumière de l'aube. Des hommes s'éveillaient dans toutes les forteresses de Bretagne, bâillant et s'étirant. Les bœufs étaient mis au joug, les chiens jappaient à la perspective d'une chasse, et nous, nous étions là, dans la forteresse de Kjartan, et nul ne soupçonnait notre présence. Nous avions froid, étions engourdis et trempés, et à un contre vingt, mais les dieux étaient avec nous. Je savais que nous allions vaincre et j'exultais. La joie de la bataille me gagnait, et je sus que les scaldes auraient une grande prouesse à chanter... Mais peut-être composeraient-ils une grande complainte, car soudain tout vira au désastre.

10

La sentinelle blottie sous son arbre se tourna vers nous.

— Ils perdent leur temps, dit-il, parlant des hommes de Ragnar.

Il ne soupçonnait rien. Il bâilla même lorsque nous approchâmes, puis quelque chose l'alarma. Peut-être était-ce Steapa, car il ne devait y avoir personne à Dunholm d'aussi grand que le Saxon. Peu importe, l'homme comprit soudain que nous étions des étrangers et réagit aussitôt en tirant son épée. Il allait crier quand Steapa l'atteignit à l'épaule de sa lance, le renversant. Rypere se précipita et enfonça la sienne dans le ventre de l'homme avec une telle force qu'il le cloua au frêne. Il l'égorgea d'un coup d'épée mais, alors que le sang jaillissait, deux hommes apparurent et hurlèrent que des ennemis avaient envahi le fort. L'un tourna les talons et courut, l'autre tira son épée. Ce fut une erreur, car Finan lui décocha un coup de lance dans la gorge.

Deux cadavres de plus. La pluie qui avait repris diluait le sang dans la boue. Je me demandais si nous avions le temps de courir jusqu'à l'échelle des remparts quand soudain la porte du château de Kjartan s'ouvrit et trois hommes en surgirent. D'un coup de hache, Steapa tua le premier et abattit le deuxième avant de s'élancer à la poursuite du dernier qui était rentré dans le château. J'envoyai Clapa à sa suite.

— Ramène-le rapidement, lui dis-je, car les cavaliers à la porte avaient entendu le vacarme et tournaient déjà bride vers nous.

Je sus alors que tout était perdu. Tout reposait sur la surprise. Maintenant que nous étions découverts, nous n'avions aucune possibilité d'atteindre le rempart nord. Les hommes des plates-formes de combats s'étaient retournés, et certains étaient déjà descendus pour former un mur de boucliers. Les cavaliers, à peu près une trentaine, s'élançaient sur nous. Non seulement nous avions échoué, mais nous aurions de la chance si nous restions en vie.

— Arrière ! criai-je.

Notre seul espoir était désormais de battre en retraite dans les ruelles étroites, de retenir les cavaliers et d'atteindre la porte du puits. Il fallait sauver Gisela, puis fuir au plus vite. Peut-être pourrions-nous traverser la rivière. Si nous parvenions à passer la Wiire, nous serions peut-être à l'abri.

— Steapa ! criai-je. Clapa ! (Ils sortirent tous deux du château, Steapa tenant sa hache ensanglantée.) Restez ensemble !

Les cavaliers arrivaient à bride abattue, mais nous reculâmes vers les écuries et ils semblèrent redouter de s'aventurer entre les bâtiments, car ils s'arrêtèrent devant le frêne et la sentinelle clouée au tronc. Je pensai que leur prudence nous permettrait de rester en vie assez longtemps pour sortir de la forteresse. L'espoir revint, non de victoire, mais de survie. Puis j'entendis les chiens aboyer.

Les cavaliers ne s'étaient pas arrêtés de peur de nous attaquer, mais parce que Kjartan avait lâché ses chiens.

Consterné, je les vis surgir du petit château et courir sur nous. Combien étaient-ils ? Cinquante, au moins. Un louvetier encourageait les bêtes, plus loups que chiens. Ils étaient énormes, hurlants, et je reculai instinctivement. C'était une meute infernale de fauves qui allaient nous encercler et nous déchiqueter. Je crus que c'était mon châtiment pour avoir tué le frère Jænberht sans défense à Cetreht, et je sentis l'étreinte glacée de l'effroi. *Meurs avec courage*, me répétais-je. Mais comment mourir courageusement sous les crocs de chiens ? Et les chiens flairaient notre terreur. Assoiffés de sang, ils accouraient dans un désordre de griffes et de crocs. Je baissai Souffle-de-Serpent pour abattre le premier lorsque j'entendis une voix les appeler.

C'était une voix de femme. Claire et puissante, elle ne parlait point mais chantait, poussant un cri perçant qui déchira le matin comme une corne qui sonne. Les chiens s'immobilisèrent soudain, se retournèrent et gémirent. Le plus proche se trouvait à quatre pas de moi, c'était une chienne au pelage crotté qui se recroquevilla et hurla pendant que la femme invisible appelait de nouveau. Il y avait dans ce cri une tristesse d'agonie à laquelle semblait compatir le hurlement de la chienne. Le louvetier qui les avait lâchés tenta de les lancer sur nous à coups de fouet, mais la voix retentit de nouveau, claire malgré la pluie, plus vive cette fois, comme si la femme glapissait de colère, et trois des chiens bondirent sur le louvetier. Il poussa un hurlement et fut submergé par une marée de crocs. Les cavaliers tentèrent de les chasser, mais la femme poussa un nouveau cri qui lança la meute entière sur les chevaux ; et la matinée fut remplie du crépitement de la pluie, de ces cris d'outre-tombe et des hurlements des chiens. Les cavaliers paniqués tournèrent bride et galopèrent vers la porte. La femme appela de nouveau, doucement cette fois. Les chiens se rassemblèrent autour du frêne chétif, délaissant les cavaliers.

J'étais resté pétrifié. Les chiens s'étaient allongés, babines retroussées, fixant la porte du château de Kjartan, et c'est là que la femme apparut. Elle enjamba le cadavre abattu par Steapa et chanta pour les chiens qui s'aplatirent tandis qu'elle nous dévisageait.

C'était Thyra.

Je ne la reconnus pas immédiatement. Cela faisait des années que je n'avais vu la sœur de Ragnar, et je me rappelais seulement une enfant blonde, saine et heureuse, qui rêvait d'épouser un guerrier dane. Puis le château de son père avait été incendié, son guerrier avait été occis, et elle, capturée par Kjartan puis donnée à Sven. À présent, elle était devenue une créature de cauchemar.

Elle portait une longue cape en peau de daim, retenue par une broche d'os à son col, mais dessous elle était nue. Alors qu'elle traversait la meute, les pans de la cape s'écartaient, révélant un corps affreusement maigre et couvert de crasse. Ses bras et ses jambes étaient couturés de cicatrices comme si quelqu'un les avait entaillés maintes fois, et là où il n'y avait pas de balafres sa peau était ulcérée. Ses cheveux blonds, ternes et graisseux, étaient tressés de lierre desséché qui pendait sur ses épaules. En la voyant, Finan se signa, tout comme Steapa, et moi je touchai mon amulette. Ses ongles recourbés étaient longs comme des serres et elle les agitait dans les airs. Soudain, elle poussa un hurlement. Les chiens geignirent et tremblèrent comme s'ils souffraient. Elle nous regarda : je vis ses yeux de démente et la peur s'empara de moi, car elle s'accroupit soudain et tendit le bras vers moi, les yeux flamboyants et remplis de haine.

— Ragnar ! cria-t-elle. Ragnar !

Elle prononçait ce nom comme une malédiction et les chiens se retournèrent. Je compris qu'ils bondiraient sur moi si elle leur parlait à nouveau.

— Je suis Uhtred ! criai-je en ôtant mon casque pour qu'elle voie mon visage. Uhtred !

— Uhtred ? répéta-t-elle en me regardant, l'air soudain lucide, presque surpris. Uhtred...

Elle semblait tenter de se souvenir de mon nom. Les chiens se détournèrent de nous, puis elle poussa un hurlement. Il n'était pas destiné aux chiens, c'était un gémissement qu'elle adressait aux nuages, et soudain elle tourna sa rage sur les bêtes. Elle se baissa, ramassa des poignées de boue qu'elle jeta sur les chiens. Elle leur parlait dans une sorte de langue qu'ils comprenaient, et ils lui obéirent, déferlant sur le mur de boucliers qui venait d'être rassemblé à la porte. Elle suivit en hurlant la meute gagnée par sa fureur, et la peur qui s'était emparée de moi disparut tandis que je criais à mes hommes de la suivre.

Ces chiens étaient effrayants. C'étaient des fauves dressés à tuer, et Thyra les dirigeait de ses cris. Le mur de boucliers se rompit avant qu'ils n'arrivent sur eux. Les hommes se dispersèrent en courant, poursuivis par les chiens. Quelques-uns, plus braves que les autres, demeurèrent à la porte, là où je voulais précisément aller.

— La porte ! criai-je. Thyra ! Emmène-les à la porte !

Elle poussa un cri rauque et aigu, et les chiens se dirigèrent docilement vers la porte. J'ai vu d'autres chasseurs diriger leurs chiens aussi habilement qu'un cavalier mène son cheval à coups de genoux. Thyra avait ce don.

Les hommes de Kjartan eurent une mort atroce. Les chiens déferlèrent sur eux et les déchirèrent. Je n'avais pas encore vu Kjartan ni Sven, mais je ne les cherchai point. Je voulais seulement atteindre la porte et l'ouvrir à Ragnar. Nous suivîmes donc la meute, mais l'un des cavaliers reprit ses esprits et cria aux hommes effrayés de nous encercler. C'était un homme de haute taille, dont la cotte de mailles était couverte d'une cape d'un blanc sale. Son casque couvrait son visage, mais je fus certain que c'était Kjartan. Il éperonna son cheval et une vingtaine d'hommes le suivirent, mais Thyra poussa un cri et autant de chiens se précipitèrent sur les cavaliers. L'un d'eux, cherchant désespérément à les éviter, tourna bride trop vivement et tomba dans la boue. Une demi-douzaine de chiens s'en prirent à sa monture tandis que les autres se jetaient sur l'homme. Je l'entendis crier et je vis un chien la patte brisée par un coup de sabot. Le cheval hennissait de terreur. Je courus sous la pluie et vis une lance jaillir des remparts. Les hommes qui y étaient postés tentaient de nous arrêter. Ils décochèrent leurs lances sur la meute qui s'acharnait encore sur les derniers hommes du mur de boucliers, mais les chiens étaient trop nombreux. Nous n'étions plus qu'à une trentaine de coudées de la porte. Thyra et ses chiens nous avaient permis de traverser Dunholm et l'ennemi était en proie au désarroi, quand le cavalier à cape blanche sauta de selle et cria à ses hommes d'abattre les chiens.

Ils formèrent un mur et chargèrent, boucliers en avant pour se protéger des bêtes qu'ils frappaient de leurs lances et de leurs épées.

— Steapa ! m'écriai-je.

Il comprit ce que je voulais et appela d'autres hommes. Clapa et lui furent les premiers à voler au secours des chiens, et je vis sa hache s'abattre sur un casque tandis que Thyra lançait les chiens sur le nouveau mur. Des hommes dévalaient des plates-formes. Je compris qu'il fallait agir au plus vite, avant que les soldats de Kjartan aient décimé la meute et se jettent sur nous. Je vis un chien bondir et refermer sa gueule sur le visage d'un homme, un autre hurler, une épée plantée dans la panse. Thyra criait toujours et Steapa retenait le rempart de boucliers, mais d'autres hommes venaient le renforcer, et en peu de temps le mur se refermerait sur les hommes et les chiens et les massacrerait. Je courus à la porte, défendue seulement par des lanciers sur les remparts. Je n'avais que le bouclier pris au cadavre et priai qu'il soit solide. Je le hissai au-dessus de ma tête, dégainai Souffle-de-Serpent et courus.

Les lourdes lances s'abattirent sur le bouclier et tout autour de moi. Deux au moins le percèrent. J'en sentis une mordre mon bras, et le bouclier se faisait de plus en plus lourd à mesure qu'elles se fichaient dans le bois, mais j'avais atteint la porte sain et sauf. Les chiens continuaient de se battre et de hurler. Steapa défiait l'ennemi de l'affronter, mais tous l'évitaient. Je vis les flancs du mur de Kjartan se refermer, alors je sus que nous mourrions si je n'ouvrais pas la porte. Il me fallait mes deux mains pour soulever la lourde barre, mais l'une des lances avait percé la maille de mon bras gauche et je ne pouvais ôter le bouclier. Je dus couper les poignées de cuir, puis arracher la pointe de la lance de mon bras. Je saignais, mais mon bras n'était pas brisé et je pus soulever la barre.

Je tirai les portes vers l'intérieur et Ragnar et ses hommes, postés à cinquante pas de là, crièrent en me voyant puis s'élancèrent, bouclier au-dessus de la tête pour se protéger des lances et des haches lancés des remparts, afin de rejoindre le mur de boucliers et de se précipiter sur les hommes de Kjartan, ébahis.

Ainsi fut prise Dunholm, la forteresse juchée sur son rocher dans une boucle de la rivière. Des années plus tard, je fus flatté par un seigneur de Mercie dont le scalde chanta comment Uhtred de Bebbanburg escalada seul le rocher et combattit deux cents hommes pour ouvrir la porte gardée par un dragon. C'était une belle chanson, pleine de hauts faits et de bravoure, mais en vérité un tissu d'absurdités. Nous étions douze et les chiens avaient mené presque tout le combat, Steapa le reste. Et si Thyra n'était pas sortie du château, les descendants de Kjartan pourraient fort bien encore régner sur Dunholm à ce jour. Le combat ne fut pas pour autant terminé quand la porte fut ouverte, car nous étions toujours dépassés en nombre. Mais nous avions les chiens et pas Kjartan, et une fois Ragnar entré, nous pûmes attaquer les défenseurs.

Ce fut mur contre mur. L'horreur du combat, le fracas des boucliers s'entrechoquant et les cris des hommes perçant l'ennemi de leur épée ou de leur lance. Ce furent sang, merde et tripes répandus dans la boue. Le mur de boucliers est le lieu où les hommes trépassent et gagnent les louanges des scaldes. Je rejoignis le mur de Ragnar. Steapa, qui avait pris le bouclier d'un cavalier abattu par les chiens, vint à mes côtés avec son énorme hache. Nous enjambâmes les morts et les chiens agonisants pour avancer. Le bouclier devenait une arme, dont l'énorme bosse d'acier repoussait l'ennemi afin de l'éventrer d'un coup d'épée, puis de l'enjamber en laissant les hommes qui suivaient l'achever. Il s'écoule rarement longtemps avant qu'un des murs ne rompe, et ce fut celui de Kjartan qui céda le premier. Il avait essayé de nous déborder par les flancs et d'envoyer des hommes par le revers, mais les derniers chiens défendaient nos arrières. Et Steapa, qui faisait tourbillonner sa hache comme un dément, était si énorme et si fort qu'il entama la ligne ennemie et nous facilita la tâche.

— Wessex ! répétait-il comme s'il combattait pour Alfred.

Ragnar et moi l'encadrions, et sous la pluie battante nous le suivîmes dans le mur de Kjartan. Nous le traversâmes de part en part, et le mur se rompit alors que les hommes fuyaient vers les bâtiments.

Kjartan était bien l'homme à la cape blanche. Il était grand, presque autant que Steapa, et il était fort. Il vit sa forteresse tomber et cria à ses hommes de former un nouveau mur, mais certains se rendaient déjà. Les Danes ne cèdent pas facilement, mais ils comprenaient qu'ils combattaient d'autres Danes, et il n'y avait nulle honte à se rendre à un tel ennemi. D'autres fuirent par la porte du puits, et je craignis que Gisela ne soit découverte et capturée, mais les femmes parties puiser l'eau la protégèrent. Elles se blottirent derrière la palissade du puits tandis que les hommes paniqués s'échappaient vers la rivière.

Quelques-uns se rassemblèrent autour de Kjartan, boucliers contre boucliers, et attendirent la mort. Kjartan était peut-être cruel, mais il était brave. Son fils Sven ne l'était point. C'est lui qui commandait les hommes des remparts, et presque tous fuirent vers le Nord, le laissant avec seulement deux compagnons. Guthred, Finan et Rollo montèrent s'en occuper, mais Finan suffisait. Il détestait combattre dans le mur, se trouvant trop léger pour y participer, mais à découvert il était redoutable. On le surnommait Finan l'Agile, et c'est ébahi que je le vis bondir devant Guthred et Rollo et affronter seul les trois hommes avec ses deux épées plus vives que la vipère. Il éblouit les compagnons de Sven en feintant, esquiva sans peine leurs attaques et les tua avec un grand sourire avant de se tourner vers Sven. Mais Sven était un lâche. Il s'était réfugié dans un coin du rempart, écartant les bras pour se rendre. Finan se baissa, toujours souriant, prêt à lui plonger son épée dans le ventre.

— Il est à moi ! cria Thyra en agitant ses mains crochues et en sanglotant de haine. À moi !

— Tu es à elle, dit Finan. Qu'il en soit ainsi.

Il feinta vers le ventre de Sven, et lorsque celui-ci baissa son boulier, Finan le poussa et le fit tomber à la renverse du rempart. Il poussa un hurlement dans sa chute, qui n'était guère haute que de deux hommes, mais il tomba dans la boue comme un sac de grain. Il tenta de se relever, mais Thyra se dressait au-dessus de lui. Elle poussa un long cri plaintif et les chiens la rejoignirent, tous, même les éclopés.

— Non ! cria Sven en la fixant de son œil borgne. Non !

— Si ! siffla-t-elle.

Elle se baissa et lui arracha son épée, puis elle glapit et les chiens se jetèrent sur lui. Il se débattit tandis que les crocs se refermaient sur sa chair. Certains, dressés à tuer trop vite, se jetèrent à sa gorge, mais Thyra les repoussa de l'épée. C'est ainsi que les chiens dévorèrent Sven en commençant par son entrejambe. Ses cris percèrent la pluie comme des lames. Son père les entendit, et Thyra les regarda en riant.

Kjartan était encore en vie. Trente-quatre hommes le défendaient. Ils se savaient voués à la mort et s'apprêtaient à l'affronter en Danes, mais Ragnar s'avança vers eux, les ailes de son casque ruisselantes, et pointa son épée sur Kjartan. Celui-ci hocha la tête et se détacha du mur de boucliers. Les chiens dévoraient les tripes de son fils tandis que Thyra dansait dans une mare de sang en chantant sa victoire.

— J'ai tué ton père, ricana Kjartan, et je te tuerai aussi. (Ragnar ne répondit rien. Les deux hommes se jaugèrent, à six pas de distance.) Ta sœur était une bonne putain, continua-t-il, avant qu'elle ne soit frappée de folie. (Il s'avança, bouclier levé, et Ragnar esquiva le coup d'épée qui le visait à la cheville. Les deux hommes se toisèrent de nouveau.) C'était une bonne putain aussi, même après qu'elle fut devenue folle. Mais il fallait l'attacher afin de l'empêcher de se débattre. C'était plus facile, vois-tu.

Ragnar attaqua, bouclier levé, épée baissée, et les deux boucliers s'entrechoquèrent tandis que Kjartan parait le coup.

— Mais ce n'est plus une bonne putain, maintenant poursuivit Kjartan. Elle est trop mal fagotée et fort crasseuse. Même un mendiant ne la trousserait plus. Je le sais. Je l'ai proposée à l'un d'eux la semaine passée et il a refusé. Il la trouvait trop sale pour lui.

Soudain, il se jeta sur Ragnar. Il n'y avait guère de finesse dans cette attaque, qui n'était que force et vivacité. Ragnar recula, protégé par son bouclier. Je pris peur pour lui et fis un pas en avant, mais Steapa me retint.

— C'est son combat, dit-il.

— J'ai tué ton père, répétait Kjartan, arrachant du bout de son épée un éclat de bois du bouclier de Ragnar. J'ai brûlé ta mère, se vanta-t-il en abattant sa lame sur la bosse. Et j'ai troussé ta sœur. (Le coup suivant fit de nouveau reculer Ragnar.) Et je pisserai sur ton cadavre étripé.

Il poussa un cri et frappa de nouveau Ragnar aux chevilles. Cette fois, le coup porta et Ragnar vacilla. Sa main blessée avait instinctivement baissé le bouclier et Kjartan lui assena un coup du sien pour le forcer à s'incliner. Ragnar, qui n'avait encore rien dit, poussa soudain un hurlement. Je crus un instant que c'était celui d'un homme condamné, mais c'était un cri de rage. Il se jeta sur le bouclier de Kjartan, repoussant son adversaire, puis il fit un bond de côté. Je crus qu'il boitait à cause du coup qu'il avait pris, mais sa botte était armée de bandes d'acier, et si l'une était rompue, sa cheville n'était pas blessée. Soudain il ne fut plus que rage et mouvement. Comme s'il venait de s'éveiller. Il commença à danser autour de Kjartan, et c'était le secret d'un duel. Bouger sans cesse. Ragnar dansait, rempli de fureur, et il était presque aussi vif que Finan. Kjartan, qui pensait avoir pris la mesure de son adversaire, fut soudain pris de court. Il n'avait plus goût aux insultes et songeait seulement à se défendre, alors que Ragnar n'était plus que férocité et agilité. Il portait coup sur coup, le faisait tourner, esquivait, parait de son bouclier, puis son épée s'abattit sur le casque de Kjartan. Brise-Cœur entama l'acier sans le percer. Kjartan secoua la tête, Ragnar le repoussa à coups de bouclier. Il finit par en fracasser le bois et entamer la bordure d'acier. Kjartan recula et Ragnar se mit à fredonner une mélopée si horrible que les chiens autour de Thyra hurlèrent de concert.

Deux cents hommes assistaient au combat. Nous savions tous ce qui allait advenir, car la fièvre de la bataille s'était emparée de Ragnar. C'était la fureur du guerrier. Nul ne peut y résister et Kjartan eut beau tenir, il finit par reculer, trébucha sur le cadavre d'un chien puis tomba à la renverse. Ragnar esquiva sa lame d'un bond et lui plongea Brise-Cœur dans le bras. La lame entama la cotte de mailles et coupa les tendons. Kjartan tenta de se relever, mais Ragnar lui donna un coup de pied en pleine face et le cloua au sol en plaquant son talon sur sa gorge. Kjartan suffoqua. Ragnar recula et laissa glisser son bouclier en lambeaux. Puis il arracha l'épée de son adversaire, la jeta dans la boue et le tua.

Ce fut une mort lente, mais Kjartan ne poussa pas un cri. Il tenta de résister en parant les coups d'épée de son bouclier, mais Ragnar le saigna, entaille après entaille. Kjartan demanda seulement qu'on lui rende son épée avant de mourir afin de pouvoir entrer dignement au banquet d'Odin, mais Ragnar secoua la tête.

— Non.

Ce fut son seul mot jusqu'au dernier coup, porté à deux mains en plein ventre, avec une force qui perça la cotte de mailles et cloua Kjartan au sol. Ragnar laissa Brise-Cœur plantée là et recula pendant que Kjartan se convulsait de douleur. Alors, Ragnar leva les yeux vers le ciel et cria vers les nuages.

— Père !

Il annonçait à Ragnar l'Ancien que sa mort était vengée.

Thyra voulait elle aussi sa vengeance. Elle s'était assise avec ses chiens pour assister à la mort de Kjartan, mais elle venait de se relever et appelait les chiens qui coururent vers Ragnar. Je crus qu'elle les envoyait dévorer le cadavre de Kjartan, mais je les vis encercler Ragnar. Ils étaient encore une vingtaine et grondaient tandis que Thyra criait sur son frère.

— Tu aurais dû venir plus tôt ! Pourquoi as-tu tant attendu ?

Il resta interdit devant sa colère.

— Je suis venu dès que...

— Tu t'es fait viking ! cria-t-elle. Tu m'as abandonnée ici ! (Les chiens, désespérés par son chagrin, s'agitaient autour de Ragnar, le pelage ensanglanté et la langue pendante sur leurs babines écumantes, attendant le mot qui les autoriserait à le réduire en pièces.) Tu m'as abandonnée ici ! répéta-t-elle en fendant la meute pour faire face à son frère. (Elle se laissa soudain tomber à genoux et sanglota. Je voulus la prendre par le bras, mais les chiens m'en dissuadèrent, retroussant leurs babines et grondant. Thyra continuait de pleurer, vaincue par une peine aussi démesurée que l'orage qui accablait Dunholm.) Je te tuerai ! hurla-t-elle.

— Thyra... dit-il seulement.

— Tu m'as abandonnée ! répéta-t-elle. (Elle se releva et soudain parut de nouveau lucide ; je vis qu'elle était encore d'une grande beauté sous la crasse et les cicatrices.) Le prix de ma vie, dit-elle calmement, ce sera ta mort.

— Non, prononça une voix autoritaire. Ce ne sera point.

C'était le père Beocca. Il avait attendu auprès de la porte, et à présent clopinait vers nous. Thyra gronda.

— Tu es mort, prêtre ! (Elle poussa un glapissement et les chiens se tournèrent vers Beocca tandis qu'elle recommençait à gesticuler comme une folle.) Tuez le prêtre ! cria-t-elle aux chiens. Tuez-le !

Je m'élançai, mais c'était inutile.

Les chrétiens parlent souvent de miracles, et j'avais toujours voulu être témoin d'une telle magie. Ils prétendent que les aveugles peuvent recouvrer la vue, les infirmes marcher de nouveau et les lépreux être guéris. Je les ai entendus parler d'hommes marchant sur les eaux, et même de morts se levant pour sortir de leur tombeau, mais je n'ai jamais rien vu de tel. Si j'avais vu de tels prodiges, je serais chrétien aujourd'hui. Cependant, en ce jour fouetté par la pluie, je vis quelque chose qui ressemblait à un miracle.

Le père Beocca, son froc crotté de boue, clopina au milieu de la meute de chiens féroces. Ils avaient été envoyés pour l'attaquer, et Thyra leur criait de le tuer. Mais il les ignora, tout simplement, et les fauves reculèrent, comme apeurés. Ils geignirent comme s'ils craignaient cet infirme louchard et c'est ainsi qu'il passa entre leurs gueules écumantes sans quitter des yeux Thyra, dont les cris diminuèrent jusqu'au gémissement, pour laisser la place aux sanglots. Sa cape ouverte découvrait son corps nu et couturé, et Beocca ôta la sienne pour la draper sur ses épaules. Elle se cachait le visage dans ses mains. Elle pleurait toujours et les chiens compatissaient en glapissant, tandis que Ragnar regardait la scène. Je crus que Beocca allait emmener Thyra, mais au lieu de cela il lui prit la tête entre ses mains et la secoua brusquement, tout en s'écriant, le visage tourné vers le ciel :

— Seigneur, éloigne le démon de cette femme ! Chasse le malin ! Épargne-lui les griffes d'Abaddon !

Elle poussa un grand cri et les chiens redressèrent la tête pour hurler vers le ciel. Beocca continuait de la secouer, si fort que je crus qu'il allait lui briser le cou.

— Éloigne le mal de cette femme, Seigneur ! Accueille-la dans ton amour et ta grande miséricorde ! (Il fixait le ciel tout en tenant Thyra par les cheveux et en lui agitant la tête d'avant en arrière, chantant d'une voix aussi sonore que le seigneur de guerre sur le champ de bataille.) Au nom du Père, s'écria-t-il, du Fils et du Saint-Esprit, je vous ordonne, ignobles démons, de sortir de cette femme. Je vous précipite dans l'abîme ! Je vous bannis ! Je vous exile en enfer pour l'éternité et un jour, et je le fais au nom du Père, du Fils et du Saint-Esprit ! Partez !

Thyra se mit soudain à pleurer. Pas à crier ni à sangloter en suffoquant, mais à pleurer doucement. Puis elle posa sa tête sur l'épaule du prêtre qui la prit délicatement dans ses bras et la berça en nous foudroyant du regard, comme si nous autres guerriers, couverts de sang, étions les alliés des démons qu'il avait chassés.

— Elle va bien, désormais, dit-il gauchement. Elle va bien. Oh, fichez le camp ! cria-t-il aux chiens qui, curieusement, lui obéirent, la queue entre les jambes, et laissèrent Ragnar. Nous devons la réchauffer, ordonna-t-il, et la vêtir convenablement.

— Oui, dis-je. Nous le devons.

— Eh bien, puisque tu ne le fais point, s'indigna-t-il parce que je ne bougeais pas, je le ferai.

Il entraîna Thyra vers le château de Kjartan dont la cheminée fumait encore. Ragnar voulut les suivre, mais je secouai la tête et il s'immobilisa. Je posai le pied sur le ventre de Kjartan et arrachai l'épée. Je la rendis à Ragnar qui m'étreignit, mais le cœur n'y était point. Nous avions réussi l'impossible et pris Dunholm, mais Ivarr vivait encore et Ivarr était plus redoutable encore.

— Que dois-je dire à Thyra ? me demanda Ragnar.

— Tu lui diras la vérité, répondis-je, car je ne savais que dire.

Et sur ces mots, j'allai retrouver Gisela.

Brida et elle lavèrent Thyra après avoir ôté le lierre de ses cheveux, puis elles la séchèrent et la peignèrent devant le grand feu dans le château de Kjartan. Ensuite, elles la revêtirent d'une simple robe de laine et d'une cape de fourrure de loutre. Ragnar alla lui parler pendant que je me promenais avec Beocca dehors. Il avait cessé de pleuvoir.

— Qui est Abaddon ? lui demandai-je.

— J'ai été chargé de ton éducation, dit-il, et j'ai honte de moi. Comment peux-tu l'ignorer ?

— Eh bien je l'ignore, c'est tout. Qui est-ce ?

— L'ange noir du puits sans fond, voyons. Je suis certain de te l'avoir enseigné. C'est le premier démon qui te tourmentera si tu ne te repens point et ne deviens point chrétien.

— Vous êtes un brave, mon père.

— Sottises.

— J'ai tenté de la toucher, mais j'avais peur des chiens. Ils ont tué plus de trente hommes aujourd'hui et vous avez simplement marché parmi eux.

— Ce ne sont que chiens, dit-il avec désinvolture. Si Dieu et saint Cuthbert ne peuvent m'en protéger, de quoi seraient-ils capables ?

Je m'arrêtai et posai mes mains sur ses épaules.

— Vous avez été fort brave, mon père, insistai-je. Et je salue votre courage.

Beocca fut considérablement charmé par le compliment, mais il essaya de se montrer modeste.

— Je n'ai fait que prier, et Dieu a fait le reste. (Je le lâchai et nous reprîmes notre marche.) Je ne pensais pas que les chiens me feraient du mal, car je les ai toujours aimés. J'en avais un étant enfant.

— Vous devriez en avoir un maintenant. Cela vous ferait de la compagnie.

— Je ne pouvais travailler étant enfant, continua-t-il comme si je n'avais rien dit. Certes, je pouvais ramasser des pierres et chasser les oiseaux des semailles, mais je ne pouvais travailler comme les autres. Le chien était mon ami, mais il mourut. D'autres enfants le tuèrent. (Il cligna des paupières.) Thyra est une jolie femme, ne trouves-tu point ? dit-il pensivement.

— Elle l'est.

— Ces cicatrices sur ses membres... Je pensais que c'était l'œuvre de Sven ou de Kjartan, mais c'est elle qui se les est faites.

— Vraiment ?

— Elle m'a dit qu'elle s'entaillait avec des couteaux. Mais pour quoi faire ?

— Pour s'enlaidir ? avançai-je.

— Mais elle n'est point laide, dit-il, perplexe. Elle est belle.

— Oui, elle l'est.

J'eus de nouveau de la peine pour Beocca. Il vieillissait, il avait toujours été infirme et laid, il avait toujours voulu se marier et aucune femme n'était jamais venue à lui. Il aurait dû se faire moine et n'avoir point le droit de se marier. Mais il était prêtre et il en avait l'esprit, car il me regarda sévèrement.

— Alfred m'a envoyé prêcher la paix et je t'ai vu assassiner un saint homme, puis accomplir ceci, grommela-t-il en grimaçant devant les cadavres.

— Alfred nous a envoyés afin que Guthred soit en sûreté, lui rappelai-je.

— Et nous devons nous assurer que saint Cuthbert est en lieu sûr, insista-t-il.

— Nous le ferons.

— Nous ne pouvons demeurer ici, Uhtred. Nous devons rentrer à Cetreht. Nous devons vaincre Ivarr !

— Nous le ferons, mon père.

— Il possède la plus grande armée de Northumbrie !

— Mais il mourra seul, mon père. (Je ne sus pourquoi je disais cela. Les paroles m'étaient venues et je crus qu'un dieu avait parlé par ma bouche.) Il mourra seul, répétai-je. Je le promets.

Mais nous avions d'autres tâches à accomplir auparavant. Il fallait déterrer le trésor de Kjartan dans le château où logeaient ses chiens. Nous mîmes au travail les esclaves qui creusèrent le sol jonché de crottes et trouvèrent dessous des barils d'argent et d'or, crucifix, bracelets, sacs d'ambre, jais et grenats, et même des rouleaux d'une précieuse soie importée qui avait à demi pourri dans la terre humide. Les guerriers vaincus de Kjartan dressèrent un bûcher pour leurs morts, mais Ragnar exigea que Kjartan et ce qui restait de Sven n'aient pas droit à ces funérailles. Ils furent dépouillés de leurs armures, et leurs corps furent jetés en pâture aux porcs qui avaient été épargnés de l'abattage et vivaient au nord-ouest du village.

La forteresse fut confiée à Rollo. Guthred, dans l'enthousiasme de la victoire, avait annoncé que le fort deviendrait une forteresse royale de Northumbrie. Je le pris à part et lui conseillai de la donner à Ragnar.

— Ragnar sera ton ami et tu peux lui confier Dunholm. Il la tiendra.

Je pouvais moi aussi me fier à Ragnar pour lancer des expéditions sur les terres de Bebbanburg et maintenir mon traître d'oncle dans la peur.

Guthred donna donc Dunholm à Ragnar, qui la confia à Rollo avec trente hommes pour garnir les remparts, tandis que nous partions vers le Sud. Plus de cinquante des hommes vaincus de Kjartan lui jurèrent fidélité, mais seulement après qu'il eut vérifié qu'aucun d'entre eux n'avait participé à l'expédition durant laquelle ses parents avaient été tués. Quiconque y avait aidé

Kjartan fut exécuté. Les autres partirent avec nous, d'abord vers Cetreht, puis pour affronter Ivarr.

La moitié de notre tâche était donc accomplie. Kjartan le Cruel et Sven le Borgne étaient morts. Mais Ivarr vivait. Et Alfred de Wessex, bien qu'il ne l'eût jamais dit, le voulait mort.

Alors, nous fîmes route vers le Sud.

11

Nous partîmes le lendemain matin. La pluie s'était éloignée, laissant un ciel lavé, semé de lambeaux de nuages. Nous laissâmes le trésor à Rollo. Nous étions tous des hommes heureux, car nous avions pris la fortune de Kjartan ; si nous sortions vivants de notre rencontre avec Ivarr, nous nous partagerions ses richesses. J'avais plus qu'il n'en fallait pour remplacer le trésor perdu à Fifhaden et je retournerais auprès d'Alfred en homme riche, l'un des plus riches du royaume. Cette pensée me fut réconfortante, tandis que nous suivions la bannière à l'aile d'aigle de Ragnar jusqu'au gué sur la Wiire.

Brida chevauchait avec Ragnar, Gisela avec moi, et Thyra refusait de quitter Beocca. Je ne sus jamais ce que lui avait dit Ragnar dans le château de Kjartan, mais elle ne lui en voulait plus. La folie l'avait désertée. Ses ongles étaient coupés, ses cheveux peignés sous un bonnet blanc, et ce matin-là elle avait salué son frère d'un baiser. Elle semblait toujours malheureuse, mais Beocca savait la réconforter et elle buvait ses paroles comme une femme assoiffée l'eau. Ils montaient tous deux des juments et Beocca, pour une fois, avait oublié son inconfort sur la selle tandis qu'il parlait avec Thyra. Je voyais sa main valide ponctuer ses paroles. Derrière lui, un serviteur menait un cheval de faix qui transportait quatre grandes croix prises au trésor de Kjartan. Beocca avait demandé qu'elles soient rendues à l'église, et nul ne le lui contesta, car il s'était révélé un héros aussi brave que nous tous.

— Elle sera chrétienne d'ici à une semaine, plaisanta Gisela en la voyant écouter attentivement le prêtre.

— Bien avant encore, répondis-je.

— Qu'adviendra-t-il d'elle ?

— Il la convaincra d'entrer au couvent, sans doute.

— La pauvre.

— Au moins, elle y apprendra l'obéissance et ne fera pas la treizième quand nous ne devons être que douze.

Gisela me donna un coup de poing et se fit mal sur ma cotte de mailles.

— J'avais juré, dit-elle en se frottant la main, qu'une fois que je t'aurais retrouvé, je ne te quitterais plus jamais.

— Mais comment as-tu pu faire la treizième ?

— Parce que je savais que les dieux étaient avec nous, répondit-elle sans s'émouvoir. J'avais tiré les runes.

— Et que disent-elles d'Ivarr ?

— Qu'il mourra comme serpent sous un sabot de cheval, dit-elle d'un ton sinistre. Devons-nous aller au Wessex ?

— Je l'ai juré à Alfred.

— Tu as juré ?

— Je lui ai donné ma parole.

— Alors nous devrons aller au Wessex, dit-elle sans entrain. Aimes-tu cette contrée ?

— Non.

— Et Alfred ?

— Non.

— Pourquoi ?

— Il est trop pieux et trop sérieux. Et il pue.

— Tous les Saxons puent.

— Il empeste plus que tout autre. À cause de son mal. Il doit aller chier constamment.

— Ne se lave-t-il point ? grimaça-t-elle.

— Au moins une fois le mois, et probablement plus souvent. Il est fort sourcilleux de cela. Mais il pue tout de même. Et moi, je pue ?

— Comme un porc, sourit-elle. Alfred me plaira-t-il ?

— Non. Il ne te verra point d'un bon œil, car tu n'es point chrétienne.

Cela la fit rire.

— Et que fera-t-il de toi ?

— Il me donnera de la terre et voudra que je combatte pour lui.

— Tu combattras donc les Danes ?

— Ils sont les ennemis d'Alfred. Donc, oui, je combattrai les Danes.

— Mais ils sont mon peuple.

— Et moi, comme j'ai donné ma parole à Alfred, je dois faire ce qu'il demande. (Je me rejetai en arrière alors que mon cheval gravissait une côte.) J'aime les Danes, je les aime plus que les Saxons, mais il est de mon destin de combattre pour le Wessex. *Wyrd bið ful aræd.*

— Ce qui veut dire ?

— Que le destin est le destin et qu'il nous gouverne.

Elle resta songeuse. Elle avait de nouveau revêtu sa cotte de mailles, mais elle portait au cou un torque d'or pris dans le trésor de Kjartan. Il était fait de sept brins entortillés l'un sur l'autre, j'en avais vu de semblables trouvés dans les tombes des anciens chefs bretons. Il lui donnait un air sauvage qui lui allait bien. Ses cheveux noirs étaient ramenés sous un bonnet de laine, et avec son long visage elle avait l'air d'une étrangère. J'aurais pu la regarder jusqu'à mon dernier souffle.

— Combien de temps dois-tu être l'homme d'Alfred ?

— Jusqu'à ce qu'il me libère de ma parole ou que l'un ou l'autre de nous meure.

— Mais tu le dis fort malade. Combien de temps pourra-t-il vivre encore ?

— Probablement fort peu.

— Tu deviendras roi, alors ?

— Je ne sais.

J'aurais aimé. Le fils d'Alfred, Edward, était un enfant pleurnichard, trop jeune pour régner ; et son neveu, Æthelwold, dont Alfred avait usurpé le trône, était un imbécile et un ivrogne. C'était lui l'héritier légitime du trône, et je me surpris à espérer qu'Alfred vive longtemps. Cela m'étonna. J'avais dit à Gisela la vérité, que je n'aimais point Alfred, mais je reconnaissais en lui le véritable chef de l'île de Bretagne. Nul autre n'avait sa vision et sa détermination, et la mort de Kjartan était moins notre œuvre que celle d'Alfred. Il nous avait envoyés dans le Nord, sachant que nous ferions ce qu'il voulait alors qu'il ne nous l'avait point clairement demandé. Je me rendis compte que ma vie comme homme lige d'Alfred ne serait peut-être pas aussi morne que je le craignais. Mais s'il mourait bientôt, ce serait la fin du Wessex. Les thanes se battraient pour la couronne et les Danes, flairant les faiblesses, viendraient comme des corbeaux picorer les restes d'un cadavre.

— Si tu es l'homme lige d'Alfred, demanda Gisela,

montrant qu'elle avait eu la même réflexion que moi, pourquoi t'a-t-il laissé venir ici ?

— Parce qu'il veut que ton frère règne sur la Northumbrie.

— Parce qu'il est une sorte de chrétien ?

— C'est important pour Alfred.

— Ou parce que Guthred est un faible ?

— Il l'est ?

— Tu le sais, dit-elle, méprisante. C'est un homme bon, et le peuple l'aime, mais il ne sait point oublier ses scrupules. Il aurait dû tuer Ivarr lorsqu'ils se rencontrèrent, et bannir Hrothweard depuis longtemps, mais il n'a point osé. Il craint trop saint Cuthbert.

— Et pourquoi Alfred voudrait-il d'un roi faible sur le trône de Northumbrie ? demandai-je innocemment.

— Afin qu'elle soit faible quand les Saxons tenteront de reprendre leur terre.

— Est-ce ce que disent tes runes ?

— Elles disent que nous aurons deux fils et une fille. Que l'un des fils te brisera le cœur, que l'autre sera ta fierté et que ta fille sera mère de rois.

Je me mis à rire devant cette prophétie, non par mépris mais à cause de l'aplomb de sa voix.

— Et cela signifie-t-il, demandai-je, que tu viendras au Wessex même si je combats les Danes ?

— Cela signifie que je ne te quitterai point. Tel est mon serment.

Ragnar avait dépêché des éclaireurs. À mesure que la journée passait, certains revinrent, leurs chevaux épuisés. Ivarr, avaient-ils ouï dire, avait pris Eoferwic. Il n'avait guère eu de peine. La garnison réduite de Guthred avait cédé la ville plutôt que d'être massacrée dans les rues. Ivarr avait pillé ce qu'il avait pu, placé une nouvelle garnison sur les remparts, et il marchait déjà vers le Nord. Il n'avait pas encore appris la chute de Dunholm et espérait d'évidence capturer Guthred qui, pensait-il, s'attardait à Cetreht ou errait comme une âme en peine dans les plaines du Cumbraland. Certains disaient qu'Ivarr menait deux mille lances, chiffre que Ragnar et moi refusâmes de croire. Il était en revanche certain qu'il nous dépassait largement en nombre, et probable qu'il remontait dans le Nord par la même voie romaine que nous descendions vers le Sud.

— Pouvons-nous combattre ? me demanda Guthred.

— Nous le pouvons, mais nous ne pourrons vaincre son armée, dit Ragnar.

— Pourquoi marchons-nous vers le Sud, alors ?

— Pour sauver Cuthbert et tuer Ivarr.

— Mais si nous ne pouvons le vaincre ? demanda Guthred, perplexe.

— Nous combattrons, dis-je le désorientant plus encore. Et si nous ne pouvons le vaincre, nous nous replierons sur Dunholm. C'est pour qu'elle serve de refuge que nous l'avons prise.

— Nous laissons les dieux décider de ce qui adviendra, expliqua Ragnar.

Nous voyant aussi confiants, Guthred n'insista point.

Nous parvînmes à Cetreht le soir même. Nous avions rapidement avancé sur la voie romaine, et nous traversâmes le gué de la Swale alors que le soleil teintait de rouge les collines. Les clercs avaient préféré demeurer dans le maigre confort de Cetreht et personne ne les avait dérangés pendant notre expédition à Dunholm. Ils avaient vu des cavaliers danes dans les collines du Sud, mais aucun ne s'était approché du fort.

Le père Hrothweard et l'abbé Eadred ne parurent pas impressionnés que nous ayons pris Dunholm. Tout ce qui les intéressait, c'était la dépouille du saint et les autres précieuses reliques, qu'ils déterrèrent le soir même dans le cimetière et portèrent en procession solennelle dans l'église. C'est là que je retrouvai Aidan, l'intendant de Bebbanburg, et sa vingtaine d'hommes.

— Tu peux rentrer sans risque chez toi, lui dis-je. Car Kjartan est mort.

Je pense qu'il ne me crut pas aussitôt. Puis il comprit ce que nous avions accompli, et il dut craindre que les hommes qui avaient pris Dunholm ne marchent ensuite sur Bebbanburg. C'est ce que j'avais voulu faire, mais j'avais juré de revenir à Alfred avant la Noël et cela ne me laissait pas le temps d'affronter mon oncle.

— Nous partirons au matin, répondit-il.

— Tu partiras, et quand tu atteindras Bebbanburg, tu diras à mon oncle qu'il n'est jamais loin dans mes pensées. Tu lui diras que j'ai pris sa promise et qu'un jour je l'éventrerai. Et s'il meurt avant que je n'aie pu tenir cette promesse, dis-lui que je jure d'éventrer ses fils à sa place, et les fils de ses fils s'ils en ont. Dis-lui tout cela, et aussi que l'on croyait Dunholm aussi imprenable que Bebbanburg, mais qu'elle est tombée sous mon épée.

— Ivarr te tuera, me défia-t-il.

— Tu ferais bien de prier pour cela.

Tous les chrétiens prièrent cette nuit-là. Ils se rassemblèrent dans l'église et je crus qu'il demandaient à leur dieu de nous donner la victoire sur les armées d'Ivarr ; en réalité, ils le remerciaient d'avoir protégé les précieuses reliques. Ils déposèrent la dépouille de saint Cuthbert devant l'autel où trônait la tête de saint Oswald, l'évangile et le reliquaire des poils de la barbe de saint Augustin ; puis ils chantèrent, prièrent et chantèrent, et je crus que cela ne finirait jamais quand, au cœur de la nuit, ils se turent.

Je longeai le mur du fort en contemplant la voie romaine qui s'étendait au sud par les champs baignés du clair de lune. C'était par là que surviendrait Ivarr et, craignant qu'il n'envoie une bande de cavaliers d'élite durant la nuit, j'avais posté une centaine d'hommes dans les rues du village. Mais personne n'attaqua et dans la nuit une brume s'éleva, voilant les champs, quand Ragnar vint me relever.

— Nous aurons gelé au matin, me dit-il.

Il tapa du pied pour se réchauffer.

— Ma sœur désire aller au Wessex afin d'être baptisée.

— Cela te surprend-il ?

— Non, dit-il en contemplant la voie romaine. C'est pour le mieux. Et elle aime bien ton Beocca. Qu'adviendra-t-il d'elle ?

— Sans doute se fera-t-elle nonne, dis-je, ne voyant pas quel autre destin pouvait l'attendre dans le Wessex d'Alfred.

— Je l'ai abandonnée, dit-il. (Je ne répondis rien, car c'était la vérité.) Dois-tu retourner au Wessex ?

— Oui, je l'ai juré.

— Les serments peuvent être rompus, dit-il à mi-voix.

C'était vrai, mais dans un monde où d'autres dieux règnent et où le destin n'est connu que de trois fileuses, les serments sont notre unique certitude. Si je rompais le mien, je ne pouvais attendre de mes hommes qu'ils respectent leur parole. Cela, je l'avais appris.

— Je ne reprendrai pas la parole donnée à Alfred, mais je te ferai à toi un serment. Jamais je ne te combattrai, ce qui m'appartient t'appartient ; et si tu as besoin d'aide, je ferai tout mon possible pour te l'apporter.

Il ne répondit rien et donna un coup de pied dans l'herbe en contemplant le brouillard.

— Je fais le même serment, dit-il, aussi gêné que moi. Combien d'hommes amènera Ivarr ?

— Huit cents ?

— Et nous sommes moins de trois cents.

— Il n'y aura point de combat, dis-je.

— Non ?

— Ivarr mourra et c'en sera fini. (Je touchai la poignée de Souffle-de-Serpent pour qu'elle me porte chance et je sentis sous mes doigts le petit crucifix d'Hild.) Il mourra, répétai-je en touchant la croix, et Guthred règnera, et il fera ce que tu lui diras.

— Tu veux que je lui dise d'attaquer Ælfric ?

— Non, dis-je après réflexion.

— Vraiment ?

— Bebbanburg est trop puissante et il n'y a nulle autre porte comme en avait Dunholm. Par ailleurs, je veux tuer Ælfric de mes propres mains.

— Alfred te laissera-t-il faire ?

— Il me laissera. (En vérité, je doutais qu'il m'accorde un tel plaisir, mais j'étais certain d'être voué à retourner à Bebbanburg et j'avais foi en ma destinée.) Tout est calme, là-bas.

— Tout est calme. Ils ont cessé de prier et dorment. Tu devrais en faire autant.

Je remontai la rue, mais avant de rejoindre Gisela j'ouvris sans bruit la porte de l'église. Là, je vis prêtres et moines assoupis à la faible lueur des cierges qui brûlaient sur l'autel. L'un d'eux ronflait, je refermai la porte aussi silencieusement que je l'avais ouverte.

Je fus éveillé à l'aube par Sihtric qui tambourinait à la porte.

— Ils sont là, seigneur ! criait-il. Ils sont là !

— Qui donc ?

— Les hommes d'Ivarr, seigneur.

— Où ?

— Des cavaliers, seigneur, de l'autre côté de la rivière.

Il n'y avait qu'une centaine d'hommes. Ils ne tentèrent point de traverser et je me doutai qu'ils avaient seulement été envoyés sur la rive nord de la Swale pour couper toute tentative de fuite. L'armée d'Ivarr apparaîtrait au sud, mais ce n'était pas cela qui agitait tout le monde par cette matinée brumeuse. Des hommes criaient dans le village.

— Que se passe-t-il ? demandai-je à Sihtric.

— Les chrétiens sont furieux.

Je me rendis à l'église et découvris que le reliquaire d'or de la barbe de saint Augustin, précieux présent d'Alfred à Guthred, avait été volé. Il était sur l'autel avec les autres reliques, mais durant la nuit il avait disparu, et le père Hrothweard gémissait devant un trou percé dans le mur de torchis derrière l'autel. Guthred écoutait l'abbé Eadred déclarer que ce vol était un signe du mécontentement de Dieu.

— De quoi est-il mécontent ? demanda Guthred.

— Des païens, bien sûr, cracha Eadred.

Le père Hrothweard dodelinait de la tête en se tordant les mains, beuglant à son dieu de déverser sa vengeance sur les mécréants qui avaient profané l'église et volé le saint trésor.

— Révèle les coupables, seigneur ! hurlait-il. (Puis il me vit et décida que la révélation était venue, car il tendit le bras vers moi.) C'était lui !

— Était-ce toi ? demanda Guthred.

— Non, seigneur.

— C'était lui ! hurla Hrothweard.

— Tu dois faire fouiller tous les païens, dit Eadred à Guthred, car si la relique est introuvable, notre défaite sera certaine. Ivarr nous écrasera en punition de ce péché, et ce sera le châtiment que nous envoie Dieu.

Cela me parut une étrange punition de permettre à un Dane païen de vaincre un roi chrétien à cause d'une relique, mais la prophétie semblait assez proche de se réaliser car en milieu de matinée, alors qu'on fouillait encore vainement l'église dans l'espoir de retrouver le reliquaire, l'un des hommes de Ragnar vint annoncer que l'armée d'Ivarr approchait. Ses guerriers formaient déjà un mur de boucliers alors qu'ils n'étaient qu'à un quart de lieue des hommes de Ragnar.

Le moment était donc venu pour nous de nous mettre en route. Guthred et moi portions déjà nos cottes, nos chevaux étaient sellés, et il suffisait de galoper vers le sud pour rejoindre le mur de Ragnar, mais Guthred restait troublé par la disparition de la relique.

— Demanderas-tu à Ragnar s'il l'a prise ? me supplia-t-il alors que nous quittions l'église. Ou si c'est l'un de ses hommes ?

— Ragnar ne l'a point prise. Si tu veux trouver le coupable, fouille ceux-là, dis-je, méprisant, en désignant Aidan.

Ses cavaliers et lui étaient pressés de partir au nord maintenant qu'Ivarr approchait, mais ils n'osaient se mettre en route tant que les Danes gardaient le gué sur la Swale. Guthred leur avait demandé de se joindre à nous, mais ils avaient refusé et attendaient maintenant l'occasion de fuir.

— Aucun chrétien ne volerait une relique ! hurla Hrothweard. C'est un crime de païen !

Guthred était terrifié. Il croyait encore en la magie chrétienne et voyait le vol comme un mauvais présage. À l'évidence, il ne soupçonnait point Aidan, mais comme il ne savait qui soupçonner, je lui facilitai la tâche.

Je fis mander Finan et Sihtric qui attendaient de nous accompagner pour rejoindre le mur.

— Cet homme, dis-je à Guthred en désignant Finan, est un chrétien. L'es-tu, Finan ?

— Je le suis, seigneur.

— Et il est irlandais. Tout le monde le sait, les Irlandais ont le pouvoir de voyance. (Finan, qui n'avait pas plus que moi ce pouvoir, tenta de prendre un air mystérieux.) Il trouvera ta relique, promis-je.

— Tu la trouveras ? demanda Guthred avec empressement.

— Oui, seigneur, répondit Finan avec assurance.

— Va, Finan, dis-je, pendant que je tue Ivarr. Et ramène le coupable dès que tu l'auras découvert.

— Je le ferai, seigneur.

Un serviteur m'amena mon cheval.

— Ton Irlandais est vraiment capable de la retrouver ? me demanda Guthred.

— Je donnerai à l'église tout mon argent, seigneur, clamai-je assez fort pour que tous entendent, et je donnerai ma cotte, mon casque, mes bracelets et mes épées si Finan ne te ramène pas la relique et le coupable. Il est irlandais et ce peuple possède d'étranges pouvoirs. (Je regardai Hrothweard.) Tu as entendu, prêtre ? Je promets à ton église toutes mes richesses si Finan ne trouve point le voleur !

Hrothweard ne trouva rien à répondre. Il me foudroya du regard, mais j'avais fait ma promesse publiquement ; et comme elle témoignait de mon innocence, il se contenta de cracher aux pieds de mon cheval. Gisela, qui était venue tenir mes rênes, dut s'écarter pour éviter le crachat.

— Finan peut-il la trouver ? demanda-t-elle à voix basse.

— Il le peut, lui promis-je.

— Parce qu'il possède d'étranges pouvoirs ?

— Parce qu'il l'a volée, mon amour, chuchotai-je, et sur mon ordre. Il l'a probablement cachée dans un tas de fumier.

Je souris et elle éclata de rire.

Je m'apprêtais à monter en selle quand elle me retint.

— Prends garde, dit-elle. Les hommes redoutent d'affronter Ivarr.

— C'est un Lothbrok et tous les siens combattent bien. Ils aiment se battre. Mais ils le font comme chiens enragés, remplis de fureur et de sauvagerie, et c'est pourquoi ils finissent par mourir en chiens enragés.

Je montai en selle et pris de ses mains mon casque et mon bouclier. Je lui fis mes adieux, puis je tirai les rênes et suivis Guthred au sud.

Nous allions rejoindre le mur de boucliers. Il n'était pas très long et serait facilement débordé par celui, bien plus grand, que formait Ivarr. Le sien étant le double du nôtre, ses hommes pourraient nous envelopper et nous tuer. Si nous en venions à l'affrontement, nous serions massacrés – et les hommes d'Ivarr le savaient. Leur mur, hérissé de lances et de haches, bruissait de cris de victoire. Tous cognaient leurs armes sur leurs boucliers, et le grondement qui remplissait la large vallée enfla lorsque la bannière aux deux corbeaux d'Ivarr fut hissée au centre de leur ligne. Sous la bannière, un groupe de cavaliers se détacha pour s'avancer vers nous. Ivarr se trouvait parmi eux, ainsi que le rat lui tenant lieu de fils.

Guthred, Steapa, Ragnar et moi nous avançâmes vers Ivarr et attendîmes. Sa troupe se composait de dix hommes, mais c'était Ivarr que je surveillais. Il montait Witnere, comme je l'espérais, car cela me donnait une raison de me quereller avec lui. Je restai en arrière, laissant Guthred avancer le premier. Ivarr nous dévisagea l'un après l'autre. Il parut un instant surpris de me voir mais ne dit rien, puis il sembla irrité de voir Ragnar et fut véritablement impressionné par la stature de Steapa. Cependant, il nous ignora et s'adressa à Guthred.

— Fiente de vermine, le salua-t-il.

— Seigneur Ivarr, répondit Guthred.

— Je suis d'une étrange humeur magnanime, dit Ivarr. Si tu pars, j'épargnerai tes hommes.

— Nous n'avons nulle querelle qui ne se puisse régler en paroles, dit Guthred.

— En paroles ! cracha Ivarr. Retourne au-delà de la Northumbrie, pars au loin, fiente de vermine. Cours retrouver ton ami du Wessex, mais laisse-moi ta sœur comme otage. Si tu obéis, je te ferai merci. (Ce n'était pas faire merci, mais avoir l'esprit pratique. Les Danes étaient de féroces guerriers, mais plus prudents qu'ils n'en avaient la réputation. Ivarr n'était pas disposé à se battre, mais plutôt à arranger une reddition, car ainsi il ne perdrait pas d'hommes. Il pouvait remporter la victoire, il le savait, mais pour cela il perdrait entre soixante et soixante-dix hommes, soit tout un équipage de navire et un prix élevé à payer. Mieux valait laisser la vie à Guthred. Ivarr tourna son cheval pour lorgner Ragnar.) Tu as d'étranges amitiés, seigneur Ragnar.

— Il y a deux jours, annonça celui-ci, j'ai tué Kjartan le Cruel. Dunholm est mienne désormais. Je crois que je devrais te tuer, seigneur Ivarr, afin que tu ne tentes point de me la prendre.

Ivarr fut surpris, avec juste raison. Il regarda Guthred puis moi, comme s'il cherchait notre confirmation, mais nos visages ne laissèrent rien paraître. Il haussa les épaules.

— Tu avais querelle avec Kjartan, répondit-il, c'était ton affaire et non la mienne. Je t'accueillerais en ami. Nos pères l'étaient, n'est-ce pas ?

— Ils l'étaient.

— Alors nous devrions renouer leur amitié.

— Pourquoi devrait-il se lier avec un voleur ? demandai-je.

Ivarr me considéra de ses yeux de serpent.

— J'ai vu vomir une chèvre hier, et ce qu'elle a rendu m'a fait penser à toi, dit-il.

— J'en ai vu une chier hier, répliquai-je, et ce qu'elle a lâché m'a fait penser à toi.

Il ricana mais décida de ne pas poursuivre sur le terrain des insultes. En revanche, son fils tira son épée. Ivarr leva la main pour signifier au jeune homme que l'heure n'était pas venue.

— Pars, proposa-t-il à Guthred. Pars loin et j'oublierai que je t'ai jamais croisé.

— L'étron de la chèvre m'a rappelé ta personne, repris-je, mais son odeur m'a rappelé ta mère. Elle était fort âcre, mais quoi de surprenant pour une putain qui enfante un voleur ?

L'un des guerriers retint le fils d'Ivarr. Ivarr lui-même me considéra en silence pendant un moment.

— Je peux faire que ta mort dure trois jours, me dit-il enfin.

— Mais si tu rends ce que tu as dérobé, voleur, et que tu acceptes que le bon roi Guthred juge ton crime, peut-être te témoignerons-nous quelque merci.

Ivarr parut plus amusé qu'offensé.

— Et qu'ai-je volé ? demanda-t-il.

— Tu montes mon cheval et je veux qu'il me soit rendu maintenant.

Il flatta l'encolure de Witnere.

— Quand tu seras mort, dit-il, je ferai tanner ta peau et j'en ferai une selle pour pouvoir passer le reste de mes jours à te péter dessus. (Il se tourna vers Guthred.) Pars, pars loin et laisse-moi ta sœur en otage. Je te laisse quelque temps pour retrouver raison, sinon nous te tuerons, conclut-il en tournant bride.

— Couard ! criai-je. (Il ne releva pas et dirigea son cheval vers le mur de boucliers.) Tous les Lothbrok sont des couards. Ils s'enfuient. Qu'as-tu fait, Ivarr ? Tu pisses dans tes braies par peur de mon épée ? Tu as fui devant les Scotes, et maintenant tu fuis devant moi !

Je crois que ce fut de parler des Scotes qui toucha un point sensible. L'énorme défaite était encore un pénible souvenir pour Ivarr, et j'avais ravivé sa blessure. Soudain, le courroux des Lothbrok, qu'il était parvenu à maîtriser jusque-là, s'empara de lui. Il tira si violemment sur les rênes que Witnere en souffrit, mais l'animal se retourna docilement tandis qu'Ivarr dégainait sa longue épée. Il revint vers moi au trot, mais je l'évitai et gagnai la vaste étendue devant son armée. C'est là que je voulais qu'il meure, à la vue de tous ses hommes. Ivarr me suivit mais arrêta Witnere qui piaffa.

Je crois qu'Ivarr regrettait de s'être emporté, cependant il était trop tard. Tous les hommes, de part et d'autre, voyaient qu'il avait tiré son épée pour me poursuivre sur la prairie. Il ne pouvait plus se dérober. Il devait me tuer maintenant et ne savait comment s'y prendre. Il était doué, mais il avait été blessé, souffrait encore... et connaissait ma réputation.

Witnere était son avantage. Je connaissais ce cheval et je savais qu'il se battait aussi bien qu'un guerrier. Puisque Witnere pouvait s'en prendre à ma monture et même à moi, il fallait que je fasse démonter Ivarr. Il me regarda. Je crois qu'il avait décidé de me laisser attaquer, car il ne laissa pas Witnere charger. Au lieu de me jeter sur lui, je me tournai vers ses hommes.

— Ivarr est un voleur ! criai-je, laissant Souffle-de-Serpent pendre à mon côté. C'est un homme de peu qui a fui devant les Scotes comme un chiot battu ! Il pleurait comme un enfant quand nous l'avons trouvé ! dis-je en riant, le regard rivé sur le mur de boucliers. Il pleurait, car il était blessé. En Scotie, on l'appelle Ivarr le Faible ! (Du coin de l'œil, je vérifiai que l'insulte avait fait mouche, car il s'avançait vers moi.) C'est un voleur et un couard !

Tout en clamant cette dernière insulte, je fis tourner mon cheval et levai mon bouclier. Witnere, les yeux révulsés, découvrait ses dents et galopait vers moi.

— Witnere ! Witnere ! criai-je alors qu'il approchait.

Ce n'était probablement pas le nom qu'Ivarr lui avait donné, mais peut-être l'animal se le rappela-t-il ou se souvint-il de moi, car il dressa les oreilles et ralentit l'allure alors que je m'élançais vers lui.

Le bouclier fut mon arme. Je le projetai sur Ivarr tout en me dressant sur mes étriers. Ivarr tenta de tourner bride, mais Witnere était désorienté et déséquilibré. Mon bouclier s'abattit sur Ivarr de tout mon poids. Le risque était que je tombe et qu'il reste en selle, mais je n'osai lâcher le bouclier ni mon épée pour m'emparer de lui. Je n'avais plus qu'à espérer que mon poids le désarçonne.

— Witnere ! criai-je à nouveau.

L'étalon se tourna vers moi, et ce simple mouvement allié à mon poids suffit à déséquilibrer Ivarr. Il tomba sur sa droite, et moi entre les deux chevaux. Ma bête me donna accidentellement un coup de sabot qui me poussa contre les jambes arrière de Witnere. Je me relevai précipitamment, claquai Souffle-de-Serpent sur la croupe de Witnere pour le faire détaler et me protégeai aussitôt de mon bouclier, car Ivarr s'élançait. Il s'était relevé plus vite que moi, et son épée s'abattit sur mon bouclier. Il devait s'attendre à ce que je me recroqueville sous la violence du coup, mais je l'arrêtai net. Mon bras gauche blessé par la lance à Dunholm m'élançait, mais j'étais plus grand, plus lourd et plus fort qu'Ivarr. D'un coup de bouclier, je le fis reculer.

Ivarr comprit qu'il allait perdre. Il était assez vieux pour être mon père et ralenti par d'anciennes blessures, mais c'était un Lothbrok et ils apprennent à se battre à peine sevrés. Il se jeta sur moi en grondant, feintant, mais je ne cessais de me déplacer, esquiver et parer, sans même tenter de riposter. Au lieu de cela, je me moquais de lui.

— J'ai tué ton oncle, le narguai-je. Et il n'était guère plus doué que toi. Et quand tu seras mort, vieillard, j'étriperai le rat que tu appelles ton fils. Je jetterai ses restes aux corbeaux. Allons, c'est tout ce dont tu es capable ?

Il essaya de me contourner, mais il glissa dans l'herbe humide et fut forcé de mettre un genou en terre. Il était à découvert, déséquilibré et l'épée dans l'herbe, mais je m'éloignai de lui et le laissai se relever. Tous les Danes me virent faire, ils me virent aussi jeter mon bouclier.

— Je lui donne une chance, leur criai-je. C'est un misérable petit voleur, mais je lui laisse une chance !

— Espèce de bâtard saxon, fils de putain ! gronda Ivarr en se précipitant sur moi.

C'était ainsi qu'il aimait à se battre. Attaquer, attaquer sans relâche, en usant de son bouclier pour faire reculer son adversaire. Mais je m'écartai de lui et assenai un coup du plat de Souffle-de-Serpent sur son casque. Il tituba une seconde fois et je reculai de nouveau. Je cherchais à l'humilier.

Ce deuxième échec le rendit plus sage, il revint vers moi avec prudence.

— Tu as fait de moi un esclave et tu n'as même pas été capable de le faire bien. Tu veux me donner ton épée ?

— Étron de chèvre ! cria-t-il en se jetant sur moi, épée pointée sur ma gorge, avant de l'abaisser au dernier instant vers ma jambe.

Je l'esquivai et lui assenai un coup du plat de ma lame sur le derrière.

— Donne-moi ton épée, dis-je, et je te laisserai la vie. Nous te mettrons dans une cage et te promènerons par tout le Wessex. Voyez Ivarr Ivarson, un Lothbrok, dirai-je aux gens. Un voleur qui a fui devant les Scotes.

— Bâtard ! s'écria-t-il en se jetant sur moi.

Cette fois il tenta de m'éventrer d'un coup d'épée, mais je reculai et la longue lame me frôla en sifflant. Le voyant en proie à la fureur et au dépit, je lançai mon épée en avant et l'atteignis à la poitrine. Sous la force du coup, il recula, titubant alors que je lui en portais un deuxième sur le côté du casque. Il vacilla, étourdi, et le troisième coup frappa son épée avec une telle force que son bras fut projeté en arrière tandis que je pointais Souffle-de-Serpent sur sa gorge.

— Couard, dis-je. Voleur.

Il poussa un cri de fureur et voulut frapper, mais je reculai et esquivai, puis j'abattis Souffle-de-Serpent sur son poignet. Il étouffa un cri, car je lui avais brisé les os.

— C'est trop difficile de combattre sans épée, dis-je en le frappant de plus belle, si fort que son épée lui échappa.

La terreur se lisait dans ses yeux, à présent. Pas celle de l'homme qui voit la mort arriver, mais celle du guerrier qui meurt sans son épée à la main.

— Tu as fait de moi un esclave, clamai-je en le frappant au genou alors qu'il tentait de reprendre son arme. (Ma lame l'entailla jusqu'à l'os. Je donnai un grand coup sur son casque et passai derrière lui.) Il a fait de moi un esclave, criai-je à ses hommes, et il a volé mon cheval. Mais c'est un Lothbrok.

Je me baissai, ramassai son épée et la lui donnai.

— Merci, murmura-t-il en la prenant.

Puis je le tuai. Je le décapitai d'un seul coup. Il gargouilla, frémit et s'effondra dans l'herbe, sans lâcher son épée. Si je l'avais laissé mourir sans elle, les Danes qui avaient assisté au combat m'auraient jugé d'une cruauté inutile. Ils comprenaient qu'il était mon ennemi et que j'avais juste raison de vouloir le tuer, mais aucun n'aurait pensé qu'il ne méritait pas de rejoindre le banquet d'Odin. Et un jour, me dis-je, Ivarr et son oncle m'y accueilleraient, car au banquet d'Odin nous festoyons avec nos ennemis en nous rappelant nos anciennes batailles.

J'entendis soudain un cri et je me retournai. Ivar, son

fils, galopait vers moi. Il se précipitait comme son père, tout de fureur et de brutalité sans cervelle. Il se baissa sur sa selle pour m'éventrer, mais je parai avec Souffle-de-Serpent, qui était une bien meilleure lame que la sienne. Le coup me fit trembler le bras, mais l'épée d'Ivar se brisa. Il poursuivit sur son élan, tenant encore un morceau d'épée, et deux des hommes de son père le rattrapèrent et le retinrent avant qu'il ne se fasse tuer.

J'appelai Witnere. Il me rejoignit. Je le flattai, agrippai la selle et me hissai sur son dos. Puis je me tournai vers le mur de boucliers d'Ivarr, désormais privé de son chef, et je fis signe à Guthred et Ragnar de me rejoindre. Nous nous arrêtâmes à vingt pas des boucliers peints.

— Ivarr Ivarson a rejoint le Valhalla ! m'écriai-je, et il n'y a eu nulle disgrâce dans sa mort ! Je suis Uhtred Ragnarson ! Je suis celui qui a occis Ubba Lothbrokson, et voici mon ami le comte Ragnar, qui a tué Kjartan le Cruel. Nous servons le roi Guthred !

— Es-tu un chrétien ? cria un homme.

Je lui montrai mon amulette. Les hommes se passaient la nouvelle de la mort de Kjartan le long de la ligne.

— Je ne suis point chrétien ! criai-je une fois qu'ils se furent tus. Mais j'ai vu la sorcellerie chrétienne ! Et les chrétiens ont opéré leur magie sur le roi Guthred ! N'avez-vous point été un jour victimes de sorciers ? N'avez-vous point vu votre bétail mourir ou vos femmes tomber malades ? Vous connaissez tous la sorcellerie, et les sorciers chrétiens détiennent une puissante magie ! Ils ont des cadavres et des têtes coupées qui leur servent à cela, et ils ont tissé leurs charmes autour de notre roi ! Mais le sorcier a commis une faute. Il est devenu cupide et la nuit dernière il a volé un trésor du roi Guthred ! Mais Odin a dissipé les sorts !

Je me retournai et vis qu'enfin Finan sortait du fort.

Il avait été retardé par des clercs qui tentaient de les empêcher de sortir, lui et Sihtric, mais des Danes de Ragnar étaient intervenus et l'Irlandais arrivait maintenant à cheval sur la prairie. Il tirait le père Hrothweard. Ou plutôt, il le tenait par sa tignasse et le prêtre n'avait d'autre choix que de courir à côté du cheval de l'Irlandais.

— Voici le sorcier chrétien, Hrothweard ! clamai-je. Il a attaqué le roi Guthred avec ses sorts, avec la magie des cadavres, mais nous l'avons trouvé et nous avons délivré le roi de son enchantement. Je vous demande dès lors : que faire du sorcier ?

Il n'y avait qu'une seule chose à répondre. Les Danes, qui savaient très bien que Hrothweard était le conseiller de Guthred, voulaient sa mort. Pendant ce temps, le prêtre s'était agenouillé dans l'herbe et suppliait Guthred, les mains jointes.

— Es-tu le voleur ? demanda Guthred, incrédule.

— J'ai trouvé la relique dans son bagage, seigneur, expliqua Finan en lui tendant le pot d'or. Il était enveloppé dans un de ses linges, seigneur.

— Il ment ! protesta Hrothweard.

— Il est ton voleur, seigneur, dit respectueusement Finan en se signant. Je le jure sur le corps sacré du Christ.

— C'est un sorcier ! hurlai-je aux Danes. Il donnera la tremblante à vos bêtes et ruinera vos récoltes. Il rendra vos femmes stériles et vos enfants malades ! Le voulez-vous ?

Un rugissement s'éleva, et Hrothweard fut secoué de sanglots.

— Vous le pouvez prendre, dis-je, si vous reconnaissez Guthred comme votre roi.

Ils crièrent leur allégeance, frappant leurs boucliers de leurs armes, mais cette fois pour acclamer Guthred. Je me penchai et m'emparai de ses rênes.

— Le moment est venu de les saluer, seigneur, soufflai-je. Sois généreux avec eux.

— Mais... commença-t-il en regardant Hrothweard.

— C'est un voleur, seigneur, et les voleurs doivent mourir. Telle est la loi. C'est ce que ferait Alfred.

— Oui, dit Guthred.

Nous livrâmes donc Hrothweard aux païens et l'entendîmes agoniser. J'ignore ce qu'ils en firent, car il ne resta guère du cadavre, mais son sang teinta les herbes là où il mourut.

Cette nuit-là, nous eûmes un maigre festin. Maigre, car nous n'avions guère de vivres, mais il y avait d'ale en abondance. Les thanes danes prêtèrent allégeance à Guthred, pendant que prêtres et moines se blottissaient dans l'église, s'attendant à être massacrés. Hrothweard était mort et Jænberht avait été tué. Ils pensaient connaître eux-mêmes le martyre, mais une dizaine de gardes personnels de Guthred veillèrent sur eux.

— Je les laisserai bâtir leur chapelle pour saint Cuthbert, me déclara Guthred.

— Alfred t'en approuverait.

Il contempla le feu qui brûlait dans la rue de Cetreht. Ragnar, malgré sa main blessée, luttait avec un énorme Dane qui avait servi Ivarr. Tous deux étaient plus qu'ivres et d'autres ivrognes les encourageaient en faisant des paris sur le vainqueur. Guthred, pensif, les regardait sans les voir.

— Je n'aurais jamais cru, dit-il enfin, que Hrothweard était un voleur.

Gisela, enveloppée de ma cape et la tête appuyée sur mon épaule, gloussa.

— Nul homme ne croirait jamais que toi et moi fûmes esclaves, seigneur, répondis-je. Et pourtant, nous l'étions.

— Oui, s'émerveilla-t-il. Nous l'étions.

C'est ainsi que les trois fileuses tissent nos vies. Elles sont assises au pied d'Yggdrasil et c'est là qu'elles accomplissent leurs tours. Cela les avait amusées de faire de Guthred l'esclave le roi Guthred, tout comme il leur plaisait de me renvoyer dans le Wessex.

Cependant à Bebbanburg, où la mer grise ne cesse de frapper les longues grèves de sable pâle et où le vent glacial faisait trembler la bannière à tête de loup, on redoutait mon retour.

Car le destin ne peut être trompé. Il nous gouverne, et nous sommes tous ses esclaves.

NOTE HISTORIQUE

Les Seigneurs du Nord commence environ un mois après l'étonnante victoire remportée par Alfred sur les Danois à Ethandun, histoire racontée dans *Le Quatrième Cavalier*. Guthrum, chef de l'armée vaincue, battit en retraite à Chippenham, où Alfred l'assiégea, mais les hostilités se terminèrent rapidement, dès que les deux hommes eurent conclu un traité de paix. Les Danes quittèrent le Wessex, et Guthrum et ses grands seigneurs devinrent des chrétiens. Alfred, en échange, instaura Guthrum comme souverain d'Estanglie.

Les lecteurs des deux précédents tomes de cette série sauront que Guthrum était connu pour ne guère respecter les traités. Il avait rompu la trêve conclue à Wareham puis celle signée à Exeter, mais il respecta ce dernier accord. Il accepta Alfred comme son parrain et fut baptisé chrétiennement du nom d'Æthelstan. Selon une tradition, il prit le baptême sur des fonts encore visibles dans l'église d'Aller, dans le Somerset, et il semble que sa conversion fut sincère, car une fois revenu en Estanglie il régna en monarque chrétien. Les négociations entre Guthrum et Alfred se poursuivirent, car en 886 ils conclurent le traité de Wedmore, qui divisait l'Angleterre en deux sphères d'influence.

Le Wessex et le sud de la Mercie devenaient saxons, alors que l'Estanglie, la Mercie du Nord et la Northumbrie passaient sous tutelle danoise. Ainsi fut établi le *Danelag*, cette moitié nord-est de l'Angleterre qui fut un temps gouvernée par des rois danois et qui porte encore dans ses dialectes et noms de lieux l'empreinte de cette époque.

Par ce traité, Alfred reconnaissait qu'il manquait de soldats pour chasser tous les Danes d'Angleterre, et cela lui donna le temps de fortifier son fief de Wessex. Le problème était que Guthrum n'était pas le roi de tous les Danois, encore moins des Norses ; il ne pouvait donc empêcher les attaques sur le Wessex. Ces attaques, qui se produisirent par la suite, seront racontées dans les prochains tomes ; mais, en grande partie, la victoire d'Ethandun et la paix conclue avec Guthrum assurèrent l'indépendance du Wessex – ce qui permit à Alfred et à ses successeurs de reconquérir le *Danelag*. L'une des premières étapes de cette longue reconquête consista pour Alfred à marier sa fille aînée Æthelflæd à Æthelred de Mercie, alliance destinée à lier les Saxons de Mercie à ceux du Wessex. Æthelflæd fut par la suite une grande héroïne de la lutte contre les Danois.

Passer de l'histoire du Wessex à celle de Northumbrie, c'est passer de la lumière aux ténèbres. Même les listes des souverains du Nord se contredisent. Mais peu après Ethandun, un roi nommé Guthred (Guthfrith, selon certaines sources) prit le trône de York (Eoferwic). Guthred est remarquable à deux titres : d'abord, bien que danois, il était chrétien ; ensuite, une légende persistante le tient pour un ancien esclave. C'est sur ces minces fondements que j'ai bâti mon roman. Guthred fut sans conteste associé à l'abbé Eadred, gardien de la dépouille de Cuthbert (ainsi que de la tête de saint Oswald et de l'Évangile de Lindisfarne), qui bâtit plus tard un sanctuaire pour Cuthbert à Cuncacester, l'actuelle Chester-le-Street, dans le comté de Durham. En 995, le corps du saint trouva finalement son dernier repos à Durham (Dunholm), où il gît encore.

Kjartan, Ragnar et Gisela sont des personnages de fiction. Il y a eu un Ivarr, mais j'ai pris de grandes libertés avec sa vie. Il est principalement connu pour ses successeurs, qui causèrent de nombreux troubles dans le Nord. Il n'existe aucune mention d'une forteresse du IXe siècle à Durham, mais il me semble improbable qu'un site si facilement défendable ait été laissé de côté, et plus que possible que les éventuels vestiges d'un tel fort aient été détruits lors de la construction de la cathédrale et du château qui en occupent le sommet depuis plus de mille ans. Il y avait à Bebbanburg une forteresse, devenue au fil du temps le glorieux château de Bamburgh, et au XIe siècle elle était gouvernée par une famille du nom d'Uhtred, mes ancêtres ; mais nous ne savons presque rien des activités de la famille au cours de la fin du IXe siècle.

L'histoire de l'Angleterre à cette période et au début du Xe siècle va du Wessex au Nord. Le destin d'Uhtred, qu'il commence seulement à accepter, est d'être au cœur de la reconquête saxonne de la terre qui deviendra l'Angleterre. Ses batailles sont donc loin d'être terminées, et il aura de nouveau besoin de Souffle-de-Serpent.

Du même auteur
chez Michel Lafon :

LE DERNIER ROYAUME

LE QUATRIÈME CAVALIER

Composition par MCP - *Groupe JOUVE*

Achevé d'imprimer en juin 2009 en France sur Presse Offset par
Maury-Imprimeur - 45330 Malesherbes
N° d'imprimeur : 147178
Dépôt légal 1re publication : juin 2009
Librairie Générale Française
31, rue de Fleurus – 75278 Paris Cedex 06

31/2634/9